A Fortaleza de
SHARPE

OBRAS DO AUTOR PUBLICADAS PELA EDITORA RECORD

Azincourt
O condenado
Stonehenge
O forte

Trilogia *As Crônicas de Artur*

O rei do inverno
O inimigo de Deus
Excalibur

Trilogia *A Busca do Graal*

O arqueiro
O andarilho
O herege

Série *As Aventuras de um Soldado nas Guerras Napoleônicas*

O tigre de Sharpe (Índia, 1799)
O triunfo de Sharpe (Índia, setembro de 1803)
A fortaleza de Sharpe (Índia, dezembro de 1803)
Sharpe em Trafalgar (Espanha, 1805)
A presa de Sharpe (Dinamarca, 1807)
Os fuzileiros de Sharpe (Espanha, janeiro de 1809)
A devastação de Sharpe (Portugal, maio de 1809)
A águia de Sharpe (Espanha, julho de 1809)
O ouro de Sharpe (Portugal, agosto de 1810)

Série *Crônicas Saxônicas*

O último reino
O cavaleiro da morte
Os senhores do norte
A canção da espada
Terra em chamas

BERNARD CORNWELL

A Fortaleza de SHARPE

Tradução de
SYLVIO GONÇALVES

3ª edição

EDITORA RECORD
RIO DE JANEIRO • SÃO PAULO
2011

CIP-Brasil. Catalogação-na-fonte
Sindicato Nacional dos Editores de Livros, RJ.

Cornwell, Bernard, 1944-
C834f   A fortaleza de Sharpe / Bernard Cornwell; tradução de
3ª ed.   Sylvio Gonçalves. – 3ª ed. – Rio de Janeiro: Record, 2011.
(As aventuras de Sharpe; 3)

Tradução de: Sharpe's fortress
Seqüência de: O triunfo de Sharpe
Continua com: Sharpe em Trafalgar
ISBN 978-85-01-07047-0

1. Grã-Bretanha – História militar – Século XIX – Ficção.
2. Índia – História – Ocupação britânica, 1765-1947 – Ficção. 3. Ficção inglesa. I. Gonçalves, Sylvio. II. Título. III. Série.

05-3096
CDD – 823
CDU – 821.111-3

Título original inglês:
SHARPE'S FORTRESS

VOLUME III: SHARPE'S FORTRESS
Copyright © Bernard Cornwell, 1999

Revisão técnica: José Carlos L. da Silva

Todos os direitos reservados. Proibida a reprodução, no todo ou em parte, através de quaisquer meios.

Direitos exclusivos de publicação em língua portuguesa somente para o Brasil adquiridos pela
EDITORA RECORD LTDA.
Rua Argentina 171 – Rio de Janeiro, RJ – 20921-380 – Tel.: 2585-2000
que se reserva a propriedade literária desta tradução

Impresso no Brasil

ISBN 978-85-01-07047-0

Seja um leitor preferencial Record.
Cadastre-se e receba informações sobre nossos lançamentos e nossas promoções.

EDITORA AFILIADA

Atendimento e venda direta ao leitor:
mdireto@record.com.br ou (21) 2585-2002

A fortaleza de Sharpe *é*
para Christine Clarke,
com meus mais sinceros agradecimentos

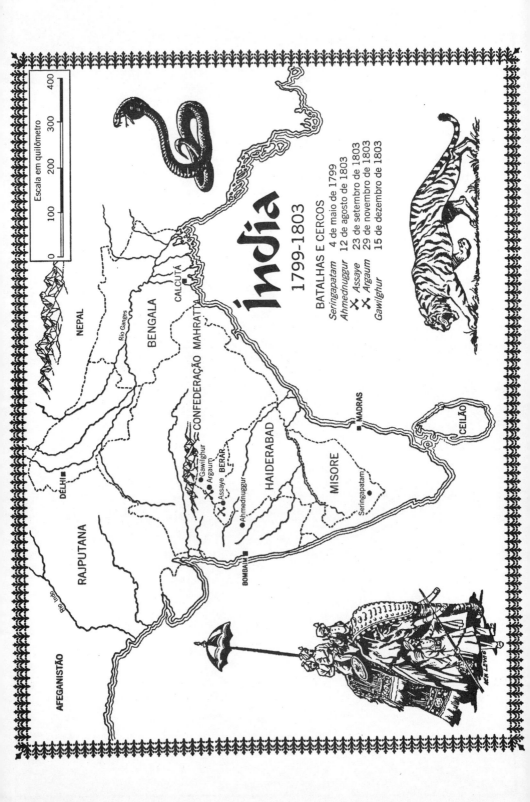

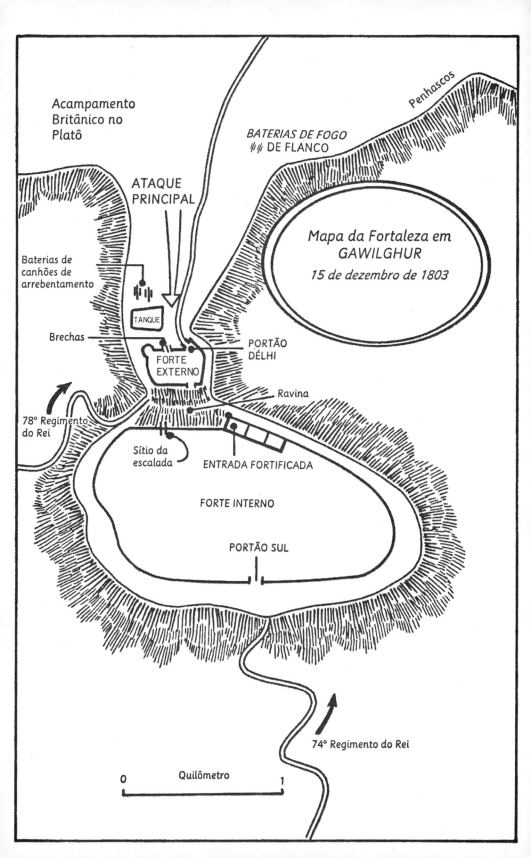

CAPÍTULO I

Richard Sharpe queria ser um oficial decente. Queria de verdade. Queria mais do que qualquer outra coisa, mas por algum motivo isso parecia quase impossível, como tentar acender um isqueiro numa chuva de vento. Os soldados ou não gostavam dele, ou o ignoravam, ou não o respeitavam, e Sharpe não sabia como lidar com nenhuma dessas três posturas. Quanto aos outros oficiais do batalhão, eles o desaprovavam abertamente. Botar uma sela de corrida num cavalo de tração não faz o cavalo andar mais rápido, dissera certa noite o capitão Urquhart na tenda esfarrapada que passava por cassino* dos oficiais. Urquhart não falou sobre Sharpe, ao menos não diretamente, mas todos os outros oficiais olharam para o alferes recém-promovido.

O batalhão estava parado no meio do nada. Fazia um calor dos diabos debaixo do céu sem nuvens. Estavam cercados por uma plantação alta que ocultava tudo, menos o céu. Um canhão disparou em algum lugar ao norte, mas Sharpe não teve como saber se ele pertencia à artilharia britânica ou à inimiga.

Uma vala seca atravessava a plantação alta. Os soldados da companhia estavam sentados na beira da vala, aguardando ordens. Um ou dois tinham deitado e dormiam de boca aberta, enquanto o sargento

---

*Cassino dos oficiais: nome dado ao local onde os oficiais de um quartel do exército se reúnem para as refeições e para o lazer. (N. do R.T.)

Colquhoun folheava sua velha Bíblia. Míope, o sargento mantinha o livro bem perto do nariz, pelo qual gotas de suor escorriam até cair nas páginas. Em geral o sargento lia só para si, formando palavras com a boca e às vezes franzindo a testa quando se deparava com um nome difícil. Mas hoje estava apenas virando lentamente as páginas com um dedo umedecido.

— Procurando inspiração, sargento? — perguntou Sharpe.

— Não, senhor — respondeu Colquhoun com respeito, mas ainda assim conseguindo transmitir a opinião de que a pergunta fora impertinente. Lambeu um dedo e virou cuidadosamente outra página.

E acabou a conversa, pensou Sharpe. Em algum lugar adiante, para além das plantas altas, mais compridas que um homem adulto, outro canhão disparou. A descarga foi abafada pelos caules grossos. Um cavalo relinchou, mas Sharpe não viu o animal. Não conseguia ver nada através da alta vegetação.

— Vai ler uma história pra gente, sargento? — indagou o cabo McCallum. Ele falou em inglês em vez de gaélico, o que significa que queria que Sharpe entendesse.

— Não vou, John. Não vou.

— Ah, sargento, leia pra gente uma daquelas histórias picantes sobre tetas — insistiu McCallum.

Os homens riram, olhando para Sharpe para ver se o alferes ficara ofendido. Um dos homens adormecidos acordou de supetão e olhou em torno, assustado; em seguida murmurou uma imprecação, matou uma mosca e tornou a deitar. Os outros soldados da companhia caminharam pelo leito de lama rachada da vala, que estava decorado com uma filigrana de restolho verde. Um lagarto morto jazia numa das fissuras secas. Sharpe perguntou-se como o bicho não fora achado pelas aves de rapina.

— John McCallum, o riso dos tolos é como o crepitar de chamas debaixo da panela — decretou o sargento Colquhoun.

— Não fuja do assunto, sargento — disse McCallum. — Já ouvi essa história numa igreja quando era criança. Era sobre uma mulher cujas tetas pareciam cachos de uvas. — McCallum contorceu-se para olhar para Sharpe. — Já viu tetas como uvas, sr. Sharpe?

— Nunca conheci a senhora sua mãe, cabo — disse Sharpe.

Os homens riram. McCallum fez cara feia. O sargento Colquhoun abaixou a Bíblia e olhou para o cabo.

— John McCallum, o Cântico de Salomão compara o busto de uma mulher a cachos de uvas, e não tenho dúvida de que se refere às vestes que as mulheres decentes usavam na Terra Santa. Talvez seus corpetes fossem adornados com bolas de lã tricotada. Não consigo entender como pode achar graça disso.

Outro canhão disparou, e desta vez uma bala sólida atravessou as plantas altas nos arredores da vala. Os caules contorceram-se violentamente, descarregando uma nuvem de poeira e passarinhos para o céu aberto. Os pássaros revoaram em pânico por alguns segundos e então voltaram para as plantas ondulantes.

— Conheci uma mulher que tinha tetas encaroçadas — disse o cabo Hollister. Ele era um homem carrancudo e violento que raramente abria a boca para falar. — Encaroçadas como sacos de carvão. — Franziu a testa como se para espremer uma lembrança, e então balançou a cabeça. — Ela morreu.

— Esta conversa é absurda — disse Colquhoun, e os homens deram de ombros e se calaram.

Sharpe queria perguntar ao sargento sobre os cachos de uvas, mas sabia que esse tipo de indagação apenas incitaria a lascívia dos homens; e, como oficial, precisava manter a disciplina dos soldados. Só que estava genuinamente curioso. Por que alguém diria que uma mulher tinha seios como cachos de uvas? Uvas faziam Sharpe lembrar de balas de mosquete, e ele se perguntou se os bastardos lá na frente estavam equipados com granadas. Bem, claro que estavam, mas não havia sentido em desperdiçar metralha num campo de juncos. Aliás, será que eram mesmo juncos? Parecia muito estranho alguém querer cultivar juncos, mas a Índia era cheia de coisas estranhas: sodomitas pelados que se diziam homens santos, encantadores que faziam serpentes ondularem ao som de flautas, ursos dançarinos, contorcionistas... um verdadeiro circo. E os palhaços lá na frente deviam ter granadas. Eles esperariam até avistar os casacas vermelhas, para então carregar seus canhões com cartuchos que irrompiam dos canos numa saraivada de balas. Demos graças ao Senhor pelo que estamos para receber entre os juncos, pensou Sharpe.

— Achei — disse Colquhoun solenemente.

— Achou o quê? — perguntou Sharpe.

— Lembrava vagamente que o bom livro mencionava painço, senhor. E aqui está. Ezequiel, capítulo quatro, versículo nove. — O sargento aproximou o livro dos olhos, forçando a vista para entender o texto. Tinha um rosto redondo e salpicado com sinais, como um pudim cravejado com ameixas. — "Toma trigo e cevada, feijão, lentilhas, painço e funchos, mete-os numa vasilha e faze deles pão" — leu laboriosamente. Fechou com cuidado a Bíblia, embrulhou-a num farrapo de lona e guardou-a em sua algibeira. — Senhor, eu gosto de encontrar coisas cotidianas nas Escrituras. Gosto de ver coisas e imaginar Deus vendo essas mesmas coisas.

— Mas por que painço? — indagou Sharpe.

— Esta plantação, senhor, é de painço — disse Colquhoun, apontando para os caules altos que os cercavam. — Os nativos chamam de *jowari*, mas nosso nome para essa planta é painço. — Enxugou o suor do rosto com uma manga. A tintura vermelha de sua casaca desbotara para um púrpura fosco. — Isto, obviamente, é painço-grande, mas duvido que as escrituras mencionem painço-grande. Não especificamente.

— Painço, é? — disse Sharpe. Então essas plantas altas não eram juncos, afinal de contas. Pareciam juncos, exceto que eram mais altas. Dois ou três metros de altura. — Colher isso deve dar um trabalho dos infernos — comentou, mas não obteve resposta. O sargento Colquhoun sempre tentava ignorar blasfêmias.

— O que são funchos? — quis saber McCallum.

— Uma planta cultivada na Terra Santa — respondeu Colquhoun. Ele claramente não sabia.

— Parece uma doença, sargento — disse McCallum. — "Fulano está cheio de funchos. É melhor passar mercúrio."

Um ou dois homens riram da referência à sífilis, mas Colquhoun ignorou a leviandade.

— Vocês cultivam funchos na Escócia? — perguntou Sharpe ao sargento.

— Não que eu saiba, senhor — disse Colquhoun solenemente, após alguns segundos de reflexão sobre a pergunta. — Mas eu arriscaria dizer que eles devem fazer isso nas terras baixas. Eles cultivam coisas muito esquisitas lá embaixo. Coisas inglesas — acrescentou, dando as costas para Sharpe.

E vá se danar você também, pensou Sharpe. E onde diabos o capitão Urquhart tinha se metido? E, por falar nisso, onde diabos todo o mundo tinha se metido? O batalhão começara a marcha bem antes da alvorada, e todos esperavam acampar ao meio-dia, mas então chegou um boato de que o inimigo estava esperando adiante, e assim o general *sir* Arthur Wellesley ordenara que a bagagem fosse empilhada e o avanço continuasse. O 74º penetrara a plantação de painço, e dez minutos depois o batalhão recebera ordens de parar ao lado da vala seca. Enquanto o capitão Urquhart cavalgara na frente para falar com o comandante do batalhão, Sharpe fora deixado para trás, suando e esperando junto com a companhia.

Aliás, suar era a única coisa que ele tinha para fazer ali. Maldição. Aquela era uma companhia muito boa, e não precisava nem um pouco de Richard Sharpe. Urquhart comandava-a com muita competência, Colquhoun era um sargento magnífico, os homens estavam sempre tão satisfeitos quanto soldados podiam ficar, e a última coisa que a companhia precisava era de um oficial recém-promovido, ainda por cima inglês, que apenas dois meses antes era sargento.

Os homens estavam conversando em gaélico, e Sharpe, como sempre, tentou adivinhar se falavam a seu respeito. Provavelmente não. Era mais provável que estivessem falando sobre as dançarinas em Ferdapoor, que haviam exibido não meros cachos de uvas, mas melões imensos e descascados. Estava havendo algum tipo de festival, e o batalhão cruzara com um bando de garotas seminuas dançando pela estrada na direção oposta. O sargento Colquhoun ficara vermelho como uma casaca não desbotada e gritara para seus homens manterem olhos à frente. Ordem absurda quando havia ali na estrada uma legião de *bibbis* peladas e rebolando com sininhos de prata amarrados nos pulsos. Até os oficiais tinham olhado para elas como homens famintos diante de um prato de rosbife. E se os soldados não estavam falando sobre mulheres, provavelmente estavam reclamando sobre o quanto tinham marchado nas últimas semanas, cruzando o interior da Confederação Mahratta debaixo de um sol escaldante sem qualquer sinal do inimigo. Mas fosse lá sobre o que estivessem falando, tinham decidido deixar o alferes Richard Sharpe de fora.

O que era perfeitamente justo, pensou Sharpe. Ele havia marchado nas fileiras por tempo suficiente para saber que os únicos soldados que conversavam com oficiais eram os puxa-sacos atrás de favores. Oficiais eram diferentes, exceto Sharpe, que não se sentia diferente. Apenas se sentia excluído. Eu devia ter continuado como sargento, pensou. Esse era um pensamento que vinha assombrando sua mente nas últimas semanas, essa vontade de poder voltar aos tempos em que trabalhava no arsenal de Seringapatam com o major Stokes. Aquilo sim era vida! E Simone Joubert, a francesa que ficara com Sharpe depois da batalha em Assaye, voltara para Seringapatam para esperar por ele. Melhor estar lá como sargento do que ali como um oficial que ninguém quer.

Durante algum tempo não se ouviu nenhum tiro de canhão. Talvez o inimigo tivesse reunido seus pertences e partido. Talvez eles tivessem atrelado os canhões pintados às parelhas de bois, armazenado as granadas nos engates das carretas de canhão e partido para o norte. Nesse caso, restaria a Sharpe dar meia-volta com o batalhão, retornar à aldeia onde a bagagem estava guardada e então passar mais uma noite constrangedora no cassino dos oficiais. O tenente Cahill ficaria observando Sharpe como um falcão, cobrando o dobro por cada copo de vinho que ele tomasse, e Sharpe, como o oficial mais moderno, teria de propor o brinde de lealdade e fingir não ver quando metade dos bastardos passasse suas canecas por cima de seus cantis. Rei sobre a água. Um brinde a um cadáver. Um candidato Stuart ao trono que passara desta para melhor durante seu exílio em Roma. Jacobitas que fingiam que Jorge III não era o rei por direito. Na verdade, nenhum daqueles oficiais era realmente desleal, assim como o gesto secreto de passar o vinho sobre a água não era segredo nenhum. Tudo que eles queriam era provocar indignação em seu alferes inglês. Só que Sharpe não estava nem aí para isso. Para Sharpe o monarca da Inglaterra podia ser até o rei Cole da lenda, porque ele não se importava.

Colquhoun subitamente bradou ordens em gaélico, e os homens pegaram seus mosquetes e saltaram para a vala de irrigação, onde formaram quatro fileiras e começaram a marchar para o norte. Sharpe, pego de surpresa, seguiu-os humildemente. Supôs que deveria perguntar a Colquhoun o que estava acontecendo, mas não queria demonstrar ignorância, e então viu que o restante do batalhão também estava marchando, de modo que Colquhoun claramente decidira que a companhia número seis deveria avançar também. O sargento nem fingiu pedir a Sharpe permissão para se mover. Por que haveria de fazer isso? Mesmo quando Sharpe dava uma ordem, os soldados automaticamente olhavam para Colquhoun a fim de obter sua aprovação antes de obedecer. Era assim que a companhia funcionava. Urquhart comandava, Colquhoun era o segundo na hierarquia, e o alferes Sharpe seguia-os como um daqueles vira-latas adotados pelos soldados.

O capitão Urquhart voltou cavalgando pela vala.

— Muito bem, sargento! — disse a Colquhoun, que ignorou o elogio.

O capitão virou seu cavalo, cascos afundando na lama seca.

— Os chacais estão esperando adiante — informou Urquhart a Sharpe.

— Achei que eles haviam partido — disse Sharpe.

— Eles estão formados e preparados — disse Urquhart. — Formados e preparados.

O capitão era um homem bem-apessoado de expressão severa, coluna reta e nervos de aço. Os soldados confiavam nele. Em outra época, Sharpe teria se orgulhado de servir a um homem como Urquhart, mas o capitão parecia irritado com a presença de Sharpe.

— Em breve seguiremos para a direita — disse Urquhart a Colquhoun. — Você formará a linha à direita em duas fileiras.

— Sim, senhor.

Urquhart relanceou os olhos para o céu.

— Ainda nos restam umas três horas de luz. Será o suficiente para o serviço. Fique à esquerda da fileira, alferes.

— Sim, senhor — disse Sharpe e compreendeu que não teria nada a fazer lá. Os homens cumpririam as ordens à risca, os cabos cerrariam as fileiras com competência, e tudo que Sharpe teria de fazer seria segui-los como um cachorro amarrado a uma carroça.

Houve um troar súbito quando uma bateria inteira de canhões inimigos abriu fogo. Sharpe escutou balas sólidas varando a plantação de painço, mas nenhum dos mísseis chegou perto do 74º. Os gaiteiros do batalhão tinham começado a tocar e os homens apertaram o passo e levantaram seus mosquetes em preparação para o trabalho funesto que os aguardava. Mais dois canhões dispararam, e desta vez Sharpe viu um rastro de fumaça sobre a plantação e compreendeu que uma bala passara sobre suas cabeças. O rastro de fumaça deixado pelo estopim ficou pairando no céu sem vento, enquanto Sharpe aguardava pela explosão, mas nada aconteceu.

— Deixaram o estopim comprido demais — deduziu Urquhart. Seu cavalo estava nervoso, ou talvez não gostasse de pisar no terreno traiçoeiro do fundo da vala. Urquhart conduziu o cavalo até a margem, onde ele agora estava pisoteando o painço.

— Milho?

— Colquhoun disse que é painço — explicou Sharpe. — Painço-grande.

Urquhart resmungou alguma coisa e então cavalgou até a testa da companhia. Sharpe enxugou o suor dos olhos. Usava uniforme de oficial, casaca vermelha com cauda e os ornamentos brancos do 74º. A casaca pertencera ao tenente Blaine, que morrera em Assaye. Sharpe comprara-a por um xelim num leilão de pertences de oficiais mortos e então costurara toscamente o buraco de bala no lado esquerdo do peito. Contudo, por mais que tivesse esfregado, não conseguira tirar do tecido vermelho desbotado a mancha preta do sangue de Blaine. Sharpe usava suas calças velhas — aquelas que recebera ao ser promovido a sargento —, botas de equitação de couro vermelho que tomara como espólio do cadáver de um árabe em Ahmednuggur, e uma faixa vermelha de oficial que surrupiara de um cadáver em Assaye. Por espada usava um sabre da cavalaria ligeira, a mesma arma com que salvara a vida de Wellesley na batalha de Assaye. Não gostava muito dela. Era desajeitada, e a lâmina curvada nunca estava onde você pensava. Você dava um golpe com a espada, e quando pensava que ela havia atingido o alvo, descobria que a lâmina ainda precisava viajar por 15 centímetros. Os outros oficiais portavam *claymores*, espadas escocesas de folha larga, pesadas e mortais. Sharpe devia estar equipado com uma dessas, mas fora superado nos lances do leilão.

Se quisesse, Sharpe poderia ter comprado cada *claymore* no leilão, mas não desejava passar a impressão de que era rico. O que ele era. Mas um homem como Sharpe não devia ter dinheiro. Ele vinha de baixo, um soldado ordinário, nascido e criado na sarjeta. Mas como acabara com a raça de meia dúzia de inimigos, salvando a vida de Wellesley, o general recompensara-o com uma promoção a oficial. E o alferes Sharpe era esperto demais para deixar que seu novo batalhão descobrisse que ele possuía a fortuna de um rei. A fortuna de um rei morto: as jóias que ele tomara do sultão Tipu na comporta esfumaçada de Seringapatam.

Será que ele seria mais popular se todos soubessem que era rico? Sharpe duvidava. Riqueza não dava respeitabilidade a ninguém, a não ser que fosse herdada. Além disso, não era a pobreza que excluía Sharpe tanto do cassino dos oficiais quanto das fileiras, mas o fato de ser um estranho. O 74º levara uma surra infernal em Assaye. Nenhum oficial saíra de lá sem estar ferido, e as companhias que contavam com efetivos de setenta ou oitenta soldados antes da batalha agora possuíam apenas quarenta a cinqüenta homens. O batalhão conheceu o inferno, e os sobreviventes agora dependiam do apoio uns dos outros. Embora tivesse estado em Assaye, embora tivesse se destacado no campo de batalha, Sharpe não passara pela provação do 74º e, portanto, era um estranho.

— Alinhar à direita! — gritou o sargento Colquhoun, e a companhia formou uma linha de duas fileiras à direita. A vala emergira da plantação de painço para se juntar a um amplo leito de rio, e Sharpe olhou para o norte, para ver uma névoa de fumaça de canhão branca no horizonte. Canhões mahrattas. Mas ainda estava muito longe. Agora que o batalhão estava livre da plantação, Sharpe podia sentir um leve vento. Não era forte o bastante para esfriar o calor, mas ao menos dissiparia a fumaça de canhão.

— Alto! — gritou Urquhart. — Firme!

A artilharia inimiga podia estar muito longe, mas parecia que o batalhão iria marchar direto pelo leito seco do rio até as bocas de seus canhões. Mas pelo menos o 74º não estava sozinho. O 78º, outro batalhão Highlander, estava à sua direita, e de cada lado desses dois batalhões escoceses havia duas extensas linhas de sipaios de Madras.

Urquhart cavalgou de volta até Sharpe.

— Stevenson se juntou a nós. — O capitão falou alto o bastante para que o resto da companhia ouvisse. Urquhart estava encorajando-os com a informação de que os dois pequenos exércitos britânicos haviam se combinado. O general Wellesley comandava a ambos, embora durante a maior parte do tempo ele dividisse suas forças em duas partes, a menor sob o comando do coronel Stevenson. Mas hoje as duas pequenas partes haviam se combinado para que doze mil soldados de infantaria pudessem atacar juntos. Mas contra quantos? Sharpe não conseguia ver o exército mahratta por trás de seus canhões, mas com toda certeza os desgraçados estavam lá, com força total.

— O que significa que o 94º está em algum lugar à nossa esquerda — acrescentou Urquhart bem alto, e alguns dos homens murmuraram suas aprovações sobre as notícias. O 94º era outro regimento escocês, de modo que hoje haveria três batalhões escoceses atacando os mahrattas. Três escoceses e dez batalhões sipaios, e a maioria dos escoceses acreditava que poderiam fazer o trabalho sozinhos. Sharpe também acreditava nisso. Os escoceses poderiam não gostar muito dele, mas ele sabia que eles eram bons soldados. Ossos duros de roer. Às vezes Sharpe tentava imaginar como seria para os mahrattas lutar contra os escoceses. Inferno, presumiu. Um inferno absoluto. "O fato é que para eliminar um escocês é preciso duas vezes mais inimigos que para eliminar um inglês", dissera-lhe certa vez o coronel McCandless.

Pobre McCandless. Ele fora eliminado. Morto por um tiro durante os momentos finais de Assaye. Qualquer soldado inimigo podia ter matado o coronel, mas Sharpe convencera-se de que o inglês traidor, William Dodd, disparara a bala fatal. E Dodd estava à solta, ainda lutando pelos mahrattas, e Sharpe jurara sobre a sepultura de McCandless que vingaria o escocês. Fizera esse juramento enquanto cavava a sepultura do coronel, enchendo as mãos de bolhas enquanto golpeava o solo seco. McCandless fora um bom amigo para Sharpe e agora, com o coronel enterrado fundo para que nenhum pássaro ou animal pudesse alimentar-se do seu cadáver, Sharpe sentia-se sem amigos neste exército.

— Canhões! — O grito soou atrás do 74º. — Abram alas!

Duas baterias de canhões galopadores de seis libras estavam sendo rebocadas até o leito seco do rio para formar uma linha de artilharia à frente da infantaria. Os canhões eram denominados "galopadores" porque eram leves e costumavam ser puxados por cavalos, mas agora cada um vinha atrelado a cinco parelhas de bois, o que, no momento, os tornava mais assemelhados a "rastreadores". Os bois tinham chifres pintados e alguns usavam sinos nos pescoços. Todos os canhões pesados haviam ficado em algum lugar atrás na estrada, tão longe que provavelmente não chegariam a tempo de participar da festa.

A terra estava mais desobstruída agora. Viam-se alguns poucos painços adiante e, estendendo-se para leeste, havia campos aráveis. Sharpe observava enquanto os canhões eram levados através daquele gramado seco. O inimigo também espreitava e a primeira salva atingiu o solo ricocheteando sobre os canhões britânicos.

— Mais alguns minutos e os artilheiros vão se dar ao trabalho de nos atacar — disse Urquhart e então chutou o pé direito para fora do estribo e apeou ao lado de Sharpe. — Jock! — gritou para um soldado. — Cuide do meu cavalo.

O soldado levou o cavalo até um gramado, e Urquhart chamou Sharpe com um meneio de cabeça, convidando-o a segui-lo para um lugar onde a companhia não poderia ouvi-los. O capitão parecia tão embaraçado quanto Sharpe, que não estava acostumado a esse tipo de intimidade com Urquhart.

— Fuma charuto, Sharpe? — perguntou o capitão.

— Às vezes, senhor.

— Tome. — Urquhart ofereceu a Sharpe um charuto vagabundo, em seguida acendeu seu isqueiro. Primeiro ele acendeu o seu charuto, e em seguida estendeu o isqueiro com sua chama tremeluzente para Sharpe. — O major me disse que novos soldados chegaram a Madras.

— Isso é bom, senhor.

— Não vai restaurar nosso efetivo, claro, mas será uma ajuda — disse Urquhart. Ele não estava olhando para Sharpe, mas fitando os canhões britânicos que avançavam continuamente pelo pasto. Havia apenas uma dúzia de canhões, um número bem menor que o da artilharia mahratta. Uma granada explodiu ao lado de uma das carretas, cobrindo os bois com fumaça e nacos de grama e terra. Sharpe esperou ver a carreta parada e os animais moribundos emaranhados nos arreios, mas os bois continuaram em frente, miraculosamente ilesos diante da violência da granada. — Se eles avançarem muito, vão ser reduzidos a metal fumegante. Está feliz aqui, Sharpe?

— Feliz, senhor? — Sharpe foi surpreendido pela pergunta.

Urquhart olhou para Sharpe de testa franzida, como se tivesse achado a resposta do alferes inútil.

— Satisfeito?

— Nenhum soldado sabe realmente o que é ser feliz, senhor.

— Isso não é verdade, não é verdade — disse Urquhart com desaprovação.

O capitão Urquhart era tão alto quanto Sharpe. Segundo boatos, Urquhart era um homem muito rico, mas o único sinal era seu uniforme, que tinha um corte elegante em contraste com a casaca surrada de Sharpe. Urquhart era um homem de raros sorrisos, o que dificultava estar em sua companhia. Sharpe estava curioso para saber por que o capitão iniciara a conversa, que parecia atípica do frio Urquhart. Será que estava nervoso com a batalha iminente? Para Sharpe, parecia difícil acreditar que, depois de tudo pelo que passara em Assaye, Urquhart estivesse acovardado, mas ele não conseguia pensar em outra explicação.

— Um homem precisa estar satisfeito com seu trabalho — disse Urquhart com um floreio de seu charuto. — Se não estiver, isso provavelmente é um sinal de que ele está no ramo errado.

— Não tenho tido muito trabalho a fazer, senhor — disse Sharpe, torcendo para não ter soado rude.

— Realmente, não tem — disse Urquhart devagar. — Entendo o que quer dizer. Entendo mesmo. A companhia cuida muito bem de si mesma sozinha. Colquhoun é um bom homem, e o sargento Craig está se revelando um excelente profissional, não acha?

— Sim, senhor. — Sharpe sabia que não precisava chamar Urquhart de "senhor" o tempo todo, mas velhos hábitos são difíceis de perder.

— Ambos são bons calvinistas, sabia? — comentou Urquhart. — Isso faz deles pessoas muito confiáveis.

— Sim, senhor — disse Sharpe. Ele não sabia exatamente o que era um calvinista e não iria perguntar. Talvez fosse o mesmo que maçom, e havia muitos deles no cassino dos oficiais do 74º, embora Sharpe também não soubesse realmente o que eles eram. Sabia apenas que não era um deles.

— A questão, Sharpe, é que você tem uma fortuna nas mãos, se é que me entende — prosseguiu Urquhart, embora não tenha olhado para Sharpe ao falar.

— Uma fortuna, senhor? — perguntou Sharpe, algum alarme transparecendo na voz. Será que Urquhart havia farejado seu tesouro de esmeraldas, rubis, diamantes e safiras?

Urquhart explicou:

— Você é alferes e, se não estiver feliz, sempre pode vender sua patente. Há muitos bons sujeitos lá na Escócia que pagariam a você pelo posto. Há até alguns sujeitos aqui. Creio que a Brigada Escocesa tem praças-cavalheiros em suas fileiras.

Então Urquhart não estava nervoso com a batalha iminente, mas com a reação de Sharpe a essa conversa. O capitão queria livrar-se dele e, ao descobrir isso, Sharpe sentiu-se ainda mais incomodado. Ele, que quisera tanto tornar-se oficial, já estava desejando nunca ter sonhado com a promoção. O que esperara? Receber um tapinha nas costas e ser recebido como um irmão há muito perdido? Receber uma companhia para comandar? Urquhart olhava para ele com expectativa, aguardando uma resposta, mas Sharpe nada disse.

— Quatrocentas libras, Sharpe — disse Urquhart. — Esse é preço oficial de uma patente de alferes. Mas, aqui entre nós dois, acho que você pode conseguir pelo menos mais uns cinqüenta. Talvez até cem! E em guinéus. Mas se for vender para um praça-cavalheiro daqui, é melhor primeiro se certificar de que a nota não é falsa.

Sharpe não disse nada. Será que realmente havia praças-cavalheiros no 94º? Esses homens tinham condições para pagar pelo oficialato, além da criação necessária para se tornarem oficiais decentes. Porém, até que uma patente ficasse vaga, eles tinham de servir nas fileiras, embora comessem no cassino. Não eram nem oficiais nem praças comuns. Como o próprio Sharpe. E qualquer um deles saltaria sobre a oportunidade de comprar uma patente no 74º. Mas Sharpe não precisava do dinheiro. Ele já possuía uma fortuna e, se quisesse deixar o exército, tudo que precisava fazer era abdicar de sua patente e partir. Partir como um homem rico.

Alheio aos pensamentos de Sharpe, Urquhart prosseguiu:

— É claro que se a nota for emitida por um agente do exército honesto, você não precisará se preocupar. A maioria de nossos homens emprega os serviços de John Borrey, de Edimburgo. Você pode confiar completamente nas notas dele. Borrey é um homem decente. Outro calvinista.

— E maçom, senhor? — indagou Sharpe. Ele não sabia realmente por que perguntara isso; a pergunta simplesmente pulara de sua garganta. Provavelmente ele queria saber se um maçom era a mesma coisa que um calvinista.

— Realmente não sei. — Urquhart olhou desconfiado para Sharpe, seu tom repentinamente frio. — O que importa, Sharpe, é que ele é digno de confiança.

Quatrocentos e cinqüenta guinéus, pensou Sharpe. Era algo em que se pensar. Seria mais uma pequena fortuna a acrescentar às suas jóias, e ele sentiu a tentação de aceitar o conselho de Urquhart. Sharpe jamais seria aceito no 74º, e com seus espólios poderia estabelecer-se na Inglaterra.

— Dinheiro na mão, Sharpe — disse Urquhart. — Pense nisso. Pense nisso. Jock, meu cavalo!

Sharpe atirou longe o charuto. Sua boca já estava seca por causa da poeira, e ele não precisava de fumaça para piorar a situação; mas enquanto montava em seu cavalo, Urquhart viu o charuto quase intacto cair no chão e olhou para Sharpe com uma cara de poucos amigos. Por um segundo pareceu que o capitão iria dizer alguma coisa, mas então ele puxou as rédeas e esporeou o cavalo. Maldição, pensou Sharpe enquanto o capitão se afastava. Ultimamente ele não conseguia fazer nada certo.

Agora os canhões galopadores britânicos estavam dentro do alcance da artilharia mahratta, e uma de suas balas sólidas acertou em cheio uma carreta. Uma roda se partiu e o canhão de seis libras caiu de lado. Os artilheiros saltaram do armão, mas antes que conseguissem soltar o estepe, uma parelha de bois estourou. Os animais arrastaram o canhão quebrado de volta até os sipaios, levantando uma nuvem de poeira de onde o eixo da roda abria um sulco na terra seca. Os artilheiros correram para soltar os bois, mas então outra parelha de bois entrou em pânico. Os animais estavam com seus chifres pintados abaixados e galopavam para longe do bombardeio. Os canhões mahrattas agora estavam atirando a intervalos bem curtos. Uma bala sólida acertou outra carreta, esguichando sangue de bois para o céu. Os canhões inimigos eram enormes e com um alcance bem maior que os pequenos seis libras britânicos. Um par de granadas explodiu atrás dos bois em pânico, impelindo-os ainda mais rápido em direção aos batalhões sipaios à direita da linha de Wellesley. Os armões estavam sacolejando freneticamente no solo acidentado, e a cada pulo balas ou pólvora caíam no chão. Sharpe viu o general Wellesley virar seu cavalo na direção dos sipaios. Decerto estava ordenando que abrissem a fileira para dar passagem aos bois. Mas, em vez disso, muito subitamente, também os homens deram meia-volta e debandaram.

— Meu Deus! — exclamou Sharpe em voz alta, merecendo um olhar reprovador do sargento Colquhoun.

Dois batalhões de sipaios estavam escapando. Sharpe viu o general cavalgar entre os fugitivos e imaginou Wellesley gritando para os homens assustados, ordenando-os a parar e reassumir a formação, mas eles continuaram correndo para a plantação de painço. Deviam ter entrado em pânico quando viram o estouro dos bois e sentiram o peso da artilharia inimiga que golpeava o pasto seco com poeira e fumaça. Os homens desapareceram entre as plantas altas, não deixando para trás nada além de oficiais constrangidos e, surpreendentemente, as parelhas de bois que haviam parado a uma pequena distância da plantação e agora aguardavam pacientemente que os artilheiros viessem pegá-los.

— Sentem-se! — gritou Urquhart para seus homens, e a companhia se acocorou no leito seco do rio.

Um dos homens tirou um cachimbo de barro da algibeira e o acendeu com seu isqueiro. A fumaça de tabaco se dissipou lentamente à brisa. Alguns homens beberam de seus cantis, mas a maioria estava guardando água para a secura que tomaria suas gargantas quando tivessem de morder o invólucro encerado de seus cartuchos. Sharpe olhou para trás, esperando ver os *puckalees* que trariam água para o batalhão, mas não havia qualquer sinal deles. Quando se virou de novo para o norte, viu que alguns dos soldados da cavalaria inimiga haviam aparecido na cumeeira, suas lanças compridas espetando o céu. Certamente os cavaleiros inimigos estavam tentados a atacar a fileira quebrada dos britânicos e assim assustar ainda mais os já nervosos sipaios, mas um esquadrão da cavalaria britânica emergiu de uma floresta com seus sabres desembainhados para ameaçar o flanco de cavaleiros inimigos. Nenhum dos lados atacou; apenas ficaram vigiando um ao outro. Os gaiteiros do 74º tinham parado de tocar seus instrumentos. Os canhões galopadores remanescentes estavam assumindo suas posições e apontando pela ladeira gentil até a cumeeira alinhada com canhões inimigos.

— Todos os mosquetes estão carregados? — indagou Urquhart.

— É melhor estarem, senhor. Se não, vou querer saber por quê.

Urquhart desmontou. Ele tinha uma dúzia de cantis de água amarrados em sua sela; soltou seis deles e os deu à sua companhia.

— Dividam — ordenou, e Sharpe lamentou também não ter levado um pouco de água extra. Um homem pegou um pouco de água nas mãos em concha e deu de beber ao seu cão. Saciado, o animal sentou-se para coçar pulgas, enquanto seu dono se deitava e puxava a barretina para cobrir os olhos.

Se eu fosse o inimigo, pensou Sharpe, mandaria a infantaria avançar. Toda ela. Enviaria um ataque maciço da cumeeira até o campo de painço. Inundaria o leito do rio com uma horda de guerreiros gritadores que aumentariam o pânico e obteriam a vitória.

Mas a cumeeira permaneceu vazia, com exceção dos canhões e das lanças inimigas.

E assim os casacas vermelhas esperaram.

O coronel William Dodd, oficial-comandante dos Cobras de Dodd, esporeou seu cavalo até a cumeeira. De lá correu os olhos ladeira abaixo, até ver a força britânica desmantelada. Teve a impressão de que dois ou mais batalhões haviam fugido em pânico, deixando uma lacuna enorme na direita da linha de casacas vermelhas. Ele cavalgou até onde o senhor da guerra mahratta aguardava debaixo de suas bandeiras. Dodd forçou seu cavalo através de seus ajudantes até alcançar o príncipe Manu Bapu.

— Avance com todas as suas forças, *sahib* — aconselhou a Bapu. — Agora!

Manu Bapu não demonstrou qualquer sinal de ter ouvido. O comandante mahratta era um homem alto e magro com um rosto comprido e marcado por cicatrizes e uma barba preta curta. Vestia um manto amarelo, um capacete de prata com uma comprida pluma de rabo de cavalo, e portava uma espada que alegava ter tomado em combate com um oficial da cavalaria britânica. Dodd duvidava, porque a espada não correspondia a nenhum padrão que ele reconhecesse, mas não estava disposto a discutir com Bapu. Ele não era como a maioria dos líderes mahrattas que Dodd conhecia. Bapu podia ser um príncipe e o irmão mais novo daquele covarde, o rajá de Berar, mas também era um guerreiro.

— Ataque agora! — insistiu Dodd.

No começo daquele dia ele aconselhara a não lutar contra os britânicos, mas agora parecia que seu conselho estivera errado, porque o assalto britânico dissolvera-se em pânico muito antes de chegar ao alcance dos mosquitos.

— Ataque com tudo que temos, *sahib* — rogou Dodd a Bapu.

— Coronel Dodd, se eu enviar todas as minhas forças à frente, meus canhões terão de cessar fogo — disse Bapu numa voz estranhamente sibilante. — Vamos esperar os britânicos caminharem para o fogo dos canhões, e então liberaremos a infantaria.

Bapu perdera os dentes da frente num combate, e falava chiando de uma forma que, para Dodd, soava como uma cobra. Ele até parecia reptiliano. Talvez fossem seus olhos estreitos, ou talvez apenas o seu ar de ameaça silenciosa. Mas pelo menos ele sabia lutar. O irmão de Bapu, o rajá de Berar, fugira antes da batalha em Assaye, mas Bapu, que não estivera presente em Assaye, não era covarde. Ele inclusive podia morder como uma serpente.

— Os britânicos caminharam contra os tiros de canhão em Assaye — resmungou Dodd. — Eles estavam com um contingente menor, e tínhamos mais canhões, e mesmo assim eles venceram.

Bapu acariciou seu cavalo, que havia se assustado com o som de um canhão próximo. Era um enorme garanhão árabe negro, e sua sela estava incrustada com prata. Tanto o cavalo quanto a sela foram presentes de um xeque árabe cujos súditos tinham viajado até a Índia para servir no regimento de Bapu. Eles eram mercenários do deserto inclemente que se autodenominavam Leões de Alá, considerados o regimento mais selvagem da Índia. Os Leões de Alá estavam posicionados atrás de Bapu: uma falange de guerreiros morenos em mantos brancos, armados com mosquetes e cimitarras longas e curvadas.

— Realmente acha que devemos lutar com eles na testa de nossos canhões? — perguntou Bapu a Dodd.

— Os mosquetes vão matar mais deles do que as balas de canhão — garantiu Dodd. Uma das coisas de que gostava em Bapu era que o homem estava disposto a ouvir conselhos. — *Sahib*, encontre-os no meio do caminho, reduza seu número com tiros de mosquetes, e então recue para deixar os canhões acabarem com eles disparando granadas. Melhor ainda, *sahib*, ponha os canhões no flanco para varrer os desgraçados.

— É muito tarde para isso — disse Bapu.

— Bem, talvez — resignou-se Dodd.

Dodd jamais entenderia por que os indianos insistiam em colocar canhões na frente da infantaria. Era uma idéia estúpida. Vivia dizendo a eles que colocassem seus canhões entre os regimentos, de modo a permitir que os artilheiros disparassem obliquamente através da face da infantaria, mas os comandantes indianos faziam ouvido de mercador. Acreditavam que ver os canhões à sua frente era um estímulo para seus soldados.

— Mas pelo menos coloque alguma infantaria na frente, *sahib* — rogou Dodd.

Bapu refletiu sobre a proposta. Não gostava muito daquele inglês alto, feio e rabugento com dentes compridos e amarelados e modos sarcásticos, mas Bapu suspeitava de que seus conselhos eram bons. O príncipe nunca lutara antes contra os britânicos, mas estava ciente de que eram diferentes dos outros inimigos que chacinara numa sucessão de campos de batalha através da Índia ocidental. Reinava nessas fileiras vermelhas uma indiferença para com a morte que permitia aos seus soldados marcharem calmamente rumo à canhonada mais feroz. Bapu não vira isso acontecer, mas ouvira relatos a esse respeito das bocas de homens confiáveis. Mesmo assim, sentia dificuldade em abandonar métodos de batalha testados e aprovados. Parecia-lhe antinatural enviar a infantaria na frente dos canhões, o que inutilizava a artilharia. Possuía 38 canhões, todos mais pesados que qualquer coisa que os britânicos haviam posicionado, e seus artilheiros figuravam entre os mais bem treinados do mundo. Esses 38 canhões pesados podiam massacrar uma infantaria em avanço, mas se o que Dodd dizia era verdade, as fileiras de casacas vermelhas resistiriam fleumáticas à punição e continuariam vindo. Exceto que muitos de seus soldados já haviam fugido, o que sugeria que estavam nervosos. Portanto, este talvez fosse o dia em que os deuses finalmente iriam se voltar contra os britânicos.

— Esta manhã vi duas águias delineadas contra o sol — informou Bapu a Dodd.

E daí?, pensou Dodd. Os indianos tinham mania de augúrios. Viviam fitando panelas de óleo, consultando homens santos ou se preocupando com a queda errante de uma folha. Mas não havia augúrio melhor para uma vitória que a visão de um inimigo fugindo antes mesmo de alcançar o campo de batalha.

— Presumo que as águias signifiquem vitória — disse polidamente Dodd.

— Elas significam — concordou Bapu. E o augúrio sugeria que a vitória chegaria a despeito das táticas empregadas, o que o inclinava contra experimentar coisas novas. Além disso, embora o príncipe Manu Bapu jamais tivesse lutado com os britânicos, eles também não haviam enfrentado os Leões de Alá em batalha. E Bapu estava em superioridade numérica. Estava barrando o avanço britânico com quarenta mil homens, enquanto os casacas vermelhas não contavam nem com um terço desse número.

— Devemos esperar e deixar que o inimigo se aproxime mais — decidiu Bapu. Primeiro ele iria esmagá-los com canhões, depois com mosquetes. — Talvez eu solte os Leões de Alá quando os britânicos estiverem mais próximos, coronel — disse para consolar Dodd.

— Um regimento não será suficiente — disse Dodd. — Nem mesmo se forem os seus árabes, *sahib*. — Mande seus homens avançarem. A linha inteira.

— Talvez — disse Bapu vagamente, embora não tivesse qualquer intenção de avançar toda sua infantaria na testa de seus preciosos canhões. Não precisava fazê-lo. A visão das águias persuadira-o de que veria a vitória, e acreditava que os artilheiros trariam essa vitória. Imaginou cadáveres em casacas vermelhas espalhados nas plantações. Iria se vingar por Assaye e provaria que os casacas vermelhas morriam como qualquer outro inimigo. — Retorne aos seus homens, coronel Dodd — disse severamente.

Dodd virou o cavalo e cavalgou até a direita da linha, onde seus Cobras aguardavam em quatro fileiras. Era um belo regimento, esplendidamente treinado, que Dodd libertara do cerco de Ahmednuggur e do caos da derrota em Assaye. Dois desastres, mas os homens de Dodd nunca haviam retrocedido. Originalmente o regimento integrara o exército de Scindia, mas depois de Assaye os Cobras haviam recuado com a infantaria do rajá de Berar, e o príncipe Manu Bapu — convocado do norte do país para assumir o comando das forças despedaçadas de Berar — persuadira Dodd a passar sua aliança de Scindia para o rajá de Berar. Dodd teria mudado de aliança de qualquer maneira, porque aquele covarde Scindia estava tentando fazer um pacto com os britânicos; além disso, Bapu acrescentara a sedução de ouro, prata e uma promoção a coronel. Os homens de Dodd, todos mercenários, não se importavam a que mestre serviriam, contanto que seus bolsos estivessem cheios.

Gopal, o segundo em comando de Dodd, saudou o retorno do coronel com uma expressão preocupada.

— Ele não vai avançar?

— Ele prefere que os canhões façam o serviço.

Gopal percebeu o tom de dúvida na voz de Dodd.

— E eles não farão?

— Não fizeram em Assaye — disse Dodd com amargura. — Maldição! Não deveríamos nem mesmo estar lutando contra eles aqui! Jamais dê campo aberto aos casacas vermelhas. Devíamos estar obrigando os bastardos a escalarem muralhas ou atravessarem rios.

Dodd temia a derrota, e com razão, porque os britânicos tinham posto sua cabeça a prêmio. A recompensa era agora de setecentos guinéus, quase seis mil rupias, e em ouro, para quem entregasse o corpo de William Dodd, vivo ou morto, à Companhia das Índias Orientais. Dodd fora tenente no exército da Companhia, mas encorajara seus homens a assassinarem um ourives e, prevendo uma condenação, desertara levando consigo mais de cem sipaios. Isso fora o bastante para que um prêmio fosse oferecido por sua captura, mas o valor da recompensa subira ainda mais quando Dodd e seus sipaios traiçoeiros assassinaram uma guarnição da Companhia em Chasalgaon. Agora o corpo de Dodd valia uma fortuna e ele conhecia a ganância o suficiente para sentir medo. Caso o exército de

Bapu desmoronasse hoje, assim como o exército mahratta desmoronara em Assaye, então Dodd seria um fugitivo numa planície aberta dominada por uma cavalaria inimiga.

— O ideal seria lutar com eles nas colinas — disse Dodd, desanimado.

— Então deveríamos combatê-los em Gawilghur — retrucou Gopal.

— Gawilghur? — perguntou Dodd.

— É a maior de todas as fortalezas mahrattas, *sahib*. Nem todos os exércitos da Europa conseguiriam tomar Gawilghur. — Gopal notou que Dodd não havia acreditado. — Nem todos os exércitos do mundo poderiam tomá-la, *sahib* — acrescentou com sinceridade. — Fica numa montanha que toca o céu. Vistos de suas muralhas, os homens parecem piolhos.

— Mas há uma forma de entrar — disse Dodd. — Sempre há.

— Sim, *sahib*, existe uma entrada para Gawilghur, mas é através de uma passagem estreita por rochas altas que conduz até uma fortaleza externa. Um homem poderia abrir caminho até essas muralhas externas, mas então sairia numa ravina profunda e descobriria que a fortificação verdadeira fica na extremidade mais distante da ravina. E então há mais muralhas, mais canhões, uma trilha estreita e portões imensos barrando o caminho! — Gopal suspirou. — Vi o lugar uma vez, anos atrás, e rezei para jamais combater um inimigo que tenha se refugiado ali.

Dodd não disse nada. Estava olhando para baixo, correndo os olhos pela ladeira suave até o local onde a infantaria de casacas vermelhas aguardava. A intervalos de poucos segundos, uma nuvem de poeira aparecia no ponto em que uma bala sólida atingira o solo.

— Se as coisas correrem mal hoje, iremos para Gawilghur e ali ficaremos seguros. Os canhões britânicos poderão nos seguir, mas não poderão nos alcançar. Eles irão se chocar contra as rochas de Gawilghur enquanto estivermos descansando às margens dos lagos da fortaleza. Estaremos no céu, e eles morrendo aos nossos pés como cães.

Se Gopal tinha razão, nem todos os cavalos do rei nem todos os homens do rei poderiam alcançar William Dodd em Gawilghur. Mas primeiro ele teria de alcançar a fortaleza, e talvez isso nem fosse necessário, porque o príncipe Manu Bapu ainda poderia derrotar os casacas vermelhas aqui. Bapu acreditava que não havia infantaria na Índia que pudesse resistir aos seus mercenários árabes.

Ao longe, na planície, Dodd podia ver que os dois batalhões tinham fugido para a plantação alta e estavam agora sendo trazidos de volta para a linha. Ele sabia que num momento essa linha começaria a avançar novamente.

— Mande nossos canhões agüentarem seu fogo — instruiu a Gopal. Os Cobras de Dodd possuíam artilharia própria formada por cinco pequenos canhões projetados para conferir apoio cerrado ao regimento. Os canhões de Dodd não estavam posicionados na frente de seus soldados de casacas brancas, mas ao largo do flanco direito, de onde poderiam despejar uma salva letal obliquamente sobre a testa do inimigo. — Carregue os canhões com granadas e espere até que estejam próximos — ordenou.

O mais importante ali era vencer, mas caso o destino decretasse o contrário, Dodd precisaria viver para lutar outro dia num lugar onde um homem não seria derrotado.

Em Gawilghur.

A linha de ataque britânica finalmente avançara. De leste a oeste ela se estendia por cinco quilômetros, serpenteando para dentro e para fora da plantação de painço, através do pasto e ao longo do leito de rio seco e amplo. O centro da linha era composta de uma formação de treze batalhões de infantaria de casacas vermelhas, três deles escoceses e o restante sipaios, enquanto dois regimentos de cavalaria avançavam no flanco esquerdo e quatro no direito. Para além da cavalaria normal estavam duas massas de cavaleiros mercenários que haviam se aliado aos britânicos na esperança de obter espólios. Tambores e gaitas-de-foles soavam. Estandartes adejavam acima de barretinas. A plantação estava sendo pisoteada pela trôpega fileira em marcha para o norte. Os canhões britânicos abriram fogo, seus pequenos petardos de seis libras apontados para os canhões mahrattas.

Os canhões mahrattas disparavam continuamente. Sharpe, caminhando atrás do flanco esquerdo da companhia número seis, concentrou-se num canhão específico que posava bem ao lado de um ajuntamento de bandeiras numa cumeeira dominada por inimigos. Contou de cabeça até sessenta e então recontou. Sabia que não podia ter certeza de quantos canhões havia no horizonte, porque estavam ocultos por uma grande nuvem de fumaça de pólvora, mas tentou contar as chamas dos disparos, que apareciam como lampejos em meio ao vapor branco-acinzentado. Seu melhor palpite foi de que havia quase quarenta canhões ali. Quanto dava quarenta vezes cinco? Duzentos. Portanto, duzentas balas eram disparadas por minuto, e cada tiro, se mirado com competência, podia matar dois homens — um na fileira da frente e outro na de trás. Obviamente, depois que o ataque estivesse próximo, os bastardos poderiam abastecer os canhões com granadas, e então cada disparo colheria uma dúzia de homens da linha. Mas por ora, enquanto os casacas vermelhas avançavam silenciosamente, o inimigo estava disparando balas sólidas ladeira abaixo. Grande parte dos disparos não acertava os alvos. Algumas balas passavam uivando sobre suas cabeças e outras quicavam sobre a fileira. Contudo, os artilheiros inimigos eram hábeis e estavam abaixando os canos de seus canhões para que as balas acertassem o solo à frente da fileira de casacas vermelhas; quando o míssil acertava o alvo, quicava uma dúzia de vezes, acertando os soldados inimigos à altura da cintura ou abaixo. Rasante, era assim que os artilheiros chamavam esse disparo, e ele exigia perícia. Se o primeiro ponto atingido pela bala fosse perto demais do canhão, a bola perderia seu impulso e provocaria apenas risos dos casacas vermelhas enquanto rolasse até parar inofensivamente. Por outro lado, se o primeiro ponto de impacto da bala fosse perto demais da linha atacante, então quicaria por cima dos casacas vermelhas. O segredo era fazer a bala voar baixo o bastante para que se transformasse em acerto, e os artilheiros inimigos estavam conseguindo. Homens eram empurrados para trás com quadris e pernas destroçados. Sharpe passou por uma bala de canhão besuntada de sangue e coberta de moscas, caída a vinte passos do homem a quem eviscerara.

— Cerrar! — gritavam os sargentos, e os cerradores de fileiras puxavam homens para preencher as lacunas.

Os canhões britânicos estavam disparando contra a nuvem de fumaça inimiga, mas suas balas pareciam não surtir efeito. Por conseguinte, os canhões foram ordenados a avançar mais. As parelhas de bois foram trazidas, os canhões de seis libras foram atrelados aos armões e assim puseram-se a sacolejar ladeira acima.

— Como pinos de boliche. — O alferes Venables aparecera ao lado de Sharpe. Roderick Venables tinha dezesseis anos e servia na companhia número sete. Ele tinha sido o oficial mais moderno do batalhão até a chegada de Sharpe, e tomara para si a tarefa de tutelar Sharpe sobre como um oficial deveria se comportar. — Eles estão nos derrubando como pinos de boliche, não é, Richard?

Antes que Sharpe pudesse responder, meia dúzia de homens da companhia número seis jogaram-se para os lados para que uma bala de canhão atravessasse a lacuna que eles deixaram. Os homens riram de alegria por terem escapado do projétil, mas o sargento Colquhoun ordenou que voltassem para suas duas fileiras.

— Você não deveria estar à esquerda da sua companhia? — perguntou Sharpe a Venables.

— Você está pensando como um sargento, Richard — disse Venables. — O Orelhas de Porco não liga a mínima para onde eu estou. — Orelhas de Porco era o capitão Lomax, que ganhara esse apelido não devido a nenhuma peculiaridade sobre suas orelhas, mas porque nutria uma paixão por orelhas de porco fritas e crocantes. Ao contrário de Urquhart, que gostava de tudo estritamente de acordo com as regras, Lomax era um sujeito complacente. — Ademais, não temos nada para fazer. Os rapazes sabem se virar sozinhos.

— Ser alferes é jogar tempo fora — queixou-se Sharpe.

— Não diga bobagens! Um alferes é apenas um coronel em gestação — argumentou Venables. — Richard, nosso dever é sermos decorativos e permanecermos vivos tempo suficiente para sermos promovidos. Mas ninguém espera que sejamos úteis! Imagine! Um oficial subalterno sendo útil? Nem em mil anos! — Venables soltou uma gargalhada. Era um jovem fútil, mas um dos poucos oficiais no 74º que fazia companhia a Sharpe. — Soube que novos convocados chegaram a Madras?

— Urquhart me contou.

— Jovens. Novos oficiais. Você deixará de ser o mais moderno.

Sharpe sacudiu a cabeça.

— Isso dependerá da data em que eles foram nomeados oficiais, não é verdade?

— Suponho que sim. Você está certo. E eles devem ter partido da Grã-Bretanha muito antes da sua promoção, hein, Sharpe? Então você vai continuar sendo o bebezinho do cassino. Que azar, meu velho.

Velho? Exatamente, pensou Sharpe. Ele era velho. Provavelmente dez anos mais velho que Venables, embora Sharpe não tivesse certeza porque ninguém se dera ao trabalho de anotar sua data de nascimento. Alferes eram jovens e Sharpe era um velho.

— Oa! — gritou Venables, extasiado, e Sharpe levantou os olhos para ver que uma bala de canhão atingira a beira de um canal de irrigação, levantando um jorro de terra. — Orelhas de Porco disse que certa vez viu duas balas de canhão colidirem em pleno ar — explicou Venables. — Bem, ele não viu realmente, é claro, mas ouviu. Ele disse que elas apareceram de repente no céu. Bum! E então despencaram.

— Devem ter se partido e quebrado ao bater no chão — deduziu Sharpe.

— Não, segundo Orelhas de Porco — insistiu Venables. — Ele disse que elas achataram uma à outra. — Uma granada explodiu adiante da companhia, fazendo chover estilhaços de ferro. Ninguém ficou ferido, e os soldados contornaram os estilhaços fumacentos. Venables parou e se inclinou para pegar um fragmento, que ficou passando de uma das mãos para a outra porque estava muito quente. — Gosto de guardar lembranças — explicou, botando um pedaço de ferro numa algibeira. — Vou mandar para as minhas irmãs lá em casa. Por que os nossos canhões não param e atiram?

— Ainda estão muito longe — disse Sharpe. A linha avançada ainda tinha uns oitocentos metros para percorrer e, embora os canhões de seis libras pudessem disparar a essa distância, os artilheiros deviam ter decidido aproximar-se bastante para não errar os tiros. Aproximar-se o máximo possível, esse é o segredo da batalha, como o coronel McCandless dissera tantas vezes a Sharpe. Aproximar-se o máximo possível, e só então iniciar a chacina.

Uma bala de canhão atingiu uma fileira na sétima companhia. Tendo quicado apenas uma vez, estava viajando a uma velocidade estonteante, e os dois homens da fileira foram atirados para trás num jorro de sangue misturado.

— Deus! — exclamou, pasmo, Venables. — Deus! — Os cadáveres estavam misturados, um emaranhado de ossos partidos, vísceras entrelaçadas, armas quebradas. Um cabo, um dos cerradores de fileiras, abaixou-se para desvencilhar as algibeiras e farnéis dos restos mortais. — Mais dois nomes para o portal da igreja — comentou Venables. — Quem eram eles, cabo?

— Os irmãos McFadden, senhor. — O cabo precisou gritar para ser ouvido sobre o rugido dos canhões mahrattas.

— Pobres bastardos — disse Venables. — Ainda assim, há mais seis deles. Mulher fecunda, essa Rosie McFadden.

Sharpe perguntou-se o que significava fecundo, mas então decidiu que talvez já soubesse. Venables, apesar de seu ar desleixado, estava parecendo ligeiramente pálido, como se a visão de corpos calcinados o tivesse nauseado. Esta era sua primeira batalha, porque estivera acamado com a Comichão de Malabar durante Assaye, mas o alferes vivia explicando que não ficava enjoado ao ver sangue porque, desde que era bem criança, servira de assistente para o pai, um cirurgião em Edimburgo. Contudo, Venables subitamente virou-se de lado, curvou-se e vomitou. Sharpe continuou andando sem pestanejar. Alguns dos soldados viraram-se ao ouvir o som de Venables vomitando.

— Olhos à frente! — ordenou Sharpe.

O sargento Colquhoun lançou um olhar furioso para Sharpe. O sargento acreditava que qualquer ordem que não viesse dele próprio ou do capitão Urquhart era uma ordem desnecessária.

Venables alcançou Sharpe.

— Acho que foi alguma coisa que comi.

— A Índia faz isso com a gente — disse Sharpe com compaixão.

— Não com você.

— Ainda não — disse Sharpe e lamentou não estar carregando um mosquete para que pudesse bater o nó dos dedos na madeira da coronha.

O capitão Urquhart virou seu cavalo para a esquerda.

— Volte para a sua companhia, sr. Venables.

Venables saiu correndo e Urquhart cavalgou de volta até o flanco direito da companhia sem dar-se conta da presença de Sharpe. O major Swinton, que comandava o batalhão enquanto o coronel Wallace mantinha responsabilidade pela brigada, galopava em seu cavalo atrás dos soldados. Os cascos golpeavam a terra seca.

— Tudo bem? — indagou Swinton a Urquhart.

— Tudo bem.

— Bom homem! — disse Swinton e se afastou.

O som dos canhões inimigos era constante, como uma trovoada que não terminava nunca. Um trovão que castigava os ouvidos e quase abafava os sons das gaitas de foles. Terra era levantada dos pontos em que as balas de canhão atingiam o solo. Sharpe, olhando para a esquerda, viu corpos espalhados no rastro da longa linha. Havia uma aldeia ali. Como diabos ele passara direto por uma aldeia sem vê-la? O lugar não era grande coisa, apenas um emaranhado de barracos de telhado de sapé com algumas hortas protegidas por sebes de cactos. Ele não via ninguém lá. Os aldeões eram sensatos; empacotavam seus vasos e panelas e fugiam tão logo avistavam o primeiro soldado em seus campos. Uma bala de canhão mahratta atingiu um dos barracos, espalhando juncos e madeira seca para todos os lados, afundando o teto de palha.

Sharpe olhou na outra direção, viu a cavalaria inimiga avançando ao longe e vislumbrou os uniformes azuis e amarelos dos dragões da 19ª Cavalaria Britânica trotando para interceptá-los. O sol de fim de tarde reluzia nos sabres desembainhados. Sharpe julgou ouvir um chamado de trombeta, mas talvez tivesse imaginado isso sob o martelar dos canhões. Os cavaleiros desapareceram atrás de um bosquete. Uma bala de canhão passou zumbindo acima de sua cabeça; uma granada explodiu à sua esquerda. A 74ª Companhia Ligeira dividiu-se para dar passagem a uma equipe de parelhas de bois voltando para sul. Os canhões britânicos tinham sido puxados até bem adiante da linha de ataque, onde agora foram distribuídos. Os artilheiros socaram munição nos canos, enfiaram estopins nos ouvidos dos canhões e recuaram. O troar dos canhões ecoou pelo campo, e uma nuvem de fumaça branco-acinzentada encheu o ar com um fedor nauseante de ovos podres.

Os tamborileiros continuaram tocando seus instrumentos, cadenciando a marcha para o norte. Por enquanto era uma batalha de artilharias, os pequenos canhões de seis libras britânicos disparando na nuvem de fumaça onde os canhões mahrattas, bem maiores, castigavam os casacas vermelhas. Suor escorria pela barriga, pinicava os olhos e gotejava do nariz de Sharpe. Moscas zumbiam em sua face. Ao desembainhar o sabre, descobriu que o cabo estava pegajoso de suor. Assim, limpou o cabo do sabre e sua mão direita na bainha da casaca. De repente Sharpe sentiu uma vontade danada de urinar, mas aquele não era o momento certo para parar e desabotoar as calças. Segure, disse a si mesmo, até que esses bastardos tenham sido derrotados. Ou mije nas calças, porque neste calor ninguém distinguirá urina de suor e ela secará depressa. Se bem que a calça pode ficar fedida. Melhor esperar. E Sharpe preferia morrer a deixar que algum dos soldados descobrisse que mijara nas calças. Sharpe Mijão, era assim que o chamariam. Uma bala de canhão zuniu sobre sua cabeça, tão perto que abalou sua barretina. Um fragmento de alguma coisa passou à esquerda. Um homem estava caído, vomitando sangue. Um cão latia enquanto outro arrancava tripas de uma barriga aberta. O bicho estava com ambas as patas sobre o cadáver para puxar com mais firmeza. Um cerrador de fileiras chutou o cachorro para longe, mas tão logo ele se virou, o animal voltou correndo para o corpo. Sharpe sonhou com um bom banho. Sabia que estava nojento, e seu único consolo era que todo mundo também estava. Até o general Wellesley devia estar nojento. Sharpe olhou para leste e viu o general cavalgando atrás dos soldados de *kilt* do 78º. Sharpe fora ordenança de Wellesley em Assaye e, conseqüentemente, conhecia todos os oficiais de seu estado-maior, que agora cavalgavam atrás dele. Tinham sido muito mais amistosos que os oficiais do 74º, se bem que não haviam sido obrigados a tratá-lo como igual.

Que se dane, pensou Sharpe. Talvez devesse aceitar o conselho de Urquhart. Vá para casa, pegue o dinheiro, compre uma estalagem e pendure o sabre na parede da sala de jantar. Será que Simone Joubert iria para a Inglaterra com ele? Ela talvez gostasse de dirigir uma estalagem. O Sonho do Sodomita: era assim que a chamaria, e cobraria aos oficiais do exército o dobro do preço por qualquer bebida.

Os canhões mahrattas ficaram subitamente silenciosos; pelo menos aqueles que estavam diretamente à frente do 74º, e a mudança no som da batalha fez Sharpe forçar a vista para enxergar através da nuvem de fumaça que pairava sobre a cumeeira a meros 400 metros dali. Mais fumaça atingia o 74º, mas essa provinha de canhões britânicos. A fumaça dos canhões inimigos estava se dissipando, carregada para norte pela brisa, mas não havia nada ali para se ver porque os canhões no centro da fileira mahratta tinham parado de atirar. Talvez os sodomitas tivessem ficado sem munição. Sonho seu, pensou Sharpe. Ou talvez eles estivessem recarregando com granadas para brindar os casacas vermelhas com boas-vindas do rajá.

Deus, ele precisava mesmo dar uma mijada! Parou, segurou o sabre debaixo do braço e desabotoou a braguilha. Um botão caiu. Praguejou, inclinou-se para pegá-lo e, novamente empertigado, esvaziou a bexiga no solo seco. Urquhart parou o cavalo ao seu lado.

— Precisava fazer isso agora, sr. Sharpe? — perguntou, irritado.

Sim, senhor, porque estou com a bexiga estourando, senhor, vá se danar, senhor.

— Desculpe, senhor — respondeu Sharpe, em vez disso.

Será que oficiais decentes não mijavam? Sharpe sentiu que os soldados estavam rindo dele e fechou a braguilha enquanto corria para alcançá-los. Os canhões ainda não tinham voltado a disparar no centro da fileira mahratta. Por que não? Mas então um canhão num dos flancos inimigos disparou obliquamente pelo campo e a bala quicou através da companhia número seis, arrancando os pés de um dos homens da linha de frente e atingindo um soldado nos joelhos. Outro soldado estava capengando, sua perna perfurada profundamente por uma farpa do osso de seu vizinho. O cabo McCallum, um dos cerradores de fileiras, empurrou homens para a lacuna enquanto um gaiteiro corria para aplicar curativos nos feridos. Os feridos seriam deixados onde tinham caído até depois da batalha, quando, e se ainda vivessem, seriam carregados até os cirurgiões. E se sobrevivessem às facas e serras, seriam mandados para casa, onde não serviriam para nada além de viver à custa das paróquias. Ou talvez os escoceses não tivessem paróquias; Sharpe não sabia, mas deveriam ter asilos. Todo mundo tinha asilos e cemitérios de pobres. Melhor ser sepultado aqui na terra preta da Índia inimiga que condenado à caridade de um asilo para pobres.

Então viu por que os canhões no centro da fileira mahratta tinham cessado fogo. As lacunas entre os canhões subitamente encheram-se com homens correndo para a frente. Homens com túnicas compridas e turbantes. Eles fluíram entre as lacunas. E então agruparam-se na frente dos canhões, debaixo de bandeiras longas e compridas que tremulavam de mastros com cumes de prata. Árabes, pensou Sharpe. Ele vira alguns árabes em Ahmednuggur, mas na ocasião a maioria deles estava morta. Lembrou de que Sevajee, o mahratta que lutara ao lado do coronel McCandless, dissera que os mercenários árabes eram os melhores de todos os soldados inimigos.

Agora havia uma horda de guerreiros do deserto vindo direto até o 74º regimento e seus vizinhos de *kilt*.

Os árabes chegaram numa formação flexível. Suas armas tinham coronhas ornamentadas que reluziam ao sol, e carregavam espadas curvas em bainhas na cintura. Vinham quase alegremente, como se tivessem confiança absoluta em sua habilidade. Quantos eram? Mil? Sharpe deduziu que eram pelo menos mil. Seus oficiais estavam montados a cavalo. Eles não avançavam em linhas e fileiras, mas em massa, e alguns, os mais corajosos, corriam na frente como se estivessem ansiosos para iniciar a matança. A massa de homens vestidos em túnicas entoava um grito de guerra agudo, enquanto em seu centro tamborileiros batiam em instrumentos imensos cujos sons pulsavam gravíssimos através do campo. Sharpe viu o canhão britânico mais próximo ser carregado com uma granada. Os estandartes verdes estavam sendo brandidos de lado a lado, de modo que suas caudas de seda tremulavam sobre as cabeças dos guerreiros. Havia alguma coisa escrita nos estandartes, mas não era numa escrita que Sharpe reconhecesse.

— Septuagésimo quarto! — gritou o major Swinton. — Alto!

O 78º também havia parado. Os dois batalhões de Highlanders, ambos com efetivo reduzido após as perdas em Assaye, estavam recebendo a maior parte do ataque árabe. O restante do campo de batalha pareceu derreter-se. Tudo que Sharpe podia ver eram os soldados vestidos em túnicas investindo impetuosamente em sua direção.

— Preparar! — bradou Swinton.

— Preparar! — ecoou Urquhart.

— Preparar! — gritou o sargento Colquhoun. Os homens levaram seus mosquetes ao peito e puxaram os pesadíssimos cães das armas.

Sharpe aproximou-se da lacuna entre a companhia número seis e sua vizinha esquerda, a número sete. Como desejava ter um mosquete! O sabre em sua mão parecia frágil demais.

— Apontar! — bradou Swinton.

— Apontar! — ecoou Colquhoun e os mosquetes subiram aos ombros dos soldados. Cabeças curvaram-se para olhos espiarem ao longo dos canos.

— Vocês vão disparar baixo, meninos — disse Urquhart de trás da linha. — Vão disparar baixo. Volte para a sua posição, sr. Sharpe.

Maldição, mais um erro, pensou Sharpe. Ele recuou para trás da companhia onde deveria certificar-se de que ninguém tentaria fugir.

Os árabes estavam próximos. Agora faltavam menos de cem passos. Alguns tinham desembainhado as espadas. O ar, agora limpo da fumaça, estava preenchido com o assustador grito de guerra dotado de uma qualidade ondulante. Não muito distante agora, nem um pouco distante. Os mosquetes dos escoceses estavam ligeiramente angulados para baixo. O recuo dos mosquetes empurrava os canos para cima, e os soldados não treinados, que não estavam preparados para o coice das armas, costumavam disparar alto. Mas esta saraivada seria letal.

— Esperem, meninos, esperem! — gritou Orelhas de Porco para a companhia número sete. O alferes Venables golpeava o mato com sua *claymore*. Ele parecia nervoso.

Urquhart sacara uma pistola. Ele puxou o cão para trás, e as orelhas de seu cavalo se eriçaram quando a mola da pistola clicou.

Rostos árabes gritaram de ódio. Seus grandes tambores estavam soando. A fileira de casacas vermelhas, com apenas duas linhas de profundidade, parecia frágil diante do ataque selvagem.

O major Swinton respirou fundo. Sharpe aproximou-se novamente da lacuna. Dane-se, ele queria estar na linha de frente, onde poderia matar. Dava-lhe nos nervos ficar atrás da fileira.

— Septuagésimo quarto! — gritou Swinton e então fez uma pausa. Os dedos dos soldados envolveram os gatilhos.

Vamos deixar que cheguem bem perto, pensou Swinton. Vamos deixar que cheguem bem perto.

E então vamos matá-los.

O irmão do príncipe Manu Bapu, o rajá de Berar, não estava na aldeia de Argaum, onde os Leões de Alá agora investiam para destruir o coração do ataque britânico. O rajá não gostava de batalhas. Apreciava a idéia da conquista, adorava ver prisioneiros marcharem e ansiava por espólios para encher seus depósitos. Mas não tinha nervos para lutar.

Porém, ao contrário do rajá, Manu Bapu não tinha estômago fraco. Estava com 35 anos, lutava desde os 15, e tudo que queria era a chance de continuar lutando por mais vinte ou quarenta anos. Ele se considerava um verdadeiro mahratta; um pirata, um ladrão, um patife de armadura, um saqueador, uma pestilência, um sucessor de gerações de mahrattas que haviam dominado a Índia ocidental descendo de suas fortalezas nas colinas para aterrorizar príncipes rechonchudos e seus reinos ricos nas planícies. Uma espada rápida, um cavalo veloz e uma vítima rica: o que mais poderia querer um homem? E assim Bapu cavalgara para baixo e para longe para trazer espólios e resgates de volta para o pequeno reino de Berar.

Mas agora todas as terras da Confederação Mahratta se viam ameaçadas. Um exército britânico conquistava seu território norte, e outro estava ali no sul. Fora esta força sul de casacas vermelhas que aniquilara os soldados de Scindia e Berar em Assaye, e o rajá de Berar convocara seu irmão para trazer os Leões de Alá para repelir e matar o invasor. O rajá aconselhara Bapu de que esta não era uma missão para a cavalaria, mas para a infantaria. Era uma missão para os árabes.

Mas Bapu sabia que esta era uma missão para cavalaria. Seus árabes venceriam a batalha, disso tinha certeza, mas no cenário atual da batalha, eles poderiam apenas romper a formação inimiga. Bapu pensara em deixar que os britânicos avançassem até seus canhões e então soltar os árabes, mas um capricho, uma promessa de triunfo, fizera-o decidir por enviar os árabes para além dos canhões. Soltar os Leões de Alá no centro da força inimiga e, quando este centro estivesse arrasado, o resto da linha britânica iria se desfazer e fugir em pânico. Só então os cavaleiros mahrattas realizariam a sua chacina. A noite já começava, o sol se pondo no oeste avermelhado. Contudo, o céu estava limpo e Bapu antecipava o prazer de uma caçada ao luar pela planície Deccan.

— Galoparemos sobre sangue — disse alto e então conduziu seus auxiliares até o flanco direito de seu exército para que pudesse passar a cavalo por seus árabes depois que tivessem terminado o massacre.

Bapu permitiria que seus vitoriosos Leões de Alá pilhassem o acampamento inimigo enquanto liderava seus cavaleiros num galope selvagem e vitorioso através da escuridão tocada pelo luar.

E os britânicos fugiriam. Fugiriam como bodes fogem de um tigre. Mas o tigre era mais inteligente. Ele tinha mantido apenas um pequeno número de cavaleiros com o exército, meros cinqüenta mil, enquanto a maior parte de sua cavalaria fora enviada para o sul para atacar as longas estradas de suprimento do inimigo. Os britânicos fugiriam direto para os sabres desses homens.

O cavalo de Bapu trotava logo atrás do flanco direito dos Leões de Alá. Os canhões britânicos estavam disparando granadas. Bapu viu o solo ao lado de seus árabes salpicado por chuvas de balas e viu os homens vestidos em túnicas caírem. Mas também viu como, em vez de hesitar, os árabes corriam direto contra a linha deploravelmente fina de casacas vermelhas. Os árabes estavam emitindo gritos de desafio, os canhões estavam martelando, e a alma de Bapu voava com a música. Não havia nada melhor na vida, pensou, do que aquela sensação de vitória iminente. Era como uma droga que inflamava sua mente com visões nobres.

Caso tivesse parado para refletir por um momento, poderia ter-se perguntado por que os britânicos não usavam seus mosquetes. Estavam segurando seu fogo, esperando até que cada bala pudesse matar, mas o príncipe não se preocupava com esses detalhes. Em seus sonhos investia contra um exército desmantelado, desfechando golpes de *tulwar* contra os soldados, abrindo uma trilha de sangue para o sul. Uma espada rápida, um cavalo veloz e um inimigo alquebrado. Era o paraíso para um mahratta, e os Leões de Alá estavam abrindo seus portões para que nesta noite Manu Bapu, guerreiro e sonhador, cavalgasse para a lenda.

CAPÍTULO II

— Fogo! — gritou Swinton. Os dois regimentos de Highlanders dispararam juntos, quase mil mosquetes flamejando para compor instantaneamente uma densa sebe de fumaça na frente dos batalhões. Os árabes desapareceram atrás da fumaça enquanto os casacas vermelhas recarregavam. Soldados morderam cartuchos encerados, desembainharam varetas que giraram no ar antes de enfiá-las nos canos. A fumaça coleante começou a afinar, revelando pequenas fogueiras nos pontos em que as buchas dos mosquetes haviam queimado na grama seca.

— Fogo de pelotão! — berrou o major Swinton. — Dos flancos!

— Companhia Ligeira! — gritou o capitão Peters no flanco esquerdo. — Primeiro pelotão, fogo!

— Matem eles! As suas mães estão olhando! — gritou o coronel Harness. O coronel do 78º Regimento do Rei era louco de dar dó e estava delirando com uma febre, mas insistira em avançar atrás de seus Highlanders de *kilt*. Estava sendo carregado numa liteira e, quando os disparos do pelotão começaram, ele tentou saltar da liteira para juntar-se à batalha, sua única arma era um chicote de equitação quebrado. Ele fora sangrado recentemente, e uma bandagem ensangüentada aparecia por baixo de uma das mangas de sua casaca. — Acabem com eles, seus cães! Acabem com eles!

Os dois batalhões agora estavam disparando em meias companhias. Cada meia companhia disparava dois ou três segundos depois do pelotão vizinho, de modo que as saraivadas chegavam das alas externas de cada batalhão, encontravam-se no centro e recomeçavam nos flancos. Esses disparos mecânicos, conforme Sharpe os chamava, eram resultantes de horas de treinamento tedioso. Posicionados além dos flancos do batalhão, os canhões de seis libras recuavam a cada disparo, rodas marcando o solo enquanto granadas explodiam de suas bocas. Áreas amplas de grama incendiada jaziam sob a fumaça de canhão. Os artilheiros trabalhavam em mangas de camisa, esfregando buchas, enfiando varetas, e então agachando-se quando os canhões disparavam de novo. Apenas os chefes de peça, em sua maioria sargentos, pareciam olhar para o inimigo, e só enquanto conferiam o alinhamento do canhão. E enquanto a peça era recarregada, outros artilheiros traziam balas e pólvora, ocasionalmente em carrinhos de mão.

— Água! — gritou um cabo, segurando um balde para mostrar que a água usada para esfregar o cano havia acabado.

— Disparem baixo! Não desperdicem sua pólvora! — gritou o major Swinton enquanto conduzia seu cavalo até a lacuna entre as companhias centrais.

Swinton forçou a vista para ver o inimigo através da fumaça. Atrás dele, ao lado das bandeiras gêmeas do 74º Regimento, o general Wellesley e seus ajudantes também fitavam os árabes por trás das nuvens de fumaça. O coronel Wallace, o comandante de brigada, trotou com seu cavalo até o flanco do batalhão. Gritou alguma coisa para Sharpe enquanto passava, mas suas palavras se perderam no rebuliço dos disparos, e então seu cavalo virou abruptamente quando foi atingido na anca por uma bala. Wallace acalmou o animal e se virou para olhar para o ferimento. Felizmente o cavalo não parecia gravemente ferido. O coronel Harness estava batendo num dos carregadores de liteira nativos, que tentara empurrá-lo de volta para o interior do veículo acortinado. Um dos ajudantes de Wellesley cavalgou de volta para acalmar o coronel e persuadi-lo a seguir para o sul.

— Firmes agora! — gritou o sargento Colquhoun. — Mirem baixo!

O ataque dos árabes fora contido, mas não derrotado. A primeira saraivada devia ter atingido os atacantes com muita força, porque Sharpe viu uma linha de cadáveres caídos na relva. Os corpos pareciam vermelhos e brancos, sangue sobre mantos, mas por trás da pilha espasmódica os árabes estavam respondendo aos tiros para gerar sua própria nuvem de fumaça de pólvora. Não tendo sido treinados em disparos de pelotão, os árabes disparavam aleatoriamente, mas recarregavam depressa e suas balas atingiam os alvos. Sharpe ouviu um som de açougue, metal golpeando carne, viu homens sendo jogados para trás, viu alguns caírem. Os cerradores de fileiras arrastaram os mortos para fora da fileira e obrigaram os vivos a se juntarem mais.

— Cerrem a fileira! Cerrem a fileira!

As gaitas tocavam sem parar, unindo sua música desafiadora ao ruído das armas. O recruta Hollister foi atingido na cabeça e Sharpe viu uma nuvem de talco branco levantar-se do cabelo empoado do homem enquanto seu chapéu caía. E então sangue empapou o cabelo esbranquiçado e Hollister caiu para trás com olhos vítreos.

— Pelotão Um, fogo! — gritou o sargento Colquhoun.

Ele era tão míope que mal podia ver o inimigo, mas isso pouco importava. Ninguém podia ver muita coisa na fumaça, e tudo que um sargento precisava naquele momento era de nervos de aço, e Colquhoun não era dado a ataques de pânico.

— Pelotão Dois, fogo! — berrou Colquhoun.

— Deus do Céu! — gritou um homem perto de Sharpe. Ele cambaleou para trás, mosquete caindo, e então se contorceu e tombou de joelhos. — Oh, Deus, oh, Deus, oh, Deus! — gemeu enquanto segurava a garganta.

A princípio Sharpe não entendeu onde o homem estava ferido, mas então viu sangue descendo pelas calças cinza. O moribundo olhou para Sharpe, lágrimas surgiram em seus olhos e então tombou para a frente.

Sharpe pegou o mosquete caído e então virou o homem para desafivelar a cartucheira. O homem estava morto, ou tão perto disso que não fazia diferença.

— Pederneira! — gritou um homem da fileira da frente. — Preciso de uma pederneira!

O sargento Colquhoun acotovelou-se através dos soldados, segurando uma pederneira sobressalente.

— E onde está a sua pederneira sobressalente, John Hammond?

— Só Deus sabe, sargento.

— Então pergunte a ele, porque você está num combate.

Um homem praguejou quando uma bala perfurou seu braço esquerdo. Ele recuou da fileira, o braço pendendo inútil e gotejando sangue.

Sharpe entrou na lacuna entre as companhias, levou o mosquete ao ombro e disparou. O recuo contra seu ombro foi forte, mas Sharpe achou a sensação boa. Pelo menos finalmente tinha alguma coisa para fazer. Pousou a coronha, pescou um cartucho na algibeira e arrancou o topo com os dentes, provando o sal na pólvora. Empurrou a munição com a vareta, atirou de novo, carregou de novo. Uma bala produziu um estranho ruído esvoaçante enquanto passava rente à sua orelha, e mais outra zuniu sobre sua cabeça. Aguardou o final da saraivada inimiga e então disparou junto com os outros homens do primeiro pelotão da Companhia Seis. Passar a coronha, pegar novo cartucho, morder, escorvar, derramar, socar, recolocar vareta nas braçadeiras, levantar a espingarda, sentir a coronha contra o ombro ferido, puxar o cão: Sharpe fazia todas essas coisas com a mesma eficiência de qualquer soldado, mas fora treinado para isso. Essa era a diferença, pensou amargo. Ele era treinado, mas ninguém treinava os oficiais. Se dispunham de quem fizesse todo o serviço para eles, por que cargas-d'água treiná-los? O alferes Venables estava certo, o único dever de um oficial subalterno era permanecer vivo, mas Sharpe não era capaz de resistir a uma luta. Ademais, sentia-se melhor nas fileiras, disparando contra a fumaça do inimigo, do que parado atrás da companhia sem fazer porcaria nenhuma.

Os árabes estavam lutando bem, muito bem. Sharpe não conseguia se lembrar de nenhum outro inimigo que resistira a um fogo de pelotão tão concentrado. Inclusive, os homens vestidos em mantos estavam tentando avançar, mas eram contidos pela pilhas de cadáveres que anteriormente fora sua linha de frente. Quantas malditas linhas tinham eles? Uma dúzia? Sharpe viu uma bandeira verde cair, e então o estandarte foi pego do chão e brandido no ar. Os enormes tambores árabes ainda soavam, produzindo um som tão ameaçador quanto o dos gaiteiros dos casacas vermelhas. Os canhões árabes tinham canos sobrenaturalmente longos, que cuspiam fumaça suja e línguas de fogo. Outra bala passou perto o bastante de Sharpe para soprar ar quente em seu rosto. Sharpe disparou de novo, quando uma mão agarrou o colarinho de sua casaca e o puxou violentamente para trás.

— Alferes Sharpe, o seu lugar é aqui! Atrás da linha! — asseverou o capitão Urquhart. O cavalo recuara inadvertidamente quando o capitão agarrara Sharpe pelo colarinho, de modo que o alferes fora puxado com mais violência do que o pretendido. — Você não é mais um recruta — disse veemente enquanto ajudava Sharpe, que quase fora derrubado, a recuperar o equilíbrio.

— É claro, senhor — disse Sharpe, que, sem coragem de encarar Urquhart, manteve-se olhando para a frente.

Ele estava enrubescendo, sabendo que fora repreendido na frente dos soldados. Maldição, pensou.

— Preparar para atacar! — gritou o major Swinton.

— Preparar para atacar! — ecoou o capitão Urquhart, esporeando seu cavalo para longe de Sharpe.

Os escoceses calaram suas baionetas e encaixaram-nas debaixo dos canos de seus mosquetes.

— Descarreguem suas armas! — bradou Swinton, e os homens que ainda estavam carregados levantaram seus mosquetes e dispararam uma última saraivada.

— Septuagésimo quarto! — berrou Swinton. — Avante! Eu quero ouvir gaitas. Quero ouvir gaitas!

— Prossiga, Swinton, prossiga! — gritou Wallace. Não havia necessidade de encorajar o batalhão a avançar, porque ele estava cheio de disposição para isso, mas o coronel estava empolgado. Sacou sua espada *claymore* e tocou o cavalo até a fila da retaguarda da companhia número sete. — Vamos pegá-los, rapazes! Vamos pegá-los!

Os casacas vermelhas marcharam em frente, pisando nas pequenas fogueiras deflagradas pelas buchas de seus mosquetes.

Os árabes pareceram estarrecidos ao constatar que os casacas vermelhas estavam avançando. Alguns sacaram suas próprias baionetas, enquanto outros desembainharam espadas compridas e curvas.

— Eles não vão opor resistência! — gritou Wellesley. — Não vão opor resistência!

— Uma ova que não vão — resmungou um homem.

— Avante! — gritou Swinton. — Avante!

E o 74º Regimento do Rei, liberado para a matança, correu os últimos metros, saltou as pilhas de mortos e estocou suas baionetas nos inimigos. À direita, o 78º Regimento do Rei também alcançou seu alvo. Os canhões britânicos desfecharam uma última e violenta rajada de granadas, e então silenciaram-se quando os escoceses bloquearam a mira dos artilheiros.

Alguns dos árabes queriam lutar, outros queriam recuar. Mas o ataque pegara a todos de surpresa e as linhas da retaguarda ainda não estavam cientes do perigo, de modo que pressionavam as outras para adiante, forçando contra as baionetas escocesas os homens relutantes da frente. Os Highlanders gritavam enquanto matavam. Sharpe ainda empunhava o mosquete descarregado enquanto se aproximava da linha da retaguarda. Ele não dispunha de baioneta e estava se perguntando se devia desembainhar seu sabre quando um árabe alto repentinamente golpeou um homem da linha frontal com uma cimitarra, e então avançou com sua lâmina avermelhada contra o segundo homem da linha. Sharpe recuperou o mosquete, brandiu-o pelo cano e desferiu uma coronhada violenta na cabeça do espadachim. O árabe tombou e quando uma baioneta cravou-se em sua espinha, ficou caído no chão, debatendo-se como uma enguia arpoada. Sharpe acertou-o na cabeça mais uma vez, chutou-o só por garantia e então seguiu em frente. Homens gritavam, praguejavam, estocavam, cuspiam, e, bem na testa da Companhia Seis, um nó de homens vestidos em mantos desferiam golpes de cimitarra como se fossem capazes de derrotar sozinhos o 74º Regimento do Rei. Urquhart conduziu o cavalo até a linha da retaguarda e disparou sua pistola. Um dos árabes foi empurrado para trás e os outros finalmente recuaram, todos exceto um baixinho que gritava em fúria e desfechava golpes violentos com sua lâmina longa e curva. A linha frontal dividiu-se para permitir que a cimitarra cortasse o ar entre dois soldados; em seguida, a segunda linha também se dividiu para permitir que o baixinho passasse gritando sozinho, tendo apenas Sharpe à sua frente.

— Ele é apenas um rapazinho! — gritou uma voz escocesa em aviso enquanto as fileiras se fechavam de novo.

Na verdade não se tratava de um homem baixo, mas de um menino. Talvez com apenas doze ou treze anos, presumiu Sharpe enquanto aparava os golpes de cimitarra com a coronha do mosquete. O menino pensava que podia vencer a batalha sozinho e saltou contra Sharpe, que aparou o golpe e recuou para mostrar que não queria lutar.

— Abaixe isso aí, garoto — disse Sharpe.

O menino cuspiu, saltou e desferiu mais um golpe. Sharpe aparou uma terceira vez, e então reverteu o mosquete e arremeteu a coronha contra a lateral da cabeça do menino. Por um segundo o menino fitou Sharpe com uma expressão atônita, e então tombou na relva.

— Eles estão se dispersando! — berrou Wellesley de algum lugar nas imediações. — Estão se dispersando!

O coronel Wallace estava agora na linha de frente, cortando inimigos com sua espada *claymore*. Ele golpeava como um fazendeiro, golpe após golpe. Perdera o chapéu tricorne, de modo que sua cabeça calva reluzia ao sol de fim de tarde. Havia sangue no flanco de seu cavalo, e mais sangue borrifado no forro branco das caudas de sua casaca. Então a pressão do inimigo diminuiu, e Wallace esporeou o cavalo para que avançasse para a lacuna.

— Em frente, rapazes! Vamos!

Um homem parou para resgatar o chapéu tricorne de Wallace. Suas plumas estavam empapadas de sangue.

Os árabes estavam fugindo.

— Vão! — gritou Swinton. — Vão! Continuem correndo! Vão!

Um soldado havia parado para revistar o manto de um cadáver. O sargento Colquhoun puxou-o e obrigou-o a seguir em frente. Os cerradores de fileiras estavam se certificando de que nenhum dos corpos inimigos deixados para trás pelos cerradores de fileiras era perigoso. Eles chutaram espadas e mosquetes das mãos de homens feridos, espetaram corpos aparentemente não feridos com baionetas e mataram qualquer homem que demonstrasse energia para lutar. Dois gaiteiros tocavam sua música feroz, estimulando os escoceses a subirem a ladeira suave onde os grandes tambores árabes tinham sido abandonados. À medida que passavam pelos tambores, os soldados desferiam estocadas de baioneta no couro dos instrumentos.

— Em frente! Em frente! — Urquhart gritava como se estivesse num campo de caça.

— Aos canhões! — gritou Wellesley.

— Continuem avançando! — berrou Sharpe para alguns retardatários. — Continuem, seus bastardos, continuem!

A linha de artilharia inimiga estava na cumeeira do monte baixo, mas os artilheiros mahrattas não ousavam disparar porque os remanescentes dos Leões de Alá estavam entre eles e os casacas vermelhas.

Os artilheiros hesitaram durante alguns segundos e então, decidindo que o dia estava perdido, fugiram.

— Tomem os canhões! — ordenou Wellesley.

O coronel Wallace cavalgou através dos inimigos em fuga, desfechando golpes com sua *claymore*, e então parou ao lado de um canhão de dezoito libras pintado espalhafatosamente.

— Vamos, rapazes! Vamos!

Os escoceses alcançaram as armas. A maioria estava com suas baionetas avermelhadas, e o suor escorria de suas faces enegrecidas de pólvora. Alguns começaram a revistar os armões, onde os artilheiros costumavam guardar alimentos e bens.

— Carregar! — ordenou Urquhart. — Carregar!

— Cerra fileiras! — gritou o sargento Colquhoun. Ele correu à frente e empurrou soldados para longe dos armões. — Deixem as carretas em paz, garotos! Cerrar fileiras! Acelerado!

Pela primeira vez Sharpe pôde olhar para baixo, para a ladeira oposta do monte. A trezentos passos de distância havia mais infantaria, uma linha longa de soldados de infantaria aglomerados numa dúzia de fileiras, e para além disso alguns jardins murados e os telhados de uma aldeia. As sombras eram muito compridas porque o sol estava brilhando logo acima do horizonte.

— Onde estão os canhões galopadores? — rugiu Wallace, e um ajudante desceu a ladeira para buscar os artilheiros.

— Lance uma saraivada neles, Swinton! — ordenou Wellesley.

A distância era grande demais para um mosquete, mas Swinton mandou o batalhão disparar ladeira abaixo, e talvez tenha sido essa saraivada, ou talvez a visão dos árabes derrotados, que provocou pânico naquela imensa massa de infantaria. Durante alguns segundos os soldados inimigos permaneceram debaixo de suas bandeiras grandes e coloridas, mas de repente, como areia beijada pela maré, eles se dissolveram.

Clarins de cavalaria soaram. Cavaleiros britânicos e sipaios investiram com sabres, enquanto a cavalaria irregular, composta por aqueles mercenários que tinham se aliado aos britânicos pela oportunidade de obter espólios, baixou suas lanças e afundou esporas nas ancas de seus cavalos.

Era o paraíso para um soldado de cavalaria: um inimigo desmantelado sem qualquer lugar onde se esconder. Alguns mahrattas buscaram abrigo na aldeia, mas a maioria passou correndo por ela, largando as armas enquanto os cavaleiros terríveis fluíam atrás da horda em fuga com sabres e lanças cortando e perfurando.

— *Puckalees!* — gritou Urquhart, levantando-se nos estribos para procurar pelos homens e meninos que traziam água para os soldados. Mas não havia nenhum ao alcance da vista e os soldados do 74º estavam sedentos, a sede aguçada pelo sal na pólvora que enchera suas bocas. — Mas onde diabos eles estão? — imprecou Urquhart e então olhou para Sharpe. — Sr. Sharpe? Está incumbido de encontrar nossos *puckalees*.

— Sim, senhor — disse Sharpe, não se dando ao trabalho de ocultar sua decepção com a ordem. Ele estava torcendo para conseguir achar algum espólio quando o 74º vasculhasse a aldeia, mas em vez disso teria de fazer as vezes de um criado e buscar água. Largou seu mosquete e caminhou de volta pelo cenário nauseante e gemedor de mortos e moribundos. Já havia cães buscando carniça entre os corpos.

— Avante! — ordenou Wellesley atrás de Sharpe, e toda a longa fileira de soldados de infantaria britânicos avançou sob suas bandeiras em direção à aldeia. A cavalaria já estava para bem além das casas, matando ao seu bel-prazer e tocando os fugitivos ainda mais para norte.

Sharpe caminhou para sul. Ele suspeitava que os *puckaless* ainda estivessem com a bagagem, o que significava uma caminhada de quase cinco quilômetros. Quando finalmente os encontrasse, o batalhão já teria saciado sua sede nos poços da aldeia. Maldição, pensou. Mesmo quando lhe davam alguma coisa para fazer, era um trabalho absolutamente inútil.

Um grito fez Sharpe olhar para a direita, onde um grupo de cavaleiros nativos rasgava os mantos de árabes mortos em busca de moedas e quinquilharias. Os saqueadores eram mahrattas que tinham vendido seus serviços para os britânicos e Sharpe presumiu que os cavaleiros não tinham se juntado à perseguição por medo de serem confundidos com o inimigo aniquilado. Um dos árabes estivera apenas se fingindo de morto, e agora, apesar de estar em grande desvantagem numérica, desafiava seus inimigos com uma pistola que retirara de dentro de seu manto. Os cavaleiros tinham formado um círculo em torno do árabe e estavam zombando dele, desafiando-o a disparar sua pistola.

O árabe era um homem baixo. Quando se virou em sua direção, Sharpe reconheceu-o como a criança que investira tão bravamente contra o 74º Regimento do Rei. O menino estava condenado, porque o círculo de cavaleiros fechava-se lentamente para matá-lo. Um dos mahrattas provavelmente morreria, ou pelo menos ficaria terrivelmente ferido pela bala da pistola, mas isso fazia parte do jogo. O menino tinha um tiro, eles tinham vinte. Um homem cutucou as costas do menino com uma ponta de lança, fazendo-o girar nos calcanhares, mas o homem com a lança recuara depressa e mais outro homem bateu em seu turbante com uma *tulwar*. Os outros cavaleiros riram.

Sharpe julgou que o menino não merecia aquilo. Era apenas

uma criança, mas corajoso como um tigre, e assim Sharpe caminhou até os cavaleiros.

— Deixem ele ir! — ordenou Sharpe.

O menino se virou na direção de Sharpe. Se ele reconheceu que o oficial britânico estava tentando salvar sua vida, não demonstrou nenhum sinal de gratidão; em vez disso levantou a pistola, apontando o cano para o rosto de Sharpe. Os cavaleiros, considerando que isso seria ainda mais divertido, atiçaram-no a disparar, e um deles se aproximou do menino com uma *tulwar* levantada, mas não atacou. Ele deixaria o menino atirar em Sharpe e depois o mataria.

— Deixem ele ir! — repetiu Sharpe. — Para trás!

Os mahrattas sorriram, mas não se moveram. Sharpe poderia receber a única bala, e então eles usariam seus sabres para reduzir o menino a fatias de carne.

O menino deu um passo na direção de Sharpe.

— Não seja idiota, menino — disse Sharpe. — O menino obviamente não falava inglês, mas o tom da voz de Sharpe era calmante. Não fez diferença. A mão do menino tremia e ele parecia assustado, mas ainda audacioso até os ossos. Sabia que iria morrer, mas a expectativa de levar consigo a alma de um inimigo encorajava-o a morrer com dignidade. — Largue essa arma — disse Sharpe baixinho.

Agora Sharpe desejava não ter resolvido intervir. O menino estava enraivecido o bastante para atirar, e Sharpe sabia que não poderia fazer nada quanto a isso, exceto fugir e se expor ao escárnio dos mahrattas. Estava perto o bastante para ver as ranhuras que uma vareta deixara na boca enegrecida da pistola.

— Não seja idiota, menino — repetiu Sharpe.

Mas o menino continuava apontando a pistola. Sharpe sabia que deveria se virar e sair correndo, mas em vez disso deu mais um passo à frente. Teve a impressão de que se desse apenas mais um passo estaria perto o suficiente para desviar a pistola com um safanão.

Então o menino gritou alguma coisa em árabe, alguma coisa sobre Alá, e premiu o gatilho.

O cão da arma não se moveu. O menino pareceu atônito, e então tornou a apertar o gatilho.

Sharpe desatou a rir. A expressão de pasmo no rosto da criança tinha sido tão repentina, e tão natural, que Sharpe não conseguiu conter o riso. O menino parecia prestes a chorar.

O mahratta atrás do garoto brandiu sua *tulwar*. Calculou que poderia desferir um único corte através do turbante sujo do menino e decapitá-lo. Contudo, Sharpe dera aquele passo a mais e agarrou a mão do menino e puxou-o para sua barriga. A espada sibilou um centímetro atrás do pescoço do menino.

— Mandei deixá-lo em paz! — vociferou Sharpe. — Ou prefere lutar comigo?

— Nenhum de nós quer lutar com o alferes Sharpe — disse uma voz calma atrás do inglês.

Sharpe virou-se. Um dos cavaleiros ainda estava montado, e tinha sido esse homem quem falara. Estava vestido com uma jaqueta militar européia de tecido verde decorada com correntinhas de prata, e tinha um rosto magro e marcado por cicatrizes, com um nariz tão curvado quanto o de *sir* Arthur Wellesley. Ele agora dirigiu um sorriso a Sharpe.

— Syud Sevajee — disse Sharpe.

— Nunca o congratulei por sua promoção — disse Sevajee e se inclinou para oferecer a mão a Sharpe.

Sharpe apertou-a.

— Consegui graças a McCandless — disse ele.

— Não — discordou Sevajee. — Conseguiu graças a si mesmo. — Sevajee, que liderava aquele bando de cavaleiros, fez um sinal para que seus homens se afastassem. Então baixou os olhos para o menino que ainda se debatia nos braços de Sharpe. — Tem certeza que deseja salvar a vida desse crapulazinho?

— Por que não?

— Um tigre pequeno parece um gatinho, mas mesmo assim cresce como um tigre, e um dia pode comer você.

— Este aqui não é nenhum gatinho — disse Sharpe, dando um tapa no ouvido do menino para fazê-lo parar de se debater.

Sevajee falou alguma coisa rápida em árabe e o menino ficou quieto.

— Disse a ele que você salvou a vida dele, e que ele agora deve fidelidade a você — explicou Sevajee a Sharpe. Sevajee falou mais uma vez com o menino que, depois de olhar envergonhado para Sharpe, respondeu. — O nome dele é Ahmed — disse Sevajee. — Eu disse a ele que você é um grande lorde inglês que comanda as vidas e as mortes de mil homens.

— Você disse a ele o quê?

— Disse a ele que você vai arrancar o couro dele se o desobedecer — disse Sevajee, olhando para seus homens que, depois de terem sua diversão negada, tinham voltado a saquear os mortos. — Está gostando de ser oficial? — perguntou a Sharpe.

— Estou odiando.

Sevajee sorriu, revelando dentes manchados de vermelho.

— McCandless achou que você iria odiar essa vida, mas não sabia como conter sua ambição. — Sevajee apeou de sua sela. — Sinto muito pela morte de McCandless — disse o indiano.

— Eu também.

— Sabe quem o matou?

— Acho que foi Dodd.

Sevajee fez que sim com a cabeça.

— Também acho o mesmo. — Syud Sevajee era um mahratta bem-nascido, o filho mais velho de um dos senhores da guerra do rajá de Berar, mas um rival no serviço do rajá assassinara seu pai e Sevajee buscava vingança desde então. Se para conseguir essa vingança ele era obrigado a marchar com seus inimigos britânicos, então esse era um preço pequeno a pagar pelo orgulho da família. Sevajee cavalgara com o coronel McCandless quando o escocês perseguira Dodd, e fora assim que conhecera Sharpe. — Beny Singh não estava com o inimigo hoje — informou a Sharpe.

Sharpe teve de pensar por alguns segundos até lembrar que Beny Singh era o homem que envenenara o pai de Sevajee.

— Como sabe?

— O estandarte dele não estava entre as bandeiras mahrattas. Hoje enfrentamos Manu Bapu, o irmão do rajá. Ele é um homem melhor que o rajá, mas se recusa a tomar o trono. Também é um soldado melhor que o resto, mas pelo visto não é bom o bastante. Dodd estava lá.

— Estava?

— Fugiu. — Sevajee virou-se e olhou para norte. — E sei para onde eles estão indo.

— Para onde?

— Gawilghur — murmurou Sevajee. — Para o forte no céu.

— Gawilghur?

— Cresci lá — disse Sevajee em voz baixa, ainda olhando para o horizonte norte. — Meu pai foi o *killadar* de Gawilghur. Era um posto de honra, Sharpe, porque Gawilghur é a nossa maior fortaleza. É o forte no céu, o refúgio impenetrável, o lugar que nunca caiu em mãos inimigas, e seu novo *killadar* é Beny Singh. Precisamos encontrar uma forma de entrar nesse lugar, Sharpe. Eu matarei Singh, e você matará Dodd.

— É para isso que estou aqui.

— Não. — Sevajee lançou um olhar amargo para Sharpe. — Você está aqui, alferes, porque vocês britânicos são gananciosos. — Olhou para o menino árabe e lhe fez uma pergunta. Houve uma breve conversa entre os dois, e então Sevajee tornou a olhar para Sharpe. — Eu lhe disse que agora ele é seu criado. Disse também que seria espancado até a morte se fosse pego roubando de você.

— Eu não faria isso! — protestou Sharpe.

— Eu faria — disse Sevajee. — E o menino acredita que você faria isso, mas nem por isso deixará de roubá-lo. Seria melhor matá-lo agora. — Ele sorriu e então montou em sua sela. — Irei procurá-lo em Gawilghur, sr. Sharpe.

— Também procurarei por você — disse Sharpe.

Sevajee saiu a cavalo e Sharpe acocorou-se para examinar seu novo criado. Ahmed era magro como um gato esfomeado. Usava um manto sujo e um turbante esfarrapado seguro por uma corda desfiada e suja de sangue, evidentemente onde a coronhada desferida por Sharpe pegara-o durante a batalha. Mas tinha olhos brilhantes e uma expressão desafiadora. Embora sua voz ainda fosse fina, era mais corajoso que muitos homens crescidos que Sharpe conhecia. Sharpe tirou o cantil do ombro e empurrou-o para a mão do menino, primeiro pegando a pistola quebrada que atirara longe.

— Beba, seu heregezinho — disse Sharpe. — Depois vamos dar uma volta.

O menino olhou para o alto da colina, mas seu exército partira havia muito tempo. Desaparecera na noite para além da cumeeira e agora estava sendo perseguido por uma cavalaria vingativa. O menino disse alguma coisa em árabe, bebeu o que restava da água de Sharpe e então ofereceu um mal-humorado aceno de agradecimento.

Portanto Sharpe tinha um criado, a batalha fora vencida, e agora ele caminhava para sul em busca de *puckalees*.

O coronel William Dodd assistiu à derrota dos Leões de Alá e cuspiu de desgosto. Fora uma tolice lutar aqui, e agora a tolice estava se transformando num desastre.

— *Jemadar!* — chamou.

— *Sahib?*

— Formaremos um quadrado. Ponha nossos canhões no centro. E a bagagem.

— Famílias, *sahib*?

— Famílias, também. — Dodd observou Manu Bapu e seus ajudantes galoparem de volta do avanço britânico. Os artilheiros já haviam fugido, o que significava que os canhões pesados dos mahrattas seriam capturado, cada pedacinho deles. Dodd sentiu-se tentado a abandonar a pequena bateria de canhões de cinco libras de seu regimento, que praticamente serviam apenas para caçar passarinhos, mas o orgulho de soldado persuadiu-o a rebocar os canhões através do campo. Bapu podia dar-se ao luxo de perder todos seus canhões, mas nevaria no inferno no dia em que William Dodd abrisse mão de sua artilharia para o inimigo.

Seus Cobras estavam no flanco direito dos mahrattas e ali, por enquanto, estavam fora do caminho do avanço britânico. Se o resto da infantaria mahratta permanecesse firme e lutasse, então Dodd ficaria com eles, mas ele viu que a derrota dos árabes desmoralizara o exército de Bapu. As fileiras estavam se dissolvendo; os primeiros fugitivos corriam para norte e Dodd compreendeu que este exército estava perdido. Primeiro Assaye, agora aquilo. Um maldito desastre! Virou seu cavalo e sorriu para seus homens de casacas brancas.

— Vocês não perderam uma batalha! — gritou para eles. — Vocês nem lutaram hoje, de modo que não perderam seu orgulho! Mas terão de lutar agora! Se não lutarem, se abandonarem seus postos, irão morrer. Se lutarem, irão viver! *Jemadar*! Marche!

Os Cobras de Dodd agora iriam tentar realizar uma das tarefas mais difíceis do ofício de soldado: lutar durante uma retirada. Eles marcharam num quadrado flexível, cujo centro encheu-se gradualmente com suas mulheres e filhos. Alguns outros soldados de infantaria pediram abrigo para suas famílias, mas Dodd ordenou aos homens que os afastassem.

— Atirem neles se não forem embora! — gritou. A última coisa que ele queria era ver seus homens afetados pelo pânico.

Dodd seguiu o quadrado. Ele ouviu os clarins da cavalaria e virou-se na sela para ver uma massa irregular de integrantes da cavalaria ligeira despontarem na cumeeira.

— Alto! — gritou. — Cerrar fileiras! Calar baionetas!

Os Cobras de casacas brancas fecharam fortemente o quadrado flexível. Dodd passou através da face do quadrado e virou o cavalo para ver a aproximação dos cavalarianos. Duvidava que chegariam muito perto, não quando havia presas mais fáceis a leste. Com efeito, assim que os cavaleiros da frente viram que o quadrado estava esperando com mosquetes apontados, eles mudaram de rumo.

Dodd guardou sua pistola no coldre.

— Marche em frente, *Jemadar*!

Dodd teve de parar mais duas vezes para formar fileiras, mas em ambas as ocasiões os cavaleiros inimigos foram afugentados pela disciplina calma dos soldados de casacas brancas. A infantaria dos casacas vermelhas não estava perseguindo. Ela alcançara a aldeia de Argaum e parecia satisfeita em ficar ali, deixando a perseguição para a cavalaria. E os cavaleiros preferiam caçar os soldados desgarrados que tinham seguido para norte a correr o risco de morrer num confronto com a companhia bem formada de Dodd.

Dodd inclinou-se para oeste, angulando para longe dos seus perseguidores. Ao anoitecer estava confiante o bastante para formar o batalhão numa coluna de companhias, e à meia-noite, sob uma lua límpida, ele nem mais podia ouvir os clarins britânicos. Sabia que ainda havia homens morrendo, perseguidos pela cavalaria e trespassados por lanças ou retalhados por sabres, mas Dodd conseguira escapar. Seus homens estavam cansados, mas a salvo numa região sombreada de campos de painço, valas de irrigação secas e aldeias espalhadas, onde cães latiam frenéticos quando sentiam o cheiro da coluna em marcha.

Dodd não incomodou os aldeões. Tinha comida suficiente e, no começo da noite, encontraram um tanque de irrigação que oferecia água suficiente para suprir os homens e os animais.

— *Jemadar*, sabe onde estamos? — perguntou.

— Não, *sahib*. — Gopal sorriu, seus dentes reluzindo em branco na escuridão.

— Nem eu. Mas sei para onde estamos indo.

— Para onde, *sahib*?

— Para Gawilghur, Gopal. Para Gawilghur.

— Então precisamos marchar para o norte, *sahib*. — Gopal apontou para as montanhas que apareciam como uma linha escura contra as estrelas boreais. — É lá, *sahib*.

Dodd estava marchando para a fortaleza que jamais conhecera a derrota. Para o forte inexpugnável na montanha. Para Gawilghur.

A alvorada chegou aos campos de painço. Pássaros carniceiros pulavam de cadáver em cadáver. O cheiro da morte já estava forte, e apenas cresceria à medida que o sol subisse para se tornar uma fornalha no céu sem nuvens. Clarins soaram o toque da alvorada, e os piquetes que tinham montado guarda ao exército adormecido nos arredores de Argaum descarregaram seus mosquetes no ar. Os tiros assustaram os pássaros, que alçaram vôo dos cadáveres e fizeram os cães pararem de se banquetear com os humanos mortos para emitir latidos furiosos.

Regimentos cavavam sepulturas para seus próprios mortos. Havia poucos para enterrar, porque as baixas dos casacas vermelhas não chegavam a cinqüenta. Contudo, havia centenas de cadáveres mahrattas e árabes. Os lascares — os soldados nativos que eram os faz-tudo do exército — iniciaram a desagradável tarefa de reunir os corpos. Alguns inimigos ainda estavam vivos, ou quase, e os afortunados foram despachados com um golpe de picareta antes de terem suas túnicas saqueadas. Os desafortunados foram levados para as tendas dos cirurgiões.

Os canhões inimigos capturados foram inspecionados, e uma dúzia considerados adequados ao serviço britânico. Eram todos muito bem-feitos, forjados em Agra por armeiros treinados por franceses, mas alguns eram do calibre errado e uns poucos estavam tão engalanados com deuses e deusas contorcidos que nenhum artilheiro que se desse ao respeito aceitaria usá-los. Os 26 canhões rejeitados receberiam carga dupla e seriam detonados.

— Um trabalho perigoso — comentou o tenente-coronel William Wallace para Sharpe.

— Realmente, senhor.

— Você viu o acidente em Assaye? — indagou Wallace. O coronel tirou o chapéu tricorne para abanar o rosto. As plumas brancas do chapéu ainda estavam manchadas com sangue que enegrecera ao secar.

— Ouvi falar, senhor. Mas não vi — respondeu Sharpe.

O acidente ocorrera depois da batalha de Assaye, quando os canhões capturados dos inimigos estavam sendo destruídos. Uma peça de artilharia monstruosa, um canhão de sítio imenso, explodira prematuramente, matando dois engenheiros.

— Aquilo nos custou dois bons engenheiros — comentou Wallace.
— E vamos precisar deles se formos para Gawilghur.

— Gawilghur, senhor?

— Uma fortaleza horripilante, Sharpe. Realmente horripilante. — O coronel se virou e apontou para o norte. — Fica apenas a trinta quilômetros daqui, e se os mahrattas têm algum juízo, é para lá que irão. — Wallace suspirou. — Como nunca vi o lugar, pode até ser menos ruim do que dizem, mas me lembro do pobre McCandless descrevendo o lugar como uma monstruosidade. Uma verdadeira monstruosidade. Disse que é como o Castelo Stirling, só que bem maior, e sobre uma rocha vinte vezes mais alta.

Como jamais vira o Castelo Stirling, Sharpe não estava realmente entendendo o que o coronel queria dizer. Assim, ficou calado. Passara a manhã sem fazer nada até que Wallace o convocara, e agora ele e o coronel caminhavam através dos refugos da batalha. O menino árabe os seguia doze passos atrás.

— Ele é seu? — perguntou Wallace.

— Acho que sim, senhor. Eu meio que peguei ele ontem.

— Você precisa de um criado, não é verdade? Urquhart me disse que você não tem um.

Então Urquhart estivera conversando a respeito de Sharpe com o coronel. Nada de bom deve ter saído disso, pensou Sharpe. Urquhart o estivera importunando para encontrar um criado, insinuando que as roupas de Sharpe precisavam ser lavadas e passadas. Na verdade, Sharpe sempre lavava e passava suas roupas, mas como possuía apenas as roupas que usava, não via realmente necessidade em ser meticuloso demais.

— Realmente ainda não pensei no que fazer com o menino, senhor — admitiu Sharpe.

Wallace virou-se e falou ao menino em híndi. Ahmed olhou para o coronel e meneou a cabeça solenemente, como se tivesse entendido o que fora dito. Talvez tenha entendido, talvez não, pensou Sharpe.

— Eu disse a ele que deve servir a você apropriadamente — disse Wallace. — E que você irá pagá-lo apropriadamente.

O coronel parecia desaprovar Ahmed, ou talvez ele simplesmente desaprovasse tudo que tivesse relação com Sharpe, embora se esforçasse ao máximo para ser amistoso. Fora Wallace quem dera a Sharpe o posto no 74º, e Wallace fora amigo íntimo do coronel McCandless, de modo que Sharpe supunha que este coronel calvo fosse, de certo modo, um aliado. Sharpe não sabia se um dia ainda iria se sentir relaxado entre oficiais.

— Como vai aquela sua mulher, Sharpe? — perguntou Wallace alegremente.

— Minha mulher, senhor? — indagou Sharpe, enrubescendo.

— A francesa. Não lembro seu nome. Ela pôs um brilho nos seus olhos, não é mesmo?

— Simone, senhor? Ela está em Seringapatam. Parecia o lugar mais adequado para ela, senhor.

— Realmente, realmente.

Simone Joubert ficara viúva em Assaye, onde seu marido, que servira Scindia, tinha morrido. Era amante de Sharpe e, depois da batalha, permaneceu com ele. Para onde mais iria? Mas Wellesley proibira que seus oficiais levassem esposas para a campanha, e embora Simone não fosse casada com Sharpe, ela era branca, e assim concordara em ir para Seringapatam e ali esperar por ele. Ela levara uma carta de apresentação para o major Stokes, o amigo de Sharpe que dirigia o arsenal, e Sharpe dera-lhe algumas das jóias do Tipu para que pudesse encontrar criados e viver com conforto. Sharpe às vezes preocupava-se em dar jóias demais a Simone, mas consolava-se com o fato de que Simone manteria o excedente em segurança até que ele voltasse.

— Então você está feliz, Sharpe? — perguntou Wallace.

— Sim, senhor — disse Sharpe desanimado

— Ocupado?

— Não muito, senhor.

— É difícil, não é? — comentou vagamente Wallace.

Ele fez uma pausa para observar os artilheiros carregarem um dos canhões capturados, um monstro que parecia suportar uma bala de vinte libras ou mais. O cano fora moldado com um padrão intrincado de flores-de-lótus e dançarinas, e pintado em cores berrantes. Os artilheiros puseram uma carga dupla no cano espalhafatoso e agora estavam socando duas balas de canhão pela boca enegrecida. Um engenheiro trouxera algumas cunhas; um sargento da artilharia colocou uma delas na boca do canhão e em seguida prendeu-a ali com um martelo para que a bala emperrasse quando o canhão fosse disparado. O engenheiro tirou do bolso uma bola de estopim, empurrou uma extremidade no ouvido do canhão e recuou, desenrolando a linha fina.

— É melhor darmos a eles algum espaço — disse Wallace, gesticulando para que caminhassem um pouco para o sul. — Não quer ser decapitado por um estilhaço de canhão, quer?

— Não, senhor.

— É muito difícil — disse Wallace, prosseguindo seu pensamento anterior. — Ascender de praça para oficial? Admirável, Sharpe, mas muito difícil.

— Suponho que sim, senhor — disse Sharpe, sem contribuir em nada ao raciocínio.

Wallace suspirou, como se estivesse achando a conversa inesperadamente dolorosa.

— Urquhart me disse que você tem parecido... — O coronel calou-se um pouco enquanto procurava a palavra certa — ...infeliz?

— Leva tempo, senhor.

— É claro, é claro. Essas coisas levam tempo. — O coronel passou uma das mãos na cabeça calva e então colocou novamente o chapéu manchado de suor. — Lembro de quando me alistei. Isso faz anos, é claro, e eu era apenas um molecote. Não fazia a menor idéia do que estava acontecendo! Eles diziam esquerda volver, e então viravam para a direita. Muito estranho, eu pensava. Fui um asno durante meses. Acredite. — A voz do coronel morreu na garganta. Depois de algum tempo ele disse: — Mas que calor infernal! Já ouviu falar do nonagésimo quinto, Sharpe?

— O nonagésimo quinto, senhor? Outro regimento escocês?

— Deus, não. O nonagésimo quinto regimento de fuzileiros. É um regimento novo. Tem apenas alguns anos. Antes eram chamados de Corpo Experimental de Fuzileiros! — Wallace soltou uma gargalhada por causa do nome ridículo. — Mas um amigo meu está cuidando desses patifes. Willie Stewart é seu nome. O Honorável William Stewart. Um grande sujeito! Mas Willie tem umas idéias estranhas. Seus homens usam casacas verdes. Verdes! E ele me diz que seus soldados não são tão rígidos quanto ele parece pensar que nós somos. — Wallace sorriu para demonstrar que fizera algum tipo de piada. — A questão, Sharpe, é que estive pensando que você talvez fosse mais adequado para a unidade de Stewart. A idéia foi dele, devo dizer. Ele me escreveu perguntando se eu teria jovens oficiais que pudessem levar um pouco da experiência da Índia para Shorncliffe. Eu ia escrever de volta dizendo que temos pouca escaramuça aqui, e os patifes de Willie são treinados para serem escaramuçadores, mas então lembrei de você, Sharpe.

Sharpe ficou calado. Embora aquilo estivesse sendo embrulhado como um presente, a verdade era que estava sendo dispensado do 74º, embora se sentisse agradecido pela gentileza de Wallace de fazer o 95º parecer um tipo de regimento interessante. Sharpe presumiu que o 95º fosse aquele tipo de batalhão que era formado às pressas em tempos de guerra, munido de refugos de outros regimentos e composto por ratos de esgoto descartados por todos os outros sargentos de recrutamento. Até o fato de usarem casacas verdes soava mal, como se o exército não se desse ao trabalho de desperdiçar pano vermelho decente com eles. Eles provavelmente iriam se dissolver num caos em sua primeira batalha.

— Escrevi para Willie a seu respeito — prosseguiu Wallace. — E sei que ele terá uma posição para você. — O que significava, pensou Sharpe, que o Honorável William Stewart devia um favor a Wallace. — E o nosso problema, francamente, é que um grupo de novos militares chegou a Madras. Não estávamos esperando que chegassem até a próxima primavera, mas eles já estão aqui. Assim, poderemos recuperar nosso efetivo dentro de mais ou menos um mês. — Wallace fez uma pausa, evidentemente se perguntando se havia suavizado o golpe o suficiente. Depois de algum tempo, Wallace continuou: — A verdade, Sharpe, é que os regimentos escoceses são mais parecidos... bem, com famílias! Famílias, simplesmente isso. Minha mãe sempre dizia isso, e ela era ótima para julgar essas coisas. São como famílias! Mais do que os regimentos ingleses, você não acha?

— Sim, senhor — respondeu Sharpe, tentando ocultar sua dor.

— Mas não posso deixar você ir com uma guerra em andamento — prosseguiu animadamente Wallace. O coronel virara-se para observar o canhão novamente. O engenheiro acabara de desenrolar seu fusível e os artilheiros agora gritavam para que todos nas proximidades se afastassem.

— Sabe, eu gosto disso — disse calorosamente o coronel. — Nada como um pouco de destruição gratuita para animar a gente, não é verdade?

O engenheiro inclinou-se com seu isqueiro até o estopim. Sharpe o viu golpear a pederneira e então soprar o linho chamuscado até que a chama acendesse. Houve uma pausa, e então colocou a extremidade do estopim na pequena chama e ele começou a faiscar.

O estopim queimava rápido, a fumaça e as fagulhas espalharam-se sobre a grama seca, ateando pequenas fogueiras, e então a trilha vermelha e quente subiu até a retaguarda do canhão e desceu para o ouvido.

Durante um segundo nada aconteceu, mas então o canhão inteiro simplesmente pareceu desintegrar-se. A carga tentara propelir as duas balas pelo cano tampado, mas a resistência foi grande o bastante para restringir a explosão. O ouvido do canhão flamejou primeiro, depois um pedaço de metal afiado foi ejetado da coronha, e então toda a parte traseira do cano pintado estilhaçou-se em fumaça, chamas e pedaços sibilantes de metal dentado. A parte frontal do cano, despedaçada, caiu na grama, enquanto as rodas do canhão caíam para os lados. Os artilheiros bradaram vivas.

— Um canhão mahratta a menos — decretou Wallace. Ahmed sorria de orelha a orelha. — Você conheceu Mackay? — perguntou Wallace a Sharpe.

— Não, senhor.

— O capitão Mackay. Hugh Mackay. Oficial da Companhia das Índias Orientais. Quarta Cavalaria Nativa. Um sujeito muito decente, Sharpe. Conheci bem o pai dele. A questão é que esse rapaz, Hugh, foi encarregado do comboio de bois antes de Assaye. E ele fez um trabalho muito bom! Muito bom mesmo. Mas insistiu em se juntar aos seus companheiros soldados de cavalaria na batalha. Desobedeceu a ordens, sabia? Wellesley deu ordens explícitas de que Mackay deveria permanecer com seus bois, mas o jovem Hugh queria estar na pista de dança. E conseguiu, só que o pobre-diabo foi morto. Cortado ao meio por uma bala de canhão! — Wallace pareceu chocado, como se uma coisa daquelas fosse um ultraje. — Isso deixou o comboio de bois sem uma mão para guiá-lo, Sharpe.

Deus do céu, pensou Sharpe, ele estava para ser nomeado comandante da boiada!

— Não é justo dizer que eles não têm uma mão para guiá-los, porque eles têm — prosseguiu Wallace. — Mas o novo rapaz não tem qualquer experiência com gado. O nome dele é Torrance, e tenho certeza de que é um bom sujeito, mas a situação deve ficar mais espinhosa daqui em diante. Vamos penetrar bem fundo no território inimigo, Sharpe. E ainda há muitos cavaleiros inimigos à solta. Assim, Torrance disse que precisa de um oficial para ser seu assistente. Alguém que possa ajudá-lo. Achei que você poderia ser a pessoa certa para o trabalho, Sharpe. — Wallace sorriu como se estivesse prestando um favor imenso a Sharpe.

— Não entendo nada sobre gado, senhor — disse Sharpe, rabugento.

— Tenho certeza de que não entende! Mas quem entende? E lá também há dromedários e elefantes. Um verdadeiro zoológico. Mas a experiência será boa para você. Pense nisso como mais uma corda em seu arco.

Sabendo que protestar mais não lhe faria nenhum bem, Sharpe simplesmente fez que sim com a cabeça.

— Sim, senhor — disse ele.

— Bom! Bom! Esplêndido! — Wallace não podia esconder seu alívio. — Não vai demorar muito, Sharpe. Scindia já está suplicando por paz, e o rajá de Berar deve seguir seu exemplo. Talvez nem tenhamos de lutar em Gawilghur, se for lá que os malditos se refugiarem. Então vá ajudar Torrance, e depois siga para a Inglaterra. Inglaterra, hein? Para se tornar um casaca verde!

Então o alferes Sharpe havia fracassado. Fracassado retumbantemente. Ele era oficial havia dois meses e já estava sendo chutado de um regimento, enviado para cuidar de bois e dromedários, independente do que fossem esses bichos. E depois disso seria enviado para a ralé de casaca verde do exército. Maldição, pensou Sharpe. Maldição. Maldição. Maldição.

Os britânicos e suas cavalarias aliadas viajaram durante a noite inteira, e ao amanhecer descansaram um pouco, deram de beber aos cavalos, montaram em suas selas e seguiram de novo. Cavalgaram até que seus cavalos estivessem arfantes de cansaço e brancos de suor, e só então desistiram da perseguição selvagem aos fugitivos mahrattas. Os braços com que empunhavam os sabres estavam cansados, as lâminas estavam cegas, e seus apetites, saciados. A noite tinha sido uma caçada selvagem por vitória, uma chacina sob a lua que deixara a planície fedendo a sangue, e o sol trouxe mais assassinatos e abutres de asas largas que desciam para o banquete.

A perseguição terminou perto de uma sucessão de colinas que marcava o limite norte da planície Deccan. As colinas eram escarpadas e densamente arborizadas — terreno altamente inadequado para a cavalaria — e acima delas erguiam-se montanhas, montanhas vertiginosamente altas que se estendiam do horizonte leste para oeste como a muralha de uma tribo de gigantes. Em alguns pontos do grande penhasco havia reentrâncias profundas; alguns dos perseguidores britânicos, boquiabertos com a vasta muralha de rocha que barrava seu caminho, supuseram que essas enormes fissuras proporcionavam uma trilha até o cume do penhasco, embora nenhum deles pudesse imaginar como seria possível alcançar a região alta caso um inimigo resolvesse defendê-la.

Entre duas das reentrâncias profundas, um grande promontório de rocha sobressaía da face do penhasco como a proa de um monstruoso navio de pedra. O cume da rocha ficava 600 metros acima dos cavaleiros na planície, e um deles, limpando sangue da lâmina de seu sabre num punhado de grama, levantou os olhos para o pico alto e viu uma baforada de fumaça branca afastando-se de seu topo. Pensou que se tratasse de uma nuvenzinha, mas então ouviu um estampido longínquo e, um segundo depois, uma bala de canhão caiu verticalmente numa plantação de painço ali perto. Seu capitão pegou uma luneta e o apontou alto para o céu. Olhou pela lente durante um longo tempo e então deixou escapar um assobio baixo.

— O que é, senhor?

— Uma fortaleza — disse o capitão. Ele podia divisar apenas muralhas de pedra escuras, encolhidas pela distância, pousadas sobre a rocha branco-acinzentada. — Fica bem lá no alto. Só pode ser ela. É Gawilghur.

Mais canhões foram disparados na fortaleza, mas estavam a uma altura tão elevada que suas balas perdiam o impulso bem antes de alcançarem o solo. As balas caíam como uma chuva de pesadelo e o capitão gritou para que seus homens retirassem os cavalos do alcance dos canhões.

— O refúgio final desses malditos — disse ele e então riu. — Mas não temos nada a ver com isso, rapazes! A infantaria terá de lidar com o refúgio final dos mahrattas.

Os cavaleiros moveram-se lentamente para o sul. Alguns de seus cavalos tinham perdido suas ferraduras, o que significava que teriam de caminhar de volta, porém seu trabalho noturno havia sido bem realizado. Eles haviam devastado e pilhado um exército em fuga, e agora a infantaria teria que dar conta do refúgio final dos mahrattas.

Um sargento gritou do flanco esquerdo e o capitão virou-se para oeste para ver uma coluna de soldados de infantaria inimigos aparecendo de um bosquete a pouco mais de um quilômetro e meio dali. O batalhão de casacas brancas ainda tinha sua artilharia, mas eles não demonstravam nenhum sinal de que quisessem lutar. Uma multidão de civis e várias companhias de mahrattas fugitivos tinham se juntado ao regimento que estava seguindo para uma estrada que coleava até as colinas debaixo do forte, e então subia ziguezagueando pela face do promontório rochoso. Se a estrada era a única entrada para o forte, pensou o capitão de cavalaria, então que Deus ajudasse os casacas vermelhas que teriam de atacar Gawilghur. Ele olhou para a infantaria através de sua luneta. Os soldados de casacas brancas estavam demonstrando pouco interesse na cavalaria britânica, mas ainda assim parecia prudente acelerar seu passo para o sul.

Um momento depois, a cavalaria estava escondida atrás dos campos de painço. O capitão virou-se uma última vez e olhou novamente para a fortaleza no rochedo alto. Ela parecia tocar o céu, tão alto se avultava sobre toda a Índia.

— Diabo de lugar — disse o capitão aos seus botões, e então virou seu cavalo e partiu.

Ele cumprira seu dever, agora cabia à infantaria escalar até as nuvens e cumprir o dela.

O coronel William Dodd observou os cavaleiros de casacas azuis conduzirem seus cavalos cansados para sul até eles desaparecerem depois de um campo de painço. O *subadar* encarregado dos pequenos canhões do regimento quisera desatrelar as armas e abrir fogo contra os cavaleiros, mas Dodd não dera permissão. Não vira sentido naquilo, porque até que os canhões tivessem sido carregados, os cavaleiros já estariam fora de seu alcance de fogo. Ele observou uma última salva de balas mergulhar dos canhões no forte elevado. Aqueles canhões tinham pouca utilidade, considerou Dodd, exceto intimidar as pessoas na planície.

O regimento de Dodd levou mais de sete horas para escalar até o forte de Gawilghur. Quando alcançou o topo, Dodd sentia os pulmões queimando e os músculos latejando, e seu uniforme encharcado com suor. Caminhara cada passo do caminho, recusando andar a cavalo, porque o animal estava cansado; além disso, se esperava que seus homens seguissem a pé a estrada comprida, então ele também deveria fazê-lo. Ele era um homem alto, de rosto chupado, com voz rouca e modos desajeitados, mas William Dodd sabia como conquistar a admiração de seus comandados. Viram que ele caminhou quando poderia ter cavalgado, e assim não se queixaram quando a subida escarpada furtou-lhes o fôlego e as forças. As famílias do regimento, sua bagagem e sua bateria de canhões, estavam muito abaixo, na trilha serpeante e traiçoeira que, em seus últimos quilômetros, era pouco mais que uma saliência na rocha.

Dodd formou seus Cobras em quatro fileiras à medida que se aproximavam da entrada sul de Gawilghur, onde os grandes portões ornados com metais estavam sendo abertos em sinal de boas-vindas.

— Marchem com cadência! — gritou Dodd para seus homens. — Vocês não têm nada do que se envergonhar! Vocês não perderam nenhuma batalha! — Ele subiu para a sela e sacou sua espada com copo de ouro para saudar a bandeira de Berar que adejava sobre a torre de vigia alta. Então tocou os calcanhares nos flancos da égua e conduziu seus homens não derrotados até a longa entrada em forma de túnel da torre.

Emergiu no sol vespertino e confrontou uma cidadezinha construída dentro das muralhas da fortaleza e no topo do promontório de Gawilghur. Os becos da cidade estavam entupidos com soldados, em sua maioria cavaleiros mahrattas que haviam fugido dos perseguidores britânicos, mas, contorcendo-se em sua sela, Dodd viu alguns soldados da guarnição de Gawilghur em pé na banqueta de tiro. Também viu Manu Bapu, que escapara dos perseguidores britânicos e agora gesticulava para Dodd da torreta da guarita.

Dodd mandou um dos homens cuidar de seu cavalo e então subiu as muralhas escuras até a banqueta de tiro superior da torre, onde parou, estarrecido com a vista. Era como estar de pé na beira do mundo. A planície estava tão abaixo deles, e o horizonte sul tão longínquo, que não havia nada à frente de seus olhos além do céu infinito. Aquela era uma visão de Deus da Terra, pensou Dodd. A visão da águia. Inclinou-se sobre o parapeito e viu seus canhões subindo penosamente a estrada estreita. Eles só alcançariam o forte muito tempo depois da noite ter caído.

— Você tinha razão, coronel — reconheceu Manu Bapu a contragosto.

Dodd empertigou-se para fitar o príncipe mahratta.

— É perigoso lutar com os britânicos em campo aberto — disse ele. — Mas aqui...? — Dodd gesticulou para a estrada de acesso. — Aqui eles morrerão, *sahib*.

— A entrada principal do forte fica do outro lado — disse Bapu em sua voz sibilante. — Ao norte.

Dodd virou-se e olhou sobre o teto do palácio central. Podia ver um pouco das defesas ao norte da grande fortaleza, embora a uma boa distância dali pudesse avistar outra torre semelhante àquela na qual estava agora.

— A entrada principal é tão difícil de ser alcançada quanto esta? — indagou.

— Não, mas não é fácil. O inimigo precisa aproximar-se ao longo de uma faixa estreita de rocha, e então abrir caminho lutando através do Forte Externo. Depois disso há uma ravina, e depois o Forte Interno. Quero que você guarde o Forte Interno.

Dodd olhou desconfiado para Bapu.

— Não seria o Forte Externo? — Dodd achava que seus Cobras deveriam guardar o local que os britânicos atacariam. Assim ele poderia derrotá-los.

— O Forte Externo é uma armadilha — explicou Bapu. Ele parecia cansado, mas a derrota em Argaum não destruíra seu espírito, meramente afiara seu apetite por vingança. — Se os britânicos capturarem o Forte Externo, eles pensarão que venceram. Não saberão que uma barreira ainda pior os aguarda depois da ravina. Essa barreira precisa ser defendida. Não me importo se o Forte Externo cair, mas precisamos proteger o Interno. Isso significa que nossos melhores soldados devem estar lá.

— Ele será defendido — disse Dodd.

Bapu virou-se e olhou para sul. Em algum lugar ao longe as forças britânicas estavam se preparando para marchar para Gawilghur.

— Achei que poderíamos detê-los em Argaum — admitiu baixinho.

Dodd, que aconselhara contra o combate em Argaum, não disse nada.

— Mas aqui — prosseguiu Bapu —, eles serão detidos.

Aqui, pensou Dodd, eles teriam de ser detidos. Dodd desertara da Companhia das Índias Orientais porque correra o risco de ser julgado e executado, mas também porque acreditava que faria uma fortuna como mercenário a serviço dos mahrattas. Até agora vira três derrotas, e em cada uma delas retirara seus soldados em segurança do desastre. Mas de Gawilghur não haveria fuga. Os britânicos iriam bloquear cada aproximação, de modo que precisavam ser detidos. Eles deviam fracassar naquele lugar, e fracassariam, consolou-se Dodd. Porque nenhuma força imaginável poderia tomar aquele forte. Ele estava na beira do mundo, alto no céu, e para os casacas vermelhas aquilo seria como escalar até os píncaros do paraíso.

Portanto ali, finalmente, dentro da Índia, os casacas vermelhas seriam derrotados.

Seis soldados, vestidos com casacas azuis e amarelas da 19ª Cavalaria Ligeira, aguardavam do lado de fora da casa na qual se acreditava que o capitão Torrance estava alojado. Estavam sob o comando de um sargento de pernas compridas deitado num banco ao lado da porta. O sargento levantou os olhos para ver Sharpe aproximar-se.

— Espero que não queira conseguir coisas úteis com esses bastardos — disse, ácido, e então viu que Sharpe, apesar de usar um uniforme surrado e carregar um farnel como qualquer soldado comum, também usava cinta e sabre. Levantou-se apressadamente. — Desculpe, senhor.

Sharpe fez um sinal para que ele voltasse a se deitar no banco.

— Coisas úteis? Como o quê? — perguntou.

— Como ferraduras, senhor. É isso que queremos. Ferraduras! Devia ter quatro mil ferraduras armazenadas, mas eles não encontraram nenhuma! — O sargento cuspiu. — Eles me disseram que as ferraduras foram perdidas! Que eu devo ir até os *bhinjarries* para comprar ferraduras! Passei isso para o meu capitão, mas ele se recusou a ouvir um não por resposta! Agora temos de ficar sentados aqui até o capitão Torrance voltar. Talvez ele saiba onde as ferraduras estão. Aquele macaco ali — apontou com o polegar para a porta da frente da casa — não sabe porcaria nenhuma!

Sharpe empurrou a porta e se viu numa sala ampla onde meia dúzia de homens discutiam com um escriturário apressado. O escriturário, um indiano, estava sentado atrás de uma mesa coberta por uma pilha de livros de contabilidade.

— O capitão Torrance está doente! — gritou o escriturário para Sharpe sem esperar para saber o que o recém-chegado queria. — E leve aquele moleque árabe lá para fora — acrescentou o escriturário, apontando com o queixo para Ahmed que, armado com um mosquete tomado de um cadáver no campo de batalha, seguia Sharpe para dentro da casa.

— Mosquetes! — Um homem tentou atrair a atenção do escriturário.

— Ferraduras! — gritou um tenente da Companhia das Índias Orientais.

— Baldes! — exigiu um artilheiro.

— Voltem amanhã! — gritou o escriturário. — Amanhã!

— Você me disse isso ontem, e voltei — retrucou o artilheiro.

— Onde está o capitão Torrance? — perguntou Sharpe.

— Ele está doente — disse o escriturário em tom desaprovador, como se Sharpe pusesse em risco a saúde frágil do capitão meramente fazendo a pergunta. — Ele não pode ser perturbado. E por que esse menino está aqui? Ele é um árabe!

— Ele está aqui porque quero que ele esteja aqui — disse Sharpe. Ele contornou a mesa e baixou os olhos para os livros de contabilidade. — Mas que bagunça!

— *Sahib!* — O escriturário finalmente se deu conta de que Sharpe era um oficial. — Do outro lado da mesa, *sahib*, por favor, *sahib*! Temos um sistema aqui, *sahib*. Eu fico deste lado da mesa e o senhor permanece do outro. Por favor, *sahib*.

— Qual é o seu nome? — inquiriu Sharpe.

O escriturário pareceu afrontado com a pergunta.

— Sou o assistente do capitão Torrance — disse pomposamente.

— E Torrance está doente?

— O capitão está muito doente.

— Então quem está responsável?

— Eu estou — respondeu o escriturário.

— Não está mais — decretou Sharpe. Ele olhou para o tenente da Companhia das Índias Orientais. — O que você queria?

— Ferraduras.

— E onde estão as malditas ferraduras? — perguntou Sharpe ao escriturário.

— Já expliquei, *sahib*, já expliquei — disse o escriturário. Era um homem de meia-idade de rosto lúgubre e dedos rechonchudos manchados de tinta que agora se apressava em fechar todos os livros de contabilidade para que Sharpe não pudesse lê-los. — Agora, *sahib*, por favor, entre na fila.

— Onde estão as ferraduras? — insistiu Sharpe, inclinando-se para mais perto do escriturário suado.

— Este escritório está fechado! — determinou o escriturário em voz alta. — Fechado até amanhã! Todos os assuntos serão tratados amanhã. Ordens do capitão Torrance!

— Ahmed! — disse Sharpe. — Atire nesse sodomita.

Ahmed não falava inglês, mas o escriturário não sabia disso. Ele levantou as mãos.

— Estou fechando o escritório! Não é possível trabalhar deste jeito! Apresentarei queixa ao capitão Torrance! Haverá problemas! Problemas grandes! — O escriturário olhou para uma porta que conduzia à parte interna da casa.

— É ali que o capitão Torrance está? — indagou Sharpe, gesticulando em direção à porta.

— Não, *sahib*, e você não pode entrar ali. O capitão está doente.

Sharpe caminhou até a porta e a abriu. O escrivão ganiu um protesto que foi ignorado. Uma cortina de musselina pendia do outro lado da porta, e Sharpe se emaranhou nela enquanto entrava num cômodo onde uma maca de marinheiro pendia das vigas. O cômodo parecia vazio, mas então um som arfante atraiu seu olhar para um canto sombreado. Uma mulher jovem estava acocorada ali. Embora vestisse um sári, pareceu européia para Sharpe. A mulher parara de remendar um par de calças para fitar de olhos arregalados o intruso.

— Quem é a senhora? — perguntou Sharpe.

A mulher balançou a cabeça. Tinha cabelos muito negros e pele muito branca. Seu terror era palpável.

— O capitão Torrance se encontra? — perguntou Sharpe.

— Não — sussurrou a mulher.

— Ele está doente, não é isso?

— Se ele diz que está, então está, senhor — respondeu baixinho. Seu sotaque londrino confirmou que era inglesa.

— Não vou machucá-la, querida — disse Sharpe, porque o medo estava fazendo com que ela tremesse. — É a sra. Torrance?

— Não!

— Então trabalha para ele?

— Sim, senhor.

— E não sabe onde ele está?

— Não, senhor — disse baixinho, fitando Sharpe com olhos imensos.

Sharpe sentiu que ela estava mentindo, mas também sentiu que tinha algum bom motivo para isso, talvez por temer a punição de Torrence caso dissesse a verdade. Considerou conquistar a confiança da mulher para fazer com que ela dissesse a verdade, mas decidiu que isso tomaria tempo demais. Perguntou-se quem ela era. Era bonita, a despeito de seu terror, e deduziu que ela era a *bibbi* de Torrance. Sortudo, esse Torrance, pensou com inveja.

— Sinto muito por ter perturbado a senhora — disse Sharpe e então passou pela cortina de musselina de volta para a sala da frente.

O escriturário balançou a cabeça, furioso.

— Você não devia ter entrado lá, *sahib*! É um aposento particular! Particular! Serei forçado a reportar isso ao capitão Torrance.

Sharpe segurou a cadeira do escriturário e a inclinou, forçando o homem a se levantar. Os homens que esperavam na sala bradaram vivas. Sharpe ignorou-os, sentou na cadeira e puxou para si o emaranhado de livros de contabilidade.

— Pode falar o que quiser ao capitão Torrance, não me importo — disse Sharpe. — Contanto que me conte primeiro sobre as ferraduras.

— Elas foram perdidas! — protestou o escriturário.

— Como foram perdidas?

O escriturário deu de ombros.

— Coisas se perdem — disse ele. Suor escorreu por seu rosto rechonchudo enquanto tentava esconder alguns dos livros, mas recuou ao deparar com o olhar severo do alferes. — Coisas se perdem — repetiu extenuado. — É da natureza das coisas se perderem.

— Mosquetes? — inquiriu Sharpe.

— Perdidos — admitiu o escriturário.

— Baldes?

— Perdidos.

— Papéis — disse Sharpe.

O escriturário franziu a testa, intrigado.

— Papéis, *sahib*?

— Se alguma coisa se perde, fica um registro — disse Sharpe com paciência. — O exército é assim. Você não pode mijar sem que alguém tome nota disso. Quero que me mostre os registros das coisas que foram perdidas.

O escriturário suspirou, puxou um dos livros maiores e o abriu.

— Aqui, *sahib* — disse ele, apontando um dedo sujo de tinta. — Um barril de ferraduras, está vendo? Estavam sendo carregadas lá de Jamkandhi num boi, quando foram perdidas. Aconteceu em Godavery, em 12 de novembro.

— Quantas ferraduras num barril?

— Cento e vinte.

O sargento de cavalaria de pernas compridas entrara no escritório e agora estava encostado no umbral da porta.

— E deveria haver quatro mil ferraduras no armazém? — perguntou Sharpe.

— Aqui! — O escriturário virou uma página. — Outro barril, está vendo?

Sharpe forçou a vista para entender a letra ruim do registro.

— Perdido em Godavery — leu em voz alta.

— E aqui. — O escriturário fincou o dedo em mais um registro.

— Roubado — disse Sharpe. Uma gota de suor caiu na página enquanto o escriturário a virava. — Então, quem roubou?

— O inimigo, *sahib* — disse o escriturário. — O inimigo tem cavaleiros espalhados por toda parte.

— É só você olhar para os cavaleiros do inimigo que eles fogem — comentou amargamente o sargento alto. — Eles não conseguiriam roubar nem o ovo de uma galinha.

— Os comboios são emboscados, *sahib*, e coisas são roubadas — insistiu o escriturário.

Sharpe empurrou a mão do escriturário para longe do livro e tornou a virar as páginas, procurando pela data em que a batalha fora travada em Assaye. Encontrou-a e descobriu que uma caligrafia diferente fora usada nos registros anteriores. Presumiu que quando estava vivo o capitão Mackay mantinha pessoalmente os livros de contabilidade, e em seus registros caprichados havia bem menos anotações de "roubado" ou "perdido". Mackay marcara oito balas de canhão como perdidas numa travessia de rio e dois barris de pólvora como roubados, mas nas semanas que se seguiram a Assaye, nada menos que 68 bois tinham perdido suas cargas em acidentes ou roubos. Ainda mais revelador era o fato de que cada um desses bois carregara uma quantidade bem pequena de materiais. O exército não daria falta de uma carga de balas de canhão, mas sofreria terrivelmente quando sua última reserva de ferraduras desaparecesse.

— De quem é esta letra? — Sharpe virara para a página mais recente.

— Minha, *sahib*. — O escriturário parecia aterrorizado.

— Como sabe quando alguma coisa é roubada?

O escriturário deu de ombros.

— O capitão me diz. Ou o sargento.

— O sargento?

— Ele não está aqui — disse o escriturário. — Ele está trazendo um comboio de bois lá do norte.

— E qual é o nome do sargento? — perguntou Sharpe, porque não achara nenhuma identificação no livro de contabilidade.

— Hakeswill — disse, lacônico, o sargento de cavalaria. — Ele é o sujeito com quem costumamos tratar, porque o capitão Torrance está sempre doente.

— Com mil infernos! — exclamou Sharpe e empurrou a cadeira de volta. Hakeswill! O desgraçado do Obadiah Hakeswill! — Por que Hakeswill não foi mandado de volta para o regimento dele? — inquiriu Sharpe. — Ele nem deveria estar aqui!

— Ele conhece o sistema — explicou o escriturário. — O capitão Torrance quis que ele ficasse, *sahib*.

Nem sei por que estou surpreso, pensou Sharpe. Hakeswill tinha mexido os pauzinhos para se infiltrar no comboio de bois. Estava mamando do setor mais lucrativo do exército, mas não sem garantir que a letra no livro de contabilidade fosse do escriturário. Afinal, Obadiah Hakeswill não dava ponto sem nó.

— Como o sistema funciona? — indagou ao escriturário.

— Memorandos — disse o escriturário.

— Como assim?

— Um condutor de boi recebe um memorando, *sahib*. Depois que ele entrega a carga, o memorando é assinado e trazido para cá. Então ele é pago. Sem memorando, sem dinheiro.

— E sem ferraduras, também — acrescentou o sargento magro do 19º.

— E é o sargento Hakeswill quem paga? — perguntou Sharpe.

— Se ele estiver aqui, *sahib* — disse o escriturário.

— E nem por isso eu recebo as malditas ferraduras — protestou o tenente da Companhia.

— Ou meus baldes — acrescentou o artilheiro.

— Os *bhinjarries* têm todos os equipamentos essenciais — insistiu o escriturário. Apontou a porta da rua. — Vão procurar os *bhinjarries*! Eles têm tudo que é necessário! Este escritório está fechado até amanhã.

— Mas onde os *bhinjarries* conseguem tudo que é necessário, hein? Responda isso! — exigiu Sharpe, mas o escriturário meramente deu de ombros.

Os *bhinjarries* eram mercadores que viajavam com o exército, contribuindo com seus próprios vastos rebanhos de bois de carga e carroças. Vendiam comida, bebida, mulheres e luxos, e agora, ao que parecia, também suprimentos militares. Isso significava que o exército teria de pagar por coisas que geralmente eram fornecidas gratuitamente e, se Hakeswill estava envolvido, certamente por coisas que tinham sido roubadas do próprio exército.

— Aonde devo ir para comprar ferraduras? — perguntou Sharpe ao escriturário.

O escriturário relutou em responder, mas finalmente abriu as mãos e sugeriu que Sharpe perguntasse no acampamento dos mercadores.

— Alguém lá vai lhe dizer, *sahib*.

— Me diga você.

— Eu não sei!

— Então como você sabe que eles têm ferraduras?

— Eu ouço boatos! — protestou o escriturário.

Sharpe se levantou e empurrou o escriturário contra a parede.

— Você faz mais do que ouvir boatos — disse Sharpe, apoiando o antebraço contra o pescoço do escriturário. — Você sabe de coisas. Então, vai me contar ou terei de mandar meu menino árabe cortar seus bagos? Ainda não dei nada para ele comer hoje.

O escriturário fez força para respirar, apesar da pressão exercida pelo braço de Sharpe.

— Naig. — Ele disse o nome com relutância quando Sharpe relaxou seu braço.

— Naig? — Sharpe achou o nome remotamente familiar. Bem remotamente. Naig? Então lembrou de um mercador que seguira o exército até Seringapatam. — Naig? — repetiu Sharpe. — Um sujeito com tendas verdes?

— Esse mesmo, *sahib* — disse o escriturário, meneando afirmativamente. — Mas eu não lhe disse isso! Esses cavalheiros são testemunhas, eu não lhe disse isso!

— Ele é dono de um bordel! — exclamou Sharpe, lembrando. Quatro anos atrás, Naig era amigo de Obadiah. Naquela época Sharpe era recruta, e Hakeswill apresentou acusações que condenaram Sharpe a um açoitamento. Naig Nefasto: esse era o apelido do homem, e naquela época ele vendia putas de pele clara que viajavam em vagões cobertos por tecido verde. — Certo! — disse Sharpe. — Este escritório está fechado! — O artilheiro protestou e o sargento de cavalaria pareceu desapontado. — Nós vamos visitar Naig — anunciou Sharpe.

— Não! — disse o escriturário, alto demais.
— Não? — perguntou Sharpe.
— Ele ficará zangado, *sahib*.
— E por que ele ficaria zangado? — inquiriu Sharpe. — Sou um cliente, não sou? Ele vende ferraduras, e queremos ferraduras. Ele vai adorar nos ver.

— Ele deve ser tratado com respeito, *sahib* — disse, muito nervoso, o escriturário. — Ele é um homem poderoso. Você tem dinheiro para ele?

— Tudo que quero é dar uma olhada nas ferraduras dele — disse Sharpe. — E se elas forem emitidas pelo exército, vou pegar uma delas e fazer com que ele a engula.

O escriturário balançou a cabeça.
— Ele tem guardas, *sahib*. Ele tem *jettis*!
— Acho melhor deixar você ir sozinho — disse o tenente da Companhia das Índias Orientais, recuando.
— *Jettis*? — perguntou o sargento da Cavalaria Ligeira.
— Homens-fortes — explicou Sharpe. — Uns sodomitas grandões que te matam torcendo seu pescoço como se você fosse uma galinha. — Ele se virou novamente para o escriturário. — Onde Naig conseguiu *jettis*? Em Seringapatam?

— Sim, *sahib*.
— Já matei muitos desses sodomitas — disse Sharpe. — E não me importo de matar mais alguns. Vem comigo? — perguntou ao sargento.
— Por que não? — retrucou o homem.
— Quem mais? — indagou Sharpe, mas ninguém mais parecia disposto a lutar naquela tarde.
— Por favor, *sahib* — disse debilmente o escriturário.
Sharpe ignorou o apelo e, seguido por Ahmed e pelo sargento da Cavalaria Ligeira, voltou para a luz do sol.
— Qual é o seu nome? — perguntou Sharpe ao sargento.
— Lockhart, senhor. Eli Lockhart.
— Sou Dick Sharpe, Eli. E você não precisa me chamar de senhor. Não sou um oficial de carreira. Fui promovido em Assaye, e agora já

estou arrependido de não ter continuado como sargento. Mas meus superiores me mandaram ser um maldito condutor de bois, porque não sirvo para mais nada. — Ele olhou para os seis soldados de Lockhart, que ainda estavam esperando. — O que eles estão fazendo aqui?

— Não acha que ia carregar aquelas ferraduras todas sozinho, acha? — disse Lockhart e fez um gesto para seus soldados. — Venham, rapazes. Vamos ter uma briga.

— Quem falou alguma coisa sobre briga? — perguntou Sharpe.

Lockhart explicou:

— Ele tem ferraduras, nós não temos dinheiro. Então só tem uma maneira de conseguir o que a gente quer.

— É verdade — disse Sharpe, forçando um sorriso.

Lockhart subitamente pareceu estranhamente envergonhado.

— Esteve nos aposentos do capitão, senhor?

— Sim, por quê?

O sargento com jeito de durão agora estava enrubescendo como um menininho.

— Por acaso viu uma mulher lá, senhor?

— Uma garota de cabelos negros. Bonita?

— É ela.

— Quem é?

— Criada do Torrance. Viúva. Ele trouxe ela e o marido da Inglaterra, mas o sujeito morreu e a deixou sozinha. Torrance não deixou que ela fosse embora.

— E você gostaria de tomá-la das mãos dele, é isso?

— Eu só a vi à distância — admitiu o sargento. — Torrance estava em outro regimento, um dos regimentos de Madras, mas acampávamos juntos com freqüência.

— Ela ainda está lá — disse Sharpe secamente. — Ainda está viva.

— Ele a mantém sob vigilância constante — disse Lockhart e então chutou um cachorro para fora do caminho. Os oito homens tinham saído da aldeia e entrado no enorme acampamento em que os mercadores viviam com seus rebanhos, carroças e famílias. Grandes bois brancos com chifres pintados estavam amarrados a estacas, e crianças corriam entre os animais coletando estrume que, depois de separado em bolas e assado, seria usado como combustível. — Então me conte sobre esses *jettis* — pediu Lockhart.

— São como homens-fortes de circo — disse Sharpe. — Só que é um tipo de coisa religiosa. Não me pergunte. Nada disso faz sentido para mim. Eles têm músculos do tamanho de montanhas, mas são lerdos. Matei quatro deles em Seringapatam.

— E você conhece Hakeswill?

— E como conheço! Ele me recrutou, e desde então vive me perseguindo. Ele não devia nem estar neste exército. Devia estar com os Havercakes lá no sul, mas chegou aqui com um mandado para me prender. Como isso não funcionou, ele simplesmente continuou aqui. E está roubando o exército! Você pode apostar o seu último xelim que ele é o bastardo que fornece as mercadorias para Naig e divide com ele o lucro. — Sharpe parou e procurou por tendas verdes.

— Como vocês não carregam ferraduras de reserva?

— Nós carregamos. Mas quando elas acabam, precisamos conseguir mais suprimentos. É assim que o sistema devia funcionar. E a perseguição de ontem acabou com os cascos de metade dos cavalos. Nós precisamos de ferraduras.

Sharpe avistara um aglomerado de tendas verdes esmaecidas.

— É ali que o bastardo fica — disse Sharpe, e então olhou para Lockhart. — A coisa vai ficar feia.

Lockhart sorriu. Ele era alto como Sharpe e tinha um rosto que parecia ter sobrevivido a uma vida inteira de brigas em tavernas.

— Eu vim até aqui, não vim?

— Essa coisa está carregada? — Sharpe apontou com a cabeça para a pistola no cinto of Lockhart. Também havia um sabre pendurado no cinto, assim como no de Sharpe.

— Vai ficar — disse Lockhart, sacando a pistola.

Sharpe virou-se para Ahmed e fez uma mímica que imitava as ações de carregar o mosquete. Ahmed sorriu e apontou para o ferrolho, indicando que sua arma já estava carregada.

— Quantos sodomitas estão esperando por nós? — perguntou Lockhart.

— Uma dúzia? — indagou Sharpe.

Lockhart olhou de volta para seus seis homens.

— Podemos lidar com uma dúzia de sodomitas.

— Certo — disse Sharpe. — Então vamos arrumar alguma confusão. — E sorriu, talvez porque, pela primeira vez desde que fora promovido a oficial, estava se divertindo.

O que significava que alguém estava prestes a levar uma sova daquelas.

CAPÍTULO III

O general-de-divisão *sir* Arthur Wellesley trotava para norte em meio a uma cavalgada de oficiais. As montarias levantavam um rastro amplo de poeira que pairava no ar até muito depois da passagem dos cavaleiros. Dois soldados da cavalaria da Companhia das Índias Orientais proporcionavam a escolta ao general. O exército de Manu Bapu podia ter sido derrotado e seus sobreviventes afugentados para Gawilghur, mas a planície Deccan ainda estava infestada de cavaleiros mahrattas prontos para atacar comboios de suprimento, grupos de lenhadores, ou os cortadores de capim que forneciam forragem para os animais do exército; portanto, os dois soldados cavalgavam com sabres desembainhados. Wellesley cavalgava depressa, aproveitando a liberdade do campo aberto.

— Você visitou o coronel Stevenson de manhã? — perguntou a um ajudante.

— Sim, senhor, e ele não está melhor do que antes.

— Mas ele consegue viajar?

— Em seu elefante, senhor.

Wellesley grunhiu. Stevenson era o comandante de seu exército menor, mas o velho coronel estava muito doente. Outro que estava enfermo era Harness, o comandante de uma de suas duas brigadas. Mas não havia sentido em perguntar a respeito de Harness, porque além da saúde, o escocês também perdera a razão. Os doutores afirmavam que o calor havia desidratado seu cérebro, mas Wellesley duvidava desse diagnóstico. Calor e rum, talvez, mas não apenas calor, embora não duvidasse de que o clima indiano fizesse mal à saúde de um europeu. Poucos homens viviam muito tempo ali sem pegar alguma febre debilitante, e Wellesley estava pensando que já era hora de ele próprio partir. Hora de voltar para casa antes de começar a perder a saúde e, mais importante, antes que sua existência fosse esquecida em Londres. Os exércitos franceses estavam se espalhando por toda a Europa e não tardaria muito até que Londres despachasse um exército para combater seu antigo inimigo, e Wellesley queria fazer parte desse exército. Estava no meio da casa dos trinta e tinha uma reputação a criar, mas primeiro precisava acabar com os mahrattas, e isso significava tomar Gawilghur, e para tal estava cavalgando rumo à grande muralha de penhascos que selava a fronteira norte da planície.

Uma hora de viagem levou-o até o cume de um pequeno outeiro com vista para norte. A planície estava parda, privada de água pela monção que não viera, embora aqui e ali despontassem pequenas plantações de painço. Num ano bom, presumiu Wellesley, o painço cobriria a planície de horizonte a horizonte, um mar de grãos delimitado pelos penhascos de Gawilghur. Wellesley desmontou no montículo e sacou uma luneta, a qual apoiou na sela do cavalo. Era uma lente nova em folha, um presente dos mercadores de Madras para marcar a pacificação de Misore por Wellesley. O comércio agora fluía livremente no flanco leste da Índia, e a luneta, que fora encomendada especialmente a Matthew Berge em Londres, era um generoso símbolo da estima do mercadores. Mas Wellesley não conseguia acostumar-se a ela. O formato do óculo era menos côncavo que o daquele ao qual estava acostumado, e depois de um momento fechou a luneta nova e pegou a antiga. Esta, embora capaz de uma aproximação menor, era bem mais confortável. Wellesley olhou durante muito tempo o forte que coroava o promontório rochoso. A pedra negra das muralhas da fortaleza parecia particularmente sinistra, mesmo à luz do sol.

— Bom Deus — murmurou o general depois de algum tempo.

Fracasse lá em cima e não precisará voltar para casa, pensou. Wellesley poderia voltar para Londres com algumas vitórias e todos iriam respeitá-lo, mesmo se esses não tivessem sido triunfos sobre os franceses. Mas se voltasse com uma derrota, todos iriam desprezá-lo. Gawilghur, pensou amargamente, tinha toda a aparência de uma destruidora de carreiras.

O coronel Wallace, o saudável comandante de brigada de Wellesley, também desmontara e estava inspecionando a fortaleza através de sua luneta.

— Mas que diabo de lugar, *sir* Arthur — disse Wallace.

— Qual é a altura dessa elevação, Blackiston? — perguntou Wellesley a um de seus auxiliares, um engenheiro.

— Fiz uma triangulação ontem, senhor — disse Blackiston. — Descobri que as muralhas da fortaleza ficam a quase seiscentos metros acima da planície.

— Há água lá em cima? — perguntou Butters, o engenheiro-chefe.

— Ouvimos dizer que sim, senhor — respondeu Blackiston. — Há tanques no forte; coisas enormes, que mais parecem lagos.

— Mas o nível da água está baixo este ano... — sugeriu Butters.

— Duvido que esteja suficientemente baixo, senhor — murmurou Blackiston, sabendo que Butters estivera torcendo para que a guarnição fosse derrotada pela sede.

— E os patifes têm comida, sem dúvida — comentou Wellesley.

— Sem dúvida — concordou secamente Wallace.

— O que significa que terão de ser tirados à força — disse o general e então voltou a inclinar-se para a luneta e abaixou as lentes de modo a ver os sopés das colinas abaixo da ribanceira. Logo ao sul do forte havia uma colina cônica que ascendia quase até a metade do flanco do grande promontório.

— Podemos levar canhões até aquela colina próxima? — indagou.

Houve uma pausa enquanto os outros oficiais decidiam sobre qual colina ele estava se referindo. O coronel Butters hesitou antes de responder:

— Podemos levá-los até lá, senhor, mas duvido que eles tenham elevação suficiente para alcançar o forte.

— Vocês não terão nada maior que um canhão de doze libras lá em cima — disse Wallace, cético, e então elevou o foco da luneta pela ribanceira até alcançar as muralhas. — E vocês vão precisar de projéteis bem maiores que balas de doze libras para arrombar aquela muralha.

— *Sir* Arthur! — o grito de aviso veio do oficial-comandante da Companhia de Cavalaria das Índias Orientais que estava apontando para onde um grupo de cavaleiros mahrattas tinham aparecido no sul.

Eles evidentemente vinham seguindo a nuvem de poeira deixada pelo grupo do general e, embora os cavaleiros que se aproximavam somassem apenas cerca de vinte homens, a cavalaria de sipaios parou para defrontá-los e se espalhar numa linha.

— Está tudo bem — disse Wellesley. — Eles são nossos. Pedi que se encontrassem conosco aqui. — Ele inspecionara os cavaleiros por sua luneta e agora, fazendo um gesto para responder à cavalaria de sipaios, ele caminhou para saudar os *silladars*. — Syud Sevajee — disse em cumprimento ao líder dos cavaleiros, um homem usando uma casaca verde e prateada muito gasta. — Obrigado por terem vindo.

Syud Sevajee cumprimentou Wellesley com um meneio brusco de cabeça e então levantou os olhos para Gawilghur.

— Acha que consegue entrar?

— Creio que devemos — disse Wellesley.

— Ninguém nunca entrou — retrucou Sevajee com um sorriso matreiro.

Wellesley retribuiu o sorriso, mas lentamente, como se aceitasse o desafio implícito, e então, enquanto Sevajee descia de sua sela, o general virou-se para Wallace.

— Você já conhecia Syud Sevajee, Wallace?

— Ainda não tive esse prazer, senhor.

Wellesley fez as apresentações e então acrescentou que o pai de Syud Sevajee havia sido um dos generais do rajá de Berar.

— Mas não é mais? — perguntou Wallace a Sevajee.

— Beny Singh o assassinou — disse Sevajee. — Então eu luto com você, coronel, para ter minha chance de matar Beny Singh. E Beny Singh agora comanda aquela fortaleza. — Ele apontou com a cabeça para o promontório distante.

— Então, como poderemos entrar? — perguntou Wellesley.

Os oficiais se reuniram em torno de Sevajee enquanto o indiano sacava sua *tulwar* e usava a ponta para desenhar um oito na areia. Cutucou o círculo inferior do oito, que desenhara bem maior que o superior.

— É isso que você está olhando — disse ele. — O Forte Interno. E só há duas entradas. Há uma estrada que sobe da planície e vai até o Portão Sul. — Ele desenhou uma linha trêmula que se afastava do fundo do oito. — Mas aquela estrada é impossível. Você terá de escalar direto até os canhões deles. Uma criança com uma pilha de pedras poderia impedir um exército de escalar essa estrada. A única rota possível para o Forte Interno é através da entrada principal. — Ele rabiscou uma pequena linha através da junção dos dois círculos.

— Qual delas não será fácil? — perguntou secamente Wellesley.

Sevajee dirigiu um sorriso melancólico ao general.

— A entrada principal é um corredor comprido, barrado por quatro portões e flanqueado por muralhas altas. Mas mesmo para alcançá-la, *sir* Arthur, terá de tomar o Forte Externo. — Ele cutucou o pequeno círculo superior do oito.

Wellesley fez que sim com a cabeça.

— E isso também é difícil?

— Mais uma vez, duas entradas — disse Sevajee. — Uma é uma estrada que sobe da planície. Não é possível vê-la daqui, mas ela sobe as colinas para oeste e chega ao forte aqui. — Ele cutucou a cintura do oito. — É uma escalada mais fácil que a estrada sul, mas durante o último quilômetro e meio da jornada seus homens ficarão sob os canhões do Forte Externo. E os últimos oitocentos metros, general, são escarpados. — Ele frisou a última palavra. — De um lado da estrada fica um penhasco; do outro, um precipício. E os canhões do Forte Externo podem disparar direto para baixo por aqueles oitocentos metros de estrada.

O coronel Butters balançou a cabeça, lamentando as informações trazidas por Sevajee.

— Como sabe de tudo isso? — perguntou.

— Cresci em Gawilghur — disse Sevajee. — Meu pai, antes de ser assassinado, foi *killadar* da fortaleza.

— Ele sabe — disse Wellesley sucintamente. — E a entrada principal do Forte Externo?

— Esse é o ponto mais fraco da fortaleza — disse Sevajee. — Ele mostrou uma linha que trespassava a curva superior do círculo menor. — É o único nível de aproximação para a fortaleza, mas é muito estreito. — Ele cutucou o flanco leste da linha. — Um lado é um declive abrupto. O outro é um tanque reservatório. Assim, para alcançar o forte é preciso seguir uma passagem de terra estreita que é varrida por duas muralhas providas de canhões, uma acima da outra.

— Duas muralhas? — indagou Wallace.

— Posicionadas num monte escarpado — acrescentou Sevajee. — Vocês devem lutar colina acima através de ambas as muralhas. Existe uma entrada, mas é como a entrada do Forte Interno: uma série de portões com uma passagem estreita conduzindo de uma para outra, e homens acima de você em ambos os lados arremessando rochas e disparando balas de canhão.

— E depois que tivermos capturado o Forte Externo, o que acontecerá? — perguntou Wellesley.

Sevajee abriu um sorriso lupino.

— Então seus problemas estarão apenas começando, *sir* Arthur. — Apagou o desenho que fizera na areia e marcou outro, este mostrando dois círculos, um grande e um pequeno, com um espaço entre eles. — Os dois fortes não estão conectados. Estão separados aqui, e isto é uma ravina. — Cutucou o espaço com sua *tulwar* entre os círculos. — Uma ravina profunda. Assim, depois que tiverem o Forte Externo, terão de atacar o Forte Interno, e as defesas dele estarão intocadas. O Forte Interno tem uma muralha que fica no topo do despenhadeiro da ravina, e é ali que o seu inimigo buscará refúgio: dentro da muralha do Forte Interno. Meu pai acreditava que nenhum inimigo seria capaz de capturar o Forte Interno de Gawilghur. Ele dizia que se toda a Índia caísse, seu coração ainda bateria em Gawilghur.

Wellesley caminhou alguns passos para norte a fim de olhar para o promontório alto.

— Qual é o tamanho da guarnição?

— Normalmente, cerca de mil homens. Mas agora... Podem ser seis ou sete vezes isso. Lá dentro há espaço para um exército inteiro.

E se o forte não caísse, pensou Wellesley, então os mahrattas recuperariam suas forças. Formariam um novo exército e, no ano seguinte, atacariam novamente o sul. Não haveria paz na Índia enquanto Gawilghur não caísse.

— Major Blackiston?

— Senhor?

— Você formará uma exploração do platô. — O general virou-se para Sevajee. — Pode escoltar o major Blackiston pelas colinas? Blackiston, quero diagramas da terra que conduz até a entrada principal. Quero que me diga onde podemos posicionar as baterias de arrebentamento. Quero saber como podemos levar canhões até os cumes das colinas, e preciso saber de tudo isso em dois dias.

— Dois dias? — Blackiston pareceu apavorado.

— Não queremos que os crápulas finquem raízes lá, queremos? O tempo urge, Blackiston! Podemos partir agora? — Esta pergunta foi dirigida a Sevajee.

— Eu posso — respondeu Sevajee.

Wellesley acenou para Blackiston enquanto se afastava.

— Dois dias, major! Quero você de volta amanhã à noite!

O coronel Butters olhou de cara feia para as colinas distantes.

— O senhor vai levar o exército até o topo?

— Metade do exército — respondeu Wellesley. — A outra metade permanecerá na planície. — Ele teria de usar seus casacas vermelhas para apertar Gawilghur como se fosse uma noz e torcer para que, quando apertasse a noz, ela quebrasse, e não o quebra-nozes. Subiu de volta para sua sela e esperou que os outros oficiais montassem. Então virou sua égua e começou a voltar para o acampamento.

— Caberá aos engenheiros nos levarem até as alturas — disse ele.

— Depois teremos uma semana de viagem penosa levando a munição até as baterias. — Pensar nesse trabalho provocou uma ruga de preocupação na testa do general. — Qual é o problema com o comboio de bois? — inquiriu a Butters. — Tenho ouvido queixas. Mais de dois mil mosquetes foram roubados dos comboios, e Huddlestone me disse que não temos ferraduras sobressalentes. Isso não pode estar certo!

— Torrance disse que os bandoleiros têm estado ativos, senhor — argumentou Butters. — Presumo que houve acidentes — acrescentou sem convicção.

— Quem é Torrance? — perguntou Wellesley.

— Um homem da Companhia, senhor. Um capitão. Ele assumiu as funções do pobre Mackay.

— Eu poderia ter recitado tudo isso — disse acidamente o general. — Quem é ele?

A censura deixou Butters ruborizado.

— O pai dele é um cônego em Wells, creio. Talvez Salisbury. Porém, o que é mais importante, senhor, é que ele tem um tio em Leandenhall Street.

Wellesley grunhiu. Um tio em Leandenhall Street significava que Torrance tivera um patrono com alto posto na Companhia das Índias Orientais, alguém capaz de exercer uma influência bem maior que, por exemplo, um pai membro do clero.

— Ele é tão competente quanto Mackay?

Butters, um homem gordo que cavalgava muito mal, deu de ombros.

— Foi recomendado por Huddlestone.

— O que significa que Huddlestone queria livrar-se dele — retorquiu Wellesley.

— Tenho certeza de que ele está dando o máximo de si — respondeu defensivamente Butters. — Ele me pediu um assistente, mas tive de recusar. Não posso abrir mão de ninguém. Já estou com poucos engenheiros, como o senhor bem sabe.

— Requisitei mais engenheiros — disse Wellesley.

Wallace interveio:

— Sir Arthur, cedi um de meus alferes a Torrance.

— E você pode abrir mão de um alferes, Wallace?

— Sharpe, senhor.

— Ah! — Wellesley forçou um sorriso. — Nunca funciona, não é verdade? Quando promovemos um homem das fileiras, não lhe fazemos nenhum favor.

— Ele talvez fique mais feliz num regimento inglês — disse Wellesley. — Assim sendo, estou recomendando sua transferência para os Fuzileiros.

— Está insinuando que eles não são exigentes? — perguntou Wallace, e então fechou a carranca. — Como diabos vamos travar uma guerra sem ferraduras? — Zangado com a situação, ele chutou a égua. — Meu Deus, Butters, esse seu capitão Torrance precisa trabalhar direito! — Wellesley, melhor do que ninguém, sabia que jamais tomaria Gawilghur se o comboio de suprimentos não viesse.

E Gawilghur jamais fora tomada antes.

Deus Todo-poderoso, pensou Wellesley, como poderemos fazer isso?

— Uns brutamontes — murmurou Eli Lockhart enquanto se aproximavam das duas tendas verdes.

O soldado da cavalaria referia-se aos guardas que estavam espreguiçados em cadeiras diante das tendas de Naig. Quatro podiam ser vistos, e dois deles tinham peitos nus e oleados dos quais se ressaltavam músculos descomunais. Jamais cortavam os cabelos, que coleavam em torno da cabeça. Estavam montando guarda diante da tenda maior, aquela que Sharpe presumia ser o bordel de Naig. A outra tenda devia ser o aposento pessoal do mercador, mas sua entrada estava firmemente amarrada, de modo que Sharpe não podia ver nada de seu interior.

— Os dois sujeitos besuntados são os *jettis* — informou Sharpe.

— Grandes como touros — disse Lockhart. — Eles realmente torcem os pescoços das vítimas?

— Fazem o infeliz olhar para as próprias costas — replicou Sharpe.

— Ou então fincam um prego no crânio do sujeito, com as mãos nuas!

Sharpe se desviou para passar pelas tendas. Não temia iniciar uma briga com os guardas de Naig, embora esperasse uma bela confusão, mas não havia sentido em entrar às cegas numa batalha. Um pouquinho de esperteza não faria mal.

— Vou usar os miolos — explicou a Lockhart e então virou-se para ter certeza de que Ahmed os seguia. O menino estava segurando a mochila e o mosquete de Sharpe.

Os quatro guardas, todos armados com mosquetes e *tulwars*, observaram os soldados britânicos sumirem de vista.

— Eles não foram com as nossas fuças — disse Lockhart.

— Uns sodomitas sarnentos, é isso que são — disse Sharpe. Ele estava olhando para o acampamento ao seu redor, e então achou o que estava procurando a alguns passos dali. Era uma pequena pilha de palha e ficava próxima a uma fogueira quase extinta. Sharpe pegou um punhado de palha, que acendeu e levou até os fundos da tenda menor. Enfiou o punhado de palha em chamas numa dobra da lona. Uma criança viu tudo, olhos arregalados. Sharpe virou-se para a criança seminua e disse:

— Se bater com a língua nos dentes, torço seu pescoço até você ver as suas próprias costas.

A criança, que não entendeu uma palavra, abriu um sorriso.

— Você não devia estar fazendo isto, devia? — perguntou Lockhart.

— Não — respondeu Sharpe.

Lockhart sorriu, mas não disse nada. Em vez disso, ficou observando as chamas lamberem a lona verde desbotada que, por alguns momentos, resistiu ao fogo. O material enegreceu, mas não queimou. Mas então, subitamente, ele explodiu em chamas que subiram vorazes pela parede da tenda.

— Isso vai acordar essa gente — disse Sharpe.

— E agora? — perguntou Lockhart, observando a chama queimar a lateral da tenda.

— Vamos resgatar o que estiver lá dentro, é claro. — Sharpe desembainhou o sabre. — Vamos, rapazes! — Ele correu de volta para a frente da tenda. — Fogo! — gritou. — Fogo! Tragam água! Fogo!

Os quatro guardas olharam para o inglês sem compreender nada, e então se levantaram abruptamente quando Sharpe cortou os laços da porta da tenda pequena. Um deles bradou um protesto para Sharpe.

— Fogo! — berrou Lockhart para os guardas que, ainda sem saber ao certo o que estava acontecendo, não tentaram deter Sharpe. Então, um deles viu a fumaça ondulante do cume da tenda. Ele gritou um aviso para a tenda maior e seus companheiros subitamente avançaram para puxar o inglês da entrada da tenda.

— Detenham eles! — gritou Sharpe e os seis soldados de Lockhart fecharam a passagem para os três homens.

Sharpe cortou os laços, varando a corda grossa enquanto os soldados enfrentavam os guardas. Alguém praguejou, ouviu-se um gemido quando um punho acertou o alvo, e então um ganido quando a bota de um soldado atingiu a virilha de um *jetti*. Sharpe cortou o último nó e empurrou as abas soltas da tenda.

— Deus do Céu! — exclamou ao se deparar com caixas, barris e engradados empilhados na penumbra esfumaçada.

Lockhart seguira-o para dentro.

— Ele nem se deu ao trabalho de esconder a mercadoria decentemente! — exclamou o sargento e depois caminhou até um barril e apontou para um 19 que fora cortado na madeira. — Essa é a nossa marca! O desgraçado pegou metade dos nossos suprimentos! — Olhou para as chamas que agora estavam comendo o teto da tenda. — Vamos perder tudo se não apagarmos o fogo.

— Corte as cordas principais da tenda — sugeriu Sharpe. — E empurre tudo para o chão.

Os dois homens correram para fora e cortaram as cordas com seus sabres. Porém, mais homens de Naig saíam agora da tenda maior.

— Cuidado, Eli! — gritou Sharpe e então virou-se e desfechou a lâmina curvada contra o rosto de um *jetti*. O homem capengou para trás e

Sharpe continuou a atacá-lo, cortando-o novamente. O homem recuou ainda mais. — Vá embora! — gritou para o brutamontes. — Está havendo um incêndio aqui! Fogo!

Lockhart derrubara seu atacante e agora estava pisando em seu rosto com uma bota munida de espora. Os soldados chegaram para ajudá-los. Sharpe deixou os soldados cuidando dos guarda-costas de Naig enquanto cortava a última corda principal. E então correu de volta para a tenda e empurrou seu peso contra o mastro mais próximo. O ar dentro da tenda estava sufocante, carregado de fumaça, mas finalmente toda a pesadíssima estrutura desmoronou em direção ao fogo, levantando a parede de lona às costas de Sharpe.

— *Sahib!* — soou a voz aguda de Ahmed.

Sharpe girou nos calcanhares para ver um homem apontando-lhe um mosquete. A aba levantada da tenda expunha Sharpe, que estava longe demais para avançar contra o homem. Súbito, Ahmed disparou seu mosquete e o homem estremeceu, virou-se para olhar o menino e se curvou quando finalmente sentiu a dor no ombro. Largou a arma e cobriu o ferimento com uma das mãos. O som do disparo assustou os outros guardas e alguns deles empunharam seus próprios mosquetes, mas Sharpe correu até eles e usou seu sabre para bater nas armas, abaixando-as.

— Está havendo um incêndio aqui! — gritou contra seus rostos. — Um incêndio! Vocês querem que tudo queime?

Eles não entendiam Sharpe, mas alguns deduziram que as chamas ameaçavam os suprimentos de seu mestre, e assim correram para puxar a lona ardente para longe dos caixotes de madeira.

— Mas quem ateou o fogo? — disse uma voz às costas de Sharpe, que se virou para ver um indiano alto e gordo, vestido numa túnica verde e bordada com peixes e pássaros aquáticos de pernas longas. O gordo estava de mãos dadas com uma criança seminua, o mesmo menininho que vira Sharpe colocar a palha em chamas numa dobra da lona. — Os oficiais britânicos têm um acordo de liberdade neste país, mas isso não significa que eles possam destruir a propriedade de um homem honesto — disse o gordo.

— Você é Naig? — perguntou Sharpe.

O gordo fez um sinal para que seus guardas se reunissem atrás dele. A tenda fora afastada dos engradados e agora estava se consumindo inofensivamente. O homem de túnica verde agora estava cercado por dezesseis ou dezessete homens, quatro deles *jettis* e todos armados, enquanto Sharpe tinha Lockhart, seus soldados espancados, e um menino petulante que estava recarregando um mosquete quase tão alto quanto ele próprio.

— Direi meu nome depois que você disser o seu — asseverou o gordo.

— Sharpe. Alferes Sharpe.

— Um mero alferes! — O homem soergueu as sobrancelhas. — Achava que alferes eram crianças, como este rapazinho aqui. — Ele acariciou a cabeça do menino. — Eu sou Naig.

— Então talvez você possa me dizer porque a tenda estava abarrotada com nossos suprimentos.

— Seus suprimentos! — Naig riu. — Essas são minhas mercadorias, alferes Sharpe. Talvez algumas delas estejam armazenadas em caixas velhas que tenham pertencido ao seu exército, mas e daí? Eu compro as caixas no departamento de intendência.

— Seu bastardo mentiroso — grunhiu o sargento Lockhart. Ele havia aberto o barril com o número dezenove marcado na lateral e agora brandiu uma ferradura. — É nossa!

Naig parecia prestes a ordenar aos seus guardas que dessem cabo do pequeno bando de Sharpe, mas então olhou para a direita e viu que dois oficiais britânicos tinham saído da tenda maior. A presença dos dois, ambos capitães, significava que Naig não podia simplesmente eliminar Sharpe, porque haveria testemunhas. Naig poderia se livrar de um alferes e alguns soldados, mas capitães exibiam muito mais autoridade. Um dos capitães, que usava a casaca vermelha da Brigada Escocesa, caminhou até Sharpe.

— Problemas? — perguntou. Ele tivera seu prazer interrompido, porque as calças ainda estavam desabotoadas e sua espada e cinta estavam jogadas sobre um dos ombros.

— Senhor, este bastardo tem pilhado nossos suprimentos — Sharpe apontou com o polegar para Naig e então mostrou com a cabeça os caixotes. — Todas essas coisas estão marcadas como roubadas nos livros de contabilidade dos suprimentos, mas posso apostar que está tudo ali. Baldes, mosquetes e ferraduras.

O capitão olhou para Naig e então caminhou até os caixotes.

— Abra este — ordenou, e Lockhart obedientemente inclinou-se e usou seu sabre para levantar a tampa fechada a pregos.

— Venho armazenando esses caixotes — explicou Naig. Ele se virou para o segundo capitão, um soldado de cavalaria extraordinariamente elegante em uniforme da Companhia, e suplicou a ele numa língua indiana. O capitão da Companhia deu-lhe as costas e Naig voltou sua atenção para o escocês. O mercador estava em apuros agora, e sabia disso. — Pediram-me que armazenasse esses caixotes! — gritou para o escocês.

Mas o capitão de infantaria mirava o caixote aberto, no qual dez mosquetes novos em folha jaziam em seus estojos de madeira. Curvou-se para pegar um dos mosquetes. Olhou a culatra. Logo adiante do percussor e atrás da caçoleta estava a gravação de uma coroa sobre as letras GR, enquanto atrás do percussor estava gravada a palavra Tower.

— É nosso — disse secamente o escocês.

— Eu comprei esses mosquetes. — Naig estava suando.

— Achei que você tinha dito que estava armazenando — frisou o escocês. — Agora está dizendo que os comprou. É uma coisa ou outra?

— Eu e meu irmão compramos as armas de *silladars* — argumentou Naig.

— Não vendemos esses mosquetes Tower — disse o capitão, testando o peso da arma que ainda estava recoberta com graxa.

Naig deu de ombros.

— Devem ter sido capturados dos comboios de suprimentos. Por favor, *sahib*, leve as armas. Não quero problemas. Como poderia saber que foram roubadas? — Ele se virou e suplicou novamente ao capitão de cavalaria da Companhia, que era um homem alto e magro de rosto comprido, porém o cavaleiro mais uma vez deu-lhe as costas e se afastou um pouco. Uma multidão reunira-se e agora assistia silenciosa ao desenrolar do drama. Sharpe, olhando para seus rostos, suspeitou que essas pessoas não nutriam muita simpatia por Naig. Não havia muita esperança para aquele gordo, pensou Sharpe. Naig vinha praticando um jogo perigoso, mas com tamanha confiança que nem se dera ao trabalho de ocultar os suprimentos roubados. Poderia ao menos ter descartado as caixas que rotulavam as mercadorias como propriedade do governo e limado as marcas nos mosquetes. Mas Naig provavelmente acreditava que seus amigos poderosos iriam protegê-lo. O capitão da cavalaria parecia ser um desses amigos, porque Naig seguira-o e estava sussurrando em seu ouvido. Contudo, o capitão simplesmente empurrou o indiano para longe e se virou para Sharpe.

— Enforque ele — disse sucintamente.

— Enforcá-lo? — perguntou, Sharpe aturdido.

— É a penalidade por furto, não é? — insistiu o capitão de cavalaria. Sharpe olhou para o capitão escocês, que meneou a cabeça, indeciso.

— Essas são as instruções do general — confirmou o escocês.

— Eu gostaria de saber como ele conseguiu os suprimentos, senhor — disse Sharpe.

— Vai dar a esse bastardo gordo uma chance de inventar uma história? — inquiriu o capitão de cavalaria. Ele emanava uma arrogância que irritou Sharpe, mas tudo nos oficiais da cavalaria irritava Sharpe. O homem era um almofadinha. Usava botas altas e munidas de esporas que cobriam panturrilhas e joelhos em couro macio e polido. As calças brancas eram apertadas contra a pele, a cintura ostentava botões de ouro, enquanto sua casaca vermelha de cauda era limpa, sem vincos e franjada com fitas douradas. Tinha uma cinta de seda vermelha drapeada sobre o ombro direito e presa ao lado esquerdo da cintura por uma trança dourada. Seu sabre era embainhado em couro vermelho, e o chapéu tricorne decorado com uma pluma tingida em verde-pálido. As roupas deviam ter custado uma fortuna, e claramente seus criados deviam dedicar horas a manter seu mestre tão garboso. Olhava de nariz empinado para Sharpe, um leve tremor nas narinas sugerindo que considerava a aparência de Sharpe repugnante. O rosto do capitão de cavalaria sugeria que era um homem inteligente, mas também que desprezava aqueles menos inteligentes do que ele. — Não acredito que *sir* Arthur ficará enormemente satisfeito quando souber que você deixou esse sujeito viver, alferes — disse, ácido. — Justiça veloz e certa, não é essa a penalidade por roubo? Enforque esse porco gordo.

— É isso o que dita as ordens permanentes — concordou o capitão escocês. — Mas será que se aplica a civis? — acrescentou.

— Ele deve ser julgado! — protestou Sharpe, não porque defendesse realmente o direito de Naig a uma audiência, mas porque temia que a situação inteira estivesse fugindo ao seu controle. Ele planejara encontrar os suprimentos, talvez lutar com os guardas de Naig, mas não tencionara induzir a morte de ninguém. Naig merecia uma boa sova, mas morte?

— As ordens permanentes se aplicam a qualquer pessoa dentro das linhas de piquete — declarou com confiança o capitão. — Então, pelo amor de Deus, acabe logo com isso! Enforque o bastardo! — Ele estava suando, e Sharpe sentiu que o elegante cavaleiro não era tão confiante quanto parecia.

— Que se dane o julgamento! — disse alegremente o sargento Lockhart. — Ficarei muito feliz em enforcar o bastardo!

Lockhart mandou seus soldados buscarem um carro de boi nas proximidades. Naig tentara recuar para a proteção de seus guardas, mas o capitão de cavalaria sacara uma pistola que agora mantinha próxima à cabeça do mercador enquanto soldados sorridentes puxavam o carro de bois para o espaço aberto diante dos suprimentos roubados.

Sharpe caminhou até o capitão de cavalaria alto.

— Não devemos conversar com ele, senhor?

— Meu caro amigo, já tentou extrair a verdade de um indiano? — perguntou o capitão. — Eles juram por mil deuses primitivos que dirão a verdade, e então mentem descaradamente! Fique quieto! — Naig começara a protestar e o capitão de cavalaria enfiou a pistola na boca do indiano, quebrando um dente e cortando a gengiva. — Mais uma palavra, Naig, e irei castrá-lo antes de enforcá-lo. — O capitão de cavalaria olhou para Sharpe. — Você tem estômago fraco, alferes?

— Não me parece correto, senhor. Concordo que merece ser enforcado, mas não deveríamos conversar com ele antes?

— Se você gosta tanto de conversas, institua uma Sociedade Filosófica. Então poderá gastar toda a saliva que quiser. Sargento? — dirigiu-se a Lockhart. — Afaste esse bastardo de mim, sim?

— Com todo o prazer, senhor. — Lockhart agarrou Naig e o empurrou até o carro de bois.

Um dos soldados de cavalaria cortara um pedaço da corda da tenda. Amarrou uma ponta no engate único estendido da frente do carro de bois. Fez um laço na extremidade da corda.

Naig gritou e tentou fugir. Alguns dos guardas avançaram para ele, mas então uma voz ríspida ordenou que se afastassem. Sharpe virou-se para ver que um indiano magro e alto, vestido numa túnica com listras pretas e verdes saíra da tenda maior. O recém-chegado, que parecia na casa dos quarenta, capengava. Caminhou até o capitão de cavalaria e falou em voz baixa com ele. Sharpe viu o capitão de cavalaria balançar a cabeça negativamente e então dar de ombros, como quem diz que não pode fazer nada. Então o capitão fez um gesto na direção de Sharpe e o indiano alto fitou o alferes com uma expressão tão malévola que Sharpe instintivamente colocou a mão no copo do sabre. Lockhart havia puxado o laço da corda até a cabeça de Naig.

— Tem certeza, senhor? — perguntou ao capitão de cavalaria.

— Claro que tenho certeza, sargento — disse com raiva o capitão. — Apenas prossiga.

— Senhor? — apelou Sharpe ao capitão escocês, que franziu a testa, indeciso, e depois deu as costas para o alferes e se afastou como se não tivesse mais nada a ver com o caso.

O indiano alto de túnica listrada cuspiu na areia e então capengou de volta para a tenda.

Lockhart ordenou aos seus soldados que fizessem o carro de bois recuar. Naig estava tentando soltar o pescoço da corda, mas Lockhart bateu em suas mãos.

— Agora, rapazes! — gritou Lockhart.

Os soldados puxaram a carroceria para baixo, de modo que o carro de bois se inclinou como uma gangorra sobre seu único eixo. Enquanto os soldados puxavam, o engate subiu ao ar. A corda esticou e apertou. Naig soltou um grito, e então os soldados de cavalaria pularam para sentar na retaguarda do carro, fazendo o engate subir ainda mais. Abruptamente, o grito foi sufocado. Naig agora estava balançando, pés chutando frenéticos debaixo da túnica luxuosamente ornada. Nenhuma pessoa na multidão se moveu; nenhuma protestou.

O rosto de Naig estava inchando e as mãos arranhavam inutilmente o laço apertado em torno de seu pescoço. O oficial de cavalaria observava com um leve sorriso.

— Lamentável — disse em sua voz elegante. — O infeliz era dono do melhor bordel que já conheci.

— Não estamos matando as garotas dele, senhor — disse Sharpe.

— Isso é verdade, alferes. Mas será que seu próximo dono irá tratá-las tão bem? — O capitão virou-se para a entrada da tenda grande e tirou seu chapéu emplumado para saudar um grupo de garotas vestidas em sáris, que, chocadas, observavam seu empregador dançar na ponta da corda. — Vi Nancy Merrick ser enforcada em Madras — disse o capitão. — E ela dançou por 37 minutos! Trinta e sete! Eu havia apostado em 16, de modo que perdi uns bons trocados. Não acho que possa assistir Naig dançar por meia hora. Está quente demais. Sargento? Ajude a pobre alma a encontrar seu caminho para a perdição.

Lockhart acocorou-se atrás do moribundo e segurou seus calcanhares. Então puxou com força, xingando quando Naig mijou nele. Puxou novamente, e por fim o cadáver ficou imóvel.

— Estão vendo o que acontece quando vocês roubam de nós? — gritou o capitão de cavalaria para a multidão e depois repetiu as palavras numa língua indiana. — Se roubarem de nós, morrerão! — Mais uma vez ele traduziu as palavras, e então sorriu de lado para Sharpe. — Mas apenas, é claro, se vocês forem estúpidos a ponto de serem apanhados. E eu não acho que Naig fosse um homem estúpido. Muito pelo contrário. Então, alferes, como descobriu os suprimentos?

— A tenda pegou fogo, senhor — disse Sharpe secamente. — Eu e o sargento Lockhart decidimos resgatar o que estivesse dentro dela.

— Ora, muito prestativo da sua parte. — O capitão dirigiu um olhar longo e especulativo a Sharpe e então voltou-se para Lockhart.

— Está vivo ou morto, sargento?

— Praticamente não faz diferença, senhor — respondeu Lockhart.

— Use sua pistola para garantir — ordenou o capitão e a seguir suspirou. — Lamentável — disse ele. — Eu até que gostava de Naig. Era um salafrário, é claro, mas salafrários são tão mais divertidos que homens honestos! — Ele observou Lockhart ser abaixado do engate e depois se inclinar sobre o corpo prostrado e meter uma bala em seu crânio. — Suponho que terei de encontrar alguns carros de bois para levar esses suprimentos de volta para onde é seu lugar — disse o capitão.

— Farei isso, senhor — disse Sharpe.

— Você fará? — O capitão pareceu estarrecido em descobrir tanta prestatividade. — Por que cargas-d'água você gostaria de fazer isso, alferes?

— É o meu trabalho, senhor — disse Sharpe. — Sou o assistente do capitão Torrance.

— Seu pobre bastardo ignorante — disse piedosamente o capitão.

— Ignorante, senhor? Por quê?

— Porque sou o capitão Torrance. Tenha um bom dia, alferes. — Torrance girou nos calcanhares e se afastou através da multidão.

— Bastardo — disse Sharpe, porque subitamente compreendera por que Torrance estivera tão ansioso por enforcar Naig.

Indignado, cuspiu no chão pelas costas do capitão e foi procurar alguns bois e carros. O exército recuperara seus suprimentos, mas Sharpe ganhara um novo inimigo. Como se Hakeswill não fosse suficiente, ele agora também tinha Torrance.

O palácio em Gawilghur era um prédio amplo de um único pavimento que se assentava no ponto mais elevado dentro do Forte Interno. A seu norte havia um jardim que contornava o maior lago da fortaleza. O lago era um tanque, um reservatório, mas suas margens tinham sido cultivadas com árvores floridas, e um lance de escadas levava do palácio até um pequeno pavilhão de pedra na margem norte do lago. O pavilhão tinha um teto arqueado no qual deveriam ser refletidas as marolas do lago, mas a estação fora tão seca que o lago secara e o nível de água estava cerca de dois ou três metros menor que o usual. A água e as margens estavam cobertas por um lodo verde e fedorento, mas Beny Singh, o *killadar* de Gawilghur, providenciara para que incensos fossem queimados em braseiros baixos e planos. Assim, o fedor do lago não ofendia a dúzia de homens reunidos dentro do pavilhão.

— Se ao menos o rajá estivesse aqui, saberíamos o que fazer — disse Beny Singh.

Ele era um homem baixo e gorducho de bigode enrolado e olhos nervosos. Era o comandante da fortaleza, mas sua vocação era de palaciano, não de soldado, e sempre considerara seu comando da grande fortaleza como uma licença para fazer fortuna, e não de lutar contra os inimigos do rajá.

O príncipe Manu Bapu não ficou surpreso quando seu irmão não veio para Gawilghur, preferindo fugir para mais longe nas colinas. O rajá era como Beny Singh: não tinha fibra de guerreiro. Quanto a Bapu, ele viu os primeiros soldados britânicos rastejarem através da montanha abaixo das muralhas altas do forte e ficou feliz com sua chegada.

— Não precisamos de meu irmão aqui para saber o que devemos fazer — disse ele. — Nós iremos lutar.

Os outros homens, todos comandantes de diversas tropas que tinham se refugiado em Gawilghur, expressaram sua concordância.

— Muralhas não podem deter os britânicos — argumentou Beny Singh. Ele estava com um cachorrinho branco em seu colo, um animal com olhos tão arregalados e amedrontados quanto os de seu dono.

— Podem, e irão — insistiu Bapu.

Singh balançou a cabeça negativamente.

— Eles foram detidos em Seringapatam? Em Ahmednuggur? Eles atravessaram as muralhas dessa cidade como se tivessem asas! Eles são...

qual é a palavra que os seus árabes usam? *Djinns*! Ele fitou os rostos dos membros do conselho um por um e viu que ninguém iria apoiá-lo. — Eles devem ter *djinns* do lado deles — acrescentou desanimadamente.

— Então o que você faria? — perguntou Bapu.

— Um trato com eles — disse Beny Singh. — Pediria *cowle*.

— *Cowle*? — Foi o coronel Dodd quem interveio, falando em seu marathi pobre, recém-aprendido. — Vou dizer que termos Wellesley lhes oferecerá. Nenhum! Ele vai fazer vocês marcharem como prisioneiros, ele vai depredar estas muralhas e roubar os tesouros do rajá.

— Não há tesouros aqui — disse Beny Singh, mas ninguém acreditou. Ele estava acalmando o cachorrinho, que ficara assustado com a voz rude do inglês.

— E ele vai dar suas mulheres para os soldados deles se divertirem — acrescentou Dodd, maldoso.

Beny Singh estremeceu. Sua esposa, suas concubinas e suas filhas estavam todas no palácio, e ele amava muito a todas elas. Ele fazia suas vontades e as idolatrava.

— Talvez eu deva remover meus parentes do forte? — sugeriu, hesitante. — Poderia levá-los para Multai? Os britânicos jamais alcançarão Multai.

— Você quer fugir? — perguntou Dodd em seu tom áspero. — O diabo que você vai fugir! — Ele falou essa última frase em inglês, mas todo mundo compreendeu seu significado. Ele se inclinou à frente. — Se você fugir, a guarnição ficará desanimada. Se o resto dos soldados não pode retirar suas mulheres daqui, então por que você pode? Nós vamos lutar com eles aqui, e vamos detê-los aqui. E não vamos apenas deter esses desgraçados, vamos matá-los! — Ele se levantou e caminhou até a beira do pavilhão, onde cuspiu na margem lodosa do lago antes de se virar de volta para Beny Singh. — Suas mulheres estão a salvo aqui, *killadar*. Com apenas cem homens eu poderia defender esta parede de hoje até o final dos tempos!

— Os britânicos são *djinns* — sussurrou Beny Singh. O cão em seu colo tremia.

— Eles não são *djinns* — vociferou Dodd. — Não existem demônios! Essas coisas não existem!

— *Djinns* alados — disse Beny Singh quase num sussurro. — *Djinns* invisíveis! No ar!

Dodd cuspiu de novo.

— Maldição! — praguejou em inglês e então virou-se novamente para Beny Singh. — Eu sou um demônio inglês. Eu! Entende? Sou um *djinn*, e se você fugir com suas mulheres, vou seguir vocês. E vou visitar suas mulheres à noite e enchê-las com bile negra. — Ele expôs os dentes amarelados e o *killadar* estremeceu. O cão branco ganiu.

Manu Bapu fez um gesto para que Dodd retornasse à sua cadeira. Dodd era o único oficial europeu que restara em suas forças e, embora Bapu estivesse satisfeito com os serviços do inglês, havia momentos em que o coronel Dodd podia ser irritante.

— Se existem *djinns*, eles estão do nosso lado — disse Bapu a Singh. Ele esperou até que o *killadar* tivesse acalmado o cachorrinho e então se inclinou à frente. — Diga-me, os britânicos podem tomar a fortaleza usando as estradas que sobem a colina? — perguntou a Beny Singh.

Beny Singh pensou nas duas estradas escarpadas e serpeantes que subiam a colina abaixo das muralhas de Gawilghur. Ninguém podia sobreviver a essas escaladas, não se os defensores estivessem derramando balas de canhão e rochas pelos precipícios.

— Não — admitiu Beny Singh.

— Portanto eles podem vir apenas por um caminho. Apenas um caminho! Que é através da ponte de terra. E meus homens irão guardar o Forte Externo, e os homens do coronel Dodd irão defender o Forte Interno.

Dodd acrescentou em seu tom rascante:

— E ninguém, ninguém passará pelos meus Cobras! — Dodd ainda estava magoado porque seus soldados não iriam defender o Forte Externo, mas aceitara o argumento de Manu Bapu de que realmente importante era manter o Forte Interno. Se, por acaso, os britânicos capturassem o Forte Externo, eles jamais passariam pelos soldados de Dodd. — Os meus homens jamais foram derrotados! Jamais!

Manu Bapu sorriu para o nervoso Beny Singh.

— Como está vendo, *killadar*, você vai morrer aqui, mas de velhice.

— Ou por excesso de mulheres! — acrescentou outro homem, provocando risos.

Um canhão ribombou na ala norte da muralha do Forte Externo, seguido, segundos depois, por outro. Ninguém sabia o que poderia ter causado os disparos, de modo que os doze homens seguiram Manu Bapu enquanto ele se retirava do pavilhão e caminhava rumo ao parapeito ao norte do Forte Interno. De galhos altos, macacos de pêlos prateados garrularam para os soldados.

Havia guardas árabes a postos no portão do jardim do rajá. Estavam ali para impedir que qualquer soldado da guarnição passasse para as trilhas que ladeavam o tanque, onde as mulheres do *killadar* gostavam de passear à noite. Uma centena de passos depois do portão do jardim havia um poço na rocha, com uma profundidade de aproximadamente o dobro da altura de um homem, e Dodd parou para olhar para suas entranhas. Pedreiros haviam alisado as laterais do poço para que ninguém pudesse escalá-las a partir do fundo, que estava cheio de ossos brancos.

— O Buraco do Traidor — disse Bapu, enquanto parava ao lado de Dodd. — Mas aqueles ossos ali são de filhotes de macacos.

— Mas elas devoram homens? — perguntou Dodd, intrigado com a escuridão no fundo do poço.

— Elas matam homens, mas não os comem — respondeu Bapu. — Não são grandes o suficiente para isso.

— Não consigo ver nenhuma — disse Dodd, decepcionado. De repente, uma sombra sinuosa passou rápida entre duas fendas. — Ali! — disse alegremente. — Elas não crescem o suficiente para devorar homens?

— Quase todo ano elas escapam — disse Bapu. — A monção enche o poço e as cobras nadam até o topo e saem. Então precisamos achar cobras novas. Mas neste ano fomos poupados desse problema. As cobras vão crescer muito mais do que o normal.

Beny Singh estava esperando a alguns passos de distância, segurando com força seu cachorrinho como se temesse que Dodd fosse jogá-lo às cobras.

— Conheço um bastardo que deveria ser dado de comer às cobras — disse Dodd a Bapu, apontando com a cabeça para o *killadar*.

— O meu irmão gosta dele — informou Bapu, tocando o braço de Dodd para indicar que deveriam continuar andando. — Eles compartilham gostos.

— Por exemplo?

— Mulheres, música, luxos. Nós realmente não precisamos dele aqui.

Dodd balançou a cabeça.

— *Sahib*, se o deixar partir, metade da guarnição vai querer fugir. E se deixar que as mulheres partam, pelo que os homens irão lutar? Ademais, acha realmente que existe algum perigo?

— Nenhum — admitiu Bapu. Subira uma escadaria numa rocha íngreme para mostrar o caminho aos oficiais, e agora eles estavam num bastião natural onde um vasto canhão de ferro apontava sobre o abismo para os penhascos distantes do platô elevado. Dali os penhascos distantes ficavam a praticamente um quilômetro e meio de distância, mas Dodd conseguia ver um grupo de homens montados a cavalo agrupados na beira do abismo. Aqueles cavaleiros — todos em túnicas nativas — tinham incitado os artilheiros do Forte Externo a abrir fogo. Porém, os canhoneiros, vendo seus tiros passarem longe dos alvos, haviam desistido. Dodd sacou sua luneta, apontou-a e viu um homem no uniforme dos Engenheiros do Rei sentado no chão a alguns passos de seus companheiros. O engenheiro estava desenhando. Os cavaleiros eram todos indianos. Dodd abaixou a luneta e olhou para o imenso canhão de ferro.

— Está carregado? — indagou aos artilheiros.

— Sim, *sahib*.

— Um *haideri* por cabeça se vocês matarem o homem de uniforme escuro. Aquele sentado na beira do penhasco.

Os artilheiros riram. Seu canhão tinha mais de seis metros de comprimento e seu cano de ferro fundido era decorado com altos-relevos pintados em verde, branco e vermelho. Uma pilha de balas sólidas, cada uma com 30 centímetros de diâmetro, repousava ao lado da carreta imensa feita de imensas toras de teca. O chefe da peça fez mira cuidadosa, ordenando aos homens que conteirassem a imensa carreta uma polegada para a direita, e então de volta o equivalente à largura de um dedo, até que estivesse satisfeito. Olhou ao longo do cano por um segundo, fez sinal para que os oficiais que haviam seguido Bapu se afastassem do canhão e então inclinou-se sobre a coronha para levar sua tocha acesa até o ouvido do canhão.

O pavio acendeu e esfumaçou por um segundo enquanto o fogo descia até a carga. O canhão imenso recuou violentamente, os deslizadores de teca subindo pela rampa de madeira que constituía a parte inferior da carreta. Fumaça foi ejetada para o abismo e uma centena de pássaros assustados alçou vôo de seus ninhos nas faces rochosas e circulou no ar cálido.

Dodd estivera de pé a um dos lados do canhão, observando o engenheiro através de sua luneta. Durante um segundo chegou a ver a grande bala sólida como um rastro cinzento no quadrante direito inferior da lente, e então um penedo próximo ao engenheiro foi reduzido a cascalho. O engenheiro caiu para o lado, largando seu caderno de desenho, mas então se levantou e subiu a ladeira até onde seu cavalo era guardado pelos cavaleiros.

Dodd tirou uma moeda de ouro de sua algibeira e a jogou para o artilheiro.

— Você errou, mas foi um belo disparo — disse ele.

— Obrigado, *sahib*.

Um gemido fez Dodd virar-se. Beny Singh passara seu cachorrinho para um criado e, através de uma lente com cano de marfim, olhava para os cavaleiros inimigos.

— O que foi?— perguntou-lhe Bapu.

— Syud Sevajee — disse Singh num tom quase inaudível.

— Quem é Syud Sevajee? — indagou Dodd.

Bapu abriu um sorriso.

— O pai dele foi *killadar* aqui, mas morreu. Foi veneno? — indagou a Beny Singh.

— Ele simplesmente morreu — disse Singh. — Simplesmente morreu!

— Assassinado, provavelmente — disse Bapu, achando graça. — E Beny Singh tornou-se *killadar* e tomou a filha do morto como sua concubina.

Dodd virou-se para ver os cavaleiros inimigos desaparecendo entre as árvores no penhasco distante.

— Então ele veio buscar vingança. Ainda quer partir, *killadar*? — perguntou a Beny Singh. — Porque esse sujeito estará à sua espera. Ele irá segui-lo pelas colinas e cortar a sua garganta na escuridão da noite.

— Devemos permanecer aqui e lutar — declarou Beny Singh enquanto seu criado passava-lhe de volta o cachorrinho.

— Lutar e vencer — disse Dodd e imaginou as baterias de canhões de arrebentamento britânicas naquele penhasco distante. E imaginou a matança que este canhão imenso causaria em suas guarnições. E havia mais cinqüenta outros canhões pesados esperando para saudar a aproximação britânica, e centenas de peças mais leves que disparavam mísseis menores. Canhões, foguetes, granadas, mosquetes e penhascos: essas eram as defesas de Gawilghur, e Dodd calculava que os britânicos não tinham qualquer chance. Nenhuma mesmo. A fumaça do canhão imenso dispersou-se na brisa.

— Eles vão morrer aqui e vamos caçar os sobreviventes até o sul e trucidá-los como cães — disse Dodd. — Virou-se e olhou para Beny Singh. — Está vendo o abismo? É lá que os demônios vão morrer. Suas asas serão queimadas, eles cairão para a morte como pedras flamejantes e seus gritos embalarão as suas filhas para um sono calmo.

Dodd sabia que falava a verdade, porque Gawilghur era inexpugnável.

— Tenho o prazer, não, Dilip, escreva que tenho o humilde prazer, de relatar o resgate de uma quantidade de produtos roubados. — O capitão Torrance fez uma pausa. A noite caíra e Torrance desarrolhou uma garrafa de araca e tomou um gole. — Estou falando rápido demais para você?

— Sim, *sahib* — respondeu Dilip, o escriturário de meia-idade. — Humilde prazer — disse em voz alta enquanto sua pena movia-se laboriosa pelo papel. — Humilde prazer de relatar o resgate de uma quantidade de produtos roubados.

— Acrescente uma lista dos produtos — ordenou Torrance. — Pode fazer isso depois. Apenas deixe um espaço.

— Sim, *sahib*.

— Há algum tempo eu já suspeitava... — entoou Torrance e então fez uma careta quando alguém bateu na porta. — Entre, se for preciso! — gritou.

Sharpe abriu a porta e se viu imediatamente emaranhado na musselina. Procurou atabalhoadamente um caminho entre suas dobras.

— É você — disse Torrance com desagrado.

— Eu, senhor.

— Você deixou algumas mariposas entrarem — queixou-se Torrance.

— Sinto muito, senhor.

— É por causa disso que as cortinas de musselina ficam aí, Sharpe. Para manter do lado de fora mariposas, alferes e outros aborrecimentos insignificantes. Mate as mariposas, Dilip.

O escriturário pôs-se a caçar insetos pelo quarto, batendo neles com um papel enrolado. As janelas, como a porta, eram cobertas com musselina. Através delas podia-se ver mariposas aglomeradas do lado de fora, atraídas pelas velas dispostas em candelabros de prata na mesa de Torrance. O trabalho de Dilip estava espalhado na mesa, enquanto o capitão Torrance deitava-se numa rede pendurada das vigas do teto. Estava **nu**.

— Eu o ofendo, Sharpe?

— Se me ofende, senhor?

— Estou pelado, ou você não notou?

— Para mim não faz diferença, senhor.

— A nudez mantém as roupas limpas. Você deveria experimentar. Já matou o último de nossos inimigos, Dilip?

— As mariposas estão todas mortas, *sahib*.

— Então devemos prosseguir. Onde estávamos?

— "Há algum tempo eu já suspeitava" — Dilip leu o relatório.

— Recear. Recear soa melhor. Há algum tempo eu já receava. — Torrance parou para tragar do bocal de um narguilé de prata. — O que faz aqui, Sharpe?

— Vim receber minhas ordens, senhor.

— Muito assíduo da sua parte. Há algum tempo eu já receava que depredações... posso soletrar se você não souber como se escreve, Dilip... vinham sendo feitas nos armazéns confiados ao meu comando. Sharpe, por que diabos você estava espionando as tendas de Naig?

— Apenas calhou de eu estar passando por ali quando as tendas pegaram fogo, senhor — respondeu Sharpe.

Torrance fitou Sharpe, claramente não acreditando numa única palavra. Ele balançou a cabeça tristemente.

— Sharpe, você parece velho demais para um alferes.

— Até dois meses atrás eu era um sargento, senhor.

Torrance adotou uma expressão de horror fingido.

— Deus misericordioso! — exclamou com malícia. — Meu bom Jesus que está no Céu! Que todos os santos martirizados nos protejam! Por acaso não está me dizendo que foi promovido das... das fileiras!

— Sim, senhor.

— Virgem Maria! — disse Torrance. Recostou a cabeça no travesseiro da rede, soprou um anel de fumaça perfeito e ficou observando-o elevar-se até o teto. — Detendo informações confidenciais sobre a identidade do ladrão, tomei medidas para prendê-lo. Sharpe, você irá notar que não estou lhe dando crédito neste relatório.

— Não está, senhor?

— Não, claro que não. Este relatório seguirá para o coronel Butters, uma criatura desagradavelmente bombástica que irá, desconfio, tentar assumir parte do crédito antes de passar os papéis para Arthur Wellesley, que, como você deve bem saber, é o nosso comandante. Um homem muito severo, nosso Arthur. Ele gosta que tudo seja feito dentro dos conformes. Para mim está claro que ele teve uma babá muito rígida.

— Conheço o general, senhor.

— Conhece? — Torrance virou a cabeça para olhar para Sharpe. — Socialmente, talvez? Você e ele costumam jantar juntos, é isso? Ficam de papo para o ar, talvez? Caçam juntos? Bebem um bom vinho do Porto? Falam sobre os velhos tempos? Visitam juntos o meretrício, talvez? — Torrance estava fazendo zombarias, mas havia um leve tom de interesse em sua voz, para o caso de Sharpe realmente conhecer *sir* Arthur.

— Quis dizer que já estive com ele, senhor.

Torrance balançou a cabeça como se Sharpe estivesse desperdiçando seu tempo.

— Pare de me chamar de "senhor". Pode ser sua subserviência nata, Sharpe, ou talvez seja o ar natural de superioridade que emana de minha pessoa, mas isso não cai bem a um oficial, mesmo um içado das fileiras. Dilip, bastou uma busca nas tendas do criminoso para encontramos material desaparecido. Por conseguinte, de acordo com as ordens do general, o ladrão foi enforcado como exemplo. Tenho a honra de ser etc. etc.

— Dois mil mosquetes ainda estão perdidos, senhor — disse Sharpe. — Desculpe, não quis chamá-lo de "senhor".

— Se lhe apetece rastejar, Sharpe, então rasteje. Dois mil mosquetes ainda desaparecidos, hein? Suspeito que o pagão os vendeu, concorda?

— Estou mais interessado em saber como ele conseguiu os mosquetes — disse Sharpe.

— Oh, quão tedioso da sua parte — disse Torrance.

— Sugiro conversarmos com o sargento Hakeswill quando ele retornar — disse Sharpe.

— Não ouvirei uma palavra contra Obadiah — replicou Torrance. — Obadiah é um sujeito muito divertido.

— Ele é um bastardo mentiroso e ladrão — disse Sharpe com veemência.

— Sharpe! Por favor! — A voz de Torrance transparecia aflição. — Como pode dizer coisas tão venenosas? Você nem conhece o sujeito.

— Mas eu o conheço, senhor. Servi sob suas ordens nos Havercakes.

— É verdade? — Torrance sorriu. — Vejo que tempos interessantes se avizinham. Talvez deva manter vocês afastados. Outra vez não. Brick! — A última palavra foi gritada para uma porta que conduzia aos fundos da casa desapropriada.

A porta se abriu e uma mulher de cabelos negros passou pela musselina.

— Capitão? — disse ela. A mulher enrubesceu ao ver que Torrance estava nu. E este, Sharpe notou, divertiu-se com seu constrangimento.

— Brick, minha querida, meu narguilé apagou. Pode fazer a gentileza de acendê-lo? Dilip está ocupado, se não teria lhe pedido. Sharpe? Posso ter a honra de apresentá-lo a Brick? Brick, este é o alferes Sharpe. Alferes Sharpe, esta é Brick.

— É um prazer conhecê-lo, senhor — disse a mulher, fazendo uma leve reverência antes de pegar o narguilé. Ela claramente não contara a Torrance que já estivera com Sharpe.

— Madame — disse Sharpe.

— Madame! — repetiu Torrance com uma gargalhada. — O nome é Brick, Sharpe!

— Brick, senhor? — perguntou Sharpe amargamente. O nome, "tijolo" em inglês, era profundamente inadequado para a mulher de feições delicadas que naquele momento desmontava com habilidade o narguilé.

— Seu verdadeiro nome é sra. Wall — explicou Torrance, revelando a origem do trocadilho, sendo *wall* a palavra inglesa para "parede". — Ela é minha lavadeira, costureira e consciência. Não estou certo, pequena Brick?

— Se o senhor diz...

— Não posso vestir roupas sujas — disse Torrance. — Elas são uma abominação a Deus. Estar limpo é estar perto de Deus, não é isso que a plebe costuma dizer? Mas desconfio de que a limpeza é uma virtude superior. Qualquer pobre pode ser santo, mas ser limpo é uma virtude rara. Mas Brick me mantém limpo. Sharpe, se lhe pagar um trocado, ela certamente irá lavar e remendar esses farrapos que você chama de uniforme.

— São as únicas roupas que tenho, senhor.

— E daí? Fique pelado até que Brick tenha acabado de servi-lo. Ou isso o constrange?

— Lavo minhas próprias roupas, senhor.

— Pois espero que sim — disse Torrance, ácido. — Lembra por que veio aqui, Sharpe?

— Minhas ordens, senhor.

— Muito bem — disse Torrance. — Ao amanhecer irá aos aposentos do coronel Butters e encontrará um ajudante que possa lhe dizer o que é esperado de nós. Depois diga a Dilip. Ele providenciará tudo. Depois disso, poderá descansar. Espero que não considere esses deveres pesados.

Sharpe perguntou-se por que Torrance pedira um assistente se o escriturário podia fazer todo o trabalho, e então supôs que o capitão era tão preguiçoso que não queria ter o trabalho de acordar cedo de manhã para pegar suas ordens.

— Pegarei as ordens de amanhã ao alvorecer, senhor — disse Sharpe. — Com um ajudante do coronel Butters.

— Isso! — disse Torrance, fingindo surpresa. — Você já aprendeu seus deveres, alferes. Aceite minhas congratulações.

— Já temos as ordens de amanhã, *sahib* — disse Dilip da mesa onde estava copiando uma lista dos objetos recuperados para o relatório de Torrance. — Precisamos transportar tudo para Deogaum. Os equipamentos dos sapadores serão movidos primeiro, *sahib*. As ordens do coronel estão na mesa, *sahib*, junto com os memorandos. Primeiro os equipamentos dos sapadores, depois todo o resto.

— Ora, raios me partam! — exclamou Torrance. — Ele tragou o fumo do narguilé que a mulher havia reacendido. — Excelente, minha querida — disse ele e então estendeu uma das mãos para impedi-la de sair. — Brick é viúva, Sharpe, e presumo que esteja procurando um marido, embora duvide que algum dia tenha sonhado em casar com alguém de posto tão alto quanto um alferes. Mas por que não? A escada social existe para ser escalada, e mesmo que você seja um degrau muito baixo, ainda representa um avanço considerável para Brick. Antes de trabalhar para mim, ela foi faxineira. De faxineira a esposa de oficial! Isso é que é progresso! Acho que vocês dois se dariam muito bem. Farei as vezes de cupido, ou melhor, Dilip fará. Leve uma carta ao capelão do nonagésimo quarto, Dilip. Ele raramente está sóbrio, mas tenho certeza de que conseguirá ministrar uma cerimônia de casamento sem cair.

— Não posso casar, senhor! — protestou Sharpe.

Torrance, achando aquilo divertido, soergueu uma sobrancelha.

— Sente aversão por mulheres? Não gosta de minha querida Brick? Ou talvez tenha feito um voto de celibato?

Sharpe enrubesceu.

— Sou comprometido, senhor.

— Quer dizer que é noivo? Que encantador! Ela é uma herdeira, talvez?

Sharpe encolheu os ombros.

— Ela está em Seringapatam. E não somos noivos.

— Mas você têm um compromisso com essa criatura deslumbrante em Seringapatam. Ela é escura, Sharpe? Uma *bibbi* escura? Tenho certeza de que Clare não iria se importar, iria? Um homem branco na Índia precisa de uma ou duas *bibbis* tanto quanto precisa de uma esposa. Não concorda, Brick? — Virou-se para a mulher, que o ignorou. — O falecido sr. Wall sucumbiu à febre — disse Torrance a Sharpe. — E na bondade cristã de meu coração mantive os serviços de sua viúva. Isso não é um testemunho louvável de meu caráter?

— Se o senhor diz — retrucou Sharpe.

— Vejo que minha tentativa de bancar o cupido não está tendo sucesso — disse Torrance. — Assim, Sharpe, vamos aos negócios. Amanhã de manhã sugiro que vá a Deogaum, seja lá onde diabos for isso.

— Com os bois, senhor?

Torrance levantou suas sobrancelhas em sinal de desespero.

— Você é um oficial, Sharpe, não um condutor de bois! Você não chicoteia lombos, você deixa isso para os nativos. Vá cedo. Vá até lá a cavalo ao amanhecer, e o seu primeiro dever será encontrar acomodações para mim.

— Não tenho um cavalo — disse Sharpe.

— Você não tem um cavalo? Não tem um cavalo? Deus misericordioso, homem, para o que você serve, afinal? Então terá de ir andando. Encontrarei você em Deogaum amanhã à tarde e Deus o ajude se não encontrar acomodações decentes para mim. Uma ante-sala, Sharpe, onde Dilip possa fazer negócios. Um quarto grande para mim e um buraco para Brick. Também gostaria de ter um jardim murado com árvores umbrosas e um laguinho.

— Onde fica Deogaum? — indagou Sharpe.

— Para o norte, *sahib* — respondeu Dilip. — Perto das colinas.

— Debaixo de Gawilghur? — presumiu Sharpe.

— Sim, *sahib*.

Sharpe olhou novamente para Torrance. Posso lhe pedir um favor, senhor?

Torrance suspirou.

— Se insiste...

— Em Gawilghur, senhor, gostaria de sua permissão para me juntar ao grupo de assalto.

Torrance fitou Sharpe durante um longo tempo.

— Você quer o quê? — perguntou finalmente.

— Permissão para participar do ataque, senhor. Tem um homem lá dentro que matou um amigo meu. Quero ver esse homem morto.

— Não me diga que você é um entusiasta! — exclamou Torrance, apalermado. — Bom Deus! — Uma expressão repentina de horror tomou conta do rosto do capitão. — Você não é metodista, é?

— Não, senhor.

Torrance apontou o bocal do narguilé para um canto da sala.

— Sharpe, está vendo aquele balaio? Dentro dele estão minhas roupas. Entre minhas roupas você achará uma pistola. Pegue a pistola, saia da minha presença, aplique o cano em sua cabeça e aperte o gatilho. É uma forma de morrer bem mais rápida e menos dolorosa.

— Mas o senhor se importa que eu me junte ao ataque?

— Se me importo? Você certamente não está imaginando que me importo com sua existência, está? Acha que eu lamentaria sua perda, mesmo depois de nos conhecermos por tão pouco tempo? Meu caro Sharpe, receio que não sentiria a menor falta de você. Duvido mesmo que recorde seu nome depois de sua morte. Claro que pode se juntar ao grupo de ataque. Faça o que bem entender! Agora sugiro que vá dormir um pouco. Mas não aqui. Gosto de privacidade. Encontre uma árvore e durma debaixo de seus galhos. Boa noite, Sharpe.

— Boa noite, senhor.

— E não deixe entrar nenhuma mariposa!

Sharpe passou pela cortina de musselina e saiu pela porta. Torrance ouviu os passos se afastarem, e então suspirou.

— Um homem tedioso, Dilip.

— Sim, *sahib*.

— Como será que chegou a oficial? — Torrance franziu a testa enquanto sugava seu narguilé, e então balançou a cabeça. — Pobre Naig! Sacrificado pela ambição de um mero alferes. Como esse maldito Sharpe soube o que devia procurar na tenda de Naig? Ele falou com você?

— Sim, *sahib* — admitiu Dilip.

Torrance fitou-o.

— Deixou que olhasse os livros de contabilidade?

— Ele insistiu, *sahib*.

— Você é um imbecil, Dilip! Um maldito imbecil! Eu lhe daria uma surra se não estivesse tão cansado. Talvez amanhã.

— Não, *sahib*, por favor.

— Oh, simplesmente saia de minhas vistas, Dilip — rosnou Torrance. — E você também, Brick.

A garota correu para a porta da cozinha. Dilip recolheu sua garrafa de tinta e seu mata-borrão.

— Devo pegar os memorandos agora, *sahib*? Os memorandos para a manhã?

— Vá — rugiu Torrance. — Você me entedia! Vá! — Dilip saiu correndo para a ante-sala, e Torrance tornou a deitar-se na rede.

Estava realmente entediado. Não tinha nada a fazer nem lugar nenhum para ir. Quase toda noite ele ia à tenda de Naig e ali bebia, jogava e dormia com meretrizes. Mas naquela noite não poderia visitar o pavilhão verde, não depois de pendurar Naig pelo pescoço. Maldição, pensou. Ele olhou para a mesa, onde um livro, um presente de seu pai, jazia fechado. O primeiro volume de *Algumas reflexões sobre a epístola de São Paulo aos efésios*, pelo reverendo Courtney Mallison, e nevaria no inferno no dia em que Torrance lesse aquele livro imenso. O reverendo Mallison fora o tutor da infância de Torrance, e um homem violento. Adorava chicotear seus pupilos. Torrance olhou para o teto. Dinheiro. Tudo se resumia a dinheiro. Tudo naquele mundo maldito se resumia a dinheiro. Se ganhasse dinheiro, ele poderia ir para casa e tornar a vida de Courtney Mallison um inferno. Obrigar o bastardo a se ajoelhar. E a filha de Mallison. Obrigar aquela vadia hipócrita a beijar seus pés.

Uma batida na porta.

— Disse que não queria ser perturbado! — gritou Torrance, mas, a despeito de seu protesto, a porta se abriu e a cortina de musselina foi soprada para dentro, deixando entrar um enxame de mariposas. — Pelo amor de Deus! — exclamou Torrance e então calou-se abruptamente.

Ficou calado, porque o primeiro homem que passou pela porta era um *jetti*, seu tronco nu reluzindo com óleo. Atrás dele vinha o homem alto e manco, o mesmo que rogara pela vida de Naig. Chamava-se Jama e era irmão de Naig. Sua presença deixou Torrance subitamente envergonhado de sua nudez. Desceu da rede e estendeu o braço até sua camisola, mas Jama derrubou a roupa de seda das costas da cadeira.

— Capitão Torrance — disse com um meneio.

— Quem deixou você entrar? — inquiriu Torrance.

— Eu esperava vê-lo esta noite em nosso pequeno estabelecimento, capitão — disse Jama. Enquanto seu falecido irmão era gordo, barulhento e fanfarrão, Jama era magro, discreto e circunspecto.

Torrance deu de ombros.

— Amanhã à noite, talvez?

— Você será bem-vindo, capitão, como sempre foi. — Jama tirou um pequeno maço de papéis do bolso e abanou o rosto com eles. — Dez mil vezes bem-vindo, capitão.

Dez mil rupias. Esse era o valor dos papéis na mão de Jama, todos eles notas assinadas por Torrance. Ele assinara mais, porém as outras ele pagara com suprimentos roubados dos comboios. Jama estava ali para lembrar Torrance de que suas maiores dívidas ainda não tinham sido pagas.

— A respeito de hoje... — começou Torrance desajeitadamente.

— Ah, sim! — exclamou Jama, como se tivesse esquecido momentaneamente o motivo de sua visita. — A respeito de hoje, capitão. Fale-me a respeito de hoje. — O *jetti* não disse nada, simplesmente encostou-se na parede de braços dobrados, músculos oleados reluzindo à luz da vela, olhos negros fixados em Torrance.

— Já lhe disse. Não fui eu — alegou Torrance com o máximo de dignidade que um homem nu pode reunir.

— Você foi o homem que decretou a morte de meu irmão — disse Jama.

— Que escolha eu tinha? Os suprimentos tinham sido descobertos!

— Mas talvez você tenha providenciado para que isso acontecesse.

— Não! — protestou Torrance. — Por que diabos eu faria isso?

Jama ficou calado por um momento, depois indicou o homenzarrão ao seu lado:

— O nome dele é Prithviraj. Certa vez eu o vi castrar um homem com as mãos nuas. — Jama imitou com as mãos o movimento de arrancar. — Você ficaria surpreso em ver até onde um pouco de pele pode se esticar antes de romper.

— Pelo amor de Deus! — Torrance estava pálido. — Não fui o responsável!

— Então quem foi?

— O nome dele é Sharpe. Alferes Sharpe.

Jama caminhou até a mesa de Torrance, onde virou as páginas de *Algumas reflexões sobre a epístola de São Paulo aos efésios*.

— Esse Sharpe, ele não estava obedecendo a suas ordens?

— Claro que não!

Jama deu de ombros.

— Meu irmão era imprudente — admitiu. — Confiante demais. Acreditava que com sua amizade ele poderia sobreviver a qualquer inquérito.

— Fazíamos negócios juntos. Não era amizade. E mandei seu irmão esconder os suprimentos.

— Sim — disse Jama. — Ele deveria ter feito isso. Dei o mesmo conselho a ele. Mesmo assim, capitão, venho de uma família orgulhosa. Você espera que eu veja meu irmão ser morto e não faça nada a respeito? — Ele se abanou com as notas das dívidas de Torrance. — Eu lhe devolverei estes papéis, capitão, quando me entregar o alferes Sharpe. Vivo! Quero que Prithviraj faça minha vingança. Entendeu?

Torrance entendeu perfeitamente bem.

— Sharpe é um oficial britânico — argumentou. — Se for assassinado, haverá um inquérito. Um inquérito real. Cabeças rolarão.

— Esse problema é seu, capitão Torrance, não meu — disse Jama. — Invente uma maneira de explicar o desaparecimento do alferes. — Ele sorriu e guardou as notas de volta na bolsa em seu cinto. — Entregue-me Sharpe, capitão Torrance, ou mandarei que Prithviraj lhe faça uma visitinha noturna. Nesse meio tempo, continue nos agraciando com sua presença em nosso estabelecimento.

— Desgraçado! — exclamou Torrance, mas Jama e seu guarda-costas monstruoso já estavam longe. Torrance pegou *Algumas reflexões sobre a epístola de São Paulo aos efésios* e golpeou o livro pesado contra uma mariposa. — Bastardo! — repetiu.

Mas por outro lado era Sharpe quem iria sofrer, e não ele, de modo que isso realmente não importava. E o que era Sharpe? Nada além de um ascendente das fileiras. Então, por que cargas-d'água o capitão deveria se importar se ele morresse? Torrance matou outra mariposa, e então abriu a porta da cozinha.

— Venha aqui, Brick.

— Não, senhor. Por favor.

— Cale a boca. E venha aqui. Você poderá matar essas malditas mariposas enquanto bebo.

Até ficar bêbado como um gambá, porque ainda estava assustado. Sabia que quase fora pego quando Sharpe retirara a lona que cobria os suprimentos roubados, mas ao matar Naig, Torrance rapidamente se protegera, e agora o preço de sua sobrevivência era a morte de Sharpe. Providencie isso, pensou, e seus problemas serão coisa do passado. Ele forçou Brick a beber um pouco de araca, sabendo o quanto ela odiava essa bebida. Em seguida tomou um pouco também. Que esse Sharpe arda no Inferno, pensou. E era justamente para esse lugar que Sharpe iria, e assim Torrance bebeu a essa expectativa feliz. Adeus, sr. Sharpe.

CAPÍTULO IV

Sharpe não tinha certeza de a que distância ficava Deogaum, mas presumia que eram cerca de 32 quilômetros e que isso significava pelo menos uma jornada de sete horas a pé. Assim, ainda faltava muito para amanhecer quando balançou Ahmed para acordá-lo de seu sono ao lado dos restos de uma fogueira de bosta de boi. Durante a viagem, tentou ensinar algum inglês a Ahmed.

— Estrelas — disse Sharpe, apontando.

— Estrelas — repetiu Ahmed obedientemente.

— Lua — disse Sharpe.

— Lua — ecoou Ahmed.

— Céu.

— Lua? — perguntou Ahmed, curioso porque Sharpe ainda estava apontando para o céu.

— Céu, seu sodomita.

— Céudomita?

— Deixa para lá — disse Sharpe.

Estava com fome e esquecera de perguntar ao capitão Torrance onde deveria pegar rações, mas sua rota para norte levou-os através da aldeia de Argaum, onde os batalhões do exército estavam acampados. Corpos não enterrados ainda cobriam o campo de batalha, e cães carniceiros rugiam da escuridão fedorenta enquanto Sharpe e Ahmed passavam. Um piquete deteve-os na aldeia, e Sharpe perguntou ao homem onde podia encontrar as linhas da cavalaria. Não poderia levar Ahmed para tomar café da manhã no 74º, mas o sargento Eli Lockhart talvez os recebesse com mais hospitalidade.

O toque da alvorada havia soado quando Sharpe chegou à vala onde havia cavalos amarrados a estacas e as fogueiras dos soldados estavam sendo reavivadas. Lockhart fez cara feia ao ver um visitante inesperado através da luz nebulosa da alvorada, mas então sorriu ao reconhecer Sharpe.

— Devemos ter alguma briga pela frente, rapazes, porque a infantaria chegou! Bom dia, senhor. Precisa da nossa ajuda de novo?

— Preciso de alguma coisa para comer — admitiu Sharpe.

— Primeiro, chá, para lhe dar algum ânimo. Smithers! Costeletas de porco! Davies! Um pouco daquele pão que você está escondendo de mim. Vamos, acelerado! — Lockhart virou-se de volta para Sharpe. — Não me pergunte de onde as costeletas vieram, senhor. Eu teria de mentir. — Ele cuspiu numa caneca de lata, esfregou seu interior com a ponta do cobertor e a encheu com chá. — Aqui está, senhor. O seu menino quer um pouco? Tome aqui, garoto. — Lockhart, ele próprio com uma caneca de chá na mão, insistiu em levar Sharpe até os cavalos amarrados a estacas. — Está vendo, senhor? — Ele levantou a pata de um cavalo para exibir a nova ferradura. — Meu patrão está muito agradecido a você. Vou apresentar vocês depois do desjejum.

O coronel Huddlestone insistiu para que tanto Lockhart quanto Sharpe se juntassem a ele para um desjejum de arroz com ovos. Sharpe estava começando a ver que Lockhart era um homem útil, alguém que merecia a confiança de seus superiores e era estimado por seus soldados. Huddlestone saudou o sargento calorosamente e iniciou de imediato uma conversa sobre alguns cavalos locais que a cavalaria adquirira como montarias de reserva. O coronel acreditava que eles jamais resistiriam aos rigores da batalha, mas Lockhart opinou que alguns talvez fossem adequados.

— Então você é o camarada que expôs Naig? — disse Huddlestone a Sharpe depois de algum tempo.

— Não foi muito difícil, senhor.

— Ninguém mais fez isso, homem! Não se envergonhe de assumir o crédito. Você não imagina o quanto estou grato.

— Não teria conseguido sem o sargento Lockhart, senhor.

— O maldito exército estaria no mato sem cachorro sem Eli — disse o coronel, e Lockhart, boca cheia de ovos, apenas sorriu. Huddlestone virou-se de volta para Sharpe. — Então eles deram você a Torrance?

— Sim, senhor.

— Ele é um sodomita preguiçoso — disse Huddlestone com rancor. Sharpe, estarrecido com a crítica aberta, não disse nada. Huddlestone prosseguiu: — Ele era um dos meus oficiais, e confesso que não lamentei quando me pediu para ser incumbido do comboio de bois.

— Ele pediu, senhor? — Sharpe considerou curioso que um homem preferisse estar com a bagagem quando poderia ser útil numa unidade de combate.

— Ele tem um tio que o está preparando para uma carreira na Companhia — disse Huddlestone. — Um tio em Leadenhall Street. Sabe o que é Leadenhall Street, Sharpe?

— A sede da Companhia, senhor?

— A própria. O tio paga uma mesada para ele e deseja que Torrance ganhe alguma experiência lidando com *bhinjarries*. Ele está com tudo planejado! Alguns anos no exército da Companhia, mais alguns negociando especiarias, e então voltar para casa para herdar a propriedade do tio e seu lugar na Corte de Diretores. Um dia todos estaremos fazendo reverências para esse sodomita preguiçoso. Bem, não discuti quando ele quis dirigir o comboio de bagagem. Ninguém gosta desse trabalho. Mas, se quer o meu palpite, quem vai fazer a maior parte do serviço será você. — O coronel franziu a testa, indignado. — Ele chegou à Índia com três criados ingleses! Acredita numa coisa dessas? Não é difícil conseguir criados aqui, mas Torrance queria ostentar um corpo de empregados absolutamente branco. Dois morreram de febre e então Torrance teve a petulância de dizer que um desses dois não trabalhara o suficiente para pagar o custo da viagem. Assim, está forçando a viúva a ficar e pagar a dívida! —

Huddlestone balançou a cabeça e então fez um gesto para que seu criado lhe servisse mais chá. — E então, alferes, o que o traz a estas bandas?

— Estou a caminho de Deogaum, senhor.

— Na verdade, ele veio implorar por um café da manhã, coronel — disse Lockhart.

— E o sargento o alimentou antes que você viesse roubar meus víveres? — perguntou Huddlestone e então sorriu. — Está com sorte, alferes. Estamos partindo para Deogaum hoje. Poderá cavalgar conosco.

Sharpe enrubesceu.

— Não tenho cavalo, senhor.

— Eli? — Huddlestone olhou para Lockhart.

— Tenho um cavalo que ele pode montar, senhor.

— Bom. — Huddlestone soprou seu chá. — Bem-vindo à cavalaria, Sharpe.

Lockhart encontrou dois cavalos, um para Sharpe e o outro para Ahmed. Sharpe, que odiava andar a cavalo, precisou fazer um esforço terrível para se manter sentado na sela sob o olhar sardônico dos soldados de cavalaria. Quanto a Ahmed, o menino pulou para o seu cavalo e chutou-o com os tornozelos, eufórico por estar montando novamente.

Seguiram lentamente para norte, tomando cuidado para não cansar os animais. Enquanto cavalgava, Sharpe flagrou-se pensando em Clare Wall, e isso fez com que se sentisse culpado sobre Simone Joubert, a jovem viúva francesa que esperava por ele em Seringapatam. Sharpe enviara-a para lá, num comboio rumando para sul, com uma carta para seu amigo, o major Stokes. Simone decerto esperava que Sharpe voltasse quando a campanha contra a Confederação Mahratta terminasse, mas agora ele precisava avisá-la de que serviria novamente na Inglaterra. Será que ela iria acompanhá-lo? Será que ele queria que ela o acompanhasse? Sharpe não sabia a resposta para nenhuma das perguntas, embora se sentisse responsável por Simone. Sharpe evidentemente deixaria a francesa à vontade para escolher, mas sempre que precisava decidir alguma coisa, Simone tendia a ficar sem ação e esperar que outra pessoa tomasse a decisão por ela. Mas Sharpe precisava avisá-la. Será que ela realmente gostaria de ir para a Inglaterra? Mas em caso contrário, o que Simone poderia fazer? Não tinha parentes na Índia, e as acomodações francesas mais próximas ficavam a quilômetros dali.

O pensamentos de Sharpe foram interrompidos no meio da manhã quando Eli Lockhart emparelhou seu cavalo com o dele.

— Está vendo?

— Vendo o quê?

— Lá em cima! — Lockhart apontou para a frente e Sharpe, forçando a vista para enxergar através da névoa de poeira levantada pelos esquadrões à frente, viu uma cordilheira de colinas altas. As encostas inferiores eram verdes por serem cobertas por árvores, mas acima delas não havia nada além de penhascos marrons e cinzentos que se estendiam de horizonte a horizonte. E no topo do penhasco mais elevado Sharpe viu uma faixa de muralha escura interrompida por uma torre de vigia.

— Gawilghur! — anunciou Lockhart.

— Como diabos vamos atacar aquilo lá em cima? — perguntou Sharpe.

O sargento riu.

— Não vamos! É trabalho para a infantaria. Acho que você está melhor sob as ordens do tal Torrance.

Sharpe meneou a cabeça e disse:

— Eu tenho de entrar lá, Eli.

— Por quê?

Sharpe olhou para a muralha distante.

— Tem um sujeito chamado Dodd lá dentro, e o bastardo matou um amigo meu.

Lockhart pensou durante um segundo.

— É o Dodd dos setecentos guinéus?

— O próprio — disse Sharpe. — Mas não estou atrás da recompensa. Quero apenas ver esse sodomita morto.

— Eu também — disse Lockhart, solene.

— Você?

— Assaye — disse Lockhart bruscamente.

— O que aconteceu?

— Combatemos os soldados de Dodd. Eles estavam acabando com a raça do septuagésimo quarto. Fomos ao socorro do regimento, mas devíamos estar com uma dúzia de soldados sem cavalos. Mesmo assim não paramos; continuamos seguindo a cavalaria deles. Só reencontramos nossos rapazes depois do fim da batalha. Estavam com as gargantas cortadas. Todos eles.

— Isso é típico do Dodd — disse Sharpe. O inglês renegado gostava de espalhar o terror. Certa vez Dodd dissera a Sharpe: "Aterrorize um homem e ele não terá forças para lutar com você."

— Então talvez eu vá a Gawilghur com você — disse Lockhart.

— Mas como? — indagou Sharpe. — O exército não deixa a cavalaria se envolver em combates de verdade.

Lockhart sorriu.

— Não poderia deixar um alferes entrar numa luta sem ajuda. O pobrezinho poderia ficar dodói.

Sharpe riu. A cavalaria desviara da estrada para passar por uma longa coluna de soldados de infantaria em marcha que partira antes do amanhecer em sua marcha para Deogaum. O regimento frontal era o de Sharpe, o 74º, e Sharpe afastou-se ainda mais da estrada para não precisar cumprimentar os homens que tinham desejado livrar-se dele. Contudo, o alferes Venables viu Sharpe, pulou a vala no acostamento da estrada e correu até ele.

— Subiu na vida, Sharpe? — perguntou Venables.

— Glória emprestada — disse Sharpe. — Este cavalo pertence ao 19º.

Venables pareceu ligeiramente aliviado pelo fato de Sharpe não ter subitamente ficado capaz de pagar por um cavalo.

— Está com os sapadores agora? — perguntou.

— Nada tão grandioso — disse Sharpe, relutando em admitir que fora rebaixado a um guarda de bois.

Venables não se revelou muito curioso.

— Porque é isso que estamos fazendo — explicou Venables. — Escoltando os sapadores. Parece que eles precisam abrir uma estrada.

— Até lá em cima? — presumiu Sharpe, apontando com a cabeça para a fortaleza que dominava a planície.

— O capitão Urquhart disse que você está pensando em vender sua patente — comentou Venables.

— Ele disse?

— Você está?

— Isto é uma oferta?

— Entenda, eu tenho um irmão — explicou Venables. — Na verdade, três. E algumas irmãs. Meu pai pode querer comprar. — Tirou um pedaço de papel do bolso e o deu a Sharpe. — Assim, se você for para casa, por que não procura meu pai? Este é o endereço dele. Ele acha que um dos meus irmãos devia entrar no exército. Parece que o garoto não serve para mais nada.

— Vou pensar no assunto — disse Sharpe, pegando o papel.

A cavalaria ganhara terreno. Sharpe chutou as ancas do cavalo, que pulou à frente, jogando-o para trás na sela. Durante um segundo estendeu braços e pernas e quase caiu do lombo do animal, mas debateu-se desesperadamente para recuperar o equilíbrio e apenas conseguiu agarrar o cabeçote da sela. Pensou ouvir risos enquanto trotava para longe do batalhão.

Gawilghur pairava sobre a planície como uma ameaça, e Sharpe sentiu-se como um caçador sem lugar onde se esconder. Lá de cima, o exército britânico pareceria uma fileira de formigas na areia. Lamentou não ter uma luneta para examinar a fortaleza alta e distante, mas ele sempre relutava em gastar dinheiro. Não tinha certeza exatamente por quê. Ele não era pobre, embora houvesse alguns soldados mais ricos, porém temia que o verdadeiro motivo fosse que se sentisse fraudulento usando uma faixa de oficial, e que se comprasse os aparatos de um oficial — cavalo, luneta, espada cara — ouviria zombarias daqueles que acreditavam que ele nunca devia ter sido promovido. Talvez não devesse mesmo. Ele tinha sido mais feliz como sargento. Bem mais feliz. Ainda assim, gostaria de ter uma luneta, pensou enquanto fitava a fortaleza e via um grande jato de fumaça ser expelido de um dos bastiões. Segundos depois, ouviu o troar distante de um canhão, mas não viu qualquer sinal da bala caindo. Era como se a bala tivesse sido engolida pelo ar quente.

A um quilômetro e meio das colinas a estrada dividia-se em três. Os cavaleiros sipaios seguiram para oeste, enquanto a 19ª Cavalaria Ligeira tomava a trilha direita que angulava a partir da fortaleza dominante. Ficava mais difícil percorrer o campo à medida que era mais e mais interrompido por pequenos canais e colinas arborizadas — os primeiros sinais de ondulações na terra que terminavam nos penhascos íngremes. Os bosques naquelas colinas eram densos, e Deogaum estava evidentemente entre as colinas arborizadas mais baixas. Jazia a leste de Gawilghur, em segurança, fora do alcance dos canhões da fortaleza. Estampidos de mosquetes soaram de uma várzea e a 19ª Cavalaria Ligeira, cavalgando à frente de Sharpe, estendeu-se em fila. Ahmed sorriu e se certificou de que seu mosquete estava carregado. Sharpe tentou adivinhar de que lado o menino estava.

Outra saraivada de mosquetes soou, desta vez a oeste. Os mahrattas deviam ter homens nos sopés das colinas. Estariam pilhando as aldeias em busca de estoques de cereais? Os sipaios da Companhia das Índias Orientais tinham desaparecido, enquanto os cavaleiros do 19º estavam penetrando a várzea. Um canhão ribombou no forte, e desta vez Sharpe escutou um baque quando uma bala caiu na terra como uma pedra bem atrás de si. Uma coluna de pó levantou-se do local que a bala atingira. Sharpe e Ahmed seguiram os dragões da cavalaria até a vala e foram escondidos dos observadores invisíveis lá no alto pelas folhas.

A estrada serpeou para a esquerda e para a direita, e então emergiu numa planície em que terrenos áridos e bosques alternavam-se como retalhos numa colcha. Uma aldeia grande jazia além dos bosques — Sharpe presumiu que fosse Deogaum. Tiros soaram à esquerda e Sharpe viu uma turba de cavaleiros eclodirem das árvores a oitocentos metros de distância. Eram mahrattas, e inicialmente Sharpe pensou que eles pretendiam atacar a 19ª Cavalaria Ligeira. Só então compreendeu que estavam fugindo da Companhia de cavalaria. Eram cinqüenta ou sessenta cavaleiros inimigos que, ao ver os cavaleiros em casacas azuis e amarelas, desviaram para sul para evitar uma contenda. Os dragões da cavalaria estavam desembainhando sabres e virando e esporeando suas montarias em perseguição ao inimigo. Um clarim soou e o terreno árido subitamente tornou-se um redemoinho de cavalos, terra e armas reluzentes.

Sharpe sofreou seu cavalo num bosquete, porque não queria estar no centro de um ataque da cavalaria mahratta. Os cavalos inimigos passaram por ele num borrão de cascos, capacetes reluzentes e pontas de lança. A Companhia de cavalaria estava ainda quatrocentos metros atrás quando Ahmed subitamente afundou os tornozelos no cavalo e disparou do esconderijo para seguir a cavalaria mahratta.

Sharpe praguejou. O bastardinho estava correndo para se juntar novamente aos mahrattas. Não que Sharpe o culpasse, mas ainda assim sentiu-se desapontado. Sabia que não tinha chance de alcançar Ahmed, que retirara do ombro a alça do mosquete e agora cavalgava atrás do cavaleiro mais a ré da formação inimiga. Esse homem olhou em torno, viu que Ahmed não usava uniforme britânico, e assim o ignorou. Ahmed emparelhou com ele, empunhou o mosquete pelo cano e desfechou uma coronhada violenta na fronte do mahratta.

O homem caiu do cavalo como se tivesse sido puxado por uma corda. Seu cavalo continuou correndo, estribos adejando. Ahmed sofreou o cavalo, virou e pulou para o lado de sua vítima. Sharpe viu o lampejo de uma faca. A cavalaria sipaia estava mais próxima e eles poderiam achar que Ahmed era inimigo; assim, Sharpe gritou para que o menino voltasse. Ahmed correu de volta para sua sela e conduziu o cavalo até as árvores, onde Sharpe esperou. Ele havia saqueado um sabre, uma pistola e uma bolsa de couro, e sorria de orelha a orelha. A bolsa guardava dois pães mofados, um colar de contas de vidro e um livrinho numa escrita estranha. Ahmed deu um pãozinho a Sharpe, atirou longe o livro, colocou o colar no pescoço, pendurou o sabre na cintura e ficou olhando os soldados da Cavalaria Ligeira alcançarem a retaguarda dos fugitivos. Soaram clangores de aço contra aço, dois cavalos desmoronaram em meio a uma nuvem de poeira, um homem ensangüentado cambaleou até uma vala, pistolas dispararam, uma lança caiu de ponta para cima na grama seca, e então a cavalaria inimiga tinha sumido e os britânicos e sipaios reinavam.

— Por que você não pode ser um criado decente? — perguntou Sharpe a Ahmed. Limpar minhas botas, lavar minhas roupas, preparar meu jantar?

Ahmed, que não entendeu uma palavra, simplesmente sorriu.

— Mas não, você tem de ser um rufião assassino. Bem, vamos andando, seu bastardo. — Sharpe tocou seu cavalo até a aldeia.

Sharpe passou por um tanque cheio até a metade, ao lado do qual algumas roupas estavam estendidas sobre arbustos para secar, e então chegou a uma rua principal de terra batida. Embora a rua parecesse deserta, Sharpe estava ciente dos rostos que o observavam nervosos de janelas escuras e pórticos fechados por cortinas. Cães rosnavam das sombras e duas galinhas ciscavam na areia. A única pessoa visível era um homem santo seminu, sentado sobre os calcanhares à sombra de uma árvore, com cabelos compridos cascateando até o chão. Ele ignorou Sharpe, que fez o mesmo.

— Precisamos achar uma casa — disse Sharpe incompreensivelmente para Ahmed. — Casa, vê? Casa.

O *naique*, o chefe da aldeia, aventurou-se à rua. Pelo menos Sharpe presumiu que fosse o *naique*, assim como o *naique* presumiu que o soldado montado era o líder dos soldados de cavalaria recém-chegados. Ele juntou as mãos diante do rosto e fez uma mesura para Sharpe. Em seguida, estalou os dedos para convocar um criado que chegou carregando uma pequena bandeja de bronze com uma canequinha de araca. A bebida forte deixou a cabeça de Sharpe subitamente leve. O *naique* estava falando pelos cotovelos, mas Sharpe pediu com um aceno que ele se calasse.

— Não adianta falar comigo. Não sou ninguém. Fale com ele.

Sharpe apontou para o coronel Huddlestone, que estava conduzindo seus soldados de cavalaria indianos até o vale. Os soldados desmontaram enquanto Huddlestone falava com o chefe da aldeia. Duas galinhas protestaram com cacarejos ao serem agarradas. Huddlestone virou-se em direção ao som, mas todos os seus homens pareciam inocentes.

Lá no alto um canhão ribombou no forte. A bala foi cair em algum lugar na planície onde a infantaria britânica marchava. Os dragões chegaram à aldeia, alguns com sabres ensangüentados, e Sharpe entregou os dois cavalos a Lockhart. Em seguida saiu pela rua em busca de uma casa para Torrance. Não encontrou nada que tivesse um jardim cercado por um muro, mas achou uma casinha de paredes de barro que tinha um pátio e deixou cair sua mochila na sala principal como símbolo de propriedade. Havia ali uma mulher e duas criancinhas que se encolheram de medo dele.

— Está tudo bem — disse Sharpe. — Você será paga. Ninguém vai machucar vocês. — A mulher gemeu e se agachou, protegendo o rosto como se estivesse se preparando para ser espancada. — Maldição! — exclamou Sharpe. — Ninguém neste lugar fala inglês?

Sharpe não tinha nada a fazer até que Torrance chegasse. Poderia sair para procurar papel, pena e tinta, para escrever a Simone e contar-lhe sobre a viagem para a Inglaterra, mas decidiu que isso podia esperar. Tirou o cinto, o sabre e a jaqueta, encontrou uma cama de cordas e se deitou.

Lá no alto os canhões da fortaleza dispararam. Soavam como trovões distantes. Sharpe dormiu.

O sargento Obadiah Hakeswill tirou as botas, liberando uma cheiro terrível, que fez o capitão Torrance cerrar os olhos.

— Deus misericordioso! — gemeu Torrance.

Mesmo antes o capitão já estava se sentindo mal. Bebera uma garrafa de araca quase inteira, acordara no meio da noite com cólicas, e então dormira mal até o amanhecer, quando alguém arranhara sua porta. Torrance gritara para que a peste fosse embora e em seguida caíra finalmente num sono mais profundo. Agora fora acordado por Hakeswill que, ignorando o fedor, começou a desenrolar os panos que envolviam seus pés. Fedia como queijo podre que ficara guardado muito tempo na barriga de um cadáver, pensou Torrance. Moveu a cadeira ligeiramente até a janela e apertou mais a camisola em torno do peito.

— Sinto muito sobre Naig — disse Torrance.

Hakeswill ouvira incrédulo à história da morte de Naig e parecia genuinamente entristecido por ela, assim como ficara chocado com a notícia de que Sharpe agora era assistente de Torrance.

— Então os malditos escoceses não quiseram ele! — disse Hakeswill. — Nunca achei que os escoceses tivessem muito juízo, mas eles foram espertos o bastante para se livrar do Sharpezinho. — Hakeswill descobrira seu pé direito e Torrance, praticamente incapaz de suportar aquele mau cheiro, suspeitou que algum fungo crescia entre os dedos do sargento. — Agora o senhor está com ele — prosseguiu Hakeswill. — Sinto pena do senhor, sinto mesmo. Um oficial decente como o senhor não merecia isso! Maldito Sharpezinho! Ele não tem nenhum direito de ser oficial, senhor, não o Sharpezinho. Ele não é um cavalheiro como o senhor. É apenas um rato de esgoto, como o resto de nós.

— Então por que ele foi promovido? — perguntou Torrance, observando enquanto Hakeswill puxava o pano grudado ao seu pé esquerdo.

— Por ter salvado a vida do general, senhor. Pelo menos é isso que dizem por aí. — Hakeswill se calou enquanto um espasmo estremecia seu rosto. — Salvou a vida de *sir* Arthur em Assaye. Não acredito nisso, senhor, mas *sir* Arthur acredita, e o resultado é que o maldito Sharpezinho virou a menina dos olhos de *sir* Arthur. O Sharpezinho peida e *sir* Arthur pensa que o vento mudou para sul.

— Isso é verdade? — perguntou Torrance. Ele precisava saber.

— Quatro anos atrás, senhor, mandei açoitar o Sharpezinho. Ele estaria morto agora se *sir* Arthur não tivesse interrompido o açoitamento depois de duzentas chicotadas. Interrompeu um açoitamento! — A injustiça do ato ainda estava atravessada na garganta do sargento. — Agora ele é um maldito oficial. Eu lhe digo, senhor, o exército já não é mais o que era. — Ele tirou o pano de seu pé esquerdo, e então olhou preocupado para os dedos. — Lavei eles em agosto, mas nem parece! — disse, surpreso.

— Estamos em dezembro, sargento — disse Torrance, em tom reprovador.

— Uma boa lavada devia durar seis meses, senhor.

— Alguns de nós praticam a higiene com mais regularidade — sugeriu Torrance.

— O senhor, tudo bem, porque é um cavalheiro. Eu nem costumo tirar os panos dos pés, a não ser quando estou com uma bolha — disse

Hakeswill. — Não tenho bolhas nos pés há anos! Pobre Naig. Para um pagão, até que não era má pessoa.

Naig, na opinião de Torrance, fora uma das criaturas mais malignas que já pisara na Terra, mas ele sorriu piedosamente para o tributo de Hakeswill.

— Havemos de sentir saudades dele, sargento.

— É uma pena ter tido de enforcar o coitado, mas que escolha o senhor tinha? Estava entre a cruz e a caldeirinha, não é, senhor? Mas pobre Naig. — Hakeswill balançou a cabeça numa lembrança triste. — O senhor deveria ter enforcado o Sharpezinho, senhor. É uma pena não ter feito isso. Ele é um assassino filho de uma égua. Um assassino! — E um indignado Hakeswill narrou ao capitão Torrance como Sharpe tentara matá-lo, primeiro atirando-o aos tigres, depois aprisionando-o num pátio com um elefante treinado para matar esmagando homens com a pata da frente. — Só que os tigres não estavam com fome, porque já tinham sido alimentados. E quanto ao elefante, eu estava com minha faca. Enfiei a lâmina naquela pata, bem fundo! O bicho não gostou. Eu não posso morrer, senhor, não posso morrer! — disse numa voz rouca o sargento, acreditando em cada palavra. Hakeswill fora enforcado quando criança, mas sobrevivera ao cadafalso e agora acreditava ser protegido da morte por seu próprio anjo da guarda.

Louco, pensou Torrance. Louco varrido. Não obstante, ele era fascinado por Obadiah Hakeswill. Olhando superficialmente, o sargento era o soldado perfeito; e o tique nervoso que sugeria que alguma coisa mais interessante jazia por trás daqueles olhos azuis. E o que jazia por trás daqueles olhos infantis não era somente uma malevolência sufocante, mas uma malevolência acompanhada por uma confiança igualmente surpreendente. Hakeswill, Torrance decidira, mataria um neném e encontraria uma justificativa para o ato.

— Então você não gosta do senhor Sharpe? — perguntou Torrance.

— Eu o odeio, senhor, e não me importo em admitir. Eu o vi subir no exército como uma cobra nadando contra a corrente. — Hakeswill sacara uma faca, presumivelmente a mesma com a qual esfaqueara o pé do elefante, e agora repousou o calcanhar direito no joelho esquerdo e encostou a lâmina numa bolha.

Torrance cerrou os olhos para se poupar da visão de Hakeswill procedendo a uma cirurgia em si mesmo.

— A questão, sargento, é que o irmão de Naig quer ter uma palavrinha em particular com o sr. Sharpe.

— Ele quer, é? — perguntou Hakeswill. Ele fincou a faca. — Veja só isto, senhor. Pus até dizer chega. Não vai demorar muito para sarar. Há anos não aparecia uma bolha no meu pé! Acho que devem ser as botas novas. — Cuspiu na lâmina e esfaqueou a bolha novamente. — Vou embeber as botas em vinagre, senhor. Então, Jama quer os bagos do Sharpe, é?

— Literalmente, ao que parece. Sim.

— Ele pode entrar na fila.

— Não! — asseverou Torrance. — Sargento, é importante para mim que o sr. Sharpe seja entregue a Jama. Vivo. E que seu desaparecimento não suscite curiosidade.

— Está dizendo que ninguém deve notar? — O rosto de Hakeswill estremeceu enquanto ele pensava, e então deu de ombros. — Não é difícil, senhor.

— Não é?

— Vou conversar com Jama, senhor. Depois o senhor poderá dar algumas ordens ao Sharpezinho, e estarei esperando por ele. Vai ser fácil. E vou ficar feliz de fazer isso para o senhor.

— Você é um conforto para mim, sargento.

— É o meu trabalho, senhor — disse Hakeswill e então lançou um olhar lascivo para a porta da cozinha, onde Clare Wall aparecera. — Luz da minha vida — disse Hakeswill num tom que julgava ser sedutor.

— Seu chá, senhor — disse Clare, oferecendo uma xícara a Torrance.

— Traga uma caneca para o sargento, Brick! Onde estão seus modos?

— Ela não precisa de modos — disse Hakeswill, ainda com um olhar de cobiça para a aterrorizada Clare. — Com o que ela tem, não precisa. — Ponha um pouco de açúcar para mim, querida, se não fizer falta ao capitão.

— Dê-lhe açúcar, Brick — ordenou Torrance.

Hakeswill observou Brick voltar até a cozinha.

— Uma mulherzinha muito bonita essa aí, senhor. Uma flor, é isso que ela é. Uma flor!

— Que você sem dúvida gostaria de colher.

— Já é hora de juntar os trapinhos com alguém — disse Hakeswill. — Um homem deve deixar um filho no mundo, senhor, é o que diz na Bíblia.

— Então você quer procriar — disse Torrance, franzindo a testa quando alguém bateu na porta da rua. — Entre! — gritou.

Um capitão de infantaria que nenhum dos dois homens reconheceu colocou sua cabeça redonda na porta.

— Capitão Torrance?

— Sou eu — disse Torrance, inflando o peito de orgulho.

— Os cumprimentos de *sir* Arthur Wellesley — disse o capitão, seu tom ácido sugerindo que os cumprimentos eram mera formalidade. — Mas há algum motivo para os suprimentos não terem sido movidos para norte?

Olhos arregalados, Torrance fitou o homem durante alguns segundo, afônico. Então xingou baixinho.

— Meus cumprimentos ao general — disse ele. — E minhas garantias de que o comboio de bois estará a caminho imediatamente. — Ele esperou até o capitão ter se retirado e então praguejou de novo.

— O que aconteceu, senhor? — perguntou Hakeswill.

— Os malditos memorandos! — exclamou Torrance. — Ainda estão aqui. Dilip deve ter vindo buscar os memorandos hoje de manhã e o mandei embora! — Soltou outro palavrão. — Wellesley vai querer o meu couro!

Hakeswill encontrou os memorandos na mesa e caminhou até a porta, sua bolha perfurada deixando marquinhas de sangue no chão.

— Dilly! Dilly! Seu bastardo escuro, seu suíno bastardo! Dilly! Pegue estas porcarias e meta sebo nas canelas!

— Maldição! — exclamou Torrance, levantando e se pondo a caminhar em círculos pelo quarto. — Maldição, maldição, maldição!

— Não há nada com que se preocupar, senhor — garantiu Hakeswill.

— Para você é fácil dizer, sargento.

Hakeswill sorriu e seu rosto foi distorcido por espasmos.

— Tudo que precisa fazer é botar a culpa em outra pessoa, senhor — disse Hakeswill. — Como se costuma fazer no exército.

— Botar a culpa em quem? Sharpe? Você mesmo disse que ele é a menina dos olhos do Wellesley. E eu devo botar a culpa nele? Ou talvez em você?

Hakeswill tentou acalmar o capitão, encorajando-o a beber o chá.

— Culpe Dilly, senhor. Por conta dele ser um bastardo pagão tão escuro quanto minhas botas novas.

— Ele simplesmente vai negar tudo quando for questionado! — protestou Torrance.

Hakeswill sorriu.

— Ele não vai estar em posição de negar nada, senhor. Por conta de ser... — Fez uma pausa, botou a língua para fora, arregalou os olhos e produziu um som de sufocamento.

— Deus Misericordioso, sargento! — exclamou Torrance, estremecendo diante do quadro horrível sugerido pelo rosto contorcido de Hakeswill. — Ademais, ele é um bom escriturário! É muito difícil encontrar homens competentes.

— É fácil, senhor. Jama nos dará um homem. Um bom homem. — Hakeswill sorriu. — Vai facilitar muito as coisas, senhor, se pudermos confiar no escriturário tanto quanto podemos confiar um no outro.

Torrance sentiu um arrepio ao perceber que se rebaixava ao nível de Obadiah Hakeswill. Contudo, se quisesse pagar suas dívidas, precisaria da cooperação do sargento. E Hakeswill era de uma eficiência extraordinária. Conseguia limpar uma carroça de suprimentos sem deixar uma pista sequer. Sempre conseguia atribuir a culpa a outra pessoa. E certamente o sargento tinha razão. Se Jama fornecesse um escriturário, esse escriturário poderia fornecer contas falsas. E se Dilip levasse a culpa pela chegada tardia dos suprimentos dos sapadores, Torrance escaparia daquela sem um arranhão. Como sempre, parecia que Hakeswill era capaz de encontrar uma saída para o problema mais espinhoso.

— Apenas deixe por minha conta, senhor — disse Hakeswill. — Cuidarei de tudo, senhor. — Mostrou os dentes para Clare, que afinal trouxera-lhe uma caneca de chá. — Você é a flor entre as mulheres — disse a ela e então seguiu-a com os olhos enquanto retornava apressada para a cozinha. — Ela e eu nascemos um para o outro, senhor. Está na Bíblia.

— Só depois que Sharpe estiver morto.

— Ele vai estar logo, senhor — prometeu Hakeswill.

O rosto do sargento estremeceu enquanto antecipava as riquezas que se seguiriam àquela morte, não apenas Clare Wall, mas as jóias. As jóias! Hakeswill deduzira que fora Sharpe quem matara o sultão Tipu em Seringapatam, e quem surrupiara todos os diamantes, esmeraldas, safiras e rubis do cadáver. E Hakeswill acreditava que Sharpe ainda estava escondendo essas pedras. Longe dali, sufocado pelo calor do dia, chegaram sons de tiros de artilharia. Gawilghur, pensou o sargento, aonde Sharpe não poderia chegar, por conta de Sharpe ser de Hakeswill e de mais ninguém. Serei rico, prometeu o sargento a si mesmo, serei rico.

O coronel William Dodd estava de pé nas ameias ao sul de Gawilghur, de costas contra o parapeito, de modo que olhava para baixo e via o pátio do palácio onde Beny Singh erigira um pavilhão listrado. Sininhos de prata, que repicavam alegremente à brisa, pendiam da bainha franjada do pavilhão, enquanto debaixo do toldo um grupo de músicos tocava os instrumentos de corda estranhos, de pescoço comprido, que produziam uma música que, aos ouvidos de Dodd, soava como um lento estrangular de gatos. Beny Singh e um dúzia de criaturas lindas, vestidas em sáris, brincavam de algum tipo de cabra-cega, e seus risos subiam até os baluartes. Dodd olhava para aquilo com uma expressão repressora, quando na verdade estava morrendo de ciúmes de Beny Singh. O homem era gorducho, baixo e tímido, mas ainda assim parecia encantar as damas com algum feitiço, enquanto Dodd, que era alto, cruel e cheio de cicatrizes para provar sua coragem, precisava satisfazer seus desejos com uma prostituta.

Dane-se o *killadar*. Dodd deu as costas para o palácio e olhou para a planície assada pelo calor. Abaixo dele, e apenas o suficiente a leste para estar fora do alcance dos maiores canhões de Gawilghur, aparecia a borda do acampamento britânico. Daquela altura as filas de tendas brancas foscas pareciam pontinhos. Ao sul, ainda a um bom caminho dali, Dodd podia ver o comboio de bagagem do inimigo arrastando-se até o acampamento novo. Era estranho, pensou Dodd, que eles estivessem obrigando os bois a carregar seus fardos durante a parte mais quente do dia. Em geral a bagagem partia em marcha logo após a meia-noite e acampava não muito depois da alvorada, mas hoje o grande rebanho estava levantando poeira ao ar quente da tarde. Dodd pensou no quanto aquilo se parecia com uma tribo em migração. Havia milhares de bois no comboio do exército, todos carregados com balas de canhão, pólvora, ferramentas, carne-seca, araca, ferraduras, bandagens, pederneiras, mosquetes, temperos, arroz. E junto com tudo isso vinham os animais dos mercadores e as famílias dos mercadores, e os condutores de bois tinham suas próprias famílias e tudo de que precisavam eram mais animais para levar suas tendas, roupas e comida. Uma dúzia de elefantes marchava no centro do comboio, enquanto uma cáfila de dromedários oscilava com elegância atrás dos elefantes. A cavalaria de Misore escoltava a grande caravana, enquanto para além dos piquetes montados, mateiros seminus espalhavam-se nos campos para colher forragem que era estocada em redes e carregada nos lombos de mais bois.

Dodd olhou para as sentinelas que guardavam a seção sul das muralhas de Gawilghur e viu o espanto em seus rostos frente à aproximação do grande rebanho. A poeira levantada pelos cascos levantava-se para manchar o horizonte sul como uma neblina vasta.

— São apenas bois! — gritou Dodd para os homens. — Apenas bois! Bois não disparam canhões. Bois não escalam muralhas.

Nenhum deles entendeu uma palavra sequer, mas sorriram obedientemente para Dodd.

Dodd caminhou para leste. Depois de uma certa distância a muralha acabava, dando espaço para a borda de um precipício. Não havia necessidade para muralhas em torno da maior parte do perímetro dos fortes gêmeos de Gawilghur; a natureza fornecera os grandes penhascos que eram mais altos do que qualquer baluarte que o homem poderia erigir. Mas Dodd, enquanto caminhava até a borda da ribanceira, notou lugares aqui e ali onde um homem ágil poderia, com a ajuda de uma corda, descer a face rochosa. Alguns homens desertavam da guarnição de Gawilghur todos os dias e Dodd não duvidava que era assim que eles escapavam, mas não compreendia por que desejariam ir. O forte era inexpugnável! Por que um homem não desejaria permanecer com os vitoriosos?

Dodd alcançou um trecho da muralha na esquina sul do forte e ali, do alto de uma plataforma de canhão, abriu sua luneta e olhou para as colinas lá embaixo. Procurou durante muito tempo, sua lente passando sobre árvores, arbustos e trechos de grama seca, mas finalmente viu um grupo de homens de pé ao lado de uma trilha estreita. Alguns dos homens vestiam casacas vermelhas e um deles usava uma azul.

— O que está olhando, coronel? — O príncipe Manu Bapu vira Dodd na muralha e subira para se juntar a ele.

— Britânicos — respondeu Dodd, sem tirar o olho da luneta. — Eles estão pesquisando uma rota para subir até o platô.

Bapu protegeu os olhos e olhou para baixo, mas sem uma luneta não podia ver o grupo de soldados.

— Eles vão levar meses para construir uma estrada pela montanha.

— Eles vão levar duas semanas para fazer isso — retrucou Dodd, seco. — Menos. Você não sabe como os engenheiros dele trabalham, *sahib*, mas eu sei. Eles vão usar pólvora para explodir obstáculos e mil machadeiros para alargar as trilhas. Começarão a trabalhar manhã, e em quinze dias estarão trazendo seus canhões ladeira acima. — Dodd baixou a luneta. — Deixe que eu desça para abater esses bastardos — exigiu.

— Não — disse Bapu. Ele já tivera esta discussão com Dodd, que queria descer com seus Cobras até o sopé das colinas e ali atacar os abridores de estradas. Dodd não queria uma batalha frontal de linha de mosquetes contra linha de mosquetes, e sim emboscar e aterrorizar o inimigo. Queria retardar o trabalho dos britânicos, para desencorajar os sapadores e, mediante tais táticas de retardamento, forçar Wellesley a enviar grupos para catar forragem na zona rural, onde seriam presas fáceis para os cavaleiros mahrattas que ainda rondavam pela planície Deccan.

Bapu sabia que Dodd tinha razão, que a construção da estrada britânica poderia ser atrasada por uma campanha de inquietação, mas temia deixar que os Cobras de casacas brancas saíssem da fortaleza. A guarnição já estava nervosa, impressionada com as vitórias do pequeno exército de Wellesley, e se vissem os Cobras saírem do forte, muitos pensariam que estavam sendo abandonados e o número de desertores aumentaria imensamente.

— Precisamos retardá-los! — rosnou Dodd.

— Faremos isso — garantiu Bapu. — Enviarei *siladars*, coronel, e os recompensaremos por cada arma que trouxerem de volta para o forte. Mas você ficará aqui, ajudando a preparar as defesas. — Falou com firmeza, deixando claro que estava colocando uma pedra no assunto, e então brindou Dodd com um sorriso meio desdentado e mostrou com um gesto o palácio no centro do Forte Interno. — Venha comigo, coronel. Quero mostrar-lhe uma coisa.

Os dois caminharam entre as casinhas que cercavam o palácio, passaram por uma sentinela árabe que protegia o ambiente palaciano, e depois por algumas árvores floridas onde macacos brincavam nos galhos. Dodd ouviu o repicar dos sininhos onde Beny Singh brincava com suas mulheres, mas o som desapareceu à medida que a trilha aprofundava-se entre as árvores. A trilha acabou numa rocha perfurada por uma porta de madeira arqueada. Dodd olhou para cima enquanto Bapu destrancava a porta e viu que a grande laje de pedra formava as fundações do palácio. Quando Bapu puxou a porta rangente, Dodd compreendeu que estava sendo conduzido ao porão do palácio.

Havia uma lanterna numa prateleira perto da porta. Bapu acendeu o pavio da lanterna.

— Venha — convidou Bapu e conduziu Dodd para o ambiente

maravilhosamente frio do porão amplo e baixo. — Segundo os boatos, guardamos os tesouros de Berar aqui e, sob certo ponto de vista, isso é verdade. Só que não são os tesouros com os quais os homens costumam sonhar. — Parou ao lado de uma fileira de barris e levantou a tampa de um, revelando que estavam cheios com moedas de cobre. — Nada de ouro ou prata, mas ainda assim dinheiro — disse Bapu. — Dinheiro para contratar novos mercenários, para comprar novas armas, para compor um novo exército. — Bapu deixou que algumas moedas recém-cunhadas escorressem entre os dedos. — Temos negligenciado o pagamento de nossos soldados — confessou. — Meu irmão, apesar de todas as suas virtudes, não é generoso com seu tesouro.

Dodd grunhiu. Não tinha certeza de que virtudes o rajá de Berar possuía. Decerto não coragem, nem generosidade. O rajá tinha sorte de ter Bapu como irmão, porque o príncipe era leal e evidentemente determinado a compensar os defeitos do rajá.

— Ouro e prata comprariam armas e homens bem melhores — sugeriu Dodd.

— Meu irmão nunca me daria ouro ou prata. Ele me dá apenas cobre. E precisamos trabalhar com o que temos, não com o que sonhamos. — Bapu tampou o barril e então conduziu Dodd até ali perto, onde prateleiras e mais prateleiras de mosquetes cobriam as paredes. — Estas são as armas para o seu novo exército, coronel — disse ele.

Eram milhares de mosquetes, todos novos em folha, e todos equipados com baionetas e caixas de cartuchos. Algumas das armas eram réplicas de mosquetes franceses fabricados localmente, mas muitas centenas pareciam de fabricação britânica. Tomou um nas mãos e viu a marca Tower na coronha.

— Como conseguiram estes? — perguntou, surpreso.

Bapu deu de ombros.

— Temos agentes no acampamento britânico. Eles providenciam isso. Encontramos alguns dos seus comboios de suprimentos ao sul e pagamos por suas cargas. Aparentemente há traidores no exército britânico que preferem fazer dinheiro a ver vitórias.

— Você compra armas com cobre? — perguntou Dodd. Ele não conseguiu imaginar nenhum homem vendendo um mosquete Tower por um punhado de moedas de cobre.

— Não — confessou Bapu. — Para comprar armas e cartuchos, precisamos de ouro. Assim, uso o meu próprio. Tenho certeza de que meu irmão irá me ressarcir algum dia.

Dodd fitou Bapu, a surpresa estampada no rosto.

— Está usando seu dinheiro para manter seu irmão no trono? — perguntou, e embora tenha esperado por uma resposta, não ouviu nenhuma. Dodd balançou a cabeça como se dizendo que, para ele, a nobreza de Bapu estava além da compreensão. Dodd engatilhou e disparou o mosquete não carregado. A fagulha da pederneira lançou um lampejo vermelho no teto de pedra.

— Um mosquete na prateleira não mata ninguém.

— É verdade. Mas ainda não temos os homens necessários para carregar esses mosquetes. Mas logo teremos, coronel. Depois que derrotarmos os britânicos, os outros reinados irão se juntar a nós.

Isso, refletiu Dodd, era a mais pura verdade. Scindia, o antigo patrão de Dodd, estava tentando negociar a paz, enquanto Holkar, o mais formidável dos monarcas mahrattas, permanecia fora do conflito, mas se Bapu obtivesse sua vitória, esses chefes ficariam satisfeitos em compartilhar espólios futuros.

— E não apenas os outros reinos — prosseguiu Bapu —, mas guerreiros da Índia inteira virão para o nosso lado. Pretendo criar um *compoo* armado com as melhores armas e treinado com os níveis mais elevados. Muitos, suspeito, serão sipaios do exército derrotado de Wellesley, que precisarão de um novo mestre depois que ele tiver morrido. Estive pensando que você talvez pudesse liderá-los.

Dodd devolveu o mosquete à prateleira.

— Você não vai me pagar com cobre, Bapu.

Bapu sorriu.

— Você vai me pagar com vitória, coronel, e irei recompensá-lo com ouro.

Dodd encontrou uma prateleira com algumas armas às quais não estava acostumado. Tomou uma nas mãos e viu que se tratava de um fuzil de caça. A culatra era britânica, mas a filigrana que decorava a coronha e o cano era indiano.

— Você está comprando fuzis?

— Não existe arma melhor para uma escaramuça — disse Bapu.

— Talvez — concedeu Dodd a contragosto. O fuzil era uma arma precisa, mas seu carregamento era muito lento.

— Um pequeno grupo de homens com fuzis, amparado por mosquetes, poderia ser formidável — avaliou Bapu.

— Talvez — repetiu Dodd e então, em vez de devolver o fuzil à prateleira, pendurou-o no ombro. — Gostaria de experimentá-lo — explicou. — Tem munição?

Bapu fez um gesto para um canto do porão e Dodd caminhou até lá e pegou alguns cartuchos.

— Se você tem o dinheiro, por que não cria o seu novo exército agora? — sugeriu Dodd. — Traga-o para Gawilghur.

— Não temos tempo — disse Bapu. — Além disso, ninguém irá se juntar a nós agora. Todos acham que os britânicos estão nos derrotando. Portanto, se vamos criar nosso novo exército, coronel, primeiro devemos conquistar uma vitória que ecoe por toda a Índia, e é isso que devemos fazer aqui em Gawilghur. — Ele falou com confiança, porque Bapu, como Dodd, acreditava que Gawilghur era inexpugnável. Ele conduziu o inglês de volta até a entrada, apagou a lanterna e cuidadosamente trancou a porta do arsenal.

Os dois homens subiram a ladeira ao lado do palácio, passando por uma fileira de criados carregando bebidas e frutas cristalizadas para o local onde Beny Singh estava matando sua tarde. Como sempre, ao pensar no *killadar*, Dodd sentiu uma pontada de raiva. Beny Singh devia estar organizando as defesas da fortaleza; em vez disso, desperdiçava seus dias com mulheres e bebidas. Bapu deve ter adivinhado os pensamentos de Dodd, porque sorriu.

— Meu irmão gosta de Beny Singh. Eles divertem um ao outro.

— Eles divertem você? — perguntou Dodd.

Bapu parou na ala norte do palácio e ali olhou para o Forte Externo, que era guarnecido por seus Leões de Alá.

— Fiz um juramento ao meu irmão, e sou um homem de palavra.

— Deve haver pessoas que prefeririam ver você como rajá — disse Dodd cuidadosamente.

— É claro que há — respondeu Bapu com o mesmo cuidado. — Mas esses homens são inimigos de meu irmão, e meu juramento foi de defender meu irmão contra seus inimigos. — Ele deu de ombros. — Devemos ficar satisfeitos com o que o destino nos dá. Ele me deu a tarefa de lutar as guerras de meu irmão, e o farei com o máximo de minha habilidade. — Apontou para o vale profundo que jazia entre os fortes Interno e Externo. — E ali, coronel, conquistarei a vitória que fará do meu irmão o maior regente de toda a Índia. Os britânicos não podem nos deter. Mesmo se conseguirem fazer sua estrada, mesmo se empurrarem seus canhões colina acima, mesmo se abrirem uma brecha nas nossas muralhas, e mesmo se capturarem o Forte Externo, terão de cruzar aquele vale, e não serão capazes de fazê-lo. Ninguém seria. — Bapu olhou para a garganta escarpada como se já pudesse ver suas rochas embebidas em sangue inimigo. — Quem governar esse vale, coronel, governará a Índia, e quando tivermos nossa vitória abriremos o porão e formaremos um exército que expulsará os casacas vermelhas não apenas de Berar, mas de Haiderabad, de Misore e de Madras. Farei de meu irmão o imperador de todo o sul da Índia, e você e eu, coronel, seremos seus senhores da guerra. — Bapu virou-se para olhar a imensidão do céu meridional por trás da névoa de poeira. — Tudo isso pertencerá ao meu irmão, mas começará aqui — disse calmamente. — Em Gawilghur.

E ali, ocorreu subitamente a Dodd, tudo terminaria para Bapu. Nenhum homem disposto a suportar um fraco como Beny Singh, ou proteger um libertino covarde como o rajá, merecia ser senhor da guerra de toda a Índia. Não, pensou Dodd. Ele conquistaria sua própria vitória ali, e então se voltaria contra Bapu e contra Beny Singh. Então formaria seu próprio exército e o usaria para espalhar o terror pelos reinos ricos do sul.

Outros europeus já tinham feito isso. Benôit de Boigne tornara-se mais rico que os reis de toda a cristandade, enquanto George Thomas, um marinheiro irlandês analfabeto, ascendera para governar o reino de sua amante viúva. Dodd viu a si mesmo como um novo Prester João. Ele faria um reino dos restos podres da Índia, e governaria de um novo palácio em Gawilghur que não teria par com qualquer outro em todo o mundo. Teria telhados de ouro, paredes de mármore branco e caminhos ladrilhados com pérolas. Homens de toda a Índia iriam até lá para homenageá-lo. Ele seria o Senhor de Gawilghur, pensou Dodd com um sorriso. Nada mal para o filho de um moleiro de Suffolk. Gawilghur atiçava os sonhos de um homem porque levantava seus pensamentos até os céus, e Dodd sabia que a Índia, acima de todas as outras nações naquela terra de Deus, era um lugar onde os sonhos podiam tornar-se realidade. Ali um homem ou se tornava riquíssimo ou se tornava nada.

E Dodd não seria nada. Ele seria Senhor de Gawilghur e o terror da Índia.

Depois que os casacas vermelhas fossem derrotados.

— Isso é o melhor que você pôde conseguir, Sharpe? — indagou Torrance, olhando ao seu redor para o cômodo principal da casa.

— Não, senhor — disse Sharpe. — Há uma casa adorável mais adiante nesta mesma rua. Pátio grande e coberto, dois ou três lagos, uma fonte, tudo isso guardado por dançarinas seminuas, mas achei que o senhor preferiria a vista desta janela.

— Sarcasmo não condiz com um alferes — disse Torrance, largando suas bolsas no chão de terra. — De fato, poucas coisas condizem com um alferes, Sharpe, além de devoção humilde ao servir seus superiores. Suponho que esta casa terá de bastar. Quem é? — Ele estremeceu ao deparar com a mulher cuja casa ele estava ocupando.

— Ela mora aqui, senhor.

— Não, agora ela não mora. Livre-se dessa cadela escura e de suas crianças fedorentas. Brick!

Clare Wall apareceu em meio à luz cegante do dia lá fora; carregava um saco.

— Senhor?

— Estou com fome, Brick. Encontre a cozinha. Saímos tarde e perdemos o almoço, Sharpe — explicou Torrance.

— Imagino que seja por causa disso que o general quer vê-lo, senhor — disse Sharpe. — Não porque o senhor perdeu o almoço, mas porque os suprimentos não estavam aqui na hora certa.

Torrance, horrorizado, fitou Sharpe.

— Wellesley quer me ver?

— Às seis da tarde, senhor. Em sua tenda.

— Ai, meu bom Deus! — Torrance jogou seu chapéu tricorne através da sala. — Só porque os suprimentos chegaram com um pequeno atraso?

— Um atraso de doze horas, senhor.

Torrance olhou para Sharpe e então pescou um relógio em seu bolso.

— Já são cinco e meia! Deus nos ajude! Não pode escovar essa sua casaca, Sharpe?

— Ele não quer me ver. Apenas ao senhor.

— Bem, ele verá a nós dois. Uniforme limpo, Sharpe. Cabelo penteado, mãos lavadas, rosto esfregado. Como se estivesse saindo para a missa de domingo. — De repente Torrance olhou de cara feia para Sharpe. — Por que não me disse que salvou a vida de Wellesley?

— Foi o que eu fiz, senhor?

— Quero dizer, bom Deus, homem, ele é grato a você, não é? — perguntou Torrance. Sharpe apenas deu de ombros. — Você salvou a vida de Wellesley, e isso significa que ele é seu devedor. Você precisa se aproveitar disso. Diga a ele que não temos homens suficientes para cuidar do comboio de suprimentos. Fale bem de mim, Sharpe, e lhe retribuirei o favor. Brick! Esqueça a comida! Preciso de uma gargalheira limpa, botas engraxadas, chapéu escovado. E passe a minha casaca!

O sargento Hakeswill passou pela porta.

— Sua rede, senhor — disse ele a Torrance e então viu Sharpe e um sorriso espalhou-se lentamente em seu rosto. — Ora vejam só: quem é vivo sempre aparece... Sharpezinho!

Torrance girou nos calcanhares para o sargento.

— Hakeswill, o sr. Sharpe é um oficial! Nesta unidade tratamos nossos superiores com respeito!

— Esqueci completamente, senhor, por conta deste ser um reencontro com um velho camarada — disse Hakeswill, o rosto se contorcendo. — Sr. Sharpe, é sempre um prazer vê-lo.

— Bastardo mentiroso — retrucou Sharpe.

— E os oficiais não devem tratar seus subalternos com respeito, senhor? — inquiriu Hakeswill a Torrance, mas o capitão partira em busca de seu criado nativo, que estivera encarregado da bagagem. Hakeswill olhou novamente para Sharpe. — É minha sina estar com você, Sharpezinho.

— Não pise no meu calo, Obadiah, ou cortarei a sua garganta — ameaçou Sharpe.

— Eu não posso ser morto, Sharpezinho. Não posso ser morto! — O rosto de Hakeswill estremeceu numa série de espasmos. — Está escrito na Bíblia. — Ele olhou Sharpe dos pés à cabeça e então balançou a cabeça com pesar. — Já vi coisas mais bonitas saírem de bundas de ovelhas, vi sim. Você não é um oficial, Sharpezinho. É uma desgraça ambulante.

Torrance entrou novamente na casa, ordenando aos berros que seu criado cobrisse as janelas com musselina, e então virou-se e correu até a cozinha para apressar Clare. Ele tropeçou na mochila de Sharpe e xingou.

— De quem é isto?

— É minha — disse Sharpe.

— Não está pensando em se alojar aqui, está, Sharpe?

— É um lugar tão bom quanto qualquer outro.

— Gosto de minha privacidade, Sharpe. Vá encontrar outro lugar. — Torrance de repente se lembrou de que estava falando com um homem que poderia ter influência sobre Wellesley. — Espero que não se importe, Sharpe, mas não consigo ficar rodeado de gente. É uma mania, eu sei, mas nada posso fazer contra ela. Preciso de solidão, essa é minha natureza. Brick! Já mandei que escovasse meu chapéu? E a pluma precisa de uma penteada.

Sharpe pegou sua mochila e saiu para o jardinzinho no qual Ahmed estava amolando sua nova *tulwar*. Clare Wall seguiu-o para a luz do dia, murmurou alguma coisa baixinho, então sentou-se e começou a engraxar uma das botas de Torrance.

— Por que diabos você continua com ele? — perguntou Sharpe.

Clare parou para fitar Sharpe. Ela tinha olhos estranhamente contraídos que conferiam ao seu rosto um ar de mistério.

— Que escolha eu tenho? — perguntou e voltou a engraxar.

Sharpe sentou ao lado dela, pegou a outra bota e esfregou-a com graxa.

— Então, o que ele vai lhe fazer se você for embora?

Ela encolheu os ombros.

— Devo dinheiro a ele.

— Uma ova. Como poderia dever dinheiro a ele?

— Ele trouxe a mim e ao meu marido para este país — disse ela. — Pagou nossa passagem da Inglaterra para cá. Concordamos em ficar aqui três anos. Então Charlie morreu. — Ela se calou novamente, os olhos subitamente reluzindo. Clare fungou e se pôs a esfregar obsessivamente as botas.

Sharpe olhou para ela. Tinha olhos escuros, cabelos negros cacheados e um lábio superior fino. Se não estivesse se sentindo tão cansada e triste, ela seria uma mulher muito bonita, pensou Sharpe.

— Quantos anos você tem, querida?

Ela lançou um olhar cético para Sharpe.

— Você não tem mulher em Seringapatam?

— Ela é uma francesa — disse Sharpe. — Viúva, como você.

— Viúva de oficial? — perguntou Clare. Sharpe fez que sim. — E vai casar com ela? — perguntou Clare.

— Não é bem assim — disse Sharpe.

— Então o quê? — perguntou Clare.

— Não sei, realmente — disse Sharpe. Ele cuspiu no lado da bota e esfregou o cuspe no couro preto.

— Mas você gosta dela? — perguntou Clare, tirando terra da espora da bota. Pareceu embaraçada por ter feito a pergunta e então emendou: — Tenho dezenove anos, quase vinte.

— Então tem idade suficiente para ver um advogado — disse Sharpe. — Você tem um contrato de vassalagem com o capitão? Assinou algum papel? Ou deixou uma marca num documento? Era assim que se fazia no orfanato em que me largaram. Quiseram me obrigar a ser um limpador de chaminés, acredita? Mas se não assinou um contrato de vassalagem, deve conversar com um advogado.

Clare se calou por um instante, olhando para uma árvore tristonha, secando no centro do pátio.

— Eu quis me casar no ano passado — disse ela baixinho. — E foi isso que Tom me disse. O nome dele era Tom, sabe? Era soldado de cavalaria. Apenas um garoto.

— O que aconteceu?

— Febre — sussurrou. — Mas não teria dado certo mesmo, porque Torrance jamais me deixaria casar. — Recomeçou a engraxar as botas. — Ele disse que preferiria me ver morta primeiro. — Ela balançou a cabeça. — Mas de que adianta ver um advogado? Você acha que algum advogado vai querer me ver? Ele gostam de dinheiro, todo advogado gosta, e você conhece um só advogado na Índia que não seja comprado pela Companhia? Na verdade... — ela olhou para a casa para ter certeza de quem ninguém estava escutando. — ...ele também não tem dinheiro. Recebe uma mesada de um tio e seu salário da Companhia, mas perde tudo no jogo. Só que sempre encontra formas de conseguir mais dinheiro. — Fez uma pausa. — E o que eu faria se fosse embora? — Clare deixou a pergunta pairando no ar quente, e então balançou a cabeça. — Estou muito longe de casa. Não sei. No começo ele era bom comigo. Eu gostava dele! Mas na época não o conhecia, entende? — Ela abriu um meio sorriso. — Engraçado, não é? Você pensa que porque um homem é um cavaleiro e um filho de um cônego, ele vai ser gentil. Mas não é assim. — Ela esfregou vigorosamente a franja da bota. — E ele só tem piorado depois que conheceu Hakeswill. Odeio aquele homem. — Ela suspirou. — Só faltam mais quatorze meses para pagar minha dívida com o desgraçado... — disse num tom exausto.

— Diabos, não — disse Sharpe. — Vá embora, abandone o sodomita.

Ela pegou o chapéu de Torrance e começou a esfregá-lo.

— Não tenho família. Para onde iria?

— Você é órfã?

Ela fez que sim.

— Trabalhava como criada na casa de um tio de Torrance. Foi lá que conheci Charlie. Ele era um faz-tudo. Então o sr. Henry, esse é o tio dele, disse que passaríamos a trabalhar na casa do capitão. Charlie tornou-se valete do capitão Torrance. Foi uma promoção. E o salário era melhor. Só que não fomos pagos, não depois de chegarmos a Madras. Ele disse que teríamos de pagar por nossas passagens.

— Que diabos está fazendo, Sharpe? — Torrance chegara ao jardim. — Você não devia estar limpando botas! É um oficial!

Sharpe jogou a bota para Torrance.

— Sempre esqueço, senhor.

— Se precisa limpar botas, Sharpe, comece pelas suas. Bom Deus, homem! Você parece um funileiro.

— O general me parece ainda pior — disse Sharpe. — Além disso, ele nunca se importou com a aparência de seus homens, contanto que façam seu trabalho direito.

— Eu faço o meu trabalho direito! — Torrance ficou furioso com a insinuação. — Apenas preciso de mais ajudantes. Você dirá isso a ele, Sharpe. Você dirá isso a ele! Dê-me esse chapéu, Brick! Estamos atrasados.

No fim das contas, Torrance chegou cedo à tenda do general e teve de esperar do lado de fora ao sol do fim da tarde.

— O que foi exatamente que o general disse quando me convocou? — perguntou Torrance a Sharpe.

— Ele enviou um ajudante, senhor. O capitão Campbell. Queria saber onde os suprimentos estavam.

— Você disse que eles estavam chegando?

— Disse a ele a verdade, senhor.

— Qual?

— Que não fazia a menor idéia de onde eles estavam.

— Oh, Deus! Muito obrigado, Sharpe. Muito obrigado, mesmo! — Torrance ajeitou sua cinta, fazendo a seda cair de forma ainda mais elegante. — Você sabe o que é lealdade?

Antes que Sharpe pudesse responder, as abas da tenda foram empurradas para os lados e o capitão Campbell apareceu.

— Não esperava por você, Sharpe! — disse com simpatia, estendendo a mão.

Sharpe apertou a mão de seu superior.

— Como está, senhor?

— Ocupado — disse Campbell. — Você não precisa entrar, se não quiser.

— Ele quer — disse Torrance.

Sharpe deu de ombros.

— Acho que devo — disse Sharpe e então abaixou-se para entrar na luz amarelada da tenda enquanto Campbell puxava a aba.

O general estava em mangas de camisa, sentado atrás de uma mesa coberta pelas plantas que o major Blackiston fizera para a ponte para Gawilghur. Blackiston estava ao seu lado, suado e cansado pela viagem, enquanto um major de aparência irascível do Engenheiros do Rei mantinha-se de pé dois passos atrás da mesa. Se o general ficou surpreso em ver Sharpe, não deu qualquer sinal; em vez disso, tornou a olhar para os desenhos.

— Qual é a largura do acesso? — indagou.

— No ponto mais estreito, senhor, cerca de 15 metros — Blackiston cutucou uma das plantas. — Larga o bastante na maior parte do percurso, de 150 a 250 metros. Mas bem aqui tem um tanque que espreme a passagem cruelmente. Um barranco à esquerda, um tanque à direita.

— De um lado você cai para a morte, do outro se afoga — disse o general. — E certamente os quinze metros intermediários estão cobertos pelos canhões deles.

— Fortemente, senhor. Deve haver cerca de vinte canhões pesados apontados para a garganta do acesso, e só Deus sabe quantas armas menores.

Wellesley removeu os vidros de tinta que tinham servido como pesos de papel, de modo que as plantas enrolaram-se com um estalo.

— Não temos muitas opções, temos? — perguntou.

— Nenhuma, senhor.

Wellesley olhou para cima de repente, olhos parecendo muito azuis à meia-luz da tenda.

— O comboio de suprimentos chegou com doze horas de atraso, capitão. Por quê? — Ele falou com calma, mas até Sharpe sentiu um arrepio percorrer por sua espinha.

Torrance, segurando o chapéu tricorne debaixo do braço esquerdo, suava em bicas.

— Eu... Eu... — disse ele, nervoso demais para falar direito. Mas então ele respirou fundo e disse: — Eu passei mal, senhor, e não pude supervisionar o trabalho adequadamente. O meu escriturário não emitiu os memorandos. Foi um acontecimento lamentável, senhor, e posso assegurar-lhe de que não voltará a ocorrer.

O general olhou para Torrance em silêncio durante alguns segundos.

— O coronel Wallace entregou-lhe o alferes Sharpe como assistente? Sharpe também deixou de obedecer a suas ordens?

— Eu havia enviado o alferes Sharpe na frente, senhor — disse Torrance. O suor agora escorria pelo rosto e pingava do queixo.

— Então por que o escriturário não cumpriu seus deveres?

— Traição, senhor — disse Torrance.

A resposta surpreendeu Wellesley, conforme fora a intenção de Torrance. Ele cutucou a ponta da mesa com um lápis.

— Traição? — perguntou em voz baixa.

— Aparentemente, o escriturário estava mancomunado com um mercador e vendendo suprimentos para ele. E hoje de manhã, senhor, quando devia estar emitindo os memorandos, ele estava cuidando de seus próprios negócios.

— E você estava tão doente que não notou a traição?

— Sim, senhor — disse Torrance. — Pelo menos no começo, senhor.

Wellesley fitou Torrance em silêncio durante alguns segundos, e o capitão teve a sensação desconfortável de que aqueles olhos azuis viam direto através de sua alma.

— E onde está esse escriturário traiçoeiro agora, capitão? — perguntou finalmente Wellesley.

— Nós o enforcamos, senhor — disse Torrance, e Sharpe, que ainda não sabia da morte de Dilip, fitou-o estarrecido.

O general desferiu um tapa na mesa, fazendo Torrance pular de susto.

— Você parece gostar muito de enforcamentos, capitão Torrance.

— Um remédio necessário para o furto, como o senhor mesmo já deixou claro.

— Eu, senhor? — A voz do general, quando zangada, não ficava mais alta, e sim mais precisa, e portanto, mais arrepiante. — Capitão, a ordem em vigor determinando morte sumária por enforcamento por roubo se aplica a homens de uniforme, apenas do rei e da Companhia. Não se aplica a civis. O morto tinha família?

— Não, senhor — disse Torrance. Ele não sabia exatamente a resposta, mas decidiu que era melhor dizer isso do que prevaricar.

Wellesley esclareceu em tom calmo:

— Se ele tinha familiares, capitão, e se eles se queixarem, não terei escolha senão ordenar que você seja levado a julgamento e, dependendo das circunstâncias, esse julgamento será numa corte civil.

— Peço desculpas por meu excesso de zelo, senhor — gaguejou Torrance.

O general ficou calado durante alguns segundos.

— Estão faltando suprimentos — disse afinal.

— Sim, senhor — concordou Torrance numa voz fraca.

— Você nunca relatou os roubos? — perguntou Wellesley.

— Não acreditava que o senhor gostaria de ser perturbado por cada probleminha, senhor — disse Torrance.

— Probleminha! — exclamou Wellesley. — Mosquetes são roubados, e você chama isso de probleminha? Esses "probleminhas", capitão Torrance, perdem guerras. No futuro terá de informar minha equipe quando essas depredações ocorrerem. — Fitou Torrance durante alguns segundos, e então olhou para Sharpe. — O coronel Huddlestone me disse que foi você, Sharpe, quem descobriu os suprimentos desaparecidos.

— Todos eles, menos os mosquetes, senhor. Ainda não foram encontrados.

— Como sabia onde procurar?

— O escriturário do capitão Torrance me disse onde comprar suprimentos, senhor. — Sharpe deu de ombros. — Presumi que eles eram o material desaparecido, senhor.

Wellesley grunhiu. A resposta de Sharpe pareceu confirmar as acusações de Torrance, e o capitão dirigiu um olhar grato a Sharpe. Wellesley viu o olhar e esmurrou a mesa, exigindo a atenção de Torrance.

— Capitão, é lamentável não termos interrogado o mercador antes que você o executasse sumariamente. Devo presumir que interrogou o escriturário?

— Meu sargento interrogou, senhor. O salafrário confessou ter vendido os artigos a Naig. — Torrance enrubesceu enquanto contava a mentira, mas fazia tanto calor dentro da tenda, e ele estava suando tão profusamente, que o rubor passou despercebido.

— O seu sargento? — perguntou Wellesley. — Quer dizer, o seu *havildar*?

— Sargento, senhor — disse Torrance. — Eu o herdei do capitão Mackay, senhor. O sargento Hakeswill.

— Hakeswill! — exclamou, estarrecido, o general. — O que ele está fazendo ainda aqui? Ele devia ter voltado para seu regimento!

— Ele permaneceu, senhor, com dois de seus homens — explicou Torrance. — Os outros dois morreram de febre. E ele não tinha ordens alternativas, senhor, e era útil demais para partir, senhor.

— Útil! — exclamou Wellesley. Ele fora o oficial-comandante do 33º, o regimento de Hakeswill, e conhecia bem o sargento. Balançou a cabeça. — Se você considera Hakeswill útil, Torrance, então ele poderá ficar até a queda de Gawilghur. Mas depois disso ele retornará ao seu regimento. Pode cuidar disso, Campbell?

— Sim, senhor — disse o auxiliar. — Mas acredito que alguns dos membros do 33º estejam vindo para cá, senhor, de modo que o sargento pode retornar com eles.

— O 33º está vindo para cá? — perguntou Wellesley, surpreso. — Não ordenei isso.

— Apenas uma companhia, senhor — explicou Campbell. — Creio que o quartel-general os destacou para escoltar um comboio.

— Não tenho dúvida de que teremos utilidade para eles — disse o general, rabugento. — Isso é embaraçoso para você, Sharpe? Servir com Hakeswill? — Os oficiais que eram promovidos das fileiras jamais esperavam servir com praças de seus antigos regimentos, e Wellesley estava claramente perguntando se Sharpe ficaria constrangido na companhia de seus antigos colegas. — Prevejo que você superará isso — disse o general, sem esperar uma resposta. — Você costuma lidar muito bem com problemas. Wallace me disse que recomendou você aos Fuzileiros do Rei?

— Sim, senhor.

— Isso pode lhe convir, Sharpe. Pode lhe convir muito bem. Nesse ínterim, quanto mais aprender sobre suprimentos, melhor. Os olhos frios olharam de volta para Torrance, embora parecesse que o general ainda falava com Sharpe. — Neste exército reina uma visão equivocada de que suprimentos não são importantes. Contudo, numa guerra, um abastecimento eficaz é tão ou mais importante do que atos de coragem. E é por esse motivo que não tolerarei mais atrasos.

— Não haverá mais nenhum, senhor — apressou-se em dizer Torrance.

— Se houver, teremos uma corte marcial — disse Wellesley. — Pode ter certeza disso, capitão. Major Elliot? — O general falou com o engenheiro que até agora fora um espectador do embaraço de Torrance. — Diga-me do que precisa para abrir nossa estrada, major.

— Uma centena de cabeças de gado — disse Elliot amargamente. — E não estou falando dos seus animais esqueléticos, Torrance. Quero uma centena de bois de Misore para carregar madeira e pedra de estrada. Precisarei de arroz todos os dias para alimentar meio batalhão de sipaios e um número equivalente de sapadores.

— É claro, senhor — disse Torrance.

— E vou levá-lo — Elliot apontou um dedo para Sharpe —, porque preciso de alguém que fique encarregado dos bois e que saiba o que está fazendo.

Torrance abriu a boca para protestar mas, sensatamente, fechou. Wellesley olhou para Sharpe.

— Ficará sob as ordens do major Elliot, Sharpe. Esteja com ele amanhã ao amanhecer, com os bois. E você, capitão Torrance, garantirá que os suprimentos diários subam a estrada a cada alvorada. E não quero mais enforcamentos sumários.

— Claro que não, senhor. — Torrance, aliviado por ser liberado sem ser punido, abaixou a cabeça numa mesura desajeitada. — Bom dia para vocês dois — disse amargamente o general e então observou os dois oficiais saírem da tenda. Ele esfregou os olhos e reprimiu um bocejo. — Quanto tempo até o término da estrada, Elliot?

— Duas semanas? — sugeriu o major.

— Você tem uma semana. Uma semana! O general interrompeu o protesto de Elliot. — Tenha um bom dia, Elliot.

O engenheiro saiu da tenda resmungando. Com expressão desconfiada, Wellesley perguntou:

— Podemos confiar em Torrance?

— Ele vem de uma boa família, senhor — respondeu Blackiston.

— Nero também, se bem me recordo — replicou Wellesley. — Mas pelo menos Torrance tem Sharpe, e mesmo se Sharpe não conseguir se tornar um bom oficial, ele tem todas as características de um sargento decente. Ele fez um excelente serviço encontrando aqueles suprimentos.

— Concordo plenamente, senhor — respondeu Campbell, caloroso.

Wellesley recostou-se na cadeira. Uma expressão de sofrimento relampejou em seu rosto ao lembrar do momento terrível em que se vira sem cavalo em Assaye. Wellesley não lembrava muito do incidente porque estivera atordoado, mas lembrava de ter visto Sharpe matar com uma selvageria que o deixara estarrecido. O general não gostava de estar em dívida para com um homem como aquele, mas sabia que não estaria vivo se Sharpe não tivesse arriscado a própria vida.

— Não devia ter promovido Sharpe — disse com amargura. — Um homem como ele teria ficado muito satisfeito com uma recompensa fiscal. Uma recompensa fungível. É isso o que os nossos homens querem, Campbell, alguma coisa que possa ser trocada por rum ou araca.

— Ele parece ser um homem sóbrio, senhor — disse Campbell.

— Provavelmente porque não tem dinheiro para beber! Campbell, você sabe que os cassinos dos oficias são lugares tremendamente caros. Recompensei Sharpe mergulhando-o em dívidas. E só Deus sabe se o custo de vida nos fuzileiros é mais barato. Não acredito que seja. Sharpe precisa de alguma coisa fungível, Campbell, alguma coisa fungível. Wellesley virou-se e remexeu nos alforjes empilhados atrás de sua cadeira. Tirou deles a luneta nova com o óculo incômodo que recebera como presente dos mercadores de Madras. — Campbell, encontre um ourives nos seguidores do acampamento e veja se ele pode substituir essa placa de bronze.

— Pelo quê, senhor?

Por nada muito floreado, pensou o general, porque o instrumento seria penhorado para pagar contas ou comprar gim.

— "Com gratidão, AW" — disse ele. — E acrescente a data de Assaye. Em seguida dê a luneta a Sharpe com os meus cumprimentos.

— É muito generoso da sua parte, senhor — disse Campbell, pegando a luneta. — Mas talvez seria melhor que o senhor mesmo o presenteasse.

— Talvez, talvez. Blackiston! Onde temos canhões de sítio? — O general desenrolou as plantas. — Velas! — ordenou, porque a luz caía depressa.

As sombras esticaram-se, juntaram-se e trouxeram a noite ao acampamento britânico. Velas foram acesas, lanternas penduradas de postes e fogueiras acendidas com estrume de vaca. Os piquetes puseram-se a fitar sombras na escuridão, mas alguns, levantando os olhos, viram que muito acima deles os cumes dos penhascos ainda estavam à luz do dia, e lá, como na morada dos deuses, as muralhas de uma fortaleza posavam mortalmente negras. Gawilghur aguardava placidamente seus visitantes.

CAPÍTULO V

A primeira parte da estrada foi fácil de abrir, porque a trilha existente coleava pela ladeira mais suave do sopé da colina. Contudo, mesmo no primeiro dia, o major Elliot estava pessimista.

— Não é possível fazer isso em uma semana! — resmungou o engenheiro. — O homem perdeu o juízo! Espera milagres. Uma escada de Jacó, é isso que ele quer! — O major deitou um olhar mórbido nos bois de Sharpe, todos animais de primeira qualidade trazidos de Misore, com fitas e sininhos pendendo dos chifres pintados em cores berrantes. — Nunca trabalhei com bois — queixou-se Elliot. — Trouxe algum elefante?

— Posso providenciar isso, senhor.

— Nada se iguala a um elefante. Muito bem, Sharpe, carregue os animais com pedras pequenas e siga a trilha até me alcançar. Entendeu? — Elliot subiu para seu cavalo e enfiou os pés nos estribos. — Milagres! É isso que ele quer — resmungou o major e então esporeou o cavalo para a trilha.

— Elliot! — gritou alarmado o major Simons, que comandava o meio-batalhão de sipaios que protegia os sapadores que construíam a estrada. — Não fiz o reconhecimento para além daquela pequena colina! Aquela com as duas árvores.

— Não posso ficar de braços cruzados esperando os seus homens acordarem, Simons. Tenho uma estrada para abrir em uma semana. Não pode ser feito, é claro, mas precisamos tentar. Pinckney! Preciso de um *havildar* e alguns homens robustos para carregar estacas. Mande eles me seguirem.

O capitão Pinckney, o oficial que chefiava os sapadores da Companhia das Índias Orientais, cuspiu no chão.

— Maldito desperdício de tempo!

— O quê? — indagou Sharpe.

— Fincar estacas na rota! Nós vamos seguir o caminho de pedestres, claro. Os nativos sobem e descem essas colinas há séculos. — Virando-se, mandou um *havildar* reunir um grupo para acompanhar Elliot colina acima, e em seguida incumbir o restante de seus homens de carregar os paneiros dos bois com pedras pequenas.

A estrada estava fazendo bom progresso, a despeito das preocupações de Elliot, e três dias depois de terem começado, os sapadores limparam um espaço entre as árvores para estabelecer um parque de artilharia improvisado onde os canhões de sítio poderiam esperar enquanto o restante da estrada era forjado. Sharpe estava ocupado e — por causa disso — feliz. Gostava de Simons e Pinckney, e até Elliot revelara-se afável. O major tomara como um desafio pessoal a exigência de Wellesley de que a estrada estivesse pronta em uma semana e pressionava fortemente os sapadores.

O inimigo parecia adormecido. Elliot costumava cavalgar até bem longe para reconhecer o terreno e jamais avistava um mahratta sequer.

— Bastardos estúpidos! — xingou Elliot certa noite ao lado da fogueira. — Eles vão obrigar a gente a ficar aqui durante meses!

— Ainda acho que você não deveria cavalgar tão adiante dos meus piquetes — Simons reprochou o major.

— Pare de reclamar, homem — disse Elliot e na manhã seguinte, como sempre, saiu na frente para averiguar o espaço no qual trabalhariam naquele dia.

Naquela manhã, Sharpe novamente transportava pedras estrada acima. Caminhava na frente de seu comboio de bois no trecho arborizado acima do recém-construído parque de artilharia. O calor do dia estava aumentando e soprava pouco vento entre os galhos e troncos dos sobreiros que cobriam as colinas baixas. Grupos de sapadores derrubavam árvores que poderiam obstruir a passagem de uma carreta de canhão, e aqui e ali Sharpe via uma estaca esbranquiçada onde Elliot marcara a trilha. Tiros soavam lá no alto, mas Sharpe não ligou para eles. Os vales do planalto tinham se tornado um campo de caça favorito para os *shikarees*, que usavam redes, laços e mosquetes antiqüíssimos para abater lebres, porcos selvagens, cervos, codornas e perdizes que eram vendidos aos oficiais, e Sharpe presumiu que havia um grupo de caçadores perto da trilha, mas depois de alguns segundos os tiros se intensificaram. Os disparos eram abafados pelas folhagem cerrada, mas durante um momento o som foi constante, quase em ritmo de batalha, antes de parar tão subitamente quanto eclodira.

Os condutores de bois de Sharpe tinham parado, tensos com o tiroteio.

— Continuem andando! — encorajou-os Sharpe. Nenhum deles falava inglês, e Sharpe não tinha a menor idéia de que língua falavam, mas eram todos homens de boa índole, ansiosos por agradar, e tocaram para a frente os seus bois carregadíssimos. Ahmed tirara o mosquete do ombro e estava olhando com atenção para a frente. De súbito o menino levou a arma ao ombro, e Sharpe abaixou-a antes que Ahmed pudesse premir o gatilho.

— Eles são nossos — disse ao rapaz. — Sipaios.

Uma dúzia de sipaios apareceu correndo entre as árvores. O major Simons estava com ele. Quando se aproximaram mais, Sharpe viu que os homens carregavam uma maca improvisada com galhos de árvores e casacas.

— É Elliot. — Simons parou ao lado de Sharpe enquanto seus homens continuavam correndo. — O imbecil recebeu um ferimento no peito. Não vai sobreviver. Que estúpido! Estava muito avançado. Avisei para ele não se adiantar aos piquetes. — Simons puxou da manga um lenço vermelho e enxugou o suor do rosto. — Um engenheiro a menos.

Sharpe olhou para Elliot, que felizmente estava desacordado. Estava com o rosto muito pálido, e sangue rosado borbulhava de seus lábios a cada exalação difícil.

— Ele não passa de hoje — disse Simons brutalmente. — Mas acho que devemos mandá-lo para os cirurgiões.

— Onde estão os inimigos? — perguntou Sharpe.

— Fugiram. Meia dúzia de bastardos estavam esperando numa emboscada. Atiraram em Elliot e tomaram suas armas, mas fugiram quando nos viram.

Três *shikarees* morreram naquela tarde, emboscados na floresta alta, e naquela noite, com os construtores de estradas acampados num dos vales do planalto, alguns tiros soaram em um bosque vizinho. Os piquetes responderam aos tiros até que um *havildar* gritou para que eles contivessem seus disparos. O capitão Pinckney balançou a cabeça com pesar.

— Bem que achava que aquela paz toda não ia durar. O trabalho daqui em diante será muito lento. — Ele atiçou a fogueira em torno da qual meia dúzia de oficiais estavam sentados.

O major Simons forçou um sorriso.

— Se eu fosse o inimigo, atacaria os bois do sr. Sharpe em vez dos engenheiros. A melhor forma que eles teriam de causar danos seria cortando nossa linha de suprimento.

— Não adianta nada atirar em engenheiros — concordou Pinckney. — De qualquer forma, não precisamos dos Engenheiros do Rei. Abrimos estradas há anos. Os camaradas de casacas azuis só atrapalham. Eles devem mandar outro.

— Se é que sobrou algum — disse Sharpe.

A campanha fora fatal para os engenheiros. Dois haviam morrido explodindo os canhões inimigos em Assaye, outros três contraíram febre e agora Elliot estava morrendo ou já morto.

— Eles vão achar um — resmungou Pinckney. — Quando o exército do rei não precisa de alguma coisa, você pode ter certeza de que eles têm um bom suprimento dessa coisa.

— O exército da Companhia é melhor? — perguntou Sharpe.

— É sim — respondeu o major Simons. — Trabalhamos para um mestre mais severo que você, Sharpe. Ele se chama contabilidade. Vocês lutam por vitórias, nós lutamos por lucros. Leadenhall Street não pagará por engenheiros elegantes em casacas azuis, não quando pode contratar homens simples como nós pela metade do preço.

— Eles poderiam me contratar — disse Sharpe. — É difícil achar um homem mais simples do que eu.

Na manhã do dia seguinte Simons espalhou uma forte linha piquete à frente dos grupos de trabalho, mas nenhum mahratta se opôs aos sapadores que alargavam a trilha onde ela subia coleando através de uma ladeira escarpada e cheia de rochas. As trilhas eram antigas, sulcadas nas colinas por gerações de viajantes, mas jamais tinham sido usadas por carroças, quanto mais por canhões pesados. Os mercadores que transportavam seus produtos escarpa acima costumavam usar a estrada que conduzia diretamente ao Portão Sul da fortaleza, enquanto esta trilha, que serpenteava por quilômetros para leste de Gawilghur, era pouco mais que uma série de caminhos conectando os vales do planalto onde pequenos terrenos de fazenda tinham sido abertos na floresta. Supostamente esta região era infestada por tigres, mas Sharpe não viu nenhuma dessas feras. Ao alvorecer retornara a Deogaum para coletar arroz para os sipaios, e então passara as quatro horas seguintes subindo de volta até onde os sapadores trabalhavam. No começo sentiu-se nervoso, tanto por causa dos tigres quanto por causa de emboscadas de inimigos, mas o pior que lhe aconteceu foi uma série de pancadas de chuva fortes e breves que varreram as montanhas.

A chuva parou quando Sharpe alcançou os grupos de trabalho que estavam conduzindo a estrada através de uma cumeeira baixa. Pinckney instalava uma carga de pólvora que soltaria a rocha e lhe pouparia cerca de um quilômetro e meio de trilha sinuosa. Seu criado trouxe-lhe uma caneca de chá, que Sharpe bebeu sentado numa rocha. Olhou para sul, observando os véus de chuva cinzenta varrerem a planície.

— Wellesley falou se enviaria um novo engenheiro? — perguntou-lhe o major Simons.

— Eu apenas coletei o arroz, senhor — respondeu Sharpe. — Não vi o general.

— Pensei que você era amigo dele — observou amargamente Simons.

A FORTALEZA DE SHARPE

— Todo mundo pensa isso, menos ele e eu — disse Sharpe.

— Mas você salvou a vida dele?

Sharpe deu de ombros.

— Acho que sim. Ou isso ou impedi que fosse capturado.

— E matou alguns homens enquanto fazia isso, pelo que soube.

Sharpe olhou para o alto Simons com alguma surpresa, porque não sabia que sua façanha tornara-se de conhecimento público.

— Não lembro muito sobre isso.

— Suponho que não — disse Simons. — Mesmo assim, fez você subir no conceito do general.

— Não acho que Wellesley ache isso — disse Sharpe.

— Sharpe, você agora é um oficial do rei — disse Simons com inveja. Como oficial da Companhia das Índias Orientais, ele estava preso no lerdo sistema de promoções da Companhia. — Se Wellesley subir, ele lembrará de você.

Sharpe deu uma gargalhada.

— Duvido muito, senhor. Isso não é do feitio dele. — Olhou novamente para sul porque Ahmed emitira um aviso em árabe. O menino apontava colina abaixo. Sharpe levantou para ver por cima da coroa da ladeira. Bem abaixo dele, onde a estrada passava por um dos vales verdejantes, um pequeno grupo de cavaleiros aproximava-se. Um dos cavaleiros usava casaca azul. — Amigos, Ahmed! — gritou Sharpe. E então disse a Simons: — Acho que é o engenheiro novo.

— Pinckney ficará encantado — disse Simons com sarcasmo.

Pinckney voltou para inspecionar o grupo em aproximação através de uma luneta, e cuspiu quando viu a casaca azul dos Engenheiros Reais.

— Outro bastardo metido vindo ensinar o padre a rezar missa — lamuriou-se. — Então vamos explodir a carga antes que ele chegue, porque, se não, vai dizer que estamos fazendo tudo errado.

Uma turba de sipaios sorridentes aguardava ansiosa em torno da ponta do estopim. Pinckney acendeu um fogo, encostou-o no estopim, e então observou as fagulhas avançarem rumo à carga distante. O rastro de fumaça desapareceu na grama e Sharpe teve a impressão de que o fogo havia se apagado, mas então soou uma tosse violenta e a cumeeira baixa explodiu. Terra e pedras voaram para os ares numa nuvem de fumaça fedorenta. Os sipaios bradaram vivas. Sharpe achou a explosão pequena, mas quando a fumaça e a poeira se dissiparam, ele viu que a cumeeira agora possuía uma fenda profunda através da qual a estrada poderia escalar para o próximo vale alto.

Os sapadores foram retirar a terra solta. Sharpe sentou no chão e Ahmed acocorou-se ao seu lado.

— O que vou fazer com você? — perguntou Sharpe.

— Eu ir para Inglaterra — disse Ahmed com cuidado.

— Você não vai gostar da Inglaterra. Faz muito frio lá.

— Frio?

— Congelante. — Sharpe fez que estava tremendo, mas a mímica claramente não significou nada para o menino.

— Eu ir para Inglaterra — insistiu Ahmed.

Meia hora depois, o novo engenheiro apareceu logo abaixo de Sharpe. Usava um chapéu de palha de aba larga, cavalgava um cavalo cinza e era seguido por três servos que puxavam mulas de carga cheias de bagagens. No meio das bagagens, Sharpe viu um tripé, um medidor de topografia e um vasto tubo de couro que ele presumiu conter uma luneta. O engenheiro tirou o chapéu e abanou o rosto enquanto fazia a última curva no terreno.

— Por minha alma! — exclamou alegremente. — Conheci um Pinckney em Hertfordshire. Ele fazia relhas de arados, relhas excelentes.

— Meu tio Joshua, senhor.

— Então você deve ser o filho de Hugh, hein? Uma honra! — Ele apertou vigorosamente a mão de Pinckney. — Major John Stokes, ao seu serviço, embora eu não acredite que vocês precisem de mim, não é mesmo? Vocês devem ter construído muito mais estradas do que eu. O major Stokes olhou para Sharpe, que se levantara e agora estava sorrindo.

— Bom Deus que está no Céu! — exclamou Stokes. — Não pode ser! Mas é! Meu caro Sharpe! Meu caro sr. Sharpe! Ouvi tudo a respeito da sua promoção! Não poderia ter ficado mais feliz, meu caro Sharpe. Um oficial, hein?

Sharpe abriu um sorriso largo.

— Apenas um alferes, senhor.

— Toda escada tem seu primeiro degrau, Sharpe — disse Stokes, censurando gentilmente a modéstia de Sharpe, e então estendeu a mão. — Seremos colegas de cassino, como dizem no Exército. Ora, nunca imaginei que veria este dia! Colegas de cassino! E com um Pinckney também! Hugh Pinckney forja equipamentos agrícolas, Sharpe. Nunca vi um homem fazer melhores engrenagens em toda a minha vida! — Ele apertou a mão de Sharpe entre as suas. — Eles me arrancaram de Seringapatam, Sharpe. Pode imaginar isso? Disseram que todos os outros engenheiros contraíram varíola, e me convocaram para cá bem a tempo de descobrir que o pobre Elliot está morto. Acho que não devo me queixar. Este serviço será extremamente benéfico para as minhas perspectivas de promoção. — Ele soltou a mão de Sharpe. — A propósito, vim para o norte com alguns dos seus antigos companheiros. O capitão Charles Morris e sua companhia. Não é a criatura mais encantadora do mundo, não é mesmo?

— Certamente não está entre as minhas favoritas, senhor — admitiu Sharpe. Bom Deus! O maldito Morris estava ali? Primeiro Hakeswill, e agora Morris!

— Ele não queria vir — disse Stokes. — Mas poderes superiores julgaram que eu deveria ser protegido de todo o mal e insistiram para que eu tivesse uma escolta de infantaria. — Virou-se quando uma saraivada de tiros soou escarpa acima. — Abençoada seja minha alma! São tiros de mosquete?

— Linha piquete, senhor — explicou Pinckney. — O inimigo está atirando em nós, mas não está acertando.

— Eles deviam, eles deviam. Um batalhão de escaramuçadores nessas colinas poderiam nos manter afastados por um mês! Mas minha nossa! Sharpe, um alferes! — O major virou-se para Pinckney. — Sharpe e eu dirigimos o arsenal de Seringapatam por quatro anos.

— O senhor dirigiu — disse Sharpe. — Eu era apenas o seu sargento.

— O melhor sargento que já tive! — exclamou Pinckney entusiasmado. Virou-se para Sharpe. — E não me chame de "senhor", me chame de John. — Ele sorriu para Sharpe. — Foram quatro anos bons. Os melhores de nossas vidas, arrisco dizer, e aqui está você agora, um oficial! Meu caro amigo, eu não poderia estar mais feliz! — Ele cheirou o ar. — Tem explodido coisas, Pinckney?

— Abrimos uma brecha através daquela cumeeira, senhor. Espero que não se importe por não termos esperado o senhor.

— Me importar? Por que haveria de me importar? Vá em frente, caro amigo. Tenho certeza de que entende do riscado melhor do que eu. Só Deus sabe por que eles precisam de um engenheiro aqui! Provavelmente para ser decorativo, hein? Ainda assim, encontrarei uma forma de ser útil. Acho que posso mapear a escarpa. Ainda não foi feito, vocês sabem. Mas é claro, Pinckney, se precisar de algum conselho, é só falar comigo, mas provavelmente terei de queimar os miolos para achar uma resposta. — Ele sorriu para o deliciado Pinckney e então olhou para a terra agreste através da qual seguia a estrada. — É uma bela paisagem, não é? Um alívio depois das planícies. Me faz lembrar a Escócia.

— Aqui há tigres, major — disse Sharpe.

— Na Escócia também há todo tipo de animais ferozes, Sharpe. Certa vez fui acantonado em Forte William, e entre aquele lugar e a China não havia diferença. Era pior do que o novo mundo. E por falar na América, Sharpe, aquela jovem que você me enviou viajou para lá. Coisa extraordinária isso, e aconselhei que ela esquecesse essa idéia louca. Lá há ursos, eu disse a ela, ursos ferozes. Mas não consegui persuadi-la.

— Simone, senhor? — perguntou Sharpe, inicialmente não acreditando em seus ouvidos, e então sentindo uma premonição terrível.

— Uma criatura encantadora. E enviuvada tão jovem! — Stokes estalou a língua e balançou a cabeça. — Ela foi a um vidente, um daqueles sujeitos seminus que ficam fazendo caretas no beco ao lado do templo hindu.

Parece que o homem a aconselhou a partir para o novo mundo. E eu pensava que já tinha visto de tudo!

— Achei que ela esperaria por mim, senhor — disse Sharpe.

— Esperar por você? Bom Deus, não. Ela foi para a Louisiana, ou pelo menos foi o que disse. Ela permaneceu em minha casa durante uma semana... eu me mudei de lá, claro, para impedir qualquer escândalo. Depois ela viajou para Madras com a sra. Pennington. Lembra de Charlotte Pennington? A viúva do pastor? Não consigo imaginar aquelas duas se afinando, mas a sua amiga disse que o vidente foi irredutível e ela decidiu partir. — O major estava ansioso por comunicar a Sharpe as outras notícias de Seringapatam. O arsenal estava fechando, disse ele, agora que a fronteira do território britânico estava muito ao norte, mas Stokes mantivera-se ocupado desmantelando as fortificações internas da cidade. — Muito malfeito, Sharpe. Um trabalho porco, realmente porco. As paredes desmoronam ao toque.

Mas Sharpe não estava ouvindo. Pensava em Simone. Ela havia partido! A esta altura devia estar em Madras, e a bordo de um navio. E ela levara suas jóias. Apenas algumas delas, a bem da verdade, mas ainda assim uma pequena fortuna. Sharpe tocou a costura de sua casaca, onde um bom número das outras jóias de Tipu estavam escondidas.

— Madame Joubert deixou alguma mensagem? — perguntou a Stokes quando o major parou para respirar. O que ele esperava, perguntou-se Sharpe, que Simone quisesse que ele se juntasse a ela na América?

— Mensagem? Nenhuma, Sharpe. Ocupada demais para escrever, creio eu. Ela é uma mulher notavelmente rica, você sabia? Ela comprou metade da seda pura na cidade, contratou um monte de carregadores e partiu. Cada oficial da cidade estava arrastando a asa para a moça, mas ela não dava nenhuma trela para eles. Partiu para a Louisiana! — Stokes franziu a testa. — O que foi, Sharpe? Parece até que viu um fantasma? Não está doente, está?

— Não, não. Apenas achei que ela poderia ter me deixado uma carta.

— Ah, entendo! Você gostava dela! — Stokes balançou a cabeça. Sinto muito por você, Sharpe, pobrezinho. Sinto muito mesmo, mas que esperança você poderia ter? Uma mulher rica como ela não olha para homens como nós. Não mesmo. E como ela é rica! Ela vai casar bem, Sharpe, ou tão bem quanto uma mulher pode se casar na América Francesa.

Rica uma ova! Simone não era rica. Ela estava sem um pêni quando Sharpe a conheceu, mas ele confiara nela. Maldita vagabunda francesa! Roubou-lhe uma pequena fortuna.

— Não importa — disse a Stokes, mas de algum modo importava. A traição de Simone foi como uma punhalada na barriga de Sharpe. Não era tanto pelas jóias, porque ele guardara consigo boa parte do saque, mas as promessas quebradas. Sharpe sentia raiva e pena. Acima de tudo, sentia-se um idiota. Um grandessíssimo idiota. Deu as costas para Stokes e baixou os olhos para a trilha onde uma dúzia de bois, escoltada por duas companhias de sipaios, aproximava-se lentamente. — Isso é trabalho chegando para mim — disse ele, sem querer falar mais a respeito de Simone.

— Passei por esses camaradas enquanto vinha para cá — disse Stokes. — Transportam pólvora, acho. Eu gosto de explodir coisas. Então, o que faz aqui, Sharpe?

— Mantenho os sapadores supridos com material, senhor, e registro a chegada de cada comboio.

— Tomara que lhe sobre tempo para me ajudar, Sharpe. Você e eu juntos de novo, hein? Será como nos velhos tempos.

— Isso seria ótimo, senhor — disse Sharpe com todo o entusiasmo que conseguiu reunir e então desceu a trilha e apontou para onde os condutores de bois deviam deixar seus barris de pólvora. Os homens ajuntaram-se ao redor dele com seus memorandos. Sharpe sacou um lápis e rabiscou suas iniciais no canto de cada um, desta forma confirmando que eles haviam completado uma jornada e deveriam ser pagos por ela.

O último homem também deu a Sharpe um papel selado com seu nome escrito numa caligrafia elegante.

— Do escriturário, *sahib* — disse o homem, a frase claramente muito ensaiada, porque ele não falava mais nada em inglês.

Sharpe rasgou o selo enquanto subia a colina. A carta não era do escriturário porcaria nenhuma; era de Torrance.

— Diabos! — praguejou.

— O que é? — perguntou Stokes.

— Um homem chamado Torrance — queixou-se Sharpe. — É o encarregado dos bois. Ele me quer de volta em Deogaum porque acha que estão aparecendo memorandos falsos no acampamento. — No extremo sul da Índia — disse Stokes. — eles o chamam de *shits*.

— Perdão, senhor? — indagou Sharpe, piscando espantado para o major.

— Você não deve me chamar de "senhor", Sharpe. Mas é verdade. Eu tinha um servo de Tamil que sempre insistia para que eu assinasse seus *shits*. No início, posso lhe afirmar que isso me deixava constrangido.

Sharpe amassou o bilhete.

— Sharpe amassou o bilhete. — Por que diabos Torrance não pode cuidar dos seus próprios *shits*? — perguntou, zangado.

Mas ele sabia por quê. Torrance estava morrendo de medo de outro encontro com Wellesley, o que significava que o capitão agora seguiria as regras ao pé da letra.

— Você não demorará muito se pegar minha égua — disse Stokes. — Mas vá devagar, Richard, porque ela está cansada. E providencie para que ela beba água e seja escovada enquanto você cuida dos *shits*.

Sharpe ficou tocado com a generosidade de Stokes.

— Tem certeza?

— Para que servem os amigos? Vamos, Richard! A cavalo você chegará em casa a tempo para o jantar. Mandarei meu cozinheiro preparar uma daquelas *mussallas* de que você gosta tanto.

Sharpe deixou sua mochila junto com a bagagem de Stokes. O rubi grande e várias outras pedras estavam na mochila. Sharpe sentiu-se tentado a levá-las consigo na viagem até Deogaum, mas se não pudesse confiar em Stokes, em quem confiaria? Tentou persuadir Ahmed a ficar vigiando a bagagem, mas o menino não aceitou separar-se de Sharpe e insistiu em ir correndo atrás da égua.

— Stokes não vai machucar você — disse Sharpe a Ahmed.

— Eu sou o seu *havildar* — insistiu Ahmed, levando o mosquete ao ombro e olhando em torno em busca de inimigos na paisagem deserta.

Não havia nenhum à vista, mas o gesto de Ahmed lembrou a Sharpe a morte de Elliot e o fez pensar que talvez devesse esperar que o comboio de bois retornasse a Deogaum, porque todos os comboios tinham escoltas de sipaios ou cavaleiros mercenários. Sentiu-se tentado a fazer seu cavalo trotar, mas resistiu ao impulso.

O perigo foi bem maior depois que ele alcançou as colinas mais baixas, porque sempre havia cavaleiros mahrattas sondando o perímetro do acampamento britânico e sendo afugentados pelas patrulhas de cavalaria. Por duas vezes ele viu cavaleiros ao longe, mas nenhum dos dois grupos tomou ciência de Sharpe, que estava preparado para puxar Ahmed para a sela e então cavalgar como se o diabo o perseguisse. Sharpe apenas relaxou ao encontrar uma patrulha de cavaleiros de Madras sob o comando de um tenente da Companhia. A patrulha escoltou o alferes em segurança até o acampamento.

Deogaum agora estava cercada por uma longa extensão de tendas e cabanas improvisadas, lares de soldados e seguidores do acampamento. Um urso dançarino apresentava-se para uma turba de cavaleiros de infantaria, e o animal fez Sharpe lembrar do comentário do major Stokes sobre a América. Simone! Sharpe culpou-se por aquilo. Jamais deveria ter confiado na mulher. Pensar em sua própria estupidez mergulhou Sharpe num mau humor que apenas piorou quando ele viu dois recrutas casacas vermelhas deitados num banco em frente à casa na qual Torrance estava hospedado. Nenhum dos homens se mexeu enquanto Sharpe desmontar. Ele deu as rédeas a Ahmed e com uma mímica mandou o menino esfregar a égua com palha e depois dar-lhe água.

Os dois casacas vermelhas mexeram-se levemente, como se reconhecessem a presença de Sharpe, mas nenhum dos dois se levantou. Sharpe conhecia a ambos; inclusive, não fazia muito tempo desde que marchara na mesma fileira que esses dois homens cujas casacas ostentavam os ornamentos do 33º. Kendrick e Lowry, esses eram seus nomes, e seria difícil encontrar dois sujeitos mais vis em qualquer companhia ligeira. Ambos eram asseclas de Hakeswill, e ambos tinham integrado a pequena equipe que Hakeswill levara para norte em sua tentativa fracassada de prender Sharpe.

— De pé — ordenou Sharpe.

Kendrick olhou para Lowry, que olhou de volta para Kendrick, e os dois fizeram caretas um para o outro, como se estivessem surpresos com as ordens de Sharpe. Eles hesitaram apenas o suficiente para deixar clara sua insolência, sem dar tempo para que a afronta pudesse se configurar em punição, então se levantaram e assumiram posição de sentido.

— O cavalo é seu, sr. Sharpe? — perguntou Kendrick, frisando o "senhor".

Sharpe ignorou a pergunta e entrou na casa para encontrar um novo escriturário sentado atrás da mesa. Era um indiano jovem e de boa aparência, com cabelos oleados e vestido numa túnica muito branca. Usava um avental para proteger a túnica de manchas de tinta.

— Tem assuntos a tratar, *sahib*? — perguntou bruscamente.

— Com o capitão Torrance.

— O capitão está doente. — O indiano, cujo inglês era muito bom, sorriu.

— Ele está sempre doente — disse Sharpe e, ignorando os protestos do escriturário, abriu a porta interna.

Torrance estava deitado em sua maca, fumando seu narguilé e vestido numa camisola indiana bordada com dragões, enquanto o sargento Hakeswill sentava-se a uma mesa contando uma pilha de moedas.

— Sharpe! — Torrance soou surpreso. Hakeswill, igualmente surpreso, assumiu rapidamente posição de sentido. — Não o esperava até a noite — disse Torrance.

— Estou aqui — disse Sharpe sem necessidade.

— Isso é evidente. A não ser que seja um fantasma.

Sharpe não tinha tempo para conversa fiada.

— Está tendo problemas com memorandos? — perguntou abruptamente.

— Tedioso, não é? — Torrance pareceu desconfortável. — Bastante tedioso. Sargento, tem assuntos para tratar?

— Tenho deveres, senhor! — respondeu prontamente Hakeswill.

— Vá cuidar deles, caro amigo.

— Senhor! — Hakeswill enrijeceu, virou para a direita e marchou para fora da sala.

— E então, como vai você, Sharpe? Muito atarefado? — Torrance tinha descido da rede e então varreu as moedas para uma bolsa de couro. — É verdade que o pobre Elliot morreu?

— Atingido por uma bala, senhor.

Torrance estremeceu como se a notícia fosse pessoal.

— É lamentável. — Suspirou e então reatou o cinto de sua camisola. — Nunca agradeci a você, Sharpe, por ter me apoiado com *sir* Arthur.

Sharpe não tivera qualquer intenção em apoiar o capitão.

— Apenas disse a verdade, senhor.

— Meu pai sentiria muito orgulho de você, e lhe sou profundamente grato. Ao que parece, Dilip estava mancomunado com Naig.

— Ele estava?

Torrance notou a descrença na voz de Sharpe.

— Não há outra explicação, há? Alguém devia dizer a Naig quais comboios levavam suprimentos vitais, e esse alguém era Dilip. Devo acrescentar que Wellesley foi tremendamente obtuso! Não há sentido em nutrir escrúpulos sobre enforcar nativos. Eles decerto não estão em falta, concorda? — Sorriu.

— Há alguma coisa errada com os memorandos? — perguntou rudemente Sharpe.

— Há sim, Sharpe. Há sim. Nosso novo escriturário descobriu as discrepâncias. Ele é um sujeito jovem e inteligente. Sajit!

O escriturário entrou no cômodo, juntou as mãos e ofereceu uma leve mesura a Torrance.

— *Sahib*?

— Este é o alferes Sharpe, Sajit. Ele está se tornando meu suplente e portanto é tanto seu *sahib* quanto eu.

Sajit ofereceu uma mesura a Sharpe.

— Estou honrado, *sahib*.

— Talvez você possa mostrar os memorandos problemáticos ao sr. Sharpe, Sajit — sugeriu Torrance.

Sajit voltou para a ante-sala. Um momento depois, retornou com uma pilha de folhas de papel amassadas. Colocou-as na mesa, e então convidou Sharpe a inspecioná-las. Todos os memorandos tinham as iniciais de Sharpe no canto inferior direito, a maioria deles a lápis, mas alguns estavam com as iniciais em tinta. Sharpe separou esses.

— Não assinei nenhum destes memorandos — disse com confiança. — Não tenho pena e caneta.

— Você tinha razão, Sajit! — disse Torrance.

— Você me honra, *sahib* — disse Sajit.

— E cada memorando é um aná roubado — disse Torrance. — Assim, precisamos descobrir quais condutores de bois nos deram os memorandos falsos. O problema é esse, Sharpe.

— Os memorandos têm nomes neles — disse Sharpe, apontando para as folhas de papel. — Você não precisava me arrastar até aqui só para lhe dizer para quem os memorandos foram emitidos!

— Por favor, Sharpe, não seja tão tedioso. Desde que o general me deu aquele ultimato, tenho sido forçado a conferir tudo detalhadamente. E os nomes não significam nada! Nada! Olhe. — Ele pegou os memorandos. — Pelo menos uma dúzia está assinada por Ram, seja lá quem for Ram. Provavelmente há uma dúzia de Rams lá fora. O que quero de você, Sharpe, é que percorra o acampamento com Sajit e aponte que homens visitaram a estrada. Sajit poderá então identificar quais condutores de bois estão apresentando memorandos falsos.

Sharpe franziu o cenho, intrigado.

— Por que Sajit simplesmente não identifica que homens mandou que subissem a montanha? Eles devem ter pego seus memorandos com ele.

— Quero ter certeza, Sharpe. Quero ter certeza! — rogou Torrance.

— *Sahib*, ninguém acreditaria em meu testemunho — interveio Sajit. — Mas ninguém duvidaria da palavra de um oficial inglês.

— Mas que inferno! — exclamou Sharpe. A última coisa que desejava era passar pelo acampamento de bois identificando condutores. Ele nem tinha certeza se conseguiria fazer isso. — Mas então por que não mandar os condutores de bois virem até aqui? — inquiriu.

— Os condutores desonestos fugiriam, *sahib* — argumentou Sajit.

— É melhor emboscá-los em seu próprio acampamento, Sharpe — disse Torrance.

— Farei o que puder — resmungou Sharpe.

— Eu sabia que faria! — Torrance pareceu aliviado. — Faça agora, Sharpe, e talvez possa se juntar a mim num almoço mais tarde. Digamos às treze e trinta?

Sharpe fez que sim e então saiu para a luz do dia para esperar por Sajit. Kendrick e Lowry tinham desaparecido, presumivelmente junto com Hakeswill. Ahmed encontrara um balde de água e a égua de Stokes bebia com sofreguidão.

— Você pode ficar aqui, Ahmed — disse Sharpe, mas o menino fez que não com a cabeça. — Você pensa que é minha sombra — disse Sharpe.

— Sombra?

Sharpe apontou para sua própria sombra.

— Sombra.

Ahmed sorriu, dentes alvos num rosto sujo. Gostou da palavra.

— Sombra de Sharpe! — disse ele.

Sajit emergiu da casa com uma sombrinha de seda cor-de-rosa que ofereceu a Sharpe. Diante da recusa de Sharpe, o escriturário, que despira seu avental, cobriu-se com satisfação do brutal sol do meio-dia.

— Perdão por causar problemas ao senhor, *sahib* — disse Sajit, humildemente.

— Sem problemas — disse Sharpe, amargo, seguindo o escriturário. Ahmed seguiu-os puxando a égua do major.

— O menino não precisa vir — insistiu Sajit, olhando para trás para o cavalo que parecia incutir-lhe alarme.

— Diga isso a ele — disse Sharpe. — Mas não me culpe se ele atirar em você. Ele gosta muito de atirar em pessoas.

Sajit apertou o passo.

— *Sahib*, creio que sei quem é o homem mau que está nos traindo. Ele é um sujeito lá de Misore. Ele me deu muitos memorandos e jurou que o senhor os assinou na frente dele. Se o senhor fizer a gentileza de confirmar ou negar a história dele, poderemos dar o assunto por terminado.

— Então vamos achar o sodomita e acabar com essa história.

Sajit conduziu Sharpe através das fileiras de bois até onde os condutores de bois mais ricos tinham erigido tendas escuras. Mulheres amassavam massa de pão ao lado de pequenas fogueiras de bosta de boi, e mais pilhas do combustível secavam ao sol ao lado da entrada de cada tenda. Sharpe procurou pelas tendas grandes e verdes de Naig, mas não as encontrando, deduziu que o herdeiro dos negócios de Naig tinha empacotado tudo e partido.

— *Sahib*, aquela tenda é a do homem mau. — Visivelmente nervoso, Sajit conduziu Sharpe até uma tenda marrom que ficava a uma pequena distância das outras. Parou a alguns passos da entrada e baixou a voz. — O nome dele é Ranjit, *sahib*.

— Então traga o sodomita para fora e verei se ele está mentindo ou não — disse Sharpe.

Sajit pareceu nervoso com a perspectiva de confrontar Ranjit, mas finalmente reuniu sua coragem, baixou sua sombrinha e deitou no chão para se arrastar para dentro da tenda, cujo teto estava tão afundado que a porta quase não batia na altura dos joelhos de um homem. Sharpe escutou um murmúrio de vozes, e então Sajit recuou apressadamente da entrada baixa e franjada. Ele bateu a poeira de sua túnica branca, e então olhou para Sharpe com uma expressão à beira das lágrimas.

— Ele é um homem mau, *sahib*. Não vai sair. Disse a ele que tinha um *sahib* aqui fora que queria vê-lo, mas ele usou palavras rudes!

— Vou dar uma olhada nesse bastardo — disse Sharpe. — Isso é tudo que você precisa, não é? Que eu diga se já vi o sujeito ou não?

— Por favor, *sahib* — disse Sajit e fez um gesto para a entrada da tenda.

Sharpe tirou o chapéu para que ele não prendesse na lona, levantou a entrada da tenda o máximo que pôde e então agachou-se sobre o tecido marrom pesado.

E soube instantaneamente que era uma armadilha.

E compreendeu, no mesmo instante, que nada poderia fazer quanto a isso.

O primeiro golpe atingiu sua fronte e sua visão explodiu em faíscas luminosas. Caiu de costas, para fora da tenda, e alguém prontamente agarrou um de seus tornozelos e o puxou para a sombra densa. Tentou chutar, tentou apoiar-se nas laterais da tenda, mas outra mão segurou sua segunda perna, outro golpe atingiu a têmpora, e ele foi brindado com uma misericordiosa inconsciência.

— O nosso Sharpezinho tem mesmo um crânio bem duro — disse Hakeswill com um sorriso. Cutucou o corpo prostrado e não obteve resposta. — Está dormindo como um anjinho. — O rosto de Hakeswill se contorceu. Acertara Sharpe com a pesadíssima coronha de bronze de um mosquete e estava surpreso com o fato de seu crânio não ter partido. Havia muito sangue em seus cabelos negros, e ele estaria com um galo do tamanho de uma manga até o anoitecer, mas o crânio parecia ter suportado os dois golpes sem rachar. — Ele sempre foi um sodomita de cabeça dura — disse Hakeswill. — Agora tirem as roupas dele.

— Tirar as roupas dele? — perguntou Kendrick.

— Quando seu corpo for encontrado — explicou pacientemente Hakeswill —, se for encontrado, e não podemos confiar que esses pagãos façam um trabalho decente ao escondê-lo, não queremos que ninguém veja que ele é um oficial britânico, queremos? Não que ele seja um oficial. É apenas um pedaço de bosta que subiu porque grudou no sapato de alguém. Tirem as roupas dele e depois amarrem suas mãos e pés. E cubram os olhos dele.

Kendrick e Lowry soltaram a casaca de Sharpe, e então deram-na para Hakeswill, que correu os dedos pelas bainhas.

— Achei! — exultou quando sentiu os caroços no pano. Sacou uma faca, cortou a casaca e os dois recrutas assistiram embasbacados o sargento retirar as jóias reluzentes da bainha bem costurada. Estava escuro na tenda, mas as pedras reluziram. — Vão, continuem — disse Hakeswill. — Tirem o resto das roupas dele!

— O que vocês estão fazendo? — Sajit entrara na tenda e agora estava olhando para as jóias.

— Nada que seja da sua conta — asseverou Hakeswill.

— Isso aí são jóias? — indagou Sajit.

Hakeswill sacou sua baioneta e deu uma estocada em Sajit, interrompendo o golpe uma fração antes da lâmina perfurar o pescoço do escriturário.

— As jóias não são da sua conta, Sajit. As jóias são assunto meu. O seu assunto é o Sharpezinho, entendeu? Concordei em dar o Sharpezinho para o seu tio, mas vou ficar com as coisas dele.

— Meu tio pagará generosamente por boas pedras — garantiu Sajit.

— O seu tio Jama é um vigarista que adoraria me trair. Portanto, esqueça as pedras. Elas são minhas. — Hakeswill jogou o primeiro punhado num bolso e começou a vasculhar o restante das roupas de Sharpe. Abriu todas as costuras, e em seguida cortou as botas de Sharpe para descobrir vários rubis escondidos nos canos. Eram rubis pequenos, não muito maiores que ervilhas, e Hakeswill estava procurando por um rubi grande.

— Eu vi, juro que vi. O maldito Tipu usava o rubi no chapéu. Grande como a vida! Procure no cabelo dele.

Kendrick obedientemente correu os dedos pelos cabelos ensangüentados de Sharpe.

— Nada aqui, sargento.

— Vire o maldito de bruços e dê uma olhada em você sabe onde.

— Eu não!

— Não seja melindroso! E amarre as mãos dele. Rápido! Não quer que o desgraçado acorde, quer?

As roupas e botas guardavam sessenta e três pedras. Havia rubis, esmeraldas, safiras e quatro pequenos diamantes, mas nenhum rubi grande. Hakeswill franziu a testa. Será que Sharpe tinha vendido o rubi? Ainda assim, consolou-se, havia uma fortuna aqui, e ele resistiu a juntar todas as jóias sobre um pano e olhar para elas.

— Eu gosto de coisas que brilham — sussurrou enquanto seus dedos tocavam cobiçosos as jóias. Colocou dez das pedras menores em uma pilha, outras dez numa segunda, e então empurrou as duas pilhas para Kendrick e Lowry. — Esta é a parte de vocês, garotos. Vai pagar por suas prostitutas até o fim das vidas de vocês.

— Talvez eu deva contar ao meu tio sobre as pedras — disse Sajit, olhando fixamente para as gemas.

— Eu espero que sim — respondeu Hakeswill. — E daí? Eu não sou descuidado como Sharpezinho. Vocês nunca me pegarão.

— Ou talvez eu devesse contar para o capitão Torrence — Sajit posicionara-se perto da entrada para que pudesse fugir caso Hakeswill o atacasse. — O capitão Torrance gosta de riquezas.

Gosta demais, pensou Hakeswill, e se Torrance soubesse sobre as pedras ele tornaria a vida de Hakeswill um inferno até que conseguisse uma cota. O rosto do sargento estremeceu incontrolavelmente enquanto dizia:

— Sajit, você é um rapaz inteligente, não é? Você pode não ser nada além de um maldito pagão escuro, mas tem mais do que estrume na cabeça, não é? Tome. — Deu a Sajit três das pedras. — Isso basta para mantê-lo calado. E se não bastar, juro que corto sua língua e engulo ela. Adoro um prato de língua amanteigada temperada com caldo de carne. Uma delícia. — Guardou o resto das pedras em seu bolso e olhou intrigado para o corpo nu de Sharpe. — Ele tinha mais pedras — disse Hakeswill. — Eu sei que tinha mais. — O sargento subitamente estalou os dedos. — E quanto à mochila dele?

— Que mochila? — perguntou Lowry.

— A maldita mochila que ele carrega, que ele não devia carregar, sendo um oficial, o que ele não é. Onde está a mochila dele?

Os recrutas deram de ombros. Sajit franziu a testa e disse:

— Ele não estava com mochila nenhuma quando chegou à casa do capitão.

— Tem certeza?

— Ele veio num cavalo — disse Lowry, prestativo. — Um cavalo cinza, e não estava com mochila nenhuma.

— E onde está o cavalo? — inquiriu Hakeswill, furioso. — Devíamos olhar os alforjes dele!

Lowry tentou lembrar.

— Um garoto estava com o cavalo — disse finalmente.

— E onde está o garoto?

— Fugiu — disse Sajit.

— Fugiu? — repetiu Hakeswill, ameaçador. — Por quê?

— Ele viu você bater no alferes — disse Sajit. — Eu vi. Ele caiu fora da tenda. Havia sangue no rosto dele.

— Você não devia ter batido nele antes que ele estivesse totalmente dentro da tenda — disse Kendrick.

— Cale essa merda de boca — retrucava Hakeswill e então pareceu preocupado. — Para onde o menino correu?

— Para longe — disse Sajit. — Persegui o garoto, mas ele montou no cavalo.

— O menino não fala inglês — disse Kendrick, prestativo.

— Como sabe disso?

— Porque falei com ele!

— E quem vai acreditar num moleque pagão que não fala inglês? — perguntou Lowry.

O rosto de Hakeswill foi abalado por uma série de tremores rápidos. Ele suspeitava de que estava seguro. Lowry tinha razão. Quem acreditaria no moleque? Mesmo assim, o sargento torceu para que os homens de Jama viessem buscar Sharpe logo. O próprio Jama tinha saído do acampamento, calculando que se iria assassinar um oficial britânico, então o melhor que tinha a fazer era ficar a uma boa distância do exército britânico. Hakeswill alertara Jama para não esperar Sharpe até a noite, e agora ele precisaria guardá-lo até o anoitecer.

— Mandei você tampar os olhos dele — disse Hakeswill. — Não quero que ele nos veja!

— E daí se ele descobrir que fomos nós? — disse Kendrick. — Não vai mesmo ver o raiar do dia, vai?

— Esse aí tem mais vidas que um balaio cheio de gatos — disse Hakeswill. — Se eu tivesse algum juízo, cortaria a garganta dele agora.

— Não! — protestou Sajit. — Ele foi prometido ao meu tio.

BERNARD CORNWELL

— E o seu tio vai pagar a gente, não é verdade?

— Isso também foi acordado — disse Sajit.

Hakeswill se levantou e caminhou até o corpo inconsciente de Sharpe.

— Fui eu que coloquei essas marcas nas costas dele — disse Hakeswill com orgulho. — Com uma mentira, fiz com que açoitassem o Sharpezinho. E agora vou fazer com que o matem. — Hakeswill lembrou de como Sharpe o lançara aos tigres e seu rosto se contorceu quando se lembrou do elefante tentando esmagá-lo até a morte, e em sua raiva súbita desatou a chutar Sharpe até que Kendrick o puxou para trás.

— Sargento, se matar ele, os mercadores não vão pagar a gente.

Hakeswill se acalmou.

— Então o seu tio vai matar ele? — indagou a Sajit.

— Os *jettis* do meu tio vão matar ele.

— Já vi esses bastardos trabalhando — disse Hakeswill num tom de admiração. — Mande que não tenham pressa. Faça com que seja lento e terrivelmente doloroso.

— Será lento — prometeu Sajit. — E muito doloroso. Meu tio não é um homem misericordioso.

— Mas eu sou — disse Hakeswill. — E por causa disso vou deixar que outro homem tenha o prazer de matar o Sharpezinho. — Cuspiu em Sharpe. — Morto ao amanhecer, Sharpezinho. Vai para o caldeirão de Satã, onde é seu lugar!

Apoiou-se num dos mastros da tenda e ficou derramando jóias de uma das palmas para a outra. Moscas caminhavam no cabelo empapado de sangue de Sharpe. O alferes estaria morto ao amanhecer, e Hakeswill era um homem rico. A vingança, decidiu o sargento, era doce como o mel.

Ahmed viu Sharpe cair da entrada da tenda, viu sangue brilhando em sua testa, e então testemunhou mãos agarrarem o alferes e o puxarem para as sombras.

E então Sajit, o escriturário com o guarda-chuva cor-de-rosa, virou-se para ele.

— Menino, venha cá! — gritou.

Ahmed fingiu não entender, embora compreendesse com clareza que fora testemunha de algo terrivelmente errado. Recuou puxando a égua do major Stokes e deixou o mosquete deslizar do ombro. Sajit, vendo a ameaça, subitamente avançou contra ele. Mas Ahmed foi ainda mais ligeiro. Pulou para cima e caiu esparramado sobre a sela. Sem dar-se ao luxo de montar direito, chutou o animal. A égua assustada saltou à frente enquanto o menino agarrava-se a ela com todas as forças. Os estribos eram compridos demais para ele, mas Ahmed fora criado com cavalos e conseguiria cavalgá-la em pêlo, vendado e de costas. Desviou para sul, galopando entre tendas, fogueiras e bois, deixando Sajit para trás. Uma mulher gritou um protesto quando ele quase galopou sobre os seus filhos. Reduziu a velocidade da égua enquanto alcançava a beira do acampamento. Olhou para trás e viu que deixara Sajit comendo poeira.

O que faria agora? Não conhecia ninguém no acampamento britânico. Olhou para o cume elevado no qual Gawilghur se assentava. Supôs que seus velhos companheiros dos Leões de Alá de Manu Bapu estavam lá em cima, mas seu tio, com quem viera da Arábia, estava morto e sepultado na terra negra de Argaum. Conhecia outros soldados no regimento, mas também os temia. Esses outros soldados queriam Ahmed como seu servo, e não apenas para cozinhar e limpar armas. Sharpe fora o único a demonstrar-lhe amizade, e Sharpe agora precisava de ajuda, mas Ahmed não sabia como provê-la. Pensou no problema enquanto amarrava as correias dos estribos.

O homem gorducho, de rosto corado e cabelos brancos nas montanhas, fora amigável, mas como Ahmed falaria com ele? Decidiu que deveria tentar e assim virou a égua, planejando conduzi-la por todo o perímetro do acampamento e então subir de volta a estrada até as colinas, mas um oficial dos piquetes do acampamento o viu. O homem estava montado; esporeou seu cavalo até Ahmed e notou o tecido britânico da sela.

— O que está fazendo menino? — inquiriu. O oficial presumiu que Ahmed estivesse exercitando o cavalo, mas Ahmed achou que estava sendo reprimido e chutou as costelas da égua.

— Ei! — gritou o oficial, iniciando uma perseguição. — Pare! Ladrão!

Um sipaio virou-se com um mosquete apontado, e Ahmed obrigou a égua a atropelar o homem. Havia um agrupamento de casas ali perto e Ahmed rumou até lá. Saltou um jardim murado, pisoteou algumas hortas, saltou outro muro, abaixou-se para passar debaixo de algumas árvores frutíferas e chapinhou através de um laguinho enlameado antes de fazer a égua subir um barranco e adentrar um bosquete. O oficial não ousara segui-lo através dos jardins, mas Ahmed podia ouvir uma balbúrdia do outro lado das casas. Acariciou o pescoço da égua enquanto ela encontrava seu caminho entre as árvores, e então refreou-a na beira do bosquete. Diante de Ahmed havia 800 metros de campo aberto e depois mais bosquetes densos que prometiam segurança se a égua cansada conseguisse alcançá-los.

— Seja o que Alá quiser — disse Ahmed e pôs a égua a galope.

Embora tivessem ficado bem para trás, os perseguidores de Ahmed viram-no sair do esconderijo. Agora uma dúzia de homens a cavalo seguiam Ahmed. Alguém atirou nele. Ahmed escutou o disparo do mosquete, mas a bala não passou nem perto. Inclinou-se sobre a crina e simplesmente deixou o animal correr. Olhou para trás uma vez e viu os perseguidores agruparem-se em seu rastro. Mas logo alcançou a cobertura do bosquete e desviou para norte. Em seguida recuou para oeste e então novamente seguiu para norte, aprofundando-se mais e mais no bosquete. Por fim reduziu a velocidade da égua exausta para que o tropel de seus cascos não o denunciasse.

Ficou escutando. Podia ouvir outros cavalos roçando em folhas, mas não estavam se aproximando dele. Então começou a se perguntar se não seria melhor permitir que o capturassem, porque provavelmente alguém entre os britânicos falaria sua língua. Talvez perdesse muito tempo indo até onde os homens abriam a estrada nas colinas, e então seria tarde demais para ajudar Sharpe. Ahmed sentia-se arrasado, absolutamente incerto sobre o que devia fazer. Finalmente decidiu que deveria retornar e encontrar ajuda dentro do acampamento. Assim, conduziu o cavalo de volta em direção aos seus perseguidores.

E viu um mosquete apontado direto para sua garganta.

O homem que empunhava o mosquete era indiano e com um dos capacetes de bronze usados pelos mahrattas. Era um soldado de cavalaria, mas amarrara seu cavalo a alguns metros dali e seguira Ahmed a pé. O homem sorriu.

Ahmed considerou chutar a égua cansada e arriscar a sorte, mas outro mahratta emergiu do bosquete, este empunhando uma *tulwar* curvada. Um terceiro apareceu, e então mais homens chegaram, todos montados, para render Ahmed.

E Ahmed, compreendendo que havia entrado em pânico e fracassado, chorou.

Parecia a Dodd que a política do príncipe Manu Bapu em recompensar bandoleiros com dinheiro por armas capturadas dos britânicos estava fracassando miseravelmente. Até agora tinham trazido três mosquetes antiqüíssimos — provavelmente tomadas de *shikarees* —, um mosquete de fabricação local e uma espada e uma pistola de qualidade que tinham pertencido a um oficial engenheiro. A espada não chegara com bainha, evidentemente, mas Dodd considerava esses dois troféus as únicas evidências de que os mahrattas haviam tentado impedir a aproximação britânica. Dodd atazanava Manu Bapu o tempo todo, implorando para levar seus Cobras até onde os sapadores abriam a estrada, mas o irmão do rajá era irredutível; não deixaria os homens de Dodd saírem da fortaleza.

O próprio Dodd tinha permissão para sair, mas apenas para exercitar seu cavalo, o que fazia todos os dias, cavalgando para oeste ao longo da borda do platô. Não ia muito longe. Havia um prêmio tentador por sua cabeça e embora nenhum cavaleiro inimigo tivesse sido visto no platô desde que o engenheiro fizera seu reconhecimento, Dodd ainda temia que pudesse ser capturado. Assim cavalgava apenas até onde pudesse ver os britânicos trabalharem bem abaixo dele. E então, protegido por um punhado de cavaleiros de Bapu, olhava através de uma luneta para as figurinhas do tamanho de formigas trabalhando lá embaixo. Observou a estrada se alargar e se estender, e certa manhã viu que os dois batalhões de infantaria haviam acampado em um dos vales altos. No dia seguinte viu o início de um parque de artilharia: três canhões, uma carroça de forragem, uma carroça sobressalente e quatro armões com munição. Amaldiçoou Bapu, certo de que seus Cobras poderiam destruir o parquinho de artilharia e provocar confusão entre os britânicos. Mas o príncipe não se importava em deixar o inimigo escalar a escarpa. A estrada estava sendo refeita, mas em alguns pontos o terreno ainda era tão íngreme que exigia uma centena de homens para rebocar um canhão. Mesmo assim, dia a dia Dodd viu o número de canhões aumentar no parque de artilharia, e então estender-se colina acima. Dodd sabia que não tardaria para que os britânicos alcançassem o platô e que suas forças de sítio selassem o istmo de rocha estreito que conduzia dos penhascos até a grande fortaleza.

E, ainda assim, Manu Bapu não fez qualquer esforço para perturbar os casacas vermelhas.

— Nós iremos detê-los aqui — disse o príncipe a Dodd. — Aqui — e gesticulou para as muralhas de Gawilghur. Mas William Dodd não tinha certeza de que os casacas vermelhos seriam detidos com tanta facilidade. Bapu parecia convencido da força da fortaleza, mas Bapu não conhecia nada a respeito das técnicas modernas de cerco.

Todas as manhãs, enquanto retornava de sua excursão ao longo do topo do penhasco, Dodd desmontava ao alcançar o istmo e entregava seu cavalo a um dos membros de sua escolta para que pudesse percorrer a rota dos atacantes. Tentava ver a fortaleza como os casacas vermelhas a veriam, tentava antecipar de onde viria seu ataque e como seria realizado.

Mas Dodd sabia que aquele era um lugar brutal para um ataque. Duas muralhas imensas protegiam o Forte Externo, e embora os britânicos certamente pudessem abrir uma brecha nessas muralhas com disparos de canhão, os dois baluartes repousavam no alto de uma ladeira escarpada, de modo que os atacantes teriam de abrir caminho lutando colina acima até onde os defensores estariam esperando entre as ruínas das brechas. E essas brechas estariam flanqueadas por bastiões grandes demais para serem derrubados pelos canhões de doze ou dezoito libras que Dodd acreditava que seriam dispostos pelos britânicos. Os bastiões cuspiriam balas de canhão, balas de mosquetes e foguetes nos britânicos, que estariam tentando avançar contra a brecha mais próxima, sua rota de aproximação se estreitando cada vez mais até finalmente ser obstruída pelo maior tanque de água da fortaleza, que bloquearia a maior parte da aproximação. Dodd caminhava obsessivamente pela rota e quase sentia pena dos homens que teriam de fazê-lo sob fogo.

A uma centena de passos do forte, onde o fogo dos defensores seria mais letal, os atacantes seriam espremidos entre o reservatório e a beira do penhasco, comprimidos a um espaço com apenas vinte passos de largura. Todos os dias, Dodd ficava de pé nesse espaço olhando para as muralhas duplas e contando as peças de artilharia. Vinte e dois canhões apontavam para ele; quando os casacas vermelhas chegassem esses canos estariam carregados com granadas, e além dos canhões grandes haveria uma massa de armas menores, armas assassinas que podiam ser manejadas por um único homem e cuspir cascalhos ou balas de pistola. Possivelmente os britânicos destruiriam dos canhões maiores, mas outras bocas de fogo poderiam ser montadas em carretas novas e reposicionadas atrás dos bastiões imensos para que os atacantes, mesmo se conseguissem escalar até a brecha, fossem atingidos por um fogo de flanco. E para chegar tão longe teriam de combater os árabes de Bapu colina acima, bem como a fuzilaria da guarnição.

Era uma perspectiva tão assustadora que o príncipe Manu Bapu esperava que a maioria dos atacantes iriam desviar-se das brechas e correr para o Portão Délhi, a entrada norte do Forte Externo. Esse portão indubitavelmente seria estilhaçado por balas de canhão britânicas. Contudo, depois que passassem por seus arcos, os atacantes iriam se ver numa arapuca. A estrada depois do portão serpeava para cima entre a muralha externa e mais outra, de modo que imensos baluartes de pedra ladeariam os invasores. Além disso, esses baluartes estariam apinhados com homens atirando para baixo ou despejando as grandes rochas que Bapu ordenara que fossem empilhadas nas banquetas de tiro. Centímetro a centímetro, os casacas vermelhas teriam de abrir seu caminho lutando pela estrada estreita e íngreme entre as muralhas, apenas para dobrar a esquina e se depararem com um portão ainda maior. E este portão não poderia ser alcançado pelos disparos dos canhões de sítio. Era assim que Bapu calculava que o assalto britânico seria rechaçado.

Entretanto, Dodd não compartilhava da mesma certeza. O príncipe estava certo em pensar que não havia como atravessar o Portão Délhi, mas Dodd discordava dele em relação às brechas. Dodd começara a encontrar fraquezas nas muralhas antigas, velhas rachaduras que estavam parcialmente escondidas por plantas e limo, e conhecia a habilidade dos artilheiros britânicos. A muralha seria rompida com facilidade, e isso significava que as brechas seriam grandes e amplas, e Dodd calculava que os britânicos conseguiriam abrir caminho lutando através delas. Seria uma luta árdua, mas eles venceriam. E isso significava que os britânicos capturariam o Forte Externo.

Contudo, Dodd não exprimiu essa opinião a Bapu, assim como não urgiu o príncipe a construir uma esplanada de terra na parte externa da muralha para absorver os disparos das baterias de canhões de arrebentamento. Uma esplanada como essa seria capaz de atrasar os britânicos em dias, talvez semanas, mas Dodd encorajou o príncipe a acreditar que o Forte Externo era impenetrável, porque era nesse equívoco que jazia a oportunidade de Dodd.

Certa vez Manu Bapu contara a Dodd que o Forte Externo era uma armadilha. Caso capturasse o Forte Externo, o inimigo julgaria ter vencido a batalha, mas então chegaria ao vale central de Gawilghur e encontraria um segundo forte, ainda maior que o primeiro, aguardando do outro lado. Mas para Dodd o Forte Externo era uma arapuca para Manu Bapu. Se Manu Bapu perdesse o Forte Externo, então ele, como o inimigo, teriam de atravessar o vale e subir até o Forte Interno. E o Forte Interno seria comandado por Dodd que — por mais que tentasse — não conseguia ver fraquezas em suas defesas internas. Nem Manu Bapu nem os britânicos atravessariam o vale, não se Dodd se opusesse a eles.

O Forte Interno era completamente separado do Externo. Nenhuma muralha os unia; apenas uma trilha que descia por um barranco íngreme até o leito do vale e então subia por um barranco — ainda mais íngreme — até o portão do Forte Interno. Dodd usava essa trilha todos os dias, e tentava imaginar-se como um atacante. Mais vinte canhões encaravam-no da muralha única do Forte Interno enquanto descia o barranco, e nenhum desses seria desmontado por disparos de canhão. Mosquetes polvilhariam balas no vale e foguetes trespassariam as linhas britânicas. Os casacas vermelhas morreriam ali como ratos esmagados dentro de um balde, e mesmo se sobrevivessem à escalada pela trilha até o portão, tudo que conseguiriam seria alcançar o último horror de Gawilghur.

O horror era a entrada, onde quatro portões vastos barravam o Forte Interno, quatro portões posicionados um depois do outro numa passagem íngreme que era flanqueada por muralhas altíssimas. Não havia outra forma de entrar. Mesmo se os britânicos conseguissem abrir a muralha do Forte Interno, isso de nada adiantaria, porque a muralha era construída em cima do precipício que formava o barranco sul do vale, e nenhum homem conseguiria escalar essa ladeira e sobreviver. A única forma de fazer isso seria através do portão, e Wellesley, como Dodd aprendera, não gostava de cercos demorados. Ele escalara Ahmednuggur, surpreendendo seus defensores enviando homens com escadas contra as muralhas, em vez de abrir brechas nelas. Dodd tinha certeza de que Wellesley tentaria alcançar o Forte Interno de forma similar. Ele não poderia aproximar-se da muralha, empoleirada em seu penhasco, de modo que seria forçado a enviar seus homens para a entrada que subia sinuscante, e a cada passo íngreme do caminho, entre cada um dos quatro grandes portões, seriam atingidos por balas de mosquete, esmagados por pedras, explodidos por canhões e queimados por foguetes. Era impossível fazer isso. Os Cobras de Dodd estariam nas banquetas de tiro com os casacas vermelhas abaixo deles, e os casacas vermelhas morreriam como gado.

Dodd não tinha em grande conta os foguetes indianos, mas empilhara mais de mil acima da entrada do Forte Interno, porque essas armas surtiriam um efeito letal na estrada murada e estreita. Os foguetes eram feitos de latão, cada um com cerca de 40 centímetros de comprimento e 11 ou 12 de diâmetro, com uma vara de bambu da altura de um homem presa a cada cilindro entupido com pólvora. Dodd testara a arma e descobrira que um foguete aceso, jogado na passagem do portão, quicaria de parede a parede, e mesmo quando finalmente parasse de voar loucamente pela estrada, expeliria um jato de chamas que queimaria os homens confinados. Uma dúzia de foguetes jogados entre dois dos portões mataria ou mutilaria um grande número de soldados. Deixe que venham, rogava Dodd a Deus todas as manhãs enquanto subia até o Forte Interno. Deixe que venham! Deixe que venham e deixe que tomem o Forte Externo, porque então Manu Bapu morreria e os britânicos então viriam a Dodd e, como o príncipe, também seriam aniquilados.

E depois os fugitivos do exército abatido seriam perseguidos para sul através da planície Deccan. Seus corpos apodreceriam no calor e seus ossos esbranquiçariam ao sol, e o poder britânico na Índia seria destruído e Dodd seria Senhor de Gawilghur.

Deixe que os bastardos venham.

Naquela noite o sargento Hakeswill afastou as dobras de musselina para entrar no aposento do capitão Torrance. O capitão estava deitado nu em sua rede, onde era abanado por um *punkah* — ventilador de bambu — que fora montado numa viga do teto. Seu criado nativo mantinha o *punkah* em movimento puxando uma corda, enquanto Clare Wall aparava as unhas do capitão.

— Não corte muito, Brick — disse Torrance. — Seja uma boa menina e me deixe com um pouco de unha para poder me coçar. — Levantou os olhos para Hakeswill. — Bateu na porta, sargento?

— Duas vezes, senhor — mentiu Hakeswill. — Em alto e bom som, senhor.

— Brick, você precisa limpar meus ouvidos. Diga boa-noite ao sargento, Brick. Como estão nossos modos hoje?

Clare levantou os olhos por um segundo para reconhecer a presença de Hakeswill e murmurou alguma coisa inaudível. Hakeswill tirou o chapéu.

— É um prazer vê-la, srta. Wall — disse animadamente. — Um grande prazer, minha jóia. — Ele inclinou a cabeça para ela e piscou para Torrance, que estremeceu.

— Brick, o sargento e eu temos assuntos militares para discutir — disse Torrance. — Assim, encaminhe-se para o jardim. — Deu um tapinha na mão de Clare e a observou afastar-se. — E nada de ouvir na janela! — acrescentou. Esperou até que Clare tivesse passado pela cortina de musselina pendurada sobre a entrada da cozinha e então inclinou-se precariamente da rede para pegar um robe de seda que amarrou em torno da virilha. — Odiaria chocá-lo, sargento.

— É impossível me chocar, senhor. Não há nada vivo que já não tenha visto sem roupas, senhor. Já vi de tudo nu em pêlo, senhor, e nunca fiquei chocado. Depois que me penduraram pelo pescoço, fiquei imune a qualquer tipo de choque, senhor.

Imune também a qualquer bom senso, pensou Torrence, mas nada disse.

— Brick já saiu da cozinha?

Hakeswill olhou através da musselina.

— Ela se foi, senhor.

— Não está na janela?

Hakeswill olhou pela janela.

— Está lá do outro lado do jardim, senhor, como uma boa menina.

— Acredito que tenha me trazido novidades.

— Melhor que novidades, senhor. Melhor que novidades. — O sargento caminhou até a mesa e esvaziou o bolso. — Suas notas promissórias, senhor. Jama devolveu cada uma delas. Dez mil rupias, e tudo pago. O senhor está livre de dívidas!

O alívio percorreu o corpo de Torrance. Dívidas eram coisas terríveis, mas aparentemente inescapáveis se um homem quisesse viver plenamente. Mil e duzentos guinéus! Como ele conseguira perder tanto no jogo? Tinha sido loucura! Mas agora estava tudo pago, completamente pago.

— Queime as notas — ordenou a Hakeswill.

Hakeswill segurou as notas, uma a uma, na chama de uma vela, e deixou-as cair e arder na mesa. O vento do *punkah* perturbou a fumaça e espalhou os fiapos de cinza preta que se erguiam. — E Jama, senhor, como o cavalheiro que é, apesar de ser um pagão bastardo, acrescentou um pedido de agradecimento — disse Hakeswill, pousando algumas moedas de ouro na mesa.

— Quanto?

— Tem setecentas rupias aí, senhor.

— Ele nos deu mais, sei disso. Você está me trapaceando, sargento.

— Senhor! — Hakeswill empertigou-se, indignado. — Juro por minha vida, senhor. E falo como um cristão quando digo que nunca trapaceei uma alma em toda minha vida senhor, não que a alma não tenha merecido, caso no qual ela levou o que merecia, senhor, como manda a Bíblia.

Torrance fitou Hakeswill.

— Daqui a um ou dois dias Jama voltará ao acampamento. E poderei perguntar a ele.

— E descobrirá que fui completamente limpo com o senhor. Tratei o senhor com a justiça que um soldado deve a outro. — Hakeswill fungou. — Estou magoado, senhor.

Torrance bocejou.

— Tem minhas mais sinceras, profundas e fervorosas desculpas, sargento. Agora conte-me sobre Sharpe.

Hakeswill olhou para o menino que girava o *punkah*.

— Esse pagão aí fala inglês, senhor?

— É claro que não.

— O Sharpezinho não é mais problema, senhor. — O rosto de Hakeswill foi abalado por tiques nervosos quando recordou o prazer de chutar seu inimigo. — Tirei as roupas do bastardo e dei a ele uma dor de cabeça que não esquecerá enquanto viver. Não que tenha muito tempo de vida pela frente, porque neste momento está a caminho do carrasco. Eu o mantive amarrado como um franguinho até os homens de Jama chegarem para buscá-lo. Eles já o levaram, senhor. Com esse aí não precisaremos nos preocupar nunca mais.

— Tirou as roupas dele? — perguntou Torrance, intrigado.

— Não queria que os bastardos largassem um corpo vestido numa casaca de oficial, casaca que aliás o pústula não deveria ter vestido nunca, sendo nada mais que um rato de esgoto, senhor. Assim, tiramos as roupas dele e queimamos, senhor.

— E nada saiu errado?

O rosto de Hakeswill estremeceu enquanto ele dava de ombros.

— O menino dele fugiu, senhor. Mas não causou problemas. Simplesmente desapareceu. Deve ter voltado para sua mamãe.

Torrance sorriu. Tudo estava terminado, tudo estava solucionado. Melhor ainda, ele poderia retomar seus negócios com Jama, embora talvez com um pouco mais de discrição que no passado.

— Sajit foi com Sharpe? — perguntou, sabendo que precisaria de um escriturário eficiente para camuflar suas transações traiçoeiras no livro de contabilidade.

— Não, senhor. Ele está comigo, senhor. Lá fora, senhor. — Hakeswill apontou com a cabeça para a ante-sala. — Ele quis ir, senhor, mas insisti para que ficasse para nos ajudar, senhor. Ele é muito competente, senhor, embora seja um verme pagão.

Torrance sorriu.

— Estou profundamente endividado com você, sargento Hakeswill.

— Apenas cumpri meu dever, senhor. — O rosto de Hakeswill estremeceu enquanto ele sorria e fazia um gesto para a janela do jardim. — Mas espero uma recompensa de soldado, senhor.

— Brick, você quer dizer? — perguntou Torrance.

— O desejo de meu coração — disse Hakeswill numa voz rouca. — Ela e eu, senhor, feitos um para o outro. Como está escrito na Bíblia.

— Então a fruição da profecia deve esperar um pouco, porque preciso de Brick para cuidar de mim, e o seu dever, sargento, é assumir as responsabilidades do sr. Sharpe. Esperaremos até que alguém note que ele está desaparecido, e então alegaremos que deve ter sido emboscado pelos mahrattas enquanto vinha para cá. Depois você subirá até a montanha para ajudar os engenheiros.

— Eu, senhor? — Hakeswill soou alarmado com a perspectiva de fazer algum trabalho de verdade. — Montanha acima?

— Alguém precisa estar lá. Você não espera que eu faça isso! — disse Torrance, indignado. — Alguém precisa permanecer aqui e arcar com as responsabilidades mais pesadas. Não será por muito tempo, sargento. E depois que a campanha tiver terminado, eu lhe asseguro que os desejos de seu coração serão saciados plenamente. — Mas não, decidiu ele, antes que Hakeswill lhe pagasse o dinheiro que Clare lhe devia pela passagem da Inglaterra para cá. Essa quantia poderia vir do dinheiro que Jama dera a Hakeswill nesta noite; muito mais dinheiro, Torrance tinha certeza, do que o sargento admitira. — Vá se preparar, sargento — ordenou Torrance. — Tenho certeza de que será necessário lá em cima amanhã.

— Sim, senhor — disse Hakeswill a contragosto.

— Bom trabalho, bom e fiel Hakeswill — disse Torrance. — Não deixe entrar mariposas ao sair.

Hakeswill se retirou. Tinha 3.300 rupias no bolso e uma fortuna em pedras preciosas escondida na cartucheira. Preferiria se pudesse celebrar com Clare Wall, mas não duvidava que sua chance viria. E assim, por enquanto, Hakeswill era um homem satisfeito. Olhou para as primeiras estrelas despontando no céu sobre o platô de Gawilghur e refletiu que raras vezes na vida sentira-se tão feliz. Ele estava vingado e estava rico. Tudo corria bem no mundo de Obadiah Hakeswill.

CAPÍTULO VI

Sharpe sabia que estava num carro de bois. Podia sentir isso por causa do movimento irregular e do uivo horrível emitido pelos eixos não engraxados. Os carros de bois que seguiam o exército faziam um barulho que mais lembrava o grito de almas em perdição.
   Estava nu, ferido e sentia dor. Até respirar era doloroso. Estava amordaçado e com mãos e pés atados, mas mesmo se estivessem livres ele não poderia se mover, porque estava embrulhado num tapete grosso e empoeirado. Hakeswill! O maldito armara uma emboscada para ele, desnudara-o e roubara-o. Sabia que fora Hakeswill, porque ouvira a voz rouca do sargento enquanto era embrulhado no tapete. Em seguida, fora carregado para fora da tenda e jogado no carro. Sharpe não tinha certeza de quanto tempo fazia desde que aquilo acontecera, porque sentia-se muito mal e volta e meia afundava num torpor. Um torpor parecido com um sonho, ou pior, com um pesadelo. Havia sangue em sua boca, estava com um dente solto, uma costela provavelmente quebrada e o restante dele simplesmente doía. A cabeça latejava. Sentia vontade de vomitar, mas sabia que se fizesse isso morreria sufocado por causa da mordaça; assim, lutava com todas as suas forças para acalmar seu estômago.
   Calma! A única bênção era que estava vivo, e desconfiava de que isso não era realmente uma bênção. Por que Hakeswill não o matara? Não fora por piedade, tinha certeza. Portanto seria morto em algum outro lugar, embora não entendesse por que Hakeswill correria o risco terrível de

amarrar as mãos e pés de um oficial britânico e passá-lo pela linha de piquete. Não fazia o menor sentido. Sabia apenas que àquela altura Obadiah Hakeswill já teria retirado as jóias de Sharpe de seus esconderijos. Deus, tudo estava dando errado para ele. Primeiro a traição de Simone, e agora a emboscada de Hakeswill. E então Sharpe compreendeu que Hakeswill jamais teria conseguido pegá-lo se Torrance não tivesse ajudado.

Mas conhecer seus inimigos não ajudaria em nada naquele momento. Sharpe sabia ter tanta esperança de viver quanto os cães que eram jogados nas águas lamacentas do Tâmisa em Londres com pedras amarradas aos pescoços. As crianças ficavam rindo enquanto os cães lutavam por suas vidas. Alguns dos cães eram seqüestrados de casas ricas, e se seus donos não pagassem o resgate em alguns dias, os bichos eram jogados no rio. Geralmente o resgate era pago, levado por um criado nervoso até uma taberna sórdida na zona do cais. Mas ninguém pagaria um resgate por Sharpe. Quem se importaria com ele? A poeira do tapete entrava em suas narinas. Que o fim ao menos seja rápido, orou.

Não conseguia ouvir praticamente nada através do tapete. O guinchado do eixo era o ruído mais alto, porém uma vez Sharpe ouviu um som surdo na lateral do carro e julgou escutar um riso de homem. Era noite. Não tinha certeza como sabia disso, exceto que faria sentido, porque ninguém tentaria passar com um oficial britânico pelos piquetes à luz do dia, e ele sabia que ficara deitado na tenda por muito tempo depois de ser atingido por Hakeswill. Lembrava-se de ter-se abaixado para entrar na tenda, lembrava-se do lampejo da coronha de um mosquete de bronze, e então nada além de dor e escuridão. Um peso pressionava sua cintura, e depois de algum tempo deduziu que um homem estava repousando os pés no tapete. Sharpe testou a dedução tentando se mover e o homem o chutou. Voltou a ficar imóvel. Um cachorro havia escapado, lembrou Sharpe. Conseguira, de alguma maneira livrar-se da corda em seu pescoço e nadar a favor da corrente enquanto as crianças nas margens gritavam e atiravam pedras na cabeça assustada. O cachorro havia morrido? Sharpe não conseguiu lembrar. Meu Deus, pensou, ele tinha sido uma criança selvagem, selvagem como um falcão. Haviam tentado acabar com sua selvageria espancando-o até sangrar, e então dizendo-lhe que um dia acabaria mal. Profetizaram que acabaria pendurado pelo pescoço em Tyburn Hill. Dick Sharpe dançando no cadafalso, mijo escorrendo pelas pernas enquanto a corda queimava sua goela. Mas isso não acontecera. Ele era um oficial, um cavaleiro, e ainda estava vivo. Forçou as amarras de seus pulsos, mas elas não cederam.

Será que Hakeswill estava conduzindo o carro? Parecia possível, e sugeria que o sargento queria algum lugar seguro e particular para matar Sharpe. Mas como? Rápido, usando uma faca? Era uma vã esperança, porque Hakeswill não era misericordioso. Talvez planejasse pagar Sharpe na mesma moeda, colocando-o debaixo da pata de um elefante para que gritasse e se contorcesse até que o peso não lhe permitisse mover-se mais e os ossos rachassem e quebrassem como casca de ovo. Sabeis que vosso pecado vos há de achar. Quantas vezes Sharpe ouvira essas palavras da Bíblia? A maioria das vezes no orfanato, geralmente acompanhadas de uma pancada no crânio a cada sílaba, e as pancadas continuavam vindo enquanto a referência era recitada. Livro dos Números, capítulo 32, versículo 23, sílaba por sílaba, pancada por pancada, e agora o pecado de Sharpe estava achando-o e ele seria punido por todas as ofensas deixadas sem punição. Então morra bem, disse a si mesmo. Não grite. O que estava para acontecer, fosse o que fosse, não poderia ser pior que o açoitamento que recebera por causa das mentiras de Hakeswill. Portanto aceite a dor e vá como um homem. O que o primeiro-sargento Bywaters dissera ao enfiar a mordaça de couro na boca de Sharpe? "Seja corajoso, rapaz. Não envergonhe o regimento." Então seria corajoso e morreria bem. E depois, o quê? O Inferno, supunha, e uma eternidade de sofrimento nas mãos de legiões de Hakeswills. Na verdade, não seria muito diferente do exército.

O carro de bois parou. Ouviu pés andando nas tábuas do vagão e murmúrios de vozes. Mãos seguraram o tapete e o arrastaram para fora. A cabeça de Sharpe bateu dolorosamente no chão e o tapete foi levantado e carregado. Morra bem, disse a si mesmo, morra bem. Mas era mais fácil falar do que fazer. Nem todos os homens morriam bem. Sharpe vira homens fortes tremerem de desespero enquanto esperavam que o carro de bois fosse retirado, privando-lhes de apoio para que a corda apertasse seus pescoços. Mas também vira outros partirem para a eternidade com tamanha coragem e expressão de desafio que haviam silenciado a platéia. Mesmo assim, todos os homens — tanto os bravos quanto os covardes — acabavam dançando na forca, estrebuchando na ponta de uma corda de cânhamo de Bridport, e a platéia ria enquanto se debatiam. O melhor teatro de fantoches de Londres, é o que diziam. Não havia forma boa de morrer, exceto na cama, dormindo, alheio ao que estava acontecendo. Ou talvez na batalha, diante da boca de um canhão, soprado instantaneamente para o reino do esquecimento.

Escutou, ressoando em pedra, os passos dos homens que o carregavam. Ouviu um murmúrio alto de vozes. Eram muitas vozes, todas aparentemente falando ao mesmo tempo e todas empolgadas. Sentiu o tapete sendo trocado de mãos e teve a sensação de que descia por uma escada. Foi jogado num chão duro. As vozes pareciam mais altas agora, como se estivesse dentro de uma casa, e foi subitamente possuído pela noção absurda de que fora levado para uma arena de rinha de galos, como aquela em Vinegar Street, onde, quando criança, ganhara trocados carregando canecas de cerveja para espectadores que se encontravam alternadamente morosos ou excitados como maníacos.

Ficou deitado por muito tempo. Podia ouvir as vozes, e às vezes até explosões de gargalhadas. Lembrou-se do gordo em Vinegar Street, cuja profissão, caçador de ratos, levava-o até as mansões da zona oeste de Londres, que ele sondava para seus amigos ladrões.

— Você me dá sorte, Dicky — dizia a Sharpe e então agarrava o braço do menino e apontava para os galos aguardando para lutar. — Qual deles vai vencer, garoto, qual? — E Sharpe fazia uma escolha aleatória e, na maioria das vezes, o galo apontado realmente vencia. — Ele é um garoto de sorte — gabava-se o caçador de ratos para seus amigos enquanto dava uma moeda para Sharpe. — O moleque tem a sorte de um demônio!

Mas não naquela noite, pensou Sharpe. E subitamente o tapete foi levantado e desenrolado. Sharpe foi cuspido, nu em pêlo, nas pedras duras. Gritos eufóricos saudaram sua chegada. Luz encheu seus olhos, ofuscando-o, mas depois de algum tempo viu que estava num grande pátio de pedra iluminado por chamas de tochas presas em pilares que cercavam a área. Dois homens em túnicas brancas seguraram-no, obrigaram-no a ficar de pé e empurraram-no para um banco de pedra, onde, para sua surpresa, suas mãos e pés foram desamarrados e uma mordaça foi retirada de sua boca. Sentou-se flexionando os dedos e inalando profundamente o ar úmido. Não viu qualquer sinal de Hakeswill.

Compreendeu que estava num templo. Uma espécie de palanque corria em torno do soalho pavimentado em pedra. Como o palanque media mais ou menos um metro de altura, o pátio mais parecia uma arena. Então não estivera tão errado ao pensar no poço de rinha de galo, embora Vinegar Street jamais tenha aspirado à elegância daquele lugar, com seus arcos de pedra ornados com baixos-relevos intrincados de deuses e feras. O palanque estava cheio de homens claramente bem-humorados. Havia centenas deles, todos antecipando um entretenimento raro. Sharpe tocou o lábio inchado e a dor o fez estremecer. Estava sedento, e a cada respiração profunda suas costelas feridas ou quebradas doíam. Havia um inchaço em sua fronte que estava coberto de sangue seco. Olhou em torno para a multidão, procurando um rosto amigável. Não encontrou nenhum. Viu camponeses indianos cujos olhos negros refletiam as luzes das tochas. Deviam ter vindo de cada aldeia num raio de quinze quilômetros para assistir ao que estava prestes a acontecer.

No centro do pátio havia uma casinha de pedra, toda gravada com figuras de elefantes e dançarinas e coroada por uma torre decorada com mais deuses e animais pintados em vermelho, amarelo, verde e preto. O ruído da multidão diminuiu quando um homem apareceu na porta do pequeno santuário e levantou os braços em pedido de silêncio. Sharpe reconheceu o homem. Era o homem magro, alto e manco, de túnica listrada em verde e preto, que implorara pela vida de Naig. Atrás dele estavam dois *jettis*. Então era isso. Vingança por Naig. Sharpe compreendeu que Hakeswill não pretendera matá-lo; apenas entregá-lo àqueles homens.

Um murmúrio percorreu os espectadores enquanto admiraram os *jettis*. Esses gigantes dedicavam sua força extraordinária a algum estranho deus indiano. Embora Sharpe tivesse visto *jettis* antes, e matado alguns em Seringapatam, não depositava esperanças em derrotar dois daqueles brutamontes barbados. Estava fraco, sedento, ferido e alquebrado, enquanto dois fanáticos eram altos e incrivelmente musculosos. Suas peles bronzeadas tinham sido oleadas para que reluzissem à luz das chamas, as tranças compridas enrodilhavam seus crânios, e um deles tinha linhas vermelhas pintadas no rosto, enquanto o outro, que era ligeiramente mais baixo, portava uma lança comprida. Cada homem usava uma tanga e nada mais. Olharam para Sharpe e então o homem mais alto prostrou-se diante do pequeno santuário. Uma dúzia de guardas emergiu do fundo do pátio e formou uma fila em sua margem. Portavam mosquetes com baionetas.

O homem alto de túnica listrada juntou as mãos para silenciar os últimos murmúrios da platéia. Aquilo levou um tempo, porque ainda havia espectadores entrando no templo, e o espaço no palanque era apertado. Em algum lugar lá fora um cavalo relinchou. Homens gritaram protestos enquanto os recém-chegados abriam caminho a cotoveladas, mas finalmente a comoção acabou e o homem alto subiu para na plataforma de pedra na qual repousava o santuário. Falou durante muito tempo, e de vez em quando suas palavras provocavam grunhidos de assentimento e os espectadores olhavam para Sharpe e alguns cuspiam nele. Sharpe encarou-os solenemente. Estavam usufruindo de uma rara noite de entretenimento, pensou. Um inglês capturado estava para ser morto diante deles, e Sharpe não podia culpá-los por saborear a expectativa. Mas se achavam que ia morrer fácil, aqueles indianos podiam perder as esperanças. Ele poderia causar alguns danos, talvez não muitos, mas o bastante para que os *jettis* lembrassem da noite em que haviam sido incumbidos de matar um casaca vermelha.

O homem alto terminou seu discurso, desceu capengando os poucos degraus até o chão e caminhou até Sharpe. Portava-se com dignidade, como um homem que conhece o próprio valor. Parou a alguns passos de Sharpe e seu rosto demonstrou desprezo quando viu seu estado lastimável.

— Meu nome é Jama — disse ele em inglês.

Sharpe não disse nada.

— Você matou meu irmão — acusou Jama.

— Matei muitos homens — disse Sharpe, voz tão rouca que mal viajou pelos poucos passos que separavam os dois homens. Cuspiu para limpar a garganta.— Já matei muitos homens — repetiu.

— E Naig foi um deles — disse Jama.

— Ele merecia morrer — disse Sharpe.

— Se meu irmão merecia morrer, então também mereciam os britânicos que negociavam com ele — retrucou Jama, a voz carregada de desprezo.

Aquilo provavelmente era verdade, pensou Sharpe, mas não disse nada. Podia ver alguns capacetes pontudos no fundo da multidão e presumiu que alguns dos cavaleiros mahrattas que ainda perambulavam pela planície Deccan tinham vindo ver sua morte. Talvez os mesmos mahrattas que haviam comprado os dois mil mosquetes desaparecidos, mosquetes que Hakeswill supriria e sobre os quais Torrance mentira para esconder o furto.

— Então agora você irá morrer — disse Jama com simplicidade.

Sharpe deu de ombros. Corra para a direita e agarre o mosquete mais próximo, estava pensando, mas ele sabia que seria atrapalhado pela dor. Além disso, os homens no palanque saltariam para o pátio para dominá-lo. Mas ele precisava fazer alguma coisa. Qualquer coisa! Um homem não podia simplesmente ser morto como um cão.

— Você vai morrer lentamente para satisfazer a dívida de sangue que é devida à minha família — disse Jama.

— Você quer uma morte para compensar a morte de seu irmão? — perguntou Sharpe.

— Exatamente — disse Jama, solene.

— Então esmague um rato ou estrangule um sapo — disse Sharpe. — O seu irmão merecia morrer. Ele era um ladrão.

— E vocês ingleses vieram para roubar toda a Índia — retrucou Jama. Ele olhou para os ferimentos de Sharpe e pareceu satisfeito em vê-los. — Você em breve estará implorando por minha misericórdia. — Sabe o que são *jettis*?

— Sei — disse Sharpe.

— Prithviraj já castrou um homem com as mãos nuas — disse Jama, fazendo um gesto para o *jetti* mais alto, que estava prostrado diante do pequeno altar. — Ele fará isso a você e mais, porque esta noite prometi que essas pessoas verão a morte de uma centena de partes. Você será retalhado em pedaços, inglês, mas viverá enquanto seu corpo estiver sendo dividido, porque essa é a habilidade de um *jetti*. Matar um homem devagar, sem armas, rasgando-o pedaço por pedaço, e apenas quando seus gritos tiverem anuviado a dor que sinto pela morte de meu irmão é que lhe serei misericordioso. — Jama lançou a Sharpe um último olhar de desdém e então virou-se e caminhou de volta até os degraus do santuário.

Prithviraj inclinou-se à frente e repicou um sininho para chamar a atenção do deus, a seguir juntou as mãos e curvou a cabeça uma última vez. O segundo *jetti*, aquele com a lança, observou Sharpe com um olhar inexpressivo.

Sharpe forçou-se a ficar de pé. Suas costas doíam e as pernas estavam tão fracas que ele cambaleou, fazendo a multidão rir. Deu um passo para a direita, porém o guarda mais próximo simplesmente se afastou. Uma banqueta cinzelada fora trazida do santuário e Jama agora sentava-se no topo dos degraus. Um morcego imenso aparecia e sumia à luz bruxuleante das tochas. Sharpe caminhou à frente, testando as pernas, e ficou surpreso ao ver que conseguia ficar em pé. A multidão riu de suas dificuldades, e o som fez Prithviraj desviar-se de sua devoção. Vendo que Sharpe não representava nenhum perigo, o *jetti* voltou-se para seu deus.

Sharpe cambaleou. Fez isso de propósito, tentando parecer muito mais fraco do que realmente estava. Cambaleou, fingindo que estava prestes a cair, e então deu alguns passos claudicantes para os lados a fim de aproximar-se de um dos guardas. Pegue um mosquete, disse a si mesmo, e aponte-o para a cabeça de Jama. Mais uma vez, cambaleou para o lado e o guarda mais próximo simplesmente recuou um passo e nivelou sua baioneta para Sharpe. Estava claro que a dúzia de sentinelas tinha ordens de manter Sharpe dentro do raio de ação do *jetti*. Sharpe mediu a distância, imaginando se conseguiria passar pela baioneta para alcançar o mosquete, mas um segundo guarda chegou para reforçar o primeiro.

E então Prithviraj se levantou.

Era um verdadeiro gigante, pensou Sharpe, um gigante de pele oleada e braços da grossura das coxas de um homem comum. A multidão novamente murmurou em admiração, e então Prithviraj desfez sua tanga e deixou-a cair, ficando tão nu quanto Sharpe. O gesto pareceu implicar que ele não queria qualquer vantagem sobre seu oponente, embora, enquanto o brutamontes descia do santuário, o segundo *jetti* tomava o cuidado de permanecer perto dele. Dois contra um, e o segundo tinha uma lança. Sharpe não tinha nada. Ele olhou para as tochas, perguntando-se se poderia apoderar-se de uma e brandi-la como uma arma, mas elas estavam instaladas alto demais. Diabos, pensou, faça alguma coisa! Qualquer coisa! O pânico começou a aproximar-se de Sharpe, cobrindo Sharpe com suas asas negras, como o morcego que uma vez mais passara diante das tochas.

Sharpe recuou dos *jettis* e a multidão o vaiou. Ele não deu a mínima. Estava observando Prithviraj. Um homem de movimentos lerdos, musculoso demais para ser rápido, e Sharpe deduziu que era por isso que o segundo *jetti* estava presente. Seu trabalho era pastorear Sharpe com a lança reluzente e depois segurá-lo enquanto Prithviraj arrancava seus dedos e orelhas. Então pegue primeiro o lanceiro, disse Sharpe a si mesmo, abata o bastardo e pegue sua arma. Caminhou para a direita, circulando o pátio para tentar posicionar-se mais perto do *jetti* que portava a lança. A multidão suspirou enquanto ele se movia, apreciando a possibilidade de o inglês resistir.

A lança seguiu os movimentos de Sharpe. Teria de ser rápido, pensou Sharpe, desesperadamente rápido. Duvidava que conseguisse. Os chutes de Hakeswill tinham-no deixado mais lento, porém ele precisava tentar, e assim continuou circulando. De repente investiu contra o lanceiro, mas a arma foi apontada para ele e Prithviraj, revelando-se muito mais rápido do que Sharpe previra, saltou para pegá-lo. Sharpe teve de se desviar desajeitadamente. A multidão riu de sua trapalhada.

— Aceite sua morte — disse Jama. Um servo estava abanando o rosto do mercador.

Suor escorria pelas faces de Sharpe. Ele fora forçado até a parte do pátio que ficava mais próxima à entrada do templo, onde havia uma pequena escada de pedra conduzindo até o palanque. A escada, invadindo o pátio, formava uma baia na qual Sharpe descobriu-se subitamente encurralado. Ele se moveu de lado, mas o *jetti* armado com a lança o cobriu. Cientes de que agora Sharpe estava encurralado, os dois homens começaram a se aproximar lentamente dele. Tudo que Sharpe podia fazer era recuar até suas costas tocar a beira do palanque. Um dos espectadores chutou Sharpe, porém com mais malícia que força. Os *jettis* aproximavam-se devagar, cautelosos para o caso de Sharpe correr de repente para a direita ou a esquerda. Prithviraj estava flexionando seus dedos imensos, preparando-os para o trabalho da noite. Cinzas levantaram-se das tochas e uma pousou no ombro de Sharpe. Ele a espanou.

— *Sahib?* — sussurrou uma voz às costas de Sharpe. — *Sahib?*

Prithviraj parecia calmo e confiante. Não é de admirar, pensou Sharpe. Então chute a virilha do maldito. Acreditava que aquela era sua última chance. Um bom chute nos bagos e, com sorte, Prithviraj se dobraria em dois. Ou isso ou correr contra a lança e torcer para que a lâmina o matasse depressa.

— *Sahib!* — sussurrou novamente a voz.

Prithviraj virou-se de lado de modo a não expor a virilha para Sharpe, e fez sinal para que o outro *jetti* se aproximasse do inglês e usasse sua lança para tocá-lo para longe da parede.

— Seu sodomita! — disse a voz, impaciente.

Sharpe virou-se para ver que Ahmed estava de gatinhas entre as pernas dos espectadores, e o mais importante era que a criança estava empurrando para a frente o cabo da *tulwar* que capturara em Deogaum. Sharpe apoiou-se contra a beira do palanque, e a multidão, vendo-o descansar contra a pedra, acreditou que ele desistira. Alguns gemeram de decepção porque tinham esperado mais luta, porém a maioria dos espectadores vaiou Sharpe, recriminando-o por ser tão fraco.

Sharpe piscou para Ahmed e então esticou o braço até a *tulwar*. Segurou o cabo, impeliu-se para longe da pedra e se virou, sacando a lâmina da bainha que ainda estava sendo segurada por Ahmed. Virou-se com a rapidez de um bote de cascavel, a lâmina curvada vermelho-prateada à luz das tochas. Os *jettis*, acreditando que Sharpe era um homem derrotado, não estavam preparados para aquilo. O homem com a lança estava mais próximo e a lâmina curva cortou seu rosto, jorrando sangue, e ele instintivamente protegeu os olhos e deixou a lança cair. Sharpe moveu-se para a direita, pegou a lâmina caída, e Prithviraj finalmente pareceu preocupado.

Os guardas apontaram seus mosquetes. Sharpe escutou os cliques dos cães das armas sendo puxados. Se quiserem atirar, pensou que atirem, porque seria uma morte mais rápida do que ser desmembrado e castrado por um gigante nu. Jama estava em pé, uma das mãos no ar, relutante em ordenar aos seus guardas que atirassem em Sharpe antes que ele tivesse sofrido dor. O *jetti* ferido estava ajoelhado, mãos segurando o rosto que vazava sangue.

Então um mosquete disparou, seu som sobrenaturalmente alto no ambiente confinado por paredes de pedra. Um dos guardas estremeceu quando a bala do mosquete passou zunindo perto de sua cabeça para tirar uma lasca de um dos arcos decorados. Uma voz se levantou do palanque, próxima à entrada do templo. O homem falou no idioma hindu, dirigindo-se a Jama, que pareceu apalermado ao ver um grupo de homens armados abrirem caminho até a frente da platéia.

Fora Syud Sevajee quem atirara e quem falara a Jama. E agora sorria para Sharpe.

— Alferes, eu disse a ele que seria uma luta justa.

— Eu contra ele? — Sharpe apontou com o queixo para Prithviraj.

— Viemos para nos divertir — disse Syud Sevajee. — Então, o mínimo que você pode fazer é nos entreter um pouco.

— Por que você simplesmente não mete uma bala nesse sodomita e acaba com a história?

Sevajee sorriu.

— Esta multidão aceitará apenas o resultado de uma luta justa, alferes. Eles podem não gostar se eu simplesmente resgatar você. Além disso, não quer ficar em dívida comigo, quer?

— Já estou endividado com você até a raiz dos cabelos — disse Sharpe. — Virou-se para olhar para Prithviraj, que estava esperando por um sinal de Jama. — Ei!, Golias! — gritou Sharpe. — Aqui! — Ele jogou a *tulwar* para o homem, permanecendo com a lança. — Quer uma luta justa? Então agora você tem uma arma.

A dor parecia ter desaparecido e até a sede diminuíra. Era como aquele momento em Assaye em que Sharpe estivera cercado por inimigos, e subitamente o mundo parecera um lugar calmo e nítido, cheio de oportunidades deliciosas. Ele agora tinha uma chance. Tinha mais do que uma chance, ele ia acabar com a raça daquele gigante. Era uma luta justa, e Sharpe crescera lutando. Criado na sarjeta, fora levado a ela pela pobreza e forçado a se adaptar pelo desespero. Ele não era nada além de um lutador, e agora a platéia teria o esporte sangrento que tanto desejava. Ele levantou a lança.

— Então venha, seu bastardo!

Prithviraj se curvou e pegou a *tulwar*. Ele a brandiu num arco desajeitado e depois tornou a olhar para Jama.

— Não olhe para ele, seu monstrengo! Olhe para mim! — Sharpe avançou, lança baixa, e então levantou a lâmina e investiu contra a barriga do gigante. Prithviraj usou a *tulwar* para aparar desajeitadamente o golpe. — Vai ter de botar mais força nos seus golpes — disse Sharpe, puxando a lança. Manteve-se imóvel para provocar o *jetti* a avançar. Prithviraj caminhou na direção dele, brandiu a espada e Sharpe recuou; a ponta da *tulwar* varou o ar a centímetros de seu peito.

— Você precisa ser rápido — disse Sharpe e fingiu um golpe para a direita e caminhou de volta para a esquerda, desequilibrando Prithviraj. Sharpe virou-se e investiu com a lança, perfurando as costas do homenzarrão e deixando um rastro de sangue. — É bem diferente quando o outro sujeito tem uma arma, não acha? — Sorriu para o *jetti*. — Então venha, bolo de carne. Venha!

A platéia estava silenciosa. Prithviraj parecia intrigado. Ele não esperara uma luta, não com uma arma, e era claro que não estava acostumado a uma *tulwar*.

— Você pode desistir — disse Sharpe. — Pode se ajoelhar e desistir. Não vou matá-lo se desistir. Mas, se continuar de pé, vou perfurá-lo como um bife malpassado.

Prithviraj não entendia uma palavra sequer, mas sabia que Sharpe era perigoso e que estava tentando descobrir a melhor forma de matá-lo. Olhou para a lança, torcendo para ter aquela arma no lugar da *tulwar*, mas Sharpe sabia que a ponta sempre derrotava o fio, motivo pelo qual ficara com a lança. — Quer rápido ou lento, Sevajee? — gritou Sharpe.

— Do jeito que você preferir, alferes — disse Sevajee, sorrindo. — Não cabe à platéia dizer aos atores como a peça deve prosseguir.

— Então serei rápido — disse Sharpe. Apontou para Prithviraj com sua mão livre e fez um gesto para que o *jetti* ajoelhasse. — Ajoelhe e pouparei você — disse Sharpe. — Diga isso a ele, Sevajee!

Sevajee gritou isso numa língua indiana e Prithviraj deve ter decidido que a oferta era um insulto, porque subitamente correu à frente, brandindo a *tulwar*, e Sharpe teve de dar um passo rápido para o lado e aparar um dos golpes com a barra da lança. A lâmina cortou uma farpa de madeira da lança, mas não chegou nem perto de Sharpe.

— Não adianta fazer isso — disse Sharpe. — Você não está colhendo feno, bolo de carne, está tentando permanecer vivo.

Prithviraj atacou novamente, mas tudo em que conseguia pensar era em desfechar meneios amplos com a lâmina. Com qualquer um deles teria partido Sharpe em dois, mas os ataques eram desajeitados e Sharpe recuou, sempre circulando até o meio do pátio para não ficar encurralado contra suas bordas. A multidão, sentindo que Prithviraj poderia vencer, começou a encorajá-lo, mas alguns notaram que o inglês ainda não estava nem tentando lutar. Ele estava provocando o *jetti*, fugindo dele e mantendo a lança baixa.

— Achei que você disse que seria rápido — comentou Sevajee.

— Você quer que acabe? — perguntou Sharpe. Acocorou-se, levantando a lâmina da lança. O movimento deteve Prithviraj, que o fitou com olhos cautelosos.

— O que eu vou fazer é cortar sua barriga, e depois fatiar sua garganta — anunciou Sharpe. — Está pronto? — Avançou, arremetendo a lança, ainda baixa. Prithviraj recuou, tentando aparar os pequenos golpes, mas Sharpe puxava a lança para trás cada vez que o *jetti* tentava atingi-la. Agora Prithviraj parecia hipnotizado pela lâmina reluzente que avançava e recuava como a língua de uma serpente, e por trás dela estava Sharpe, provocando-o com sorrisos. Prithviraj tentou contra-atacar uma vez, mas a lança subiu até um centímetro de distância de seu rosto e Prithviraj continuou andando para trás. Então deu de costas com o *jetti* cegado que ainda estava acocorado no soalho de pedra. Prithviraj cambaleou enquanto perdia o equilíbrio.

Sharpe levantou-se de sua posição de cócoras, a lança arremetendo à frente. Prithviraj aparou canhestramente o golpe, porém tarde demais. De súbito, a lança estava penetrando a pele e os músculos do estômago do *jetti*. Sharpe contorceu a lâmina para que ela não ficasse presa na carne, e depois puxou-a. Sangue jorrou no soalho do templo e Prithviraj curvou-se à frente como se, dobrando-se, pudesse selar a dor em sua barriga, e então a lança fatiou sua garganta de lado a lado.

A platéia suspirou.

Prithviraj estava caído no soalho de pedra, em posição fetal, com sangue borbulhando de sua barriga perfurada e pulsando de seu pescoço.

Sharpe chutou a *tulwar* da mão do *jetti* e então virou-se e olhou para Jama.

— Você e seu irmão faziam negócios com o capitão Torrance?

Jama não disse nada.

Sharpe caminhou até o santuário. Os guardas moveram-se para detê-lo, mas os homens de Sevajee levantaram seus mosquetes e alguns deles, sorrindo, pularam para o pátio. Ahmed também pulou e resgatou a *tulwar* do chão. Prithviraj agora estava deitado de lado, morrendo.

Jama levantou-se enquanto Sharpe alcançava a escadaria, mas, capengando, não conseguiu mover-se depressa, e subitamente a lança estava em sua barriga.

— Eu lhe fiz uma pergunta — disse Sharpe.

Jama não disse nada.

— Você quer viver? — perguntou Sharpe. Jama olhou para a lâmina da lança, coberta de sangue. — Foi Torrance quem me entregou a você? — perguntou Sharpe.

— Sim — disse Jama.

— Se o vir de novo, eu o matarei — disse Sharpe. — Se voltar para o acampamento britânico será enforcado como o seu irmão. E se mandar uma mensagem sequer para Torrance, eu o seguirei até o último canto desta terra de Deus para castrá-lo com minhas mãos nuas. — Empurrou a lança apenas o suficiente para espetar a barriga de Jama, e então deu-lhe as costas. A multidão estava silenciosa, acuada pelos homens de Sevajee e pela ferocidade que testemunhara no pátio do templo. Sharpe atirou longe a lança, puxou Ahmed para si e cofiou os cabelos do garoto.

— Você é um bom menino, Ahmed. Um bom menino mesmo. E eu preciso beber alguma coisa. Deus, estou morto de sede!

Mas ele também estava vivo.

O que significava que em breve alguns outros homens estariam mortos.

Porque Sharpe estava mais do que vivo. Estava com raiva. Furioso. E queria vingança.

Sharpe tomou emprestado o manto de um dos homens de Sevajee e montou na égua do major Stokes com Ahmed na frente. Saíram lentamente da aldeia, cavalgando rumo à mancha de luz vermelha que traía o local onde estava o acampamento britânico, alguns quilômetros a oeste. Durante a cavalgada, Sevajee contou a Sharpe como Ahmed fugira direto para os braços de seus homens.

— Para sua sorte, alferes, reconheci o menino — disse o indiano.

— E foi por causa disso que você mandou reunir alguns casacas vermelhas para me tirar daquela maldita tenda — disse Sharpe, sarcástico.

— Sua gratidão me toca profundamente — disse Sevajee com um sorriso. — Levamos muito tempo para entender o que o menino estava falando, e confesso que não acreditamos totalmente nele. E quando finalmente levamos o guri a sério, você já tinha sido levado. Assim, seguimos vocês. Achei que poderia prover alguma diversão para a noite, e você não me decepcionou.

— Fico satisfeito de ser útil, *sahib* — disse Sharpe.

— Sabia que você podia derrotar um *jetti* numa luta justa.

— Certa vez acabei com três deles em Seringapatam — disse Sharpe. — Mas não sei se foi uma luta justa. Não sou muito favorável a lutas justas. Gosto que sejam injustas. Lutas justas são para cavalheiros.

— Então foi por isso que você deu a espada para o *jetti* — observou secamente Sevajee.

— Sabia que ele não conseguiria cortar nem queijo com ela — disse Sharpe. De repente estava cansado, e sentindo novamente todos os pontos doloridos e latejantes em seu corpo. Acima dele o céu reluzia com estrelas, enquanto uma fina lua minguante pendia sobre a fortaleza longínqua. Dodd estava lá em cima, pensou Sharpe. Outra vida para ceifar. Dodd e Torrance. Hakeswill e seus dois homens. Uma dívida a ser paga mandando todos aqueles bastardos para o Inferno.

— Para onde devo levar você? — perguntou Sevajee.

— Me levar?

— Quer ir até o general?

— Meu Deus, não. — Sharpe não conseguia se imaginar fazendo queixa a Wellesley. Aquele sodomita de coração frio provavelmente culparia Sharpe por ter se metido em problemas. Stokes, talvez? Ou a cavalaria? O sargento Lockhart certamente o receberia de braços abertos. Mas então ele teve uma idéia melhor. — Leve-me para onde você está acampado — disse a Sevajee.

— E de manhã?

— Você terá um novo recruta — disse Sharpe. — Momentaneamente serei um dos seus homens.

Sevajee pareceu achar aquilo divertido.

— Por quê?

— O que você acha? Eu quero me esconder.

— Mas por quê?

Sharpe suspirou.

— Acha que Wellesley vai acreditar em mim? Se eu for até Wellesley ele pensará que tive uma insolação, ou que estou bêbado. E Torrance vai ficar lá, de nariz empinado, negando tudo. Ou então vai culpar Hakeswill.

— Hakeswill? — perguntou Sevajee.

— Um bastardo que vou matar — disse Sharpe. — E será muito mais fácil se ele não souber que estou vivo. — E desta vez, jurou Sharpe, ele iria se certificar de que o desgraçado estaria morto. — Minha única preocupação é a égua do major Stokes — disse a Sevajee. — Ele é um bom homem, Stokes.

— Esse animal? — perguntou Sevajee, apontando com a cabeça para a égua cinza.

— Acha que amanhã de manhã alguns dos seus amigos poderiam devolvê-la a Stokes?

— Mas é claro.

— Diga a ele que caí da sela e fui capturado pelo inimigo — disse Sharpe. — Deixe ele achar que sou um prisioneiro em Gawilghur.

— E enquanto isso você será um de nós? — perguntou Sevajee.

— Eu acabei de me tornar um mahratta — revelou Sharpe.

— Seja bem-vindo — disse Sevajee. — E o que você precisa agora, Sharpe, é de algum descanso.

— Já descansei muito — disse Sharpe. — O que preciso agora são de algumas roupas, e um pouco de escuridão.

— Também precisa de comida — insistiu Sevajee. Olhou para o fio de lua acima do forte. Estava minguando. — Amanhã à noite estará mais escuro — ele prometeu e Sharpe concordou com a cabeça. Ele queria uma escuridão densa na qual um fantasma vivo pudesse caçar.

O major Stokes ficou agradecido pela devolução de sua égua, mas entristecido com o destino de Sharpe.

— Capturado! — disse ele a *sir* Arthur Wellesley. — E a culpa é minha.

— Não consigo entender como a culpa pode ser sua, Stokes.

— Não deveria tê-lo deixado sair cavalgando sozinho. Devia tê-lo mandado esperar até que um grupo retornasse.

— Não será a primeira cela de prisão que Sharpe verá na vida — disse Wellesley. — E arrisco dizer que não será a última.

— Sentirei falta dele — disse Stokes. — Sentirei muita falta. Um bom homem.

Wellesley bufou. Cavalgara pela estrada em obras para ver o progresso com os próprios olhos e estava impressionado. Contudo, esforçou-se para não demonstrar sua aprovação. Agora a estrada subia serpenteando pelas colinas e com mais um dia de trabalho alcançaria a beira do acampamento. Metade dos canhões de sítio necessários já estavam na estrada, estacionados em uma campina elevada, enquanto bois subiam as ladeiras mais baixas com pesadíssimos fardos de balas de canhão, que seriam necessárias para fender as muralhas de Gawilghur. Os mahrattas haviam virtualmente cessado seus ataques aos operários desde que Wellesley enviara dois batalhões de sipaios colinas acima para caçar o inimigo. De vez em quando um tiro de mosquete era disparado de uma longa distância, mas as balas perdiam a força antes de atingir um alvo.

— O seu trabalho não acabará com a estrada — disse Wellesley a Stokes, enquanto o general e sua equipe seguiam o engenheiro a pé até algum campo mais elevado, de onde poderiam inspecionar a fortaleza.

— Duvidava que acabaria, senhor.

— Conhece Stevenson?

— Já tive a oportunidade de ranchar com o coronel.

— Vou enviá-lo aqui para cima. As tropas dele farão o assalto. Meus homens permanecerão embaixo e escalarão as duas estradas — disse Wellesley sucintamente, quase de improviso.

Estava propondo dividir seu exército em dois novamente, assim como fizera durante a maior parte da guerra contra os mahrattas. A parte de Stevenson do exército subiria até o platô e seria incumbida do ataque principal à fortaleza. Esse ataque se estenderia pelo trecho estreito de terra até alcançar as brechas, mas para impedir o inimigo de lançar toda sua força na defesa da muralha quebrada, Wellesley propunha enviar duas colunas de seus próprios homens pelas trilhas escarpadas que conduziam diretamente à fortaleza. Esses homens teriam de se aproximar de muralhas intactas subindo ladeiras íngremes demais para permitir o avanço da artilharia, e Wellesley sabia que essas colunas não tinham esperanças de invadir Gawilghur. Seu trabalho era dispersar os defensores e bloquear as rotas de fuga da guarnição enquanto os soldados de Stevenson faziam o trabalho sangrento.

— Você terá de assentar as baterias de Stevenson — informou Wellesley a Stokes. — O major Blackiston viu o terreno — indicou a seu ajudante — e acredita que dois canhões de dezoito libras e três de doze libras bastarão. Evidentemente, o major Blackiston lhe dará todo conselho que puder.

— Não há esplanada? — perguntou Stokes diretamente a Blackiston.

— Não havia quando eu estava lá — disse Blackiston. — Mas é claro que podem ter construído uma desde então. Tudo que vi foram muralhas retas como cortinas, munidas de alguns bastiões. A julgar pela aparência, engenharia muito antiga.

— Engenharia do século XV — declarou Wellesley que, ao ver que os dois engenheiros estavam impressionados com seu conhecimento, encolheu os ombros. — Pelo menos é o que Syud Sevajee alega.

— Muros velhos quebram mais rápido — disse Stokes alegremente. Os dois canhões grandes, mais os três canhões menores, golpeariam as muralhas até desmoronar as pedras antigas que provavelmente não estavam protegidas por uma esplanada de terra para absorver a força do bombardeio. E o major ainda estava por ver uma muralha de fortaleza na Índia que pudesse resistir a balas de dezoito libras percorrendo 400 metros por segundo. — Mas você vai gostar de ter um pouco de fogo de flanco — alertou a Wellesley.

— Mandarei mais doze libras para você — prometeu Wellesley.

— Uma bateria de canhões de doze libras e um obus — sugeriu Stokes. — Eu gostaria de lançar algumas granadas sobre a muralha. Não há nada como um obus para incutir desânimo.

— Mandarei um obus — assegurou Wellesley.

Disparando em ângulo através de brechas cada vez maiores, as baterias de fogo de flanco impediriam que o inimigo realizasse reparos e o obus — que atirava alto para o ar de modo que suas granadas caíam retas — bombardearia os grupos de reparo por trás dos baluartes da fortaleza.

— E quero que as baterias sejam estabelecidas depressa — disse Wellesley. — Nada de moleza, major.

— De mole não tenho nada, *sir* Arthur — disse Stokes animadamente.

O major estava conduzindo o general e seu estado-maior por um trecho de estrada particularmente alcantilado, onde um elefante, suplementado por mais de sessenta sipaios suados, arrastava um canhão de dezoito libras serpenteando estrada acima. Os oficiais contornaram os sipaios e então escalaram um montículo de onde poderiam olhar para Gawilghur.

Estavam quase à mesma altura que a fortaleza, e o perfil dos fortes gêmeos se destacava nítido contra o céu limpo. Ele formava uma corcunda dupla. O trecho de terreno estreito conduzia do platô até a primeira corcunda, a mais baixa, na qual estava o Forte Externo. Era aquela fortaleza que seria atacada pelos soldados de Stevenson, após a abertura da brecha pelo fogo de Stokes, mas depois dela o terreno descia para um vale profundo, e então subia íngreme até a segunda corcova, bem maior, na qual ficava a Fortaleza Interna com seu palácio, lagos e casas. *Sir* Arthur passou muito tempo olhando por sua luneta, mas não disse nada.

— Garanto que irei levá-lo até a fortaleza menor — disse Stokes. — Mas como fará para atravessar o vale central e chegar à fortaleza principal?

Aquela era a pergunta que Wellesley ainda precisava responder em sua própria mente, e suspeitava de que não havia uma solução fácil. Torcia para que os atacantes simplesmente descessem o primeiro barranco, cruzassem o leito do vale e subissem o segundo barranco como uma onda irresistível que varria tudo em seu caminho, mas não ousava admitir um otimismo tão impraticável. Não ousava confessar que estava condenando seus soldados a um ataque contra uma Fortaleza Interna com muralhas não rompidas e defesas bem preparadas.

— Se não conseguirmos alcançá-la com uma escalada, teremos de escavar baterias de canhões de arrebentamento na Fortaleza Externa e fazer isso da forma mais difícil — disse, baixando a luneta.

Em outras palavras, pensou Stokes, *sir* Arthur não tinha a menor idéia de como isso seria feito. A não ser que precisava ser feito. Com escalada ou através de uma brecha. E com a misericórdia de Deus, se tivessem sorte, porque uma vez que estivessem no vale central os atacantes estariam nas mãos do diabo.

Era um dia quente de dezembro, mas Stokes sentiu um arrepio, porque temia pelos homens que teriam de subir até Gawilghur.

O capitão Torrance desfrutara de uma noite particularmente abençoada pela sorte. Jama não retornara ao acampamento e suas tendas grandes e verdes, com seus deleites variados, permaneciam vazias. Entretanto, havia muitas outras diversões no acampamento britânico. Um grupo de soldados escoceses, acompanhado de um sargento que tocava flauta, ofereceu um concerto, e embora não gostasse muito de música de câmara, Torrance considerara as melodias em sintonia com sua felicidade. Sharpe estava morto, as dívidas de Torrance estavam saldadas, ele sobrevivera, e saía do concerto para as linhas de cavalaria onde sabia que poderia encontrar um jogo de cartas. Torrance conseguira ganhar 53 guinéus de um major irascível e mais 12 e um alferes adoentado que não parava de coçar a virilha.

— Se está com sífilis, vá procurar o médico! — dissera finalmente o major.

— São chatos, senhor.

— Então, pelo amor de Deus, pare de se contorcer. Você está me distraindo.

— Continue se coçando — dissera Torrance ao baixar uma mão vencedora. Ele bocejara, colhera as moedas, e desejara uma boa noite aos seus parceiros.

— É cedo demais — resmungara o major, querendo uma chance de reaver seu dinheiro.

— O dever — dissera vagamente Torrance e seguira para o acampamento de mercadores, onde visitara as mulheres que se abanavam ao calor tórrido da noite. Uma hora depois, plenamente satisfeito, retornara aos seus aposentos. Seu criado estava acocorado na varanda, mas ele fez um sinal para que o homem fosse embora.

Sajit ainda estava à sua mesa iluminada por velas, limpando resquícios de papel de sua pena. Ele se levantou, juntou as palmas manchadas de tinta e fez uma mesura enquanto Torrance entrava.

— *Sahib*.

— Tudo em ordem?

— Tudo em ordem, *sahib*. Os memorandos de amanhã. — Empurrou uma pilha de papéis sobre a mesa.

— Tenho certeza de que estão em ordem — disse Torrance, completamente confiante de que Sajit dizia a verdade. Sajit estava se revelando um excelente escriturário. Caminhou até a porta de seus aposentos e então se virou com uma ruga de preocupação na testa.

— O seu tio não voltou?

— Voltará amanhã, *sahib*. Tenho certeza.

— Diga-lhe que gostaria de trocar uma palavrinha com ele. Mas não se ele chegar esta noite. Não quero ser importunado.

— Claro que não, *sahib*. — *Sajit* ofereceu outra mesura enquanto Torrance passava pela porta e pela cortina de musselina.

O capitão passou o ferrolho de ferro e matou as poucas mariposas que haviam conseguido passar pela musselina. Acendeu um segundo lampião, empilhou os ganhos da noite na mesa e chamou por Clare. Ela chegou da cozinha com olhos pesados de sono.

— Araca, Brick — ordenou Torrance e retirou a casaca enquanto Clare abria uma garrafa da aguardente forte. Manteve-se olhando em outra direção enquanto Torrance despia-se e deitava na rede. — Você poderia acender o meu narguilé, Brick — sugeriu. — Depois venha me dar um banho de esponja. Há uma camisa limpa para amanhã de manhã?

— Claro, senhor.

— Não é a cerzida, é?

— Não, senhor.

Ele virou a cabeça para olhar para as moedas que reluziam lindamente à luz esfumaçada do lampião. Estava novamente com fundos! Dinheiro ganho em jogo! Talvez sua sorte tivesse mudado. Era o que parecia. Ele perdera tanto dinheiro nas cartas no último mês que chegara a acreditar que nada além de ruína o aguardava, mas agora a deusa da fortuna dera-lhe a outra face. Regra das metades, disse a si mesmo enquanto sugava o narguilé. Economize metade, jogue com a outra metade. Divida ao meio o dinheiro ganho e economize metade novamente. Era realmente muito simples. E agora que Sharpe estava fora do caminho ele poderia reiniciar seus negócios, embora não tivesse certeza de como o mercado iria se comportar depois que os mahrattas fossem derrotados. Ainda assim, com uma pitada de sorte teria dinheiro suficiente para se estabelecer numa vida civil confortável em Madras. Uma carruagem, uma dúzia de cavalos e quantas criadas quisesse. Ele teria um harém. Sorriu só de pensar no desgosto de seu pai. Um harém, um pátio com uma fonte, uma adega de vinhos debaixo da casa, que seria construída perto do mar para que ele gozasse de brisas frescas pelas janelas. Seria obrigado a passar uma ou duas horas por semana no escritório, mas certamente não teria muito a fazer, porque em Madras eram sempre os indianos que realmente trabalhavam. Os pagãos iriam roubá-lo, é claro, mas em Madras corria todo o dinheiro de que um homem precisava, contanto que ele não perdesse no jogo. Regra das metades, disse a si mesmo novamente. A regra de ouro da vida.

Um som de cantoria chegava do acampamento além da aldeia. Torrance não reconheceu a melodia, que provavelmente era alguma canção escocesa. O som o fez vagar de volta para sua infância quando cantara no coro da catedral. Fez uma careta ao lembrar das manhãs geladas em que correra na escuridão através do quintal e abrira a grande porta lateral da catedral para ser recebido por um safanão na orelha por ter chegado atrasado. A respiração dos coristas misturava-se à fumaça das velas. Chatos sob as vestes, lembrou. Pegou chatos pela primeira vez de um contra-tenor que o imprensara contra uma parede atrás da tumba do bispo e levantara seu manto. Tomara que o bastardo esteja morto, pensou.

Sajit soltou um grito.

— Cale-se! — gritou Torrance, que não gostou de ser despertado abruptamente de suas lembranças. Houve silêncio novamente, e Torrance sugou o narguilé. Ouviu Clare derramando água no jardim e sorriu ao prever o toque calmante da esponja.

Alguém, provavelmente Sajit, tentou abrir a porta da ante-sala.

— Vá embora! — ordenou Torrance, mas então alguma coisa atingiu a porta com um golpe poderoso. O ferrolho resistiu, mas poeira saiu das fendas na parede de gesso a cada lado da moldura da porta. Torrance fitou aquilo chocado, e então virou-se com alarme quando outra batida poderosa abalou a porta. Torrance jogou suas pernas nuas para fora da rede. Onde diabos estavam suas pistolas?

Um terceiro golpe reverberou pela sala, e desta vez o suporte do fecho foi arrancado da parede e a porta bateu contra a cortina de musselina. Ao ver uma figura vestida numa túnica empurrar a cortina para o lado, Torrance atirou-se para a frente e remexeu em suas roupas espalhadas em busca das armas.

A mão de alguém apertou seu pulso.

— Não precisará disso, senhor — disse uma voz familiar, e Torrance virou-se, estremecendo ao sentir a força da mão do homem. Ele viu uma figura vestida num túnica indiana suja de sangue, com uma *tulwar* embainhada na cintura e um capuz cobrindo o rosto. Apesar disso, Torrance reconheceu seu visitante e empalideceu. — Apresentando-me para o dever, senhor — disse Sharpe, tomando a pistola da mão flácida de Torrance.

Torrance engoliu em seco. Tinha certeza de que o sangue na túnica estava fresco, porque brilhava. Havia mais sangue numa faca de lâmina curta na mão de Sharpe. Ao ver que o gume gotejava sangue no soalho, Torrance emitiu um ganido de medo.

— É o sangue de Sajit — informou Sharpe. — O canivete também é dele. — Jogou a lâmina molhada na mesa ao lado das moedas de ouro. — O gato comeu sua língua, senhor?

— Sharpe?

— Ele está morto, senhor. Sharpe está morto — disse Sharpe. — Ele foi vendido para Jama, lembra, senhor? Esse é o dinheiro de sangue? — Sharpe olhou para as rupias na mesa.

— Sharpe — disse Torrance, incapaz de dizer qualquer outra coisa.

— Sou o fantasma dele, senhor — disse Sharpe, e Torrance realmente parecia estar vendo um espectro que acabara de passar por sua porta. Sharpe estalou a língua e balançou a cabeça, como se censurasse a si mesmo. — Eu não devia chamar o senhor de "senhor", não é mesmo? Porque sou um colega oficial e um cavalheiro. Onde está o sargento Hakeswill?

— Sharpe!? — disse Torrance mais uma vez, deixando-se cair numa cadeira. — Ouvimos falar que você foi capturado!

— E fui realmente, senhor, mas não pelo inimigo. Ao menos não pelo inimigo apropriado. — Sharpe examinou a pistola. — Não está carregada. O que estava esperando fazer, senhor? Bater em mim até a morte com o cano?

— Sharpe, por favor, meu robe — disse Torrance, gesticulando para onde o robe de seda pendia de um suporte de madeira.

— E então, senhor, onde está Hakeswill? — perguntou Sharpe. Abriu o fulminante da pistola e soprou poeira da caçoleta antes de usar uma unha para descascar a camada de pólvora acumulada.

— Está na estrada — disse Torrance.

— Ah! Está longe de mim, não é? Devia manter esta pistola limpa, senhor. A mola está enferrujada, vê? É uma pena manter uma arma cara como esta num estado tão lastimável. Está sentado sobre sua cartucheira?

Torrance humildemente levantou o traseiro para retirar a bolsa de couro que continha pólvora e bala para suas pistolas. Entregou a bolsa a Sharpe, pensou em pegar ele próprio o robe, e então decidiu que qualquer movimento abrupto poderia irritar seu visitante.

— Estou contente em vê-lo vivo, Sharpe.

— Está, senhor?

— É claro.

— Então por que me vendeu a Jama?

— Eu vendi você? Não seja ridículo, Sharpe. Não! — O grito veio quando o cano da pistola foi voltado bruscamente para ele. O grito tornou-se um gemido quando o cano foi arremetido violentamente contra sua bochecha. Torrance tocou o rosto e estremeceu ao ver o sangue em seus dedos. — Sharpe...

— Cale a boca, senhor — asseverou Sharpe. Empoleirou-se na mesa e derramou um pouco de pólvora no cano da pistola. — Conversei com Jama ontem à noite. Ele tinha mandado dois de seus *jettis* me matarem. Sabe o que são *jettis*, senhor? Homens-fortes religiosos, senhor. Mas eles deviam rezar para o Deus errado, porque cortei a garganta de um e deixei o outro cego. — Fez uma pausa enquanto selecionava uma bala na bolsa. — E tive uma conversa com Jama depois de matar os guarda-costas dele. Ele me contou muitas coisas interessantes. Como, por exemplo, que você negociava com ele e seu irmão. Você é um traidor, Torrance.

— Sharpe...

— Mandei calar a boca! — ordenou Sharpe. Empurrou a bala para a boca da pistola, e então retirou a vareta curta e usou-a para socar a bala e a munição no cano. — O que importa, Torrance, é que sei a verdade — prosseguiu num tom mais calmo. — Toda ela. A verdade sobre você e Hakeswill, sobre você e Jama, sobre você e Naig. — Sorriu para Torrance e então encaixou a vareta curta de volta em seus aros. — Antes eu pensava que os oficiais estavam acima desse tipo de crime. Pensava que os soldados eram vis, porque eu era vil, mas não há muita escolha quando não se tem nada. Mas o senhor... o senhor teve tudo o que quis. Pais ricos, educação adequada. — Sharpe balançou a cabeça com pesar.

— Você não compreende, Sharpe.

— Mas eu compreendo, senhor. Olhe para mim. Minha mãe era uma prostituta, e pelo que me consta não era das melhores. Ela partiu, morreu e me deixou sem nada. Sem porcaria nenhuma! Quando eu for ao general Wellesley dizer a ele que o senhor vendeu armas para o inimigo, em quem ele vai acreditar? No senhor, com toda sua educação, ou em mim, que tem como mãe uma puta morta? — Sharpe olhou para Torrance como se esperasse uma resposta, mas não recebeu nenhuma. — Ele vai acreditar no senhor, não é mesmo? Ele jamais acreditaria em mim, porque não sou um cavalheiro decente que sabe latim. E sabe o que isso significa, senhor?

— Sharpe?

— Significa que a justiça não será feita, senhor. Mas, por outro lado, o senhor é um cavalheiro, e portanto conhece o seu dever, não é mesmo? — Sharpe desceu da mesa e deu a pistola, coronha para frente, a Torrance. — Aponte o cano para a orelha ou então o coloque na boca — aconselhou Sharpe. — Assim faz menos sujeira e é mais preciso.

— Sharpe! — disse Torrance, descobrindo que não tinha nada a dizer. A pistola estava pesada em sua mão.

— Não vai doer, senhor — disse Sharpe para confortá-lo. — O senhor estará morto num piscar de olhos. — Ele começou a colher as moedas da mesa para a bolsa de Torrance. Ele ouviu o clique da pistola sendo engatilhada e então olhou em torno para ver que o cano estava apontado para seu rosto. Testa franzida, balançou a cabeça em sinal de decepção. — E eu pensei que o senhor fosse um cavalheiro.

— Não sou idiota, Sharpe — disse Torrance, vingativo. Ele se levantou e deu um passo para mais perto do alferes. — E eu valho dez de você. Içado das fileiras? Sabe o que isso faz de você, Sharpe? Faz de você um bruto, um bruto de sorte, mas não faz de você um oficial verdadeiro. Jamais será aceito entre os oficiais, Sharpe. Será suportado, porque os oficiais têm boas maneiras, mas jamais o aceitarão como um deles. Você não nasceu para ser um oficial, Sharpe. — Torrance riu diante da expressão de ultraje horrorizado no rosto de Sharpe. — Meu Deus, como eu desprezo você! — disse com selvageria. — Você é como um macaco vestido, Sharpe, só que nem sabe vestir direito suas roupas! Eu poderia cobri-lo com laços e rendas, e você continuaria parecendo um plebeu, porque é isso que você é. Oficiais devem ter estilo! Devem ter garbo! E tudo que você pode fazer é grunhir. Sabe o que você é, Sharpe? Você é um constrangimento, você é... — Fez uma pausa, tentando encontrar o insulto certo, e balançou a cabeça em frustração quando as palavras não vieram. — Você é um furúnculo,

Sharpe! É isso que você é, um furúnculo. E a coisa mais gentil que se pode fazer a um furúnculo é extraí-lo. — Torrance sorriu. — Adeus, sr. Sharpe. — Ele apertou o gatilho.

A pedra-de-fogo golpeou o aço e uma fagulha foi cuspida para a caçoleta vazia.

Sharpe estendeu o braço em silêncio e tomou a pistola da mão de Torrance.

— Eu a carreguei, senhor, mas não a escorvei. — Concordo que sou um furúnculo, senhor, mas não sou idiota. — Empurrou Torrance de volta para a cadeira, e tudo que o capitão pôde fazer foi observar Sharpe deixar cair uma pitada de pólvora na caçoleta de escorva. Ele estremeceu quando Sharpe fechou o fulminante e se encolheu todo quando o alferes caminhou até ele.

— Não, Sharpe, não!

Sharpe posicionou-se atrás de Torrance.

— Você tentou me matar, senhor, e não gostei disso. — Pressionou a pistola contra a têmpora do capitão.

— Sharpe! — rogou Torrance. Tremia todo, parecendo impotente demais para oferecer qualquer resistência, e então a cortina de musselina da cozinha foi empurrada para o lado e Clare Wall entrou no quarto. Ela parou e fitou Sharpe com olhos arregalados.

— Clare! — implorou Torrance. — Vá buscar ajuda! Rápido! — Clare não se moveu. — Vá buscar ajuda, minha querida! — disse Torrance. — Ela testemunhará contra você, Sharpe. — Torrance virara-se para olhar Sharpe e estava balbuciando agora. — Então, o melhor que você tem a fazer é largar a pistola. Não direi nada a respeito, nada! Apenas um toque de febre em você, espero. Tudo isso não passou de um mal-entendido que todos nós vamos esquecer. Talvez pudéssemos partilhar uma garrafa de araca, o que acha? Clare, minha querida, pode nos trazer uma garrafa?

Clare deu um passo em direção a Sharpe e estendeu a mão.

— Vá buscar ajuda, minha querida — disse Torrance. — Ele não vai lhe dar a arma.

— Ele vai — disse Sharpe e deu a pistola a Clare.

Torrance deu um suspiro de alívio. Então Clare virou a pistola desajeitadamente e apontou-a para a cabeça de Torrance. O capitão fitou-a, impotente.

— Olhos para a frente, capitão — disse Sharpe e virou a cabeça de Torrance para que a bala entrasse pelo lado, exatamente como se Torrance tivesse cometido suicídio. — Tem certeza? — perguntou a Clare.

— Deus me perdoe, mas sonho em fazer isto há muito tempo. — Ela esticou o braço para que a boca da pistola tocasse a têmpora de Torrance.

— Não! — gritou ele. — Não, por favor! Não!

Mas ela não conseguiria premir o gatilho. Sharpe viu que ela queria, mas seu dedo não se movia. Sharpe pegou a arma, empurrou-a gentilmente para o lado, e então apontou o cano para o cabelo oleado de Torrance.

— Não, por favor! — rogou o capitão. Estava chorando. — Eu lhe peço, Sharpe. Por favor!

Sharpe apertou o gatilho, recuando quando sangue jorrou do crânio estilhaçado. O som da bala da pistola soara terrivelmente alto na pequena sala, que agora estava toda esfumaçada.

Sharpe se ajoelhou e enfiou a pistola na mão morta de Torrance. Pegou a bolsa com seu ouro e a empurrou para as mãos de Clare.

— Estamos indo, imediatamente — disse a ela.

Clare compreendeu a pressa e, sem dar-se ao trabalho de reunir seus pertences, seguiu Sharpe de volta para a ante-sala, onde o cadáver de Sajit jazia sobre a mesa. Seu sangue empapara os memorandos. Clare soltou um grito ao ver o sangue.

— Na verdade eu não queria matá-lo — explicou Sharpe. — Mas então entendi que se eu não fizesse isso, ele seria uma testemunha. — Viu o temor no rosto de Clare. — Confio em você, querida. Você e eu? Somos iguais, não somos? Então, vamos cair fora daqui.

Sharpe já resgatara de Sajit as três jóias, acrescentando-as à bolsa de ouro. A seguir caminhou até a varanda onde Ahmed montava guarda. Ninguém parecia ter-se alarmado com o tiro, mas não era sensato demorar-se ali.

— Trouxe um pouco de ouro, Ahmed — disse Sharpe.
— Ouro!
— Essa palavra você conhece, não é, pagãozinho? — Sharpe sorriu e então tomou Clare pela mão e a conduziu para as sombras. Um cão soltou um latido curto, e um relincho chegou das linhas de cavalaria; depois disso, apenas silêncio.

CAPÍTULO VII

Dodd precisava praticar com o fuzil. Assim, no dia em que os britânicos alcançaram o topo da escarpa alta, acomodou-se em algumas rochas e calculou o alcance até o grupo de sipaios que nivelava os últimos metros da estrada. Diferentemente de um mosquete, o fuzil era munido de uma mira decente, e Dodd estabeleceu o alcance de tiro em 180 metros. Em seguida apoiou o cano numa pedra e mirou num engenheiro de casaca azul que estava de pé logo abaixo dos sipaios suados. Um pé-de-vento soprou dos penhascos, afugentando alguns abutres, que alçaram vôo. Dodd esperou até que o vento parasse e então apertou o gatilho.

O fuzil escoiceou seu ombro com força surpreendente. A fumaça encobriu instantaneamente sua visão, mas foi dissipada por outro pé-de-vento. Dodd foi recompensado com a visão do engenheiro dobrado em dois. Pensou que tinha acertado o homem, mas então viu que o engenheiro tinha se abaixado para pegar seu chapéu de palha que ele derrubara ao reagir à passagem próxima da bala rodopiante.

Dodd recuou para ficar fora de vista e recarregou o fuzil. Era um trabalho árduo. O cano de um fuzil, ao contrário do cano de um mosquete, tinha raias espiraladas em seu interior para que a bala saísse rodopiando. O rodopio tornava a arma incrivelmente precisa, mas as raias resistiam à vareta, e a resistência era aumentada porque a bala, para ser girada pelas raias, precisava encaixar-se bem justa ao cano. Dodd embrulhou a bala num dos pedacinhos de couro oleado que aumentavam a aderência ao cano, e resmungou enquanto empurrava a vareta com força. Um dos cavaleiros mahrattas que haviam escoltado Dodd em seus percursos diários gritou um aviso. Dodd olhou sobre a rocha para ver uma companhia de infantaria de sipaios subindo até o topo da ladeira. O primeiro deles já estava no platô e vinha em sua direção. Dodd escorvou o fuzil, apoiou-o novamente na banqueta de tiro improvisada e deduziu que não considerara o efeito do vento na última bala. Apontou para o oficial sipaio, um homem cujos óculos pequenos e redondos refletiam o sol, e, desviando o cano levemente na direção do vento, disparou de novo.

O recuo do fuzil golpeou fortemente o ombro de Dodd. Fumaça elevava-se enquanto ele corria até seu cavalo e subia para a sela. Pendurou no ombro a correia do fuzil, virou o cavalo e viu que o oficial de casaca vermelha estava agora no chão com dois de seus homens ajoelhados ao seu lado. Ele sorriu. Duzentos passos!

Uma saraivada de tiros de mosquete seguiu os cavaleiros mahrattas enquanto cavalgavam para oeste em direção a Gawilghur. As balas resvalavam nas rochas ou passavam zumbindo acima de sua cabeça, mas nenhum dos cavaleiros foi tocado. Depois de 800 metros, Dodd parou, desmontou e recarregou o fuzil. Uma tropa de cavalaria sipaia subia os últimos metros da estrada, os homens caminhando enquanto conduziam seus cavalos em torno da última curva. Dodd encontrou outro lugar para repousar o fuzil, e então esperou que a cavalaria se aproximasse ao longo da beira do precipício.

Manteve a mira em 180 metros. Sabia que era um alcance muito longo, até para um fuzil, mas se conseguia acertar a 180 metros, então podia ter certeza de que mataria a 90 ou 45.

— *Sahib!* — O comandante de sua escolta estava preocupado porque os cavaleiros sipaios, muito maiores em número, haviam montado e estavam trotando em sua direção.

— Um minuto! — gritou Dodd em resposta. Ele escolheu seu alvo, outro oficial, e esperou que o homem cavalgasse para a mira do fuzil. O vento estava intermitente e soprava poeira no olho direito de Dodd, fazendo-o piscar. Suor escorria por sua face. Os cavaleiros que se aproximavam tinham desembainhado sabres cujas lâminas reluziam ao sol. Um homem portava um estandarte empoeirado num mastro curto. Aproximavam-se numa trajetória irregular, contornando rochas e arbustos baixos. Seus cavalos estavam de cabeça arriada, cansados pelo esforço de subir a colina alcantilada.

O oficial sofreou seu cavalo para permitir que os homens o alcançassem. O vento parara de soprar e Dodd apertou o gatilho e estremeceu quando a coronha pesada golpeou seu ombro ferido.

— *Sahib!*

— Estamos indo — disse Dodd e, colocando o pé esquerdo no estribo, levantou-se para a sela. Uma olhada rápida para trás revelou um cavalo sem cavaleiro e vários homens esporeando à frente em busca de vingança. Dodd riu, colocou a correia do fuzil no ombro e cutucou seu cavalo para um meio galope. Ouviu um grito às suas costas quando um cavaleiro sipaio iniciou uma perseguição, mas Dodd e sua escolta estavam montados em cavalos descansados e deixaram os sipaios com facilidade para trás.

Dodd parou seu cavalo na passagem rochosa e estreita que conduzia ao Forte Externo de Gawilghur. As muralhas estavam apinhadas de homens observando a aproximação dos inimigos, e ver esses espectadores brindou Dodd com uma idéia. Ele jogou o fuzil para o comandante de sua escolta.

— Segure para mim! — ordenou e virou seu cavalo para se defrontar com os cavaleiros em perseguição. Fez um gesto para que sua escolta seguisse para a fortaleza e desembainhou sua espada. Era uma arma belíssima, de fabricação européia, que fora enviada para a Índia, onde artífices a haviam munido de um cabo de ouro em forma de cabeça de elefante. O comandante da escolta, encarregado de proteger a vida de Dodd, quis ficar, mas Dodd insistiu em que ele seguisse para a fortaleza. — Eu me juntarei a vocês em cinco minutos — prometeu.

Dodd barrou a estrada. Olhou para trás uma vez, apenas para conferir que os baluartes do Forte Externo estavam apinhados de gente, e então olhou para os cavaleiros que se avizinhavam. Os cavaleiros reduziram a velocidade à medida que se aproximavam do istmo rochoso. Caso tivessem continuado o galope, Dodd teria girado o cavalo e corrido mais que eles; em vez disso, eles sofrearam os cavalos suados e se puseram a observar Dodd a uma centena de passos. Os cavaleiros sabiam o que ele queria, mas Dodd saudou-os com sua espada, apenas para garantir que entenderiam seu desafio. Um *havildar* tocou seu cavalo à frente, mas uma voz inglesa convocou-o de volta e o homem relutantemente virou seu cavalo.

O oficial inglês desembainhou seu sabre. Perdera seu chapéu no galope ao longo do precipício, de modo que exibia seus cabelos compridos e lisos emporcalhados com suor e terra. Usava uma jaqueta preta e escarlate e estava montado num cavalo castrado baio muito alto, esbranquiçado pelo próprio suor. O oficial inglês saudou Dodd posicionando a guarda do sabre diante do rosto, e com as pontas das esporas tocou os flancos do castrado; o cavalo avançou a passo lento. Dodd esporeou seu cavalo. Os dois cavaleiros aproximaram-se lentamente. O inglês iniciou um trote e então golpeou os calcanhares nos flancos do cavalo, incitando o animal a um meio galope. Dodd viu baforadas de poeira subindo dos cascos do castrado. Ele manteve seu cavalo num passo lento, apenas iniciando um trote no último segundo, quando o inglês levantou-se em seus estribos para desfechar um golpe de sabre ao estilo do corte de uma foice.

Dodd deu uma puxadinha na rédea; o cavalo desviou para a esquerda. Em seguida, Dodd virou de novo para a direita e continuou virando. O sabre passara zunindo a míseros cinco centímetros de sua cabeça e Dodd nem mesmo dera-se ao trabalho de usar sua espada para aparar o golpe. Esporeou o cavalo para que avançasse, seguindo o oficial que tentava girar sua montaria. O inglês ainda estava meio virado, ainda puxando as rédeas, quando Dodd atacou. O sabre do oficial inglês aparou desajeitadamente o golpe, conseguindo apenas desviar a arremetida da espada. Dodd recolheu a espada e desferiu outro golpe enquanto passava; sentiu a lâmina atingir o alvo e puxou as rédeas. Então estava virando-se novamente; e o inglês também estava virando, de modo que os dois cavalos desenharam um círculo em movimento, focinho com cauda, e o sabre e a espada emitiram um clangor ao colidir. Dodd era mais alto que seu oponente, mas o jovem inglês — um tenente que não parecia um dia mais velho que 18 anos — era forte, e o golpe de Dodd nem chegara a cortar o tecido de sua casaca. Ele rangeu os dentes enquanto golpeava. Dodd aparou, e aparou de novo, e as duas lâminas travaram uma à outra, cabo contra cabo. Dodd empurrou seu peso para a frente, tentando desequilibrar o jovem.

— Você é Dodd, não é? — disse o tenente.

— Setecentos guinéus para você, menino.

— Traidor — disse o jovem inglês, cuspindo.

Dodd empurrou o sabre e chutou o cavalo do tenente para que andasse à frente. Então, espada solta, Dodd tentou desfechar um golpe, mas o tenente virou novamente o cavalo. O combate estava cerrado demais para que os homens pudessem lutar direito. Estavam tão próximos que podiam sentir o bafo um do outro; o do tenente era de tabaco. Podiam acertar seu oponente com os cabos das espadas, mas não podiam usar as lâminas. Se cada cavalo tivesse sido adestrado apropriadamente, eles andariam de lado, afastando-se do impasse. Mas os cavalos sabiam apenas andar para a frente e Dodd foi o primeiro a aceitar o risco usando suas esporas. Usou-as com selvageria, assustando o cavalo para que saltasse à frente, e mesmo assim estremeceu com o golpe esperado quando o sabre inimigo dirigiu-se à sua espinha, mas o tenente foi lento e errou.

Dodd cavalgou vinte passos pela trilha, em direção aos sipaios que se mantinham observando, e virou de novo. O tenente estava ganhando confiança e sorriu quando o homem alto investiu contra ele. Abaixou o sabre, usando sua ponta como uma lança, e fez o cavalo exausto trotar. Dodd também apontou sua espada para a frente, firmando o cotovelo, e no último segundo puxou a rédea; seu cavalo girou para a direita, para o lado desprotegido do tenente. Dodd puxou a espada lateralmente ao seu corpo e desferiu um golpe à frente num movimento fluido, avançando a lâmina transversalmente contra a garganta do tenente. O sabre do tenente ainda se levantava para aparar o golpe quando o sangue jorrou. O tenente estremeceu, o cavalo parou. O braço com que o jovem empunhava o sabre caiu enquanto Dodd ainda se virava. Dodd emparelhou com seu oponente, cuja casaca agora estava escurecida por sangue, e estocou a espada no pescoço do oficial britânico uma segunda vez, agora com a ponta para a frente. O tenente estrebuchou como um rato nas mandíbulas de um *terrier*.

Dodd liberou sua espada e a embainhou. Inclinou-se à frente, tomou o sabre da mão flácida do moribundo e empurrou o tenente para que caísse do cavalo. Um dos pés estava preso num estribo, mas enquanto Dodd agarrava a rédea do castrado e o puxava para a fortaleza, a bota soltou e o rapaz caiu, esparramando-se numa poça de sangue enquanto Dodd conduzia seu troféu para casa.

Os indianos nas muralhas gritaram de alegria. Os sipaios esporearam seus cavalos para que avançassem. Dodd correu deles, mas os cavaleiros de Madras seguiram apenas até onde jazia o jovem tenente. Dodd continuou cavalgando, brandindo acima da cabeça o sabre capturado.

Um canhão disparou do forte e a bala uivou sobre o istmo para colidir entre os cavaleiros reunidos em torno de seu oficial. Um segundo canhão disparou e subitamente os cavaleiros britânicos e seus cavalos estavam fugindo em pânico. Os soldados nas muralhas puseram-se a gritar ainda mais alto. Manu Bapu estava no grande arcobotante perto da entrada fortificada; primeiro apontou um dedo para Dodd, censurando-o por ter assumido tamanho risco, depois juntou as palmas em agradecimento pela vitória, e finalmente levantou os braços acima da cabeça para saudar o herói. Dodd soltou uma gargalhada e curvou a cabeça em agradecimento. Então viu, para sua surpresa, que sua casaca branca fora tingida em vermelho pelo sangue do tenente.

— Quem diria que aquele rapaz tinha tanto sangue nas veias? — comentou ao líder de sua escolta no portão da fortaleza.

— *Sahib?* — retrucou o homem, intrigado.

— Esqueça.

Dodd pegou o fuzil de volta e esporeou seu cavalo para o Portão Délhi de Gawilghur. Os homens nos baluartes que ladeavam o caminho de entrada pavimentado saudaram sua volta.

Dodd não parou para falar com Manu Bapu. Em vez disso, cavalgou através do Forte Externo e saiu pelo portão sul. Depois conduziu seu cavalo capturado pela trilha íngreme no barranco. No final, a trilha virava repentinamente para a esquerda antes de subir para o imenso portão do Forte Interno. Os quatro portões pesados que barravam a entrada estavam todos abertos para ele, e os cascos de seus dois cavalos ecoavam das muralhas altas enquanto ele cavalgava pela passagem sinuosa. Um a um os portões fecharam-se ruidosamente às suas costas e as travas grossas desceram para seus suportes.

O cavalariço de Dodd esperava depois do último portão. Dodd desceu de seu cavalo e entregou ambas as rédeas ao homem, ordenando-o a dar de beber ao cavalo capturado antes de esfregá-lo. Entregou a espada ao seu criado, instruindo-o a limpar o sangue da lâmina. Apenas então Dodd virou-se para Beny Singh, que chegara do jardim do palácio. Vestido numa túnica de seda verde, o *killadar* estava acompanhado por dois criados, um para manter um guarda-sol sobre a cabeça perfumada de Beny Singh e o outro para segurar o cachorrinho branco do *killadar*.

— Essa gritaria toda, o que foi? — perguntou afoito Beny Singh. — Os canhões dispararam? — Olhou horrorizado para o sangue que empapava a casaca de Dodd. — Está ferido, coronel?

— Houve uma luta — disse Dodd e esperou enquanto um dos criados traduzia para o *killadar*. Dodd falava um pouco de mahrathi, mas era mais fácil comunicar-se através de intérpretes.

— Os *djinns* estão aqui! — gritou Beny Singh. O cachorrinho ganiu e os dois servos entreolharam-se nervosos.

— Eu matei um *djinn*! — rosnou Dodd. Segurou a mão gorducha de Beny Singh e forçou-a contra sua casaca molhada. — O sangue não é meu, mas é fresco. — Ele esfregou a mão do *killadar* no tecido emporcalhado e então levantou os dedos gordos até sua boca. Mantendo os olhos fixos nos de Beny Singh, ele lambeu o sangue da mão do *killadar*. — Eu sou um *djinn*, *killadar*, e bebo o sangue de meus inimigos — disse Dodd, largando a mão de Beny Singh.

Beny Singh recuou, repugnado com o sangue. Estremeceu, e então limpou a mão na túnica de seda.

— Quando atacarão?

— Em uma semana, talvez — presumiu Dodd. — E então serão derrotados.

— Mas e se entrarem? — perguntou ansioso.

— Então matarão você — disse Dodd. — E depois estuprarão sua esposa, suas concubinas e suas filhas. Farão fila para ter esse prazer, *killadar*. Eles copularão como porcos. — E, grunhindo como um porco, Dodd moveu sua virilha para frente e para trás.

Beny Singh recuou um passo e declarou, indignado:

— Eles não vão fazer isso!

— Não vão fazer porque não vão entrar — disse Dodd. — E não vão entrar porque alguns de nós são homens e vão lutar.

— Tenho veneno! — disse Beny Singh, não compreendendo as palavras finais de Dodd. — Se achar que eles vão vencer, poderá me avisar, coronel?

Dodd sorriu.

— Tem a minha promessa, *sahib* — disse, fingindo humildade.

— É melhor que minhas mulheres morram — insistiu Beny Singh.

— É melhor que você morra — disse Dodd —, para não ser forçado a ver os *djinns* brancos tirarem prazer de suas mulheres moribundas.

— Eles não fariam!

— O que mais viriam fazer aqui? — perguntou Dodd. — Por acaso acha que não ouviram falar da beleza das suas mulheres? Todas as noites eles se reúnem em torno de suas fogueiras para falar sobre elas, e todos os dias sonham com suas coxas e seios. Eles mal podem esperar, *killadar*. Os prazeres das suas mulheres atraem os casacas vermelhas para nós.

Beny Singh fugiu das palavras horrendas e Dodd abriu um sorriso. Ele havia concluído que apenas um homem poderia comandar aquele lugar. Beny Singh era o comandante da fortaleza, e embora fosse um covarde desprezível, também era amigo do rajá, e essa amizade assegurava a lealdade da maior parte da guarnição residente de Gawilghur. O resto dos defensores da fortaleza estava dividido em dois acampamentos. Havia os soldados de Manu Bapu, liderados pelos remanescentes dos Leões de Alá e leais ao príncipe, e os Cobras de Dodd. Mas se apenas um dos três líderes saísse, então esse homem regeria Gawilghur, e quem regesse Gawilghur regeria a Índia.

Dodd tocou a coronha do fuzil. Isso ajudaria e, quanto ao *killadar*, Beny Singh estava tão aterrorizado que não poderia lhe causar nenhum mal. Dodd sorriu e galgou os degraus até os baluartes, de onde, com uma luneta, observaria os britânicos subirem com o primeiro canhão até a borda do platô. Uma semana, pensou, talvez um dia a mais, e então os britânicos viriam para seu abate. E para concretizar as ambições de William Dodd.

— O sujeito estava usando um fuzil! — disse o major Stokes, pasmo. — Tenho certeza, um fuzil! A uma distância daquela não pode ter sido outra coisa. Duzentos passos, no mínimo, e ele tirou um fino de minha cabeça! O fuzil é uma arma muito subestimada, não acham?

— Um brinquedo — definiu o capitão Morris. — Nada substituirá os mosquetes.

— Mas a precisão! — declarou Stokes.

— Soldados não podem usar fuzis — disse Morris. — Seria como dar facas e garfos a porcos. — Contorceu-se em sua cadeira de acampamento e gesticulou para seus homens da 33ª Companhia Ligeira. — Olhe para eles! Metade desses cretinos não sabe discernir qual das extremidades do mosquete deve ser acoplada. São uns inúteis. Seria melhor armar os bastardos com lanças.

— Se é o que você acha... — disse Stokes em tom desaprovador.

A estrada aberta por Stokes alcançara o platô e agora ele iniciara a construção das baterias de canhões de arrebentamento. A 33ª Companhia Ligeira, que escoltara Stokes de Misore para norte, fora encarregada do trabalho de proteger os sapadores que construiriam as baterias. O capitão Morris não gostara nem um pouco daquelas ordens, porque teria preferido ser mandado de volta para sul em vez de acampar ao lado do istmo rochoso que prometia ser uma vizinhança extremamente barulhenta nos próximos dias. Havia uma chance da guarnição de Gawilghur ser enviada para destruir as baterias, e mesmo que o perigo não se materializasse, era certo que os artilheiros mahrattas nas muralhas do Forte Externo tentariam destruir a obra nova com seus canhões.

O sargento Hakeswill aproximou-se da tenda de Stokes. Ele parecia distraído, tanto que sua saudação foi bem menos entusiasmada que o usual.

— Ouviu as notícias, senhor? — disse a Morris.

Morris franziu os olhos para o sargento.

— Notícias — disse gravemente. — Notícias? Não posso dizer que ouvi, sargento. O inimigo se rendeu?

— Nada tão bom, senhor. Nada tão bom.

— Você parece pálido, homem! — disse Stokes. — Está doente?

— Estou de coração pesado, senhor. Muito pesado. — O sargento Hakeswill fungou sonoramente e até enxugou uma lágrima inexistente em sua bochecha trêmula. — O capitão Torrance está morto, senhor — anunciou. — O sargento tirou a barretina e segurou-a diante do peito. — Morto, senhor.

— Morto? — perguntou Stokes casualmente. Ele não conhecia Torrance.

— Tirou a própria vida, senhor. É isso que quero dizer. Matou seu escriturário com uma faca e depois virou a pistola para si mesmo. — O sargento demonstrou a ação fingindo apontar uma pistola para a própria cabeça e apertar o gatilho. Fungou de novo. — E ele era um dos melhores oficiais que já conheci, e olha que já conheci muitos. Um oficial e um cavalheiro à sua altura, senhor — disse a Morris.

Morris, tão pouco comovido com a morte de Torrance quanto Stokes, fez uma careta.

— Matou o escriturário, é? Bem feito. Isso vai ensinar o cretino a manter o livro de contabilidade bem organizado.

— Estão dizendo, senhor, que ele... — Hakeswill baixou a voz. — ...pode ter sido antinatural.

— Antinatural? — perguntou Stokes.

— Com seu escriturário, senhor. Perdoe-me por mencionar uma coisa tão suja. Ele e o escriturário dele, senhor. Porque ele estava nu, quero dizer, o capitão estava, e o escriturário era um rapaz bonito, apesar de escuro. Ele tomava muito banho, e o capitão gostava disso.

— Está sugerindo que foi uma briguinha de namorados? — perguntou Morris e riu.

— Não, senhor — disse Hakeswill, virando-se para olhar para a borda do platô e para a imensidão do céu acima da planície Deccan. — Porque não foi. O capitão não era sempre antinatural, não mesmo. Não foi uma briguinha de namorados, apesar de o capitão estar nu em pêlo. O capitão gostava de ficar nu. Ele dizia que assim ficava refrescado e suas roupas ficavam limpas, mas não havia nada estranho nisso. Não para ele. E ele não era um homem sujo e antinatural. Ele gostava de *bibbis*, gostava sim. Era um cristão. Um cavalheiro cristão, era isso que ele era. E ele não se matou. Eu sei quem o matou, senhor, sei sim.

Morris deu de ombros, como se as divagações de Hakeswill estivessem além de qualquer entendimento.

— Mas o que importa, senhor — Hakeswill virou-se de volta para encarar Morris e assumir posição de sentido —, é que não estou mais com os bois, senhor. Recebi ordens de voltar com o senhor para onde é meu lugar, senhor. Parece que algum oficial assumiu os deveres do capitão Torrance e não me quer mais porque tem seu próprio sargento. — Recolocou a barretina e saudou Morris. — Estou às suas ordens, senhor! Junto com os recrutas Kendrick e Lowry, senhor. Outros assumiram funções no comboio de bois, senhor, e estamos novamente sob o seu comando, como sempre quisemos estar. Senhor!

— Seja bem-vindo de volta, sargento — disse Morris, lacônico. — Tenho certeza de que a companhia ficará satisfeita com seu retorno.

— Eu sei que ficarão, senhor. Sou como um pai para eles, senhor — acrescentou Hakeswill a Stokes.

Stokes olhou intrigado para Hakeswill.

— Sargento, quem você acha que matou o capitão Torrance? — perguntou e, quando Hakeswill não disse nada, simplesmente ficando parado com o rosto tremendo, o major insistiu. — Se sabe de alguma coisa, fale, homem! Isto é um crime! Você tem o dever de falar.

— Foi ele, senhor. — Os olhos do sargento se alargaram. — Foi Sharpezinho, senhor.

Stokes riu.

— Não diga absurdos, homem. O pobre Sharpe é prisioneiro! Ele está trancado na fortaleza, não tenho dúvida.

— Foi o que todos nós ouvimos, senhor — disse Hakeswill. — Mas eu sei a verdade.

— O calor derreteu os miolos dele — explicou Morris a Stokes e, com um gesto, dispensou o sargento. — Leve suas coisas para a companhia, sargento. E estou feliz por tê-lo de volta.

— Fico comovido com suas palavras, senhor — disse fervorosamente Hakeswill. — E fico feliz por estar em casa, senhor, de volta ao lugar a que pertenço. — Fez mais uma saudação, girou nos calcanhares e se retirou.

— Sal da terra — disse Morris.

Dado seu pouco conhecimento de Hakeswill, o major Stokes não entendeu o veredicto, mas não disse nada. Em vez disso, vagou alguns passos para norte a fim de observar os sapadores que estavam ocupados escavando o solo fino do platô para encher gabiões feitos de bambu verde trançado. Os gabiões, grandes cestas de vime cheias de terra, seriam empilhados como uma parede para absorver os tiros de canhão do inimigo enquanto os sítios de bateria estivessem sendo nivelados. Stokes já decidira fazer o trabalho inicial à noite, porque o período vulnerável para montar as baterias perto da fortaleza seriam as primeiras horas, e à noite os tiros inimigos provavelmente seriam imprecisos.

O major estava montando quatro baterias. Duas, as de arrebentamento, seriam construídas no fundo do istmo entre afloramentos de rochas negras que jaziam a menos de 400 metros da fortaleza. As rochas, com os gabiões, proveriam aos artilheiros alguma proteção do fogo de resposta da fortaleza. Sapadores, escondidos do forte por um desnível de terreno, já estavam abrindo uma estrada até o sítio proposto para os canhões de arrebentamento. Duas outras baterias seriam construídas a leste do istmo, na beira do platô, e esses canhões brindariam com fogo de flanco as brechas crescentes.

Seriam abertas três brechas. Essa decisão fora tomada quando Stokes, no começo da manhã, arrastara-se até o mais perto que ousou chegar da fortaleza e, escondido entre as rochas acima do tanque cheio pela metade, examinara a muralha do Forte Externo através de sua luneta. Procedera o exame por um longo tempo, contando as seteiras dos canhões e tentando estimar quantos homens estavam postados nas banquetas de tiro. Na verdade aqueles detalhes não lhe diziam respeito, porque seu trabalho se limitava a arrebentar as muralhas, mas Stokes ficou animado com o que viu.

Havia duas muralhas, ambas construídas na ladeira íngreme que dava para o platô. A ladeira era tão escarpada que a base da muralha interna posava alta acima do parapeito da muralha externa. E aquilo era uma notícia excelente, porque abrir uma brecha dependia da capacidade de atingir a base de uma muralha. Aquelas muralhas, erigidas muito tempo atrás, não tinham sido projetadas para deter artilharias, mas para deter homens. Stokes concluiu que poderia posicionar seus canhões de modo que atingissem ambas as muralhas ao mesmo tempo, e que quando a construção antiga ruísse, os destroços iriam empilhar-se pela ladeira, criando rampas naturais pelas quais os atacantes poderiam escalar.

A muralha parecia não ter recebido reparos desde sua construção. Para Stokes isso era evidente porque as pedras escuras estavam cobertas com líquen verde, e ervas daninhas brotavam das fendas entre os blocos. As muralhas pareciam formidáveis, porque eram muito altas e bem providas com bastiões imensos que permitiriam aos defensores prover fogo de flanco, mas Stokes sabia que as pedras que revestiam as faces externas das duas muralhas apenas disfarçavam um coração grosso de cascalho empilhado; uma vez que a face exterior fosse estilhaçada, o cascalho vazaria para fora. Algumas balas de canhão seriam suficientes para romper as faces interiores. Seriam necessários dois dias de trabalho, calculou. Dois dias de disparos pesados derrubariam as muralhas.

Stokes não fizera seu reconhecimento sozinho; fora acompanhado pelo tenente-coronel William Kenny, da Companhia das Índias Orientais, que lideraria o assalto às brechas. Kenny, um homem taciturno, de queixo quadrado, postara-se ao lado de Stokes.

— E então? — finalmente perguntara, depois que Stokes passara cinco minutos em silêncio examinando as muralhas.

— Dois dias de trabalho, senhor — disse Stokes. Se os mahrattas construíssem uma esplanada, teríamos de suar durante duas semanas, mas eles são tão confiantes que nem se deram ao trabalho de proteger a base da muralha externa.

Kenny resmungou antes de dizer:

— Se é tão fácil, então abra dois buracos na muralha interna para mim.

— Não na externa? — perguntou Stokes.

— Uma servirá para mim lá — disse Kenny, colocando um olho na sua luneta. — Uma fresta bem ampla na muralha mais próxima, Stokes, mas não perto demais do portão principal.

— Devemos evitar isso — disse o major.

O portão principal ficava à esquerda, de modo que a força de ataque à fortaleza iria se deparar com muralhas e bastiões altos em vez de com um portão vulnerável ao fogo de artilharia. Entretanto, aquele portão era pesadamente defendido por bastiões e torres, de modo que provavelmente estaria apinhado com defensores.

— Direto para o meio — disse Kenny, revirando-se para fora de seu ponto de observação. — Dê-me uma brecha à direita daquele bastião principal, e duas a cada lado dele através da muralha interna, e nós faremos o resto.

Seria muito fácil derrubar as muralhas, mas Stokes ainda temia pelos soldados de Kenny. Seu ataque seria limitado pela existência do grande reservatório que jazia à direita do istmo. A água tinha nível baixo e era muito lamacenta, mas ainda assim restringiria a rota de assalto, fazendo com que os homens de Kenny ficassem espremidos entre a água e o abismo à esquerda. Esse espaço exíguo, com pouco mais de 15 metros em sua parte mais estreita, seria abalado por disparos de canhão, muitos deles provindos das banquetas de tiro acima e em torno do portão principal que flanqueava a rota de aproximação. Stokes já havia determinado que suas baterias de flanco deviam poupar balas para aquele portão, numa tentativa de deslocar o canhão e desestabilizar os defensores.

Agora, debaixo do sol do meio-dia, o major perambulava entre os sapadores que enchiam os gabiões. Testou cada um deles, certificando-se de que os sipaios estavam socando com força a terra nas cestas de vime, porque um gabião sem estar totalmente preenchido não servia para nada. Os gabiões terminados estavam sendo empilhados em carros de bois, enquanto outros carros carregados de pólvora e balas de canhão esperavam nas proximidades. Tudo estava sendo feito a contento, e o major olhou sobre o platô para onde os soldados recém-chegados estavam montando acampamento. As tendas mais próximas, rasgadas e improvisadas, pertenciam a uma tropa de cavaleiros mahrattas que haviam se aliado aos britânicos. Stokes, observando os guardas vestidos em túnicas, sentados perto das tendas, decidiu que faria melhor se guardasse seus bens mais valiosos em outro lugar e mandasse seu criado ficar de olho no baú. O restante dos cavaleiros mahrattas tinham trotado para norte, indo procurar fontes ou poços, porque estava muito seco aqui no platô. Mais seco e mais frio do que na planície, embora ainda fizesse muito calor. Redemoinhos de poeira giravam entre as fileiras de tendas mais distantes, onde mosquetes estavam empilhados formando tripés. Alguns oficiais em mangas de camisa, presumivelmente de batalhões da Companhia das Índias Orientais, jogavam críquete num trecho de terreno onde o gramado era mais liso, observados por curiosíssimos sipaios e soldados da Brigada Escocesa.

— Não é o tipo de jogo deles, não é, senhor? — A voz de Hakeswill perturbou o major Stokes.

O major se virou.

— Hein?

— Críquete, senhor. É complicado demais para pagãos e escoceses, senhor, por ser um jogo que requer cérebro, senhor.

— Você joga, sargento?

— Eu, senhor? Não, senhor. Não tenho tempo para brincar, sendo soldado dia e noite, senhor.

— Um passatempo faz bem a um homem — disse Stokes. — O seu coronel, por exemplo, toca violino.

— *Sir* Arthur toca, senhor? — perguntou Hakeswill, claramente não acreditando em Stokes. — Nunca tocou perto de mim, senhor.

— Eu lhe asseguro que ele toca — disse Stokes. Estava irritado com a presença de Hakeswill. Antipatizava imensamente com o homem, embora Hakeswill houvesse passado muito pouco tempo como substituto de Sharpe. — E então, sargento, o que você quer?

O rosto de Hakeswill estremeceu.

— Vim ser útil para o senhor.

A resposta intrigou Stokes.

— Achei que você tinha sido chamado de volta para os serviços da companhia.

— E fui, senhor, e já era hora. Mas estava pensando no pobre Sharpezinho, que segundo o senhor, está amargando pena numa prisão pagã, coisa que eu não sabia até o senhor me contar.

Stokes deu de ombros.

— Ele provavelmente está sendo bem tratado. Os mahrattas não são conhecidos por serem cruéis com seus prisioneiros.

— Eu estava pensando que ele talvez tenha deixado sua mochila com o senhor.

— Por que ele faria isso? — indagou Stokes.

— Só estava pensando, senhor. Oficiais não gostam de carregar sua bagagem para toda parte, não se quiserem manter sua dignidade. E se a mochila dele está com o senhor, então talvez devêssemos aliviar o senhor dessa responsabilidade, por conta do sr. Sharpe ser nosso camarada há muitos anos. Era isso que eu estava pensando, senhor.

Stokes ficou desconfiado, mas não soube ao certo por quê.

— Não é uma responsabilidade pesada, sargento.

— Nunca achei que fosse, senhor. Mas andar com uma mochila para cima e para baixo seria muito incômodo para o senhor, que já tem tantos fardos nos ombros. E pensei em tomar para mim essa responsabilidade, senhor.

Stokes fez que não com a cabeça.

— Acontece, sargento, que o sr. Sharpe deixou sua mochila comigo e prometi a ele que a manteria em segurança, e não sou homem de quebrar minhas promessas. Ficarei com a mochila.

— Como quiser, senhor! — exclamou amargamente Hakeswill.

— Apenas julguei que seria um ato cristão da minha parte, senhor.

Hakeswill girou nos calcanhares e saiu marchando. Stokes observou-o por algum tempo, mas então balançou a cabeça e virou-se para o acampamento, que crescia a olhos vistos.

Esta noite, pensou Stokes. Esta noite montaremos as baterias. Amanhã os canhões grandes serão rebocados para cima. Mais um dia para encher as caixas de munição com pólvora e balas de canhão, e começaria o quebra-pedra. Dois dias disparando canhões ininterruptamente, e então aqueles jogadores de críquete conduziriam o ataque através do istmo. Pobres coitados, pensou Stokes. Pobres coitados.

— Odeio ações noturnas — queixou-se a Hakeswill o capitão Morris.

— Por causa de Serringapatam, senhor? Uma confusão dos diabos, aquilo.

O batalhão atacara à noite um bosque nos arrabaldes de Seringapatam e as companhias tinham se separado. Alguns soldados haviam se perdido, sendo então capturados e punidos pelo inimigo.

Morris prendeu sua bainha no cinto e vestiu o chapéu. Estava muito escuro lá fora, e em breve os bois arrastariam os gabiões para a frente até a posição escolhida por Stokes para as baterias de canhões de arrebentamento. Como aquele seria um momento oportuno para o inimigo emergir da fortaleza, Morris e sua companhia formariam uma linha piquete à frente das baterias propostas. Vigiariam a fortaleza e, caso um ataque fosse realizado, resistiriam a ele; depois recuariam lentamente, protegendo os sapadores até que as tropas de reserva — um batalhão de sipaios — pudesse avançar do platô. Com alguma sorte, torcia fervorosamente Morris, o inimigo não levantaria da cama.

— Esta noite, Morris! — O major Stokes estava indecentemente animado. — Seus rapazes estão prontos?

— Prontos, senhor.

Stokes conduziu Morris alguns metros para longe de sua tenda e olhou para a fortaleza, que não era nada além de uma forma escura na noite, além da escuridão das rochas.

— O caso é que eles poderão ver nossas lanternas e ouvir nossos carros de bois. Assim, poderão formar uma barragem de artilharia muito danosa. Mas não se preocupe com isso. Seu único trabalho é vigiar a infantaria que sairá do portão.

— Eu sei, senhor.

— Portanto, não use os seus mosquetes! Quando ouço tiros de mosquete, capitão, penso em infantaria. Depois chamarei os soldados de Madras, e num estalar de dedos o lugar estará cheio de casacas vermelhas que não saberão quem é quem na escuridão. Portanto, nada de tiros, entendeu? A não ser que veja a infantaria inimiga. Então mande uma mensagem para mim, lute a boa luta e aguarde apoio.

Morris resmungou. Já ouvira isso duas vezes, e não precisava de instruções uma terceira vez, mas ainda assim virou-se para a companhia que estava formada e pronta.

— Ninguém atirará sem minha permissão expressa, entenderam?

— Eles entendem, senhor — respondeu Hakeswill pela companhia. — Um tiro de mosquete sem permissão e o culpado ficará com as costas em carne viva, senhor.

Morris conduziu a companhia avante, seguindo a velha estrada que levava diretamente até o portão do Forte Externo. A noite estava horrivelmente escura, e depois de percorrer alguns passos para fora do acampamento dos engenheiros, Morris mal podia ver a estrada. As botas de seus soldados ressoavam alto no cascalho. Caminhavam devagar, tateando e usando a parca iluminação do fiapo de lua que pendia sobre Gawilghur como uma cimitarra de prata.

— Permissão para falar, senhor? — A voz rouca de Hakeswill soou de perto de Morris.

— Não tão alto, sargento.

— Falarei baixo, senhor. Silencioso como um ratinho, senhor. Se estamos aqui, isso significa que nos juntaremos ao ataque ao forte, senhor?

— Deus, não! — disse Morris fervorosamente.

Hakeswill soltou uma risadinha.

— Achei que deveria perguntar, senhor, para fazer meu testamento, senhor.

— Testamento? — perguntou Morris. — Você precisa de um testamento, Hakeswill?

— Tenho alguma riqueza — disse Hakeswill defensivamente. E em breve, calculou, ele teria ainda mais, porque confirmara sua dedução de que a mochila desaparecida se encontrava em poder do major Stokes.

— Você tem alguma riqueza? Você? — perguntou Morris, sarcástico. — E para quem vai deixar sua herança?

— Para o senhor. Se me permitir, senhor. Não tenho família além do exército, senhor, que é como uma mãe para mim.

— Então faça seu testamento, homem! Connors pode redigir um para você. — Connors era o escriturário da companhia. — Mas tenho certeza de que esse documento será redundante.

— Seja lá o que isso signifique, senhor, eu desejo o mesmo.

Os dois homens ficaram em silêncio. A silhueta negra da fortaleza se achava bem mais próxima e Morris estava nervoso. Qual era, afinal de contas, o propósito daquele exercício fútil? Ele duvidava que pudesse ver soldados de infantaria inimigos, não naquele breu, a não ser que os imbecis decidissem carregar uma lanterna. Algumas luzes apareceram em Gawilghur. Nas paredes do Forte Externo bruxuleava uma luz que talvez fosse projetada pelas fogueiras e lampiões do Forte Interno. Morris também podia ver trechos na muralha onde fogueiras ou tochas ardiam dentro das defesas mais próximas. Mas aquelas luzes espalhadas não o ajudariam a ver uma força inimiga saindo do portão.

— Já avançamos demais — disse Morris. Ele não tinha certeza se estavam realmente próximos do forte, mas não tinha qualquer intenção em avançar mais. Assim, parou e sussurrou para Hakeswill que espalhasse seus homens para oeste através do istmo. — Cinco passos entre cada par de homens, sargento.

— Cinco passos serão, senhor.

— Se alguém vir ou ouvir qualquer coisa, deverá passar a informação até aqui para mim.

— Farão isso, senhor.

— E que nenhum idiota acenda um cachimbo, ouviu? Não quero o inimigo despejando granadas em nós porque algum idiota precisa saciar o desejo de fumar.

— Suas ordens estão anotadas, senhor. E onde quer que eu fique, senhor?

— Lá no fim da linha, sargento. — Morris era o único oficial na companhia, porque tanto seu tenente quanto seu alferes haviam contraído a febre e permanecido em Misore. Mas Hakeswill, ele acreditava, valia tanto quanto um tenente. — Se tiver certeza de que viu o inimigo, pode ordenar aos homens que atirem, mas Deus o proteja se estiver errado.

— Compreendido, senhor — disse Hakeswill e então sussurrou para seus homens se espalharem.

Os soldados desapareceram na escuridão. Durante um momento ouviu-se botas pisando o chão, coronhas de mosquetes batendo em rochas e resmungos enquanto os casacas vermelhas se assentavam, mas de repente o silêncio se fez. Ou quase. O vento suspirava na beira do penhasco enquanto uma música plangente e dissonante chegava lá do forte. Pior que as gaitas de foles, pensou amargamente Morris.

Os primeiros gemidos de eixos soaram enquanto os bois puxavam os gabiões adiante. O ruído agora seria contínuo e, cedo ou tarde, o inimigo reagiria abrindo fogo. Morris acreditava que mesmo então teria poucas chances de enxergar qualquer coisa, porque os lampejos dos disparos iriam cegá-lo. A primeira coisa que veria de um inimigo seria o reflexo das estrelas numa lâmina. Cuspiu no chão. Mas que perda de tempo.

— Morris! — sibilou uma voz na escuridão. — Capitão Morris!

— Aqui! — Virou-se para a voz, que chegara de trás, vinda da estrada no platô. — Aqui!

— Coronel Kenny — identificou-se a voz, ainda num sussurro. — Não se incomode comigo, estou sondando o lugar.

— Claro que não, senhor. — Morris não gostava da idéia de um oficial superior vir até a linha piquete, mas ele não podia dispensar o homem. — É uma honra recebê-lo, senhor — disse e então sibilou um aviso aos seus homens. — Oficial mais antigo presente, não se assustem, retransmitam a mensagem aos demais.

Morris ouviu os passos de Kenny sumirem à sua direita. Então o murmúrio baixo de uma conversa, e depois silêncio novamente, exceto pelo guinchado demoníaco dos eixos do carro de bois. Um momento depois, a luz de uma lanterna apareceu atrás das rochas onde Stokes estava montando uma das baterias principais. Morris se preparou para uma reação do inimigo, mas a fortaleza continuou silenciosa.

O ruído cresceu à medida que os sapadores retiravam os gabiões dos carros e os passavam de mão em mão rocha acima, de modo a formar um bastião espesso. Um homem praguejou, outros grunhiram, e os cestos grandes bateram na pedra. Outra lanterna foi acesa, e desta vez o homem que a carregava subiu as rochas para ver o local onde os gabiões estavam sendo dispostos. Uma voz ordenou que ele se abaixasse.

O forte finalmente acordou. Morris ouviu passos na banqueta de tiro próxima, e viu um lampejo rápido quando uma tocha tocou o ouvido de um canhão, inflamando o estopim com vida vermelha.

— Meu Deus! — sussurrou Morris.

Um segundo depois, o canhão disparou. A chama cortou a noite, seu brilho iluminando momentaneamente todo o istmo e a superfície lodosa do tanque, antes de ser apagado pela fumaça. A bala de canhão gritou acima de suas cabeças, atingiu uma rocha e ricocheteou para o céu. Um segundo canhão foi disparado, sua chama iluminando a primeira nuvem de fumaça por dentro, de modo que pareceu que a muralha da fortaleza estava envolta numa aura vaporosa. A bala acertou um gabião, rompendo-o numa explosão de terra. Um homem gemeu. Cães latiam no acampamento britânico e dentro da fortaleza.

Morris olhou para o portão escuro. Não podia ver nada, porque as chamas dos canhões tinham-no furtado de sua visão noturna. Ou melhor, ele podia ver formas fantasmagóricas que sabia serem mais provavelmente frutos de sua imaginação do que a aproximação de algum inimigo selvagem. Os canhões estavam disparando cadenciadamente, mirando no pequeno trecho iluminado pela lanterna, mas então mais luzes, luzes mais brilhantes, apareceram a oeste do istmo, e alguns dos artilheiros alteraram sua mira, sem saber que Stokes acendera as luzes como despistamento.

O inimigo disparou os primeiros foguetes, que foram ainda mais ofuscantes que os canhões. Os rastros de fogo subiram dos bastiões do forte espalhando fumaça e fagulhas, e se aproximaram num vôo sinuoso, passando sobre a cabeça de Morris e seguindo para norte, rumo ao acampamento. Nenhum foguete aproximou-se de seus alvos, mas seus estampidos e chamas abalaram os nervos de todos os soldados no istmo. As primeiras granadas foram disparadas, contribuindo para o barulho reinante ao atingirem as rochas, fazendo chover fragmentos sobre os sapadores. As granadas eram disparadas com precisão pelos chefes de peças, mas eram apenas seis ou sete a cada minuto, enquanto os foguetes eram mais constantes. Morris tentou usar a luz dos rastros dos foguetes para ver o terreno entre seu esconderijo e o forte, porém havia fumaça demais, as sombras tremulavam ensandecidas, e sua imaginação encontrava movimento onde não havia nenhum. Ele conteve seu fogo, calculando que ouviria o portão abrir ou os passos dos soldados inimigos. Na muralha, os defensores gritavam ou proferiam insultos ao inimigo escondido na escuridão ou encorajando uns aos outros.

Hakeswill, na extremidade direita da linha, acocorou-se entre as rochas. Ele estivera abrigado com Kendrick e Lowry, mas a canhonada inimiga tocara-o ainda mais para a direita, até onde havia uma fenda profunda. Sabia que estava seguro ali, mas mesmo assim cada foguete que passava zunindo fazia seu rosto tremer, enquanto o estampido das granadas das balas de canhão chocando-se contra pedras fazia-o recolher os joelhos até o peito. Hakeswill sabia que havia um oficial superior visitando a linha piquete porque a mensagem anunciando a presença do coronel fora passada ao longo da linha. No caderninho de Hakeswill, qualquer oficial que visitasse uma linha piquete à noite só podia ser maluco, mas quando o coronel chamou por ele, o sargento ficou calado. Pelo menos supôs que era o oficial visitante, porque o chamado foi insistente e autoritário, mas Hakeswill o ignorou. Não queria chamar atenção para que os malditos artilheiros pagãos apontassem para ele. O oficial pode se esgoelar que não me importo, decidiu, e um momento depois o homem se afastou.

— Quem é você? — uma voz baixa perguntou ao recruta Kendrick, a poucos metros do esconderijo de Hakeswill.

— Kendrick, senhor.

— Venha comigo, recruta. Preciso da sua ajuda.

Kendrick recuou em direção à voz. Maldito oficial intrometido, pensou, mas teve de obedecer.

— Onde você está, senhor?

— Aqui, homem! Venha depressa!

Kendrick tropeçou numa pedra solta e caiu sentado. Um foguete passou sobre ele, cuspindo fogo e fagulhas, e em meio à luz efêmera ele viu uma silhueta sobre ele, e então sentiu uma lâmina encostar em sua garganta.

— Um ruído e está morto — disse a voz.

E então Kendrick ficou absolutamente imóvel. Não fez nenhum ruído, mas mesmo assim morreu.

Uma granada atingiu por sorte uma parelha de bois, estripando os animais, que mugiram de dor enquanto tombavam na estrada.

— Tirem esses bichos do caminho! — rugiu uma voz, e sipaios puseram-se a cortar os arreios e puxar os animais moribundos para as rochas. Outros homens rebocaram o carro vazio de volta para o acampamento, abrindo caminho para que o vagão seguinte trouxesse mais gabiões. — Matem eles! — ordenou o oficial. — Usem as baionetas! Nada de tiros de mosquete! — Os sipaios sacrificaram os bois, estocando repetidas vezes seus pescoços grossos enquanto os cascos ensangüentados debatiam-se violentamente. Outra granada caiu ali perto, espalhando seus estilhaços entre as rochas. As tripas espalhadas deixaram a estrada escorregadia para o carro de bois seguinte, cujo eixo guinchava como um demônio.

— Tudo em ordem, soldado? — perguntou uma voz ao recruta Lowry.

— Sim, senhor.

— Sou o coronel Kenny — disse o homem, abaixando-se ao lado de Lowry.

— Sim, senhor — reconheceu nervosamente Lowry.

— Vê alguma coisa?

— Nada, senhor — disse Lowry e arfou quando a lâmina encostou em sua garganta.

— Onde está Hakeswill? — sibilou a voz em sua orelha e Lowry subitamente compreendeu que não estava sendo interrogado pelo coronel Kenny.

— Não sei, senhor — disse Lowry e começou a gritar, mas o grito foi cortado quando a espada penetrou sua garganta.

Uma bala de canhão, disparada baixo, arrancou um pedaço da rocha que abrigava Hakeswill. O sargento choramingou enquanto tentava afundar ainda mais na fissura. Um foguete caiu trinta passos às suas costas e começou a perseguir o próprio rabo, rodopiando na relva, cuspindo fagulhas, até finalmente se alojar contra uma rocha e se extinguir num espetáculo de labaredas azuis. Outra bala de canhão martelou os gabiões, mas agora eles estavam bem empilhados e o impacto foi absorvido pela terra bem comprimida.

Um assobio soou do sítio da bateria, e então soprou mais duas vezes. Morris, aliviado pelo som, convocou os homens que estavam a sua direita.

— De volta à estrada! Passe adiante! De volta à estrada! — Graças a Deus a pior parte da provação estava terminada! Agora ele deveria recuar para as baterias e preparar-se para defendê-la durante as horas remanescentes da noite escura. Porém Morris sabia que iria se sentir muito mais seguro depois que estivesse atrás dos gabiões, assim como sabia que o término do trabalho provavelmente persuadiria os mahrattas a cessar fogo.

— Juntem-se a mim! — gritou para sua companhia. — Depressa!

A mensagem foi passada ao longo da linha piquete e os homens correram agachados para até onde Morris aguardava. Esbarraram uns com os outros enquanto se reuniam, e então agacharam-se enquanto Morris chamava por Hakeswill.

— Não está aqui, senhor — decidiu finalmente o sargento Green.

— Conte os homens, sargento — ordenou Morris.

O sargento Green contou os homens.

— Faltam três, senhor — reportou. — Hakeswill, Lowry e Kendrick.

— Malditos sejam — disse Morris.

Um foguete subiu chiando da entrada fortificada e se contorceu na noite para deixar um rastro enlouquecido de chamas envoltas em fumaça, e desceu para a esquerda, mergulhando no barranco que franjava o istmo. Enquanto caía, o foguete deitou sua luz nos penhascos íngremes, finalmente desaparecendo 300 metros abaixo de Morris. Dois canhões dispararam juntos, suas balas golpeando as lanternas falsas. As lanternas da bateria tinham desaparecido, evidência de que o trabalho dos sapadores estava concluído.

— Leve os homens até a bateria — ordenou Morris a Green. — Garrard! Você fica comigo.

Morris não queria fazer nada heróico, mas sabia que não poderia relatar que simplesmente perdera três homens. Assim, seguiu com o recruta Tom Garrard para oeste pelo terreno no qual, até ainda há pouco, a linha piquete estivera estendida. Eles gritaram os nomes dos homens desaparecidos, mas não houve resposta.

Foi Garrard quem tropeçou no primeiro corpo.

— Não sei quem é, senhor, mas está morto. Está num estado lastimável, senhor.

Morris praguejou e se agachou ao lado do corpo. A passagem breve e luminosa de um foguete mostrou-lhe uma garganta cortada e um jorro de sangue. Também revelou que a casaca do homem fora retirada, e ela agora jazia descartada ao lado do cadáver. A visão da garganta aberta fez Morris sentir ânsia de vômito.

— Tem outro aqui, senhor! — gritou Garrard a alguns passos dali.

— Meu Deus! — Morris virou-se de lado, esforçando-se para não vomitar, mas a bile estava amargando sua garganta. Ele estremeceu e então conseguiu respirar fundo. — Vamos embora.

— O senhor quer que eu dê uma olhada no outro sujeito, senhor? — perguntou Garrard.

— Venha! — gritou Morris enquanto corria, não querendo permanecer neste açougue escuro.

Garrard seguiu Morris.

Os tiros de canhão arrefeceram. Um último foguete espalhou fagulhas entre as estrelas e então Gawilghur estava silenciosa novamente.

Hakeswill acocorou-se em seu esconderijo, estremecendo quando o relâmpago ocasional da explosão de uma granada ou de um foguete projetava sombras sinistras na fissura estreita. Julgou ouvir Lowry gritar, mas o som foi tão inesperado, e tão breve, que ele decidiu que eram seus nervos. Agradeceu a Deus quando ouviu o assobio que sinalizava que os sapadores tinham terminado seu trabalho e, um momento depois, ouviu a mensagem sendo repetida ao longo da linha.

— De volta para a estrada! De volta para a estrada!

Como os estampidos de foguetes e canhões ainda soavam, Hakeswill permaneceu onde estava até sentir que a fúria dos disparos diminuía. Então engatinhou para fora da fissura e, ainda agachado, seguiu para leste.

— Hakeswill! — soou uma voz ali perto.

O sargento parou onde estava.

— Hakeswill? — A voz era insistente.

Algum instinto disse ao sargento que havia perigo na escuridão, e assim Hakeswill agachou-se ainda mais. Ouviu alguma coisa movendo-se na noite, um roçar de couro em pedra, um som de respiração, mas o homem não se aproximou de Hakeswill que, petrificado, pôs-se a avançar na direção oposta. Sua mão, sentindo o solo à frente, subitamente encontrou uma coisa molhada e pegajosa. Sentindo um arrepio, levou os dedos ao nariz e cheirou. Era sangue.

— Diabos — praguejou baixo. Sondou o terreno novamente, e desta vez achou um cadáver. Suas mãos exploraram o rosto, a boca aberta, e então a ferida aberta no pescoço. Recolheu a mão.

Devia ser Lowry ou Kendrick, porque fora mais ou menos ali que deixara os dois recrutas. E se estavam mortos, ou se pelo menos um estava morto, isso significava que a morte do capitão Torrance não fora causada por uma briga de amantes. Não que Hakeswill tivesse acreditado nisso. Sabia quem matara Torrance. O maldito Sharpe estava vivo. O maldito Sharpe estava caçando seus inimigos, e três ou talvez quatro já estavam mortos. E Hakeswill sabia quem seria o próximo.

— Hakeswill! — sibilou a voz, porém agora mais distante.

Um canhão disparou do forte, e em seu relâmpago Hakeswill viu, ao norte, um vulto coberto por um manto. O homem estava caminhando ao longo do horizonte, não muito longe de Hakeswill, mas pelo menos estava se afastando. Sharpe! Só podia ser Sharpe! E um terror cresceu em Hakeswill, um terror que estremeceu seu rosto e as mãos.

— Pense, seu desgraçado — disse a si mesmo. — Pense!

E a resposta veio, uma resposta rápida, tão óbvia que ele se perguntou por que levara tanto tempo para encontrá-la.

Sharpe estava vivo, ele não era prisioneiro em Gawilghur, mas estava assombrando o acampamento britânico, o que significava que não havia nenhum lugar absolutamente seguro para Hakeswill. Ele poderia ir para a fortaleza e Sharpe jamais iria alcançá-lo lá, porque os rumores no acampamento diziam que o ataque a Gawilghur seria terrivelmente sangrento. E um provável desastre, diziam os homens. E mesmo se não fosse, Hakeswill sempre poderia fingir ter sido tomado como prisioneiro. Tudo que queria naquele momento era afastar-se de Sharpe. Assim, engatinhou para sul, desceu a colina, e depois de alcançar o terreno plano, correu para as muralhas agora escuras do forte através dos coleios fedorentos da fumaça de pólvora.

Passou correndo pelo tanque, seguiu a estrada de aproximação e dobrou para a esquerda, onde a grande entrada fortificada avultava-se sobre ele na escuridão. E uma vez lá, bateu nas portas de ferro grandes e pesadas.

Ninguém respondeu.

Bateu novamente, usando a coronha do mosquete, morrendo de medo do som atrair um horror vingativo da escuridão às suas costas. Súbito, uma portinhola na porta maior foi aberta para deixar uma luz de chamas vazar para a noite.

— Sou um desertor — sibilou Hakeswill. — Estou do lado de vocês!

Mãos agarraram-no e puxaram-no pela porta menor. Uma tocha ardendo no alto da muralha mostrou a Hakeswill a entrada longa e estreita, os baluartes sombrios, e os rostos escuros dos homens que tinham-no como prisioneiro.

— Estou do lado de vocês! — gritou enquanto o portão era fechado às suas costas e o mosquete era tomado de sua mão. — Estou do lado de vocês!

Um homem alto, com cara de gavião, aproximou-se pelo caminho calçado em pedra.

— Quem é você? — perguntou em inglês.

— Sou alguém querendo lutar por vocês. Hábil e bem disposto, senhor. Soldado antigo, senhor.

— Meu nome é Manu Bapu e sou o comandante aqui — sibilou o homem.

— Muito bom, senhor. *Sahib*, quero dizer. Muito bom. — Hakeswill curvou a cabeça. — Hakeswill, senhor, este é meu nome. Sargento Obadiah Hakeswill.

Manu Bapu fitou o casaca vermelha. Não gostava de desertores. Um homem que desertava sua bandeira não era digno de confiança sob nenhuma outra bandeira, mas notícias de que um soldado branco fugira das fileiras inimigas seria um encorajamento para sua guarnição. Era melhor ter aquele homem vivo como testemunha do fraquejo do inimigo do que executá-lo sumariamente.

— Levem-no ao coronel Dodd — ordenou a um de seus homens. — Devolva-lhe seu mosquete. Ele está do nosso lado.

Então Hakeswill estava dentro de Gawilghur e no seio do inimigo. Mas estava a salvo do terror que transformara subitamente a sua vida num pesadelo. Estava a salvo de Sharpe.

CAPÍTULO VIII

Agitados demais para dormir, os sapadores que haviam posicionado os gabiões estavam reunidos em torno de fogueiras. Suas risadas subiam e desciam no vento noturno. O major Stokes, satisfeito com o trabalho deles, trouxera-lhes três garrafas de araca para recompensá-los, e a bebida estava sendo passada de mão em mão.

Sharpe assistiu à pequena celebração e então, mantendo-se nas sombras do acampamento de Syud Sevajee, seguiu até uma tenda onde despiu sua túnica indiana emprestada antes de se agachar para entrar. Na escuridão esbarrou com Clare que, mantida acordada primeiro pelo som do bombardeio e depois pelas vozes dos sapadores, estendeu uma das mãos e sentiu o corpo nu.

— Você está despido! — Ela pareceu alarmada.

— Não completamente — disse Sharpe e então compreendeu o medo dela. — Minhas roupas estavam encharcadas e tive de tirá-las. Não queria molhar a cama. E ainda estou vestido com minha camisa.

— Está chovendo? Não ouvi.

— Era sangue — disse ele e então tateou debaixo do cobertor que pegara emprestado com Syud Sevajee e encontrou a bolsa de Torrance.

Clare ouviu um chocalhar de pedras.

— O que é?

— Apenas pedras — disse ele. — Seixos. — Colocou na bolsa as vinte jóias que resgatara de Kendrick e Lowry e então se deitou. Não acreditava ter encontrado cada pedra, mas provavelmente recuperara a maioria. Elas haviam estado soltas nos bolsos dos dois recrutas; eles nem mesmo tinham se dado ao trabalho de ocultá-las nas costuras da roupa. Deus, ele estava morrendo de cansaço e ainda não se recuperara dos chutes de Hakeswill. Doía respirar, os ferimentos eram leves e um dente ainda estava mole.

— O que aconteceu lá fora? — perguntou Clare.

— Os engenheiros colocaram os gabiões em seus lugares. Quando estiver claro, eles vão cavar a plataforma do canhão e fazer os depósitos de munição. E amanhã à noite levarão os canhões até lá.

— O que aconteceu com você? — Clare corrigiu a pergunta.

Sharpe ficou calado por um instante.

— Procurei por alguns amigos — disse ele. Mas Sharpe tinha perdido Hakeswill, maldito seja, e Hakeswill agora estaria duplamente alerta. Ainda assim, uma chance apareceria. Ele sorriu ao lembrar da voz assustada de Morris. O capitão era um tigre com seus soldados e um gatinho com seus superiores.

— Você matou alguém? — indagou Clare.

— Dois homens — admitiu ele. — Mas deviam ter sido três.

— Por quê?

Ele suspirou.

— Porque eles eram homens maus — disse com simplicidade e então refletiu que era uma resposta honesta. — E porque tentaram me matar e me roubaram — acrescentou. — Você os conheceu. Kendrick e Lowry.

— Eles eram horríveis — disse Clare. — Ficavam olhando para mim.

— Não posso condená-los por isso, querida.

Ela ficou calada durante algum tempo. As risadas dos sapadores estavam ficando mais esparsas à medida que os homens se recolhiam às suas tendas. O vento soprou pela entrada da tenda, trazendo um cheiro de pólvora queimada do istmo rochoso, onde jatos de foguetes usados ainda queimavam a relva.

— Tudo deu errado, não foi? — disse Clare.

— Está sendo corrigido — retrucou Sharpe.

— Para você — disse ela.

Mais uma vez Clare se calou e Sharpe suspeitou que ela estivesse chorando.

— Eu a levarei para casa em Madras — disse Sharpe.

— E o que acontecerá comigo lá?

— Você ficará bem, garota. Vou lhe dar um par de seixos mágicos.

— O que eu quero é ir para casa — disse baixinho. — Mas não tenho condições para isso.

— Case com um soldado e seja levada para casa com ele — disse Sharpe. Ele pensou em Eli Lockhart, que vinha admirando Clare à distância. Eles formariam um belo casal, pensou Sharpe.

Ela estava chorando baixinho.

— Torrance disse que pagaria minha viagem para casa depois que eu pagasse o que lhe devia.

— Por que ele faria você trabalhar por uma passagem e então lhe dar outra? — perguntou Sharpe. — Ele era um bastardo mentiroso.

— No começo parecia gentil.

— Somos todos assim — disse Sharpe. — Muito delicados quando conhecemos uma mulher, mas depois que conseguimos o que queremos, mudamos da água para o vinho. Não sei. Talvez nem sempre seja assim.

— Charlie não era assim — disse Clare.

— Charlie? Seu marido?

— Ele sempre foi bom comigo.

Sharpe se revirou na cama. A luz das fogueiras moribundas insinuava-se pelas costuras abertas da tenda. Se chover, vamos ficar mais molhados aqui dentro do que lá fora, pensou.

— Existem homens bons e homens maus.

— De que tipo é você? — perguntou Clare.

— Acho que sou bom, mas não tenho certeza. Sempre que me

meto numa enrascada, só conheço uma maneira de sair dela. Lutando. Tudo que sei fazer é lutar.

— E isso é tudo que você quer? Lutar?

— Sei lá o que eu quero. — Riu suavemente. — Queria ser um oficial mais do que quis qualquer coisa na minha vida! Sonhava com isso. Queria tanto que doía. E então o sonho se realizou e acordei me perguntando por que queria tanto isso. — Fez uma pausa. Os cavalos de Syud Sevajee passaram a meio galope por trás da tenda. — Uns cretinos estão tentando me convencer a sair do exército. Vender a patente. Entende? Eles não me querem.

— Por que não?

— Porque têm vergonha de mim.

— Então você vai partir?

— Não quero. — Pensou no assunto. — É como um clube, uma sociedade. Eles não me querem e me chutam para a rua, mas abro meu caminho de volta a murros. Mas por que quero pertencer a esse clube se ele não me desejam nele? Não sei. Talvez seja diferente lá nos fuzileiros. Vou experimentar e ver se eles são diferentes.

— Você quer continuar lutando? — perguntou Clare.

— É nisso que sou bom — disse Sharpe. — E é disso que gosto. Sei que não é certo, mas não conheço nada mais excitante.

— Nada?

— Bem, talvez uma coisa. — Ele sorriu na escuridão.

Houve um longo silêncio e Sharpe pensou que Clare havia adormecido, mas então ela falou de novo.

— E quanto à sua viúva francesa?

— Ela partiu — respondeu Sharpe sem rodeios.

— Partiu?

— Deu o fora, querida. Roubou algum dinheiro de mim e partiu. Para a América, ouvi dizer.

Clare ficou em silêncio novamente. E então, depois de algum tempo, perguntou:

— Você não se importa de ficar sozinho?

— Não.

— Eu me importo.

Sharpe virou-se para Clare, apoiou-se num cotovelo e começou a acariciar os cabelos da moça. Ela enrijeceu ao sentir o toque e depois relaxou sob a pressão gentil da mão de Sharpe.

— Você não precisa ficar sozinha, garota — disse Sharpe. — Apenas se quiser. Você caiu numa armadilha, foi só isso. Acontece com todo mundo. Mas agora está livre. — Sharpe abaixou a mão até o pescoço de Clare e sentiu na palma a pele exposta e macia. — Você está nua — disse ele.

— Eu estava com calor — disse Clare baixinho.

— O que é pior? — perguntou Sharpe. — Estar com calor ou estar solitária?

Sharpe achou que ela havia sorrido. Não era possível saber com certeza na escuridão, mas mesmo assim achou isso.

— Estar solitária — disse baixinho.

— Podemos cuidar disso — disse ele, levantando o cobertor fino e movendo-se para o lado dela.

Clare parou de chorar. Em algum lugar lá fora um galo cacarejou e os penhascos orientais foram tocados com a primeira luz dourada do dia. As fogueiras no terreno estreito entre rochas apagaram, sua fumaça subindo como névoa fina. Clarins soaram do acampamento principal, convocando os casacas vermelhas à parada matutina. Os piquetes noturnos foram rendidos enquanto o sol nascia para inundar com luz o mundo.

Onde Sharpe e Clare dormiam.

— Você abandonou os homens mortos? — rugiu Wellesley.

O capitão Morris piscou quando um pé-de-vento soprou poeira em seus olhos.

— Tentei trazer os corpos — mentiu. — Mas estava escuro, senhor. Muito escuro. O coronel Kenny pode confirmar isso. Ele nos visitou.

— Eu visitei vocês? — Kenny, magro, alto e irascível, estava de pé ao lado do general. — Eu visitei vocês? — perguntou novamente, sua inflexão subindo para um tom de ultraje.

— Ontem à noite, senhor — respondeu Morris, indignado. — Na linha piquete.

— Não fiz nada disso. O sol fritou seus miolos. — Furioso, Kenny fitou Morris durante alguns instantes antes de retirar uma caixinha de rapé do bolso. Colocou uma pitada em sua mão e perguntou: — Quem é você, afinal?

— Morris, senhor. Trigésima Terceira Companhia Ligeira.

— Achei que só tínhamos escoceses e sipaios aqui — disse Kenny a Wellesley.

— A companhia do capitão Morris escoltou um comboio até aqui — respondeu Wellesley.

— Uma companhia ligeira, hein? — disse Kenny, olhando para as dragonas de Morris. — Vocês podem até ser úteis. Bem que gostaria de mais uma companhia no grupo de assalto. — Ele cheirou o rapé, tapando uma narina por vez. — Ver homens brancos sendo mortos vai animar meus rapazes — acrescentou Kenny, que comandava o primeiro batalhão do 11º Regimento de Madras.

— O que há na sua unidade de assalto agora? — perguntou Wellesley.

— Nove companhias — respondeu Kenny. — A companhia dos granadeiros e duas outras da Brigada Escocesa, os flanqueadores do meu regimento e mais quatro outros. Bons rapazes, todos eles, mas arrisco dizer que não se importarão em compartilhar as honras com uma companhia ligeira inglesa.

— E tenho certeza de que você vai adorar a oportunidade de atacar uma brecha, não é mesmo, Morris? — perguntou secamente Wellesley.

— Mas é claro, senhor — respondeu Morris, xingando Kenny em pensamento.

— Mas, nesse ínterim, resgate os corpos de seus homens — disse Wellesley com frieza.

— Sim, senhor.

— Faça isso agora.

O sargento Green levou meia dúzia de homens pela passagem estreita entre as rochas, mas o grupo encontrou apenas dois corpos. Eles estavam esperando três, mas o sargento Hakeswill estava desaparecido. O inimigo, vendo os casacas vermelhas entre as rochas acima do reservatório, abriu fogo e as balas de mosquete acertaram pedras e ricochetearam para o ar. Green levou uma bala no calcanhar de sua bota. Ela não rompeu a pele de seu pé, mas o golpe doeu e o fez cair na grama baixa e seca.

— Agarrem logo esses desgraçados e arrastem eles — disse Green.

No instante em que Green se perguntou por que o inimigo não usara sua artilharia, um canhão disparou uma granada contra seu esquadrão. As balas dissipadas pela granada passaram zunindo, mas miraculosamente ninguém foi atingido enquanto os soldados levantavam os cadáveres de Kendrick e Lowry e os levavam até a bateria inacabada, onde o capitão Morris os aguardava. Ambos os mortos estavam com as gargantas cortadas.

Uma vez a salvo por trás dos gabiões, os soldados passaram a tratar os cadáveres com mais decoro, colocando-os em macas improvisadas. O coronel Kenny interceptou os carregadores de macas para examinar os cadáveres que já fediam.

— Devem ter enviado uma dúzia de cortadores de garganta lá do forte — avaliou. — Disse que um sargento desapareceu?

— Sim, senhor — respondeu Morris.

— O pobre coitado deve ter sido feito prisioneiro. Tome cuidado esta noite, capitão! Provavelmente tentarão isso de novo. E posso lhe assegurar, capitão, que se eu decidir passear esta noite, não será nem perto da sua linha piquete.

Naquela noite, a 33ª Companhia Ligeira mais uma vez formou uma cobertura diante das baterias novas, desta vez para proteger os homens que arrastavam os canhões. Foi uma noite nervosa, porque a companhia estava esperando que mahrattas cortadores de gargantas emergissem silenciosamente das trevas, mas nada aconteceu. A fortaleza permaneceu silenciosa e escura. Nenhum canhão foi disparado e nenhum foguete voou enquanto a artilharia britânica era rebocada até suas novas posições e enquanto cargas de pólvora e balas de canhão eram empilhadas nos depósitos de munição recém-construídos.

E então os artilheiros aguardaram.

O primeiro sinal da alvorada foi um relâmpago cinzento a leste, seguido por um brilho suave quando os primeiros raios do sol passaram sobre a borda do mundo para tocar os cumes dos rochedos. As muralhas da fortaleza pareciam verde-acinzentadas. Os canhoneiros continuaram esperando. Uma nuvem solitária pintou o horizonte com rosa pálido. Fumaça elevou-se de fogueiras no interior da fortaleza, onde as bandeiras pendiam retas no ar sem vento. Clarins acordaram o acampamento britânico que jazia 800 metros atrás das baterias onde oficiais apontavam suas lunetas para a muralha norte de Gawilghur.

O trabalho do major Stokes estava praticamente terminado. Ele tinha feito as barreiras, e agora os artilheiros deveriam derrubar as muralhas, mas primeiro Stokes queria ter certeza de que a brecha mais externa seria feita no lugar certo. Ele havia fixado uma luneta num tripé e agora moveu-a de lado a lado, vasculhando as pedras cobertas de líquen à direita de um bastião no centro da muralha. A muralha curvava-se levemente para trás, mas ele teve certeza de que conseguiu ver um ponto onde as pedras velhas ressaltavam de seu alinhamento. Analisou aquele local enquanto o sol nascia e deitava uma leve sombra onde as pedras não estavam absolutamente firmes. Apertou o parafuso do tripé da luneta para que o tubo não se movesse, e convocou o chefe da peça do canhão de dezoito libras. Na verdade aquela bateria era comandada por um major, mas ele insistiu que seu sargento fosse até a luneta.

— Esse é o seu alvo — disse Stokes ao sargento.

O sargento curvou-se para a luneta, empertigou-se para olhar sobre o aparelho, e tornou a curvar-se até a lente. Mascava um pedaço de tabaco e não tinha os dentes frontais inferiores, de modo que uma baba amarela escorria continuamente por seu queixo. Empertigou-se, e então curvou-se uma terceira vez. A luneta era poderosa, e tudo que ele podia ver no círculo de vidro era uma junção vertical entre duas grandes pedras. A junção ficava a cerca de um metro e meio acima da base da muralha. Quando a junção cedesse, a muralha tombaria para a ladeira, compondo uma rampa que os atacantes poderiam escalar.

— Atingir a junta, senhor? — perguntou o sargento num sotaque nortumbriano tão pronunciado que Stokes a princípio não conseguiu entender.

— Abaixo da junta — disse Stokes.

— Abaixo, senhor — confirmou o sargento e se inclinou para olhar pela lente mais uma vez. — A junta se sobressai um pouco, não é, senhor?

— Sobressai sim — concordou Stokes.

O sargento resmungou. Calculou que durante algum tempo as balas empurrariam as pedras, selando a fresta, mas então haveria pressão ali e a muralha acabaria ruindo quando as pedras atingidas enfraquecessem.

— Aquela junta vai explodir como uma bolha de pus! — comemorou o sargento, empertigando-se. Voltou para seu canhão e ordenou aos soldados que fizessem alguns ajustes mínimos na conteira. Acionou pessoalmente o parafuso de elevação, embora o canhão ainda estivesse mascarado por alguns gabiões enchidos pela metade que bloqueavam a seteira. Jogou grama para o ar para medir o vento, e então girou o parafuso novamente para levantar um pouco o cano. — É um disparo muito distante, de modo que estou apontando um pouco alto — explicou a Stokes. — Ele moveu o parafuso um pouquinho mais. — Perfeito.

Os *puckalees* estavam trazendo água que eles derramaram em grandes tonéis de madeira. A água não era apenas para saciar a sede dos artilheiros e molhar as esponjas que limpavam os canos entre os disparos, mas também para resfriar as grandes armas. O sol estava subindo. Aquele prometia ser um dia muito quente, e se os canhões imensos não fossem molhados intermitentemente, ficariam superaquecidos e explodiriam prematuramente as cargas de pólvora. O sargento estava escolhendo suas balas, empurrando dois projéteis de dezoito libras para cima e para baixo de um trecho de terra nua para julgar qual era a esfera mais perfeita.

— Aquela — disse ele, cuspindo suco de tabaco no míssil escolhido.

A Companhia Ligeira de Morris voltou pela estrada, indo até o acampamento onde iriam dormir. Stokes observou-os passar e pensou em Sharpe. Pobre Sharpe. Mas pelo menos, lá na fortaleza onde estava aprisionado o alferes ouviria os canhões de sítio e saberia que os casacas vermelhas estavam chegando. Se eles atravessassem a brecha, pensou melancolicamente Stokes, ou se conseguissem atravessar o vale central da fortaleza. Tentou suprimir seu pessimismo, dizendo a si mesmo que seu trabalho era simplesmente abrir a brecha, não obter a vitória completa.

A bala escolhida foi introduzida no cano do canhão, e então socada contra as bolsas de lona cheias de pólvora. O sargento tirou um pedaço de arame de um rolinho em seu cinto e enfiou-o no ouvido do canhão, perfurando a lona abaixo, e em seguida selecionou um tubo de escorvar, um junco cheio de pólvora bem moída. Enfiou o tubo até encostar na carga de pólvora, mas deixou um centímetro e meio do junco para fora do ouvido do canhão.

— Pronto para abrir fogo, senhor — disse ao major que comandava a bateria que, por sua vez, olhou para Stokes.

Stokes deu de ombros.

— Imagino que devemos esperar pela permissão do coronel Stevenson.

Os artilheiros na segunda bateria de arrebentamento, que jazia 45 metros a oeste da primeira, haviam apontado suas lunetas para os gabiões para ver onde os primeiros tiros cairiam. A cicatriz que ele deixaria na muralha seria seu alvo de tiro. As duas baterias de fogo de flanco também observaram. Seu trabalho começaria de fato quando a primeira das três brechas fosse feita, mas até então seus canhões de doze libras seriam apontados para o canhão montado nos baluartes de Gawilghur, numa tentativa de desmontá-los ou reduzir suas seteiras a cascalho.

— Aquela muralha não vai resistir muito tempo — opinou o major da bateria, cujo nome era Plummer. Ele estava olhando a muralha através da luneta de Stokes.

— Nós iremos abrir hoje — concordou Stokes.

— Graças a Deus não há uma esplanada — disse Plummer.

— Graças a Deus, mesmo — ecoou Stokes, mas estivera refletindo que talvez essa ausência não fosse uma bênção. Talvez os mahrattas compreendessem que sua verdadeira defesa era o grande vale central, e portanto não estavam oferecendo para o Forte Externo nada além de uma defesa simbólica. E como esse vale seria transposto? Stokes temia que lhe pedissem uma solução de engenharia, mas o que poderia fazer? Encher aquela coisa com terra? Isso levaria meses.

Os pressentimentos funestos de Stokes foram interrompidos por um auxiliar que fora mandado pelo coronel Stevenson para inquirir por que as baterias estavam silenciosas.

— Suspeito que essas são as suas ordens de abrir fogo, Plummer — disse Stokes.

— Desmascarar baterias! — gritou Plummer.

Quatro artilheiros escalaram o bastião e retiraram os gabiões enchidos pela metade, desobstruindo o canhão. O sargento olhou pelo cano uma última vez, acenou positivamente para si mesmo e deu um passo para o lado. Os outros artilheiros já estavam com mãos sobre os ouvidos.

— Você pode abrir fogo, Ned! — gritou Plummer para o sargento, que, segurando uma tocha acesa, esticou o braço sobre a roda alta do canhão e encostou o fogo no junco.

O canhão recuou uns bons cinco metros enquanto a bateria se enchia com fumaça acre. A bala passou zumbindo sobre o terreno estreito para atingir a muralha do forte. Houve uma pausa. Os defensores estavam correndo pelos parapeitos. Stokes observava pela luneta, esperando que a fumaça afinasse. Levou um minuto inteiro, mas então viu que um naco de pedra do tamanho de um prato de sopa fora arrancado da muralha.

— Cinco centímetros para a direita, sargento! — repreendeu.

— Deve ter sido uma rajada de vento, senhor. Uma porcaria de rajada de vento, porque, com todo respeito, senhor, não havia nada errado com a conteira do canhão.

— Você trabalhou bem — disse Stokes com um sorriso. — Muito bem. — Pôs as mãos em concha e gritou para a segunda bateria de arrebentamento. — Vocês já têm a sua marca! Fogo! — Uma coluna de fumaça se levantou da muralha da fortaleza, seguida pelo estampido de um canhão e pelo uivo de uma bala passando por cima de suas cabeças. Segurando seu chapéu, Stokes pulou para dentro da bateria.

— Parece que acordamos eles! — comentou enquanto mais uma dúzia de canhões mahrattas eram disparados.

As balas do inimigo atingiram os gabiões ou ricochetearam ao longo do terreno rochoso. A segunda bateria britânica disparou, o ruído de seus canhões ecoando da face do penhasco para dizer ao acampamento lá embaixo que o sítio a Gawilghur começara de fato.

O recruta Tom Garrard, da 33ª Companhia Ligeira, andara até a beira do penhasco para observar o bombardeio da fortaleza. Não que houvesse muito para ver além da nuvem de fumaça perene que amortalhava o trecho estreito de terra entre as baterias e Gawilghur, mas de vez em quando um grande pedaço de pedra caía da muralha. O fogo das defesas era furioso, mas Garrard teve a impressão de que a pontaria era errática. Muitos dos tiros pulavam sobre as baterias, ou se enterravam nas grandes pilhas dos gabiões de proteção. O fogo britânico, por outro lado, era lento e preciso. As balas de dezoito libras corroíam a muralha e nenhuma era desperdiçada. O céu estava sem nuvens, o sol subindo cada vez mais, e os canhões esquentando de modo que a cada dois tiros os artilheiros derramavam baldes de água nos canos compridos. O metal chiava e esfumaçava, e os *puckalees*, cobertos de suor, subiam correndo a estrada da bateria com mais odres de água para reabastecer os grandes tonéis.

Garrard estava sentado sozinho, mas ele notara que um indiano maltrapilho o observava. Ele ignorou o homem, torcendo que fosse embora, mas o indiano continuava se aproximando. Garrard pegou uma pedra do tamanho de um punho e se pôs a jogá-la para cima e para baixo na mão direita como uma insinuação de que seria melhor o estranho ir embora. Mas a ameaça da pedra apenas fez o indiano se aproximar mais.

— *Sahib* — sussurrou o indiano.

— Vá embora — rosnou Garrard.

— *Sahib!* Por favor!

— Não tenho nada que valha a pena roubar. E não quero comprar nada, e não quero trepar com sua irmã.

— Eu é que vou trepar com sua irmã, *sahib* — disse o indiano, e Garrard se virou, recuando a pedra sobre a cabeça para arremessá-la. Então viu que o homem de túnica suja tinha abaixado o capuz e estava sorrindo para ele. — Não se atira pedras em oficiais, Tom — disse Sharpe. — Se bem que não posso condená-lo, porque sempre quis fazer isso.

— Maldição! — Garrard largou a pedra e estendeu a mão direita. — Dick Sharpe! — Ele subitamente recolheu a mão estendida. — Devo chamá-lo de "senhor"?

— É claro que não deve! — disse Sharpe, puxando a mão de Garrard. — Velhos amigos como você e eu? Uma cinta vermelha não vai mudar isso, Tom. Como vai você?

— Já estive pior. E você?

— Já estive melhor.

Garrard franziu a testa, intrigado.

— Ouvi que você tinha sido capturado?

— E fugi. Ainda não nasceu um pagão que possa me prender, Tom. Nem a você. — Sharpe sentou-se ao lado de seu amigo, um homem com quem marchara nas fileiras durante seis anos. — Tome. — Ele deu a Garrard uma tira de carne-seca.

— O que é?

— Bode. Mas não se preocupe: o gosto é bom.

Os dois ficaram sentados ali, observando o trabalho dos artilheiros. Os canhões mais próximos estavam nas duas baterias de flanco, e os artilheiros estavam usando seus doze libras para derrubar sistematicamente trechos da muralha nos baluartes sobre o portão de Gawilghur. Eles já haviam inutilizado um par de canhões inimigos e estavam agora trabalhando nas duas seteiras seguintes. Um armão puxado por boi acabara de entregar mais munição. Contudo, ao deixar a bateria, a roda do armão afrouxara e cinco homens estavam agora de pé diante da roda quebrada, discutindo qual seria a melhor maneira de consertá-la. Garrard tirou um fio de carne dentre os dentes.

— Tirem essa roda quebrada e ponham uma nova — disse com escárnio. — Não é preciso um major e dois tenentes para se chegar a essa conclusão.

— Eles são oficiais, Tom — disse Sharpe. — Só têm metade do cérebro.

— Você deve saber. — Garrard sorriu. — Mas os imbecis fazem um alvo convidativo. — Ele apontou para o precipício profundo que separava o platô do Forte Interno. — Há um canhão enorme ali. Do tamanho de uma carroça de feno. Os malditos estão trabalhando nele há uma meia hora.

Sharpe olhou sobre o Forte Externo para os penhascos distantes. Pensou que podia ver uma muralha onde um canhão poderia ser montado, mas não teve certeza.

— Eu preciso de uma porcaria de luneta.

— Você precisa de uma porcaria de uniforme.

— Estou providenciando isso — disse Sharpe misteriosamente. Garrard matou uma mosca.

— Qual é a sensação?

— De quê?

— De ser um oficial.

Sharpe deu de ombros, pensou por um instante, e então deu de ombros novamente.

— Não parece real. Bem, parece. Não sei. — Suspirou. — Eu queria isto, Tom, queria de verdade, mas então eu não sabia que os bastardos não iriam me querer. Alguns são boas pessoas. O major Stokes, por exemplo: um sujeito decente. E há outros como ele. Mas a maioria deles? Deus sabe. Eles não gostam nada de mim.

— Você deixa eles preocupados, é só isso — disse Garrard. — Se você pode se tornar um oficial, outros também podem. — Ele viu a infelicidade no rosto de Sharpe. — Queria ter continuado como sargento, não queria?

— Não — disse Sharpe e ficou surpreso com a firmeza de sua negação. — Eu posso fazer o trabalho, Tom.

— Mas qual é o trabalho, pelo amor de Deus? Ficar sentado enquanto nós suamos a camisa? Ter um criado para limpar suas botas e esfregar sua bunda?

— Não — respondeu Sharpe e apontou sobre o precipício até o Forte Interno. — Quando formos até lá, Tom, vamos precisar de sujeitos que saibam que diabos estão fazendo. Esse é o trabalho. É massacrar o outro lado e manter seus próprios homens vivos, e eu posso fazer isso.

Garrard pareceu cético.

— Se deixarem.

— Sim, se eles me deixarem — concordou Sharpe. Ficou sentado durante algum tempo, observando o posicionamento do canhão distante. Podia ver homens lá, mas não tinha certeza do que estava fazendo. — Onde está Hakeswill? — perguntou. — Procurei por ele ontem, e o sodomita não estava na de parada com o resto de vocês.

— Capturado — disse Garrard.

— Capturado?

— Foi isso que Morris disse. Se quer saber minha opinião, acho que aquele desgraçado fugiu. De uma forma ou de outra, ele agora está no forte.

— Acha que ele fugiu?

— Dois colegas nossos foram assassinados anteontem. Morris tem certeza de que foram os inimigos, mas não vi nenhum pagão. Se bem que naquela noite apareceu um sujeito dizendo que era coronel da companhia, só que não era. — Garrard fitou Sharpe e um sorriso despontou lentamente em seu rosto. — Dick, era você.

— Eu? — retrucou Sharpe com a cara mais lavada do mundo. — Eu fui capturado, Tom. Só escapei ontem.

— E eu sou o rei da Pérsia. Lowry e Kendrick não tinham vindo para cá prender você?

— Foram eles que morreram? — perguntou Sharpe, o modelo da mais pura inocência.

Garrard soltou uma gargalhada.

— Bem-feito para eles. Dois filhos-da-puta, era isso que eles eram. — Uma enorme coluna de fumaça se levantou da muralha distante no topo do penhasco. Dois segundos depois, o som do grande canhão estrondou por toda parte ao redor de Sharpe e Garrard, enquanto a bala pesadíssima atingia o armão imobilizado logo atrás da bateria de flanco. O veículo de madeira estilhaçou-se e todos os cinco homens foram arremessados ao chão; ali estrebucharam em poças de sangue durante alguns segundos até ficarem imóveis. Fragmentos de pedra e madeira passaram chiando por Sharpe. — Puta que pariu! — exclamou Garrard, admirado. — Cinco homens com uma bala!

— Isso vai ensinar a eles a manter as cabeças baixas — disse Sharpe. O troar do canhão enorme atraíra soldados das tendas até a borda do platô. Sharpe olhou em torno e viu que o capitão Morris estava entre eles. O capitão estava em mangas de camisa, olhando a grande nuvem de fumaça por uma luneta. — Tom, vou levantar dentro de um minuto — anunciou Sharpe. — Então você vai bater em mim.

— Vou fazer o quê? — indagou Garrard.

— Vai bater em mim. Então vou fugir e você vai me perseguir. Mas não vai me alcançar.

Garrard brindou o amigo com uma expressão intrigada.

— O que está tramando, Dick?

Sharpe sorriu.

— Não pergunte, Tom. Apenas faça.

— Você é mesmo um oficial, não é? — disse Garrard, retribuindo o sorriso. — Não pergunte, faça.

— Está pronto? — indagou Sharpe.

— Sempre quis baixar a lenha num oficial.

— De pé, então. — Eles se levantaram. — Então, bata em mim — disse Sharpe. — Tentei roubar alguns cartuchos de você, certo? Então me dê um soco na barriga.

— Puta merda — disse Garrard.

— Vamos, faça!

Garrard acertou Sharpe com um murro desanimado e Sharpe retribuiu o golpe, derrubando o amigo. O alferes girou nos calcanhares e correu ao longo da beira do penhasco. Garrard gritou, levantou-se e começou a perseguir Sharpe. Alguns dos homens que tinham vindo pegar os cinco cadáveres moveram-se para interceptar Sharpe, mas ele se esquivou para a esquerda e desapareceu entre alguns arbustos. O resto da 33ª Companhia Ligeira se uniu à perseguição, mas Sharpe tinha uma boa vantagem sobre eles. Embrenhou-se no mato até chegar ao lugar onde amarrara a uma estaca um dos cavalos de Syud Sevajee. Puxou a estaca do cavalo, pulou para a sela e golpeou o animal com os calcanhares. Um dos soldados gritou um insulto, mas ele estava longe do acampamento agora e não havia nenhum piquete montado que pudesse persegui-lo.

Meia hora depois Sharpe retornou, trotando com um grupo de cavaleiros nativos que retornava de uma missão de reconhecimento. Afastou-se deles e desmontou ao lado de sua tenda, onde Ahmed o esperava. Enquanto Sharpe e Garrard desviavam a atenção dos soldados, o menino estivera roubando. Ele sorriu de orelha a orelha quando Sharpe entrou na tenda quente.

— Consegui tudo — declarou Ahmed, cheio de orgulho.

Ahmed pegara a casaca vermelha, a cinta e o sabre do capitão Morris.

— Você é um bom rapaz — disse Sharpe.

Ele precisava de uma casaca vermelha, porque o coronel Stevenson dera ordens de que cada homem que fosse a Gawilghur com os atacantes deveria estar uniformizado para não ser confundido com o inimigo. Os homens de Syud Sevajee, que planejavam caçar Beny Singh, tinham recebido algumas jaquetas velhas de sipaios, algumas delas ainda manchadas com o sangue de seus proprietários anteriores. Contudo, nenhuma das jaquetas coubera em Sharpe. Até a casaca de Morris ficaria apertada, mas pelo menos ele agora tinha um uniforme.

— Não teve problemas? — perguntou Sharpe a Ahmed.

— Sodomita nenhum me viu — disse o menino com orgulho. Seu inglês melhorava a cada dia, embora Sharpe estivesse desconfiado de que não era um inglês de nobre. Ahmed sorriu de novo quando ganhou de Sharpe uma moeda que prontamente guardou na túnica.

Sharpe dobrou a casaca sobre o braço e saiu da tenda. Procurou por Clare e a viu a uns cem passos dali, caminhando com um soldado alto e vestido com camisa, calças pretas e botas com esporas. Ela estava profundamente entretida na conversa, e Sharpe sentiu uma curiosa pontada de ciúmes enquanto se aproximava dos dois. Mas o soldado virou-se, olhou desconfiado para a aparência desmazelada de Sharpe e finalmente reconheceu o homem debaixo do turbante. O soldado sorriu.

— Sr. Sharpe! — disse ele.

— Eli Lockhart — disse Sharpe. — Que diabos a cavalaria está fazendo aqui? — Apontou o dedão para o forte envolto em fumaça branca onde os defensores tentavam alvejar a artilharia britânica. — Aquilo lá é trabalho para soldados de verdade.

— O nosso coronel convenceu o general de que o sr. Dodd poderia tentar fugir. Ele acredita que uma dúzia de cavaleiros possa perseguir e capturar o cretino.

— Dodd não vai fugir — disse Sharpe. — Ele não terá espaço para sair com um cavalo.

— Então iremos com você — disse Lockhart. — Temos uma conta a ajustar com o sr. Dodd, lembra?

Clare parecia envergonhada e alarmada, e Sharpe compreendeu que ela não queria que o sargento Lockhart soubesse que ela tivera intimidade com o alferes Sharpe.

— Eu estava procurando pela sra. Wall — explicou Sharpe a Lockhart. — Pode me ceder alguns minutos, madame?

— Claro que posso, sr. Sharpe.

— É esta casaca, está vendo? — Sharpe mostrou a Clare a casaca de Morris. — Ela tem ornamentos vermelhos, e preciso que sejam brancos. — Tirou o turbante. — Achei que poderia usar isto. Sei que está imundo e odeio importuná-la, madame, mas não creio que eu saiba costurar bem o suficiente para fazer forros, mangas e golas.

— E enquanto estiver fazendo isso, querida, poderia aproveitar para tirar essa divisa de capitão — sugeriu Lockhart a Clare. — E o símbolo dos escaramuçadores. Não acho que o sr. Sharpe vai querer que o verdadeiro dono do casaco o reconheça.

— Realmente, eu gostaria disso — admitiu Sharpe.

Clare pegou a casaca, dirigiu a Sharpe mais um olhar agradecido e caminhou apressada para as tendas de Sevajee. Lockhart observou Clare se afastar.

— Há três anos espero uma chance de conversar com ela — disse, sonhador.

— E finalmente encontrou, hein?

Lockhart ainda olhava para ela.

— Uma mulher de beleza rara aquela ali.

— É? Nem tinha notado — mentiu Sharpe.

— Ela disse que você foi gentil com ela — comentou Lockhart.

— Bem, tentei ajudá-la, você sabe como é — disse Sharpe sem jeito.

— Aquele canalha do Torrance se matou e ela não tinha para onde ir. E você a encontrou, certo? A maioria dos oficiais tentaria se aproveitar de uma mulher como aquela — disse Lockhart.

— Eu não sou realmente um oficial, sou? — retrucou Sharpe. Tendo visto como Clare e Lockhart olhavam um para o outro, Sharpe concluiu que o melhor que poderia fazer seria ficar de fora.

— Já tive uma esposa — disse Lockhart. — Mas ela morreu na viagem para cá. Uma mulherzinha muito boa, ela era.

— Sinto muito — disse Sharpe.

— E a sra. Wall perdeu o marido — prosseguiu Lockhart.

Viúvo encontra viúva. A qualquer momento a palavra fatal seria usada, pensou Sharpe.

— É o destino — disse Lockhart num tom admirado.

— Então, que atitude você vai tomar em relação a ela? — perguntou Sharpe.

— Ela disse que não tem uma casa agora — respondeu Lockhart. — A não ser a tenda que você emprestou a ela, e o meu coronel não irá se importar se eu arrumar uma esposa.

— Já a pediu em casamento?

— Mais ou menos — respondeu Lockhart, enrubescendo.

— E ela aceitou?

— Mais ou menos — repetiu Lockhart, enrubescendo ainda mais.

— Nossa mãe, você é rápido! — exclamou Sharpe.

— Soldados de verdade não esperam — disse Lockhart e então franziu a testa em preocupação. — Não ouvi um boato de que você tinha sido capturado pelo inimigo?

— Fugi — respondeu Sharpe vagamente. — Aqueles pagãos eram muito descuidados. — Virou-se e viu um foguete errante levantar-se do forte para um céu limpo, deixando uma nuvem de fumaça à qual acabou retornando para atingir inofensivamente o solo. — Você vai mesmo se juntar ao ataque? — perguntou a Lockhart.

— Não na linha de frente — disse Lockhart. — Não sou idiota. Mas o coronel Huddlestone disse que podemos entrar e procurar por Dodd. Assim, vamos esperar que vocês acabem de fazer o trabalho duro, e então entraremos em ação.

— Vou procurar por vocês.

— E nós vamos ficar de olho em você — prometeu Lockhart. — Mas, nesse meio-tempo, vou ver se alguém precisa de ajuda na costura.

— Sim, vá fazer isso — disse Sharpe.

Sharpe observou o cavalariano se afastar e viu, ao mesmo tempo, que Ahmed fora expulso da tenda de Clare com os pertences de Sharpe. O menino parecia indignado, mas Sharpe presumiu que seu exílio da tenda não seria longo, porque Clare certamente se mudaria para os aposentos do soldado de cavalaria antes do anoitecer. Tra-lá-lá-lá, lá vem a noiva, pensou Sharpe. Recebeu de Ahmed a bolsa com suas jóias e então, enquanto seu uniforme estava sendo preparado, saiu para observar os canhões mordiscarem o forte.

O jovem cavalariano que se apresentou no portão do Forte Interno de Gawilghur era alto, arrogante e seguro de si. Estava vestido numa túnica de seda branca amarrada à cintura com um cinto de couro vermelho do qual pendia uma *tulwar* com cabo de ouro numa bainha cravejada de jóias. Ele não pediu que os portões fossem abertos; ele exigiu. Na verdade, não havia nenhum bom motivo para negar suas ordens, porque os soldados atravessavam constantemente o vale entre os dois fortes e os Cobras de Dodd estavam acostumados a abrir e fechar os portões um sem-número de vezes por dia. Mas havia alguma coisa no comportamento do jovem que incomodou Gopal. Assim, ele mandou chamar o coronel Dodd.

Dodd chegou alguns momentos depois com o sargento do rosto com o tique nervoso. O cavaleiro gritou a Dodd, exigindo que ele punisse Gopal, mas Dodd simplesmente cuspiu no chão, e em seguida virou-se para Hakeswill.

— Por que um homem cavalgaria para fora deste portão?

— Não sei, senhor — respondeu Hakeswill. O sargento estava vestido numa casaca branca cruzada por uma cinta preta como símbolo hierárquico, embora fosse incerto o posto que a cinta denotava.

— Não há lugar nenhum onde exercitar um cavalo — disse Dodd. — A não ser que ele planeje cavalgar através do Forte Externo até o acampamento britânico. Pergunte a ele o que pretende fazer, Gopal.

O jovem se recusou a responder. Dodd deu com os ombros, sacou sua pistola e a apontou para a cabeça do cavaleiro. Engatilhou a pistola. O som do cão da arma ecoou alto pelos baluartes. O jovem empalideceu e gritou para Gopal.

— *Sahib*, ele diz que está com uma mensagem do *killadar* — explicou Gopal a Dodd.

— Que mensagem? — inquiriu Dodd. O rapaz claramente não queria responder, mas o rosto severo de Dodd e a pistola apontada persuadiram-no a tirar de sua algibeira um pacote selado. Mostrou a Dodd o selo do *killadar*, mas Dodd não ficou impressionado com a cera vermelha com a impressão de uma serpente enrodilhada num punhal. — A quem está endereçado? — exigiu Dodd, gesticulando para o jovem virar o pacote.

O cavaleiro obedeceu e Dodd viu que o pacote estava endereçado ao oficial comandante do acampamento britânico. Devia ter sido redigido por um escriturário que não estava familiarizado com a língua inglesa, porque os erros eram gritantes. Contudo, as palavras eram inconfundíveis e Dodd deu um passo à frente e segurou o freio do cavalo.

— Tire-o da sela, Gopal — ordenou Dodd. — Contenha-o na sala da guarda e mande um homem trazer Manu Bapu.

O jovem ensaiou uma resistência e chegou até mesmo a sacar a *tulwar* de sua bainha preciosa, mas foi sobrepujado por uma dúzia de soldados de Dodd. O próprio Dodd virou-se e galgou os degraus até o baluarte, fazendo um gesto para que Hakeswill o seguisse.

— É óbvio o que o *killadar* está fazendo — grunhiu Dodd. — Está negociar a paz.

— Achei que não poderíamos ser derrotados aqui, senhor — disse Hakeswill com algum alarme.

— Não podemos, mas Beny Singh é um covarde. Pensa que a vida não devia ser nada além de mulheres, música e jogos.

O que soava esplêndido a Obadiah Hakeswill, mas ele não disse nada. Havia se apresentado a Dodd como um soldado britânico ressentido que acreditava que a guerra contra os mahrattas era injusta.

— Não devíamos nem estar aqui nesta terra pagã, senhor — dissera Hakeswill. — Ela pertence a essa gente escura, não é? E não há nada aqui que deveria interessar a um casaca vermelha.

Dodd não acreditava numa palavra. Suspeitou que Hakeswill fugira do exército britânico para evitar problemas, mas não poderia culpar o sargento por isso. O próprio Dodd fizera o mesmo, e ele não se importava com os motivos de Hakeswill, desde que o sargento estivesse disposto a lutar. E Dodd acreditava que seus homens lutavam melhor quando homens brancos lhes davam ordens.

— Os ingleses são muito disciplinados, sargento, e isso dá alicerce aos nativos.

— Dá o quê aos nativos, senhor? — perguntara Hakeswill.

Dodd franzira o cenho diante da estupidez de Hakeswill.

— Você não é escocês, é?

— Meu Deus, não! Não sou escocês, senhor. Também não sou galês, senhor. Sou inglês puro, senhor — Seu rosto estremecera. — Inglês, senhor, e com muito orgulho.

Assim, Dodd dera a Hakeswill uma casaca branca e uma cinta preta e o incumbira de uma companhia de seus Cobras.

— Lute bem para mim aqui, sargento, e farei de você um oficial — disse a Hakeswill quando os dois alcançaram o topo da muralha.

— Lutarei, senhor. Não se preocupe, senhor. Lutarei como um demônio, senhor. Lutarei sim.

E Dodd acreditou nele, porque se Hakeswill não lutasse, correria o risco de ser capturado pelos britânicos, e então só Deus saberia que problemas ele iria enfrentar. Embora, na verdade, Dodd não entendesse como os britânicos poderiam penetrar o Forte Interno. Ele esperava que eles tomassem o Forte Externo, porque ali tinham uma aproximação plana e seus canhões estavam abrindo as brechas facilmente. Mas capturar o Forte Interno representaria um problema bem mais difícil. Dodd mostrou esse problema a Hakeswill.

— Só existe uma maneira de entrar, sargento, e é através deste portão. Eles não podem atacar as muralhas, porque o barranco do vale é muito íngreme. Vê?

Hakeswill olhou para sua esquerda e viu que a muralha do Forte Interno era construída no alto de uma ladeira quase reta. Nenhum homem poderia escalar aquilo e querer atacar uma muralha, mesmo uma muralha rompida, o que significava que Dodd estava certo e que os atacantes teriam de tentar arrombar os quatro portões que cercavam a entrada, e esses portões eram defendidos pelos Cobras de Dodd.

— E os meus homens jamais sofreram uma derrota, sargento — disse Dodd. Eles testemunharam outros homens ser derrotados, mas eles próprios jamais foram derrotados num campo de batalha. E aqui o inimigo terá de nos derrotar. Mas não conseguirão. Não podem conseguir. — Calou-se, punhos cerrados repousando na banqueta de tiro. O som dos canhões era constante, mas o único indício do bombardeio era a fumaça que pairava do outro lado do Forte Externo. Manu Bapu, que comandava o Forte Externo, estava agora correndo de volta para o Forte Interno, e Dodd viu o príncipe subir a escadaria íngreme até os portões. As dobradiças gemeram enquanto, um após o outro, os portões eram abertos para permitir que Bapu e seus ajudantes entrassem. Dodd sorriu quando o último portão foi aberto.

— Vamos lá fazer umas travessuras — disse, virando-se para os degraus.

Manu Bapu já abrira a carta que Gopal lhe dera. Ele levantou os olhos da carta quando Dodd se aproximou.

— Leia isto — disse simplesmente, empurrando o papel dobrado para o coronel.

— Ele quer se render? — indagou Dodd, pegando a carta.

— Apenas leia — disse Bapu, irritado.

Apesar de mal escrita, a carta era inteligível. Beny Singh, na condição de *killadar* da fortaleza de Gawilghur do rajá de Berar, estava oferecendo entregar o forte aos britânicos com a única condição de que as vidas de todos os soldados e seus dependentes fossem poupadas. Ninguém deveria ser morto, ninguém deveria ser aprisionado. Os britânicos seriam bem-vindos para confiscar todo o arsenal no forte, mas deveriam permitir aos habitantes de Gawilghur que partissem com todos os pertences pessoais que pudessem carregar a pé ou a cavalo.

— É claro que os britânicos aceitarão! — disse Manu Bapu. — Eles não querem morrer nas brechas!

— Beny Singh tem autoridade para enviar isto? — perguntou Dodd.

Bapu deu de ombros.

— Ele é o *killadar*.

— Você é o general do exército. E o irmão do rajá de Berar.

Bapu olhou para o céu entre as muralhas altas da entrada.

— Nunca se sabe o que meu irmão pode querer — disse Bapu. — Talvez ele queira se render, embora não tenha me dito. Talvez, se perdermos, ele possa me culpar, dizer que sempre quis se render.

— Mas você não vai se render?

— Nós podemos vencer aqui! — esbravejou Bapu e então virou-se para o palácio quando Gopal anunciou que o *killadar* em pessoa se aproximava.

Beny Singh devia estar observando a partida de seu mensageiro, porque descia correndo a trilha. Atrás dele vinham suas esposas, concubinas e filhas. Bapu caminhou até eles, seguido por Dodd e um pelotão de soldados de casacas brancas. O *killadar* devia ter calculado que a presença das mulheres suavizaria a raiva no coração de Bapu, mas isso pareceu apenas enfurecer ainda mais o príncipe.

— Se quiser se entregar, fale comigo primeiro! — esbravejou Bapu.

— Tenho autoridade aqui — alegou Beny Singh. Estava com o cachorrinho no colo, sua lingüinha para fora devido ao calor.

— Você não tem autoridade nenhuma! — retorquiu Bapu. As mulheres, lindas em vestes de seda e algodão, abraçaram-se enquanto os dois homens encontravam-se ao lado do poço de cobras.

— Os britânicos estão criando suas brechas — protestou Beny Singh. — Estarão aqui amanhã ou depois de amanhã! Todos seremos mortos! — profetizou, lamuriante. — Usarão minhas filhas e minhas esposas para seu prazer! — As mulheres tremeram de medo.

— Os britânicos vão morrer nas brechas — retorquiu Bapu.

— Eles não podem ser detidos! — insistiu Beny Singh. — Eles são *djinns*.

Bapu subitamente empurrou Beny Singh para o poço onde as cobras eram mantidas. O *killadar* gritou enquanto tropeçava e caía para trás. Porém, Bapu continuou segurando o robe de seda amarela de Beny Singh, e agora segurava com força o *killadar* para que ele não caísse. Hakeswill deu um passo de lado para a borda do poço e viu os ossos de macacos. E ao ver uma sombra serpear entre os ossos, pulou para trás.

— Eu sou o *killadar*! — gemeu Beny Singh. — Estou tentando salvar vidas!

— Você devia ser um soldado — disse Bapu em sua voz sibilante. — E seu trabalho é matar os inimigos de meu irmão. — As mulheres gritaram, esperando ver seu homem cair no poço, mas Manu Bapu continuou segurando firmemente a seda. — E quando os britânicos morrerem nas brechas, e quando seus sobreviventes fugirem para sul pela planície, quem você acha que receberá o crédito pela vitória? O *killadar* do forte, que é você! E vai abrir mão dessa glória?

— Eles são *djinns* — disse Beny Singh e, vendo de esguelhas Obadiah Hakeswill, cujo rosto contorcia-se incontrolavelmente, gritou: — Eles são *djinns*!

— Eles são homens, frágeis como qualquer outro homem — replicou Bapu. Ele estendeu a mão livre e segurou o cãozinho branco pelo cangote. Beny Singh choramingou, mas não resistiu. O cachorrinho debateu-se na mão de Manu Bapu. — Se você tentar entregar a fortaleza novamente, então este será seu destino.

Manu Bapu largou o cachorrinho. O animal uivou enquanto caía e ganiu de dor quando bateu na rocha dura do fundo do poço. Ouviu-se um sibilado, um tamborilar de patas, um último uivo agonizante, e então silêncio. Beny Singh deixou escapar um gritinho de dor por seu cão antes de balbuciar que preferia dar veneno às suas mulheres que correr o risco de deixá-las cair nas garras dos invasores demoníacos.

Manu Bapu balançou o *killadar* indefeso.

— Você me entendeu? — exigiu.

— Eu entendo! — disse Beny Singh, desesperado.

Manu Bapu puxou o *killadar* para longe da beira do poço.

— Você irá para o palácio, Beny Singh — ordenou. — Ficará lá e não mandará mais mensageiros para o inimigo. — Empurrou o *killadar* e deu as costas para ele. — Coronel Dodd?

— *Sahib?*

— Uma dúzia de seus homens serão nossa garantia de que o *killadar* não enviará mensageiros para fora do palácio. Mas se ele fizer isso, mate os mensageiros.

Dodd sorriu.

— Mas é claro, *sahib*.

Bapu voltou para o Forte Externo enquanto o *killadar* entocava-se no palácio no cume da colina, sobre o lago enlameado. Dodd destacou uma dúzia de homens para guardar a entrada do palácio e então voltou para a muralha para estudar o vale. Hakeswill seguiu-o até lá.

— Por que o *killadar* está tão assustado, senhor? Ele sabe de alguma coisa que não sabemos?

— Ele é um covarde, sargento.

Mas o medo de Beny Singh contaminara Hakeswill, que imaginou um vingativo Sharpe voltando dos mortos para persegui-lo através do pesadelo de uma fortaleza caída.

— Os bastardos não podem entrar, podem? — perguntou ansiosamente.

Dodd reconheceu o medo de Hakeswill, o mesmo medo que ele sentia, o medo da ignomínia e da vergonha de ser recapturado pelos britânicos e condenado por uma corte impiedosa. Ele sorriu.

— Eles provavelmente vão tomar o Forte Externo, sargento, porque são muito competentes e porque nossos velhos camaradas realmente lutam como *djinns*. Mas não conseguirão cruzar o vale. Nem com a ajuda de todos os poderes das trevas, nem se nos mantiverem sob cerco durante um ano inteiro, nem se desmoronarem todas essas muralhas, destruírem os portões e achatarem o palácio com balas de canhão. Eles não conseguirão cruzar o vale, porque isso é impossível. Impossível.

E quem reger Gawilghur, pensou Dodd, regerá a Índia.
E dentro de uma semana ele seria o rajá de Gawilghur.

As muralhas de Gawilghur, como Stokes adivinhara, estavam apodrecidas. A primeira brecha, na muralha externa, levou menos de um dia para ser aberta. No meio da tarde a muralha ainda estava de pé, embora uma caverna tivesse sido escavada no alvo dos canhões de Stokes. E de repente a muralha inteira ruiu. Deslizou pela ladeira curta numa nuvem de pó que assentou aos poucos para revelar uma íngreme rampa de pedras conduzindo para o espaço entre as duas muralhas. Uma parte da face traseira da muralha ainda sobrevivia, mas bastou uma hora de trabalho para derrubar o resto.

Os artilheiros alteraram sua mira, começando pelas duas brechas na muralha interna mais alta, enquanto as baterias de flanco, que vinham castigando as seteiras para desmontar os canhões inimigos, começaram a disparar de viés contra a primeira brecha para dissuadir os defensores de construir obstáculos na vanguarda da rampa. Os canhões inimigos, aqueles que haviam sobrevivido, redobraram seus esforços para desmantelar as baterias britânicas, mas seus tiros ou foram desperdiçados nos gabiões ou passaram por cima das cabeças dos soldados ingleses. O grande canhão que infligira tanta carnificina disparou mais três vezes, porém suas balas atingiram inutilmente a face do penhasco. Depois disso os artilheiros mahrattas misteriosamente desistiram.

No dia seguinte, duas brechas internas foram feitas, e agora os canhões grandes se concentraram em alargar todas as três lacunas nas paredes. Os tiros de dezoito libras atingiram pedra podre, esburacando a parede para aumentar as rampas. À noite, as brechas tinham claramente alcançado o tamanho necessário para o assalto, e os artilheiros voltaram suas miras para as peças inimigas remanescentes. Um a um, os canhões foram derrubados ou suas seteiras estilhaçadas. Uma nuvem de fumaça constante pairava sobre a passagem estreita entre as rochas. Pendia grossa e pungente, contorcendo-se sempre que era varada por um tiro. Os canhões de flanco de doze libras disparavam bombas nas brechas, enquanto o obus enviava mais projéteis sobre as muralhas.

    Os canhões britânicos disparavam contra fumaça densa e, minuto a minuto, a reação do inimigo ficava mais fraca ao passo que seus canhões eram desabilitados ou arremessados das banquetas de tiro. Só depois do cair da noite os canhões dos sitiantes cessaram fogo, mas mesmo então não deram folga para o inimigo. Era à noite que os defensores poderiam transformar as brechas em armadilhas mortais. Poderiam enterrar minas nas rampas de pedra, cavar trincheiras largas ao longo dos cumes da brecha, ou levantar novas muralhas por trás das fendas. Mas os ingleses mantiveram um canhão pesado atirando através da escuridão. Eles carregaram o canhão de dezoito libras com granadas e, três vezes por hora, as granadas detonavam disseminando pelas brechas uma nuvem de balas de mosquete para impedir qualquer mahratta de arriscar a vida nas ladeiras entulhadas.

    Poucos dormiram bem naquela noite. A tossida do canhão parecia sobrenaturalmente alta, e mesmo no acampamento britânico os soldados podiam ouvir o matraquear das balas de mosquete chicoteando as muralhas feridas de Gawilghur. Além disso, os soldados sabiam que quando a manhã chegasse, receberiam ordem de marchar até aquelas muralhas e escalar as ruínas em forma de rampa e abrir caminho lutando entre as pedras. E o que estaria à espera deles? No mínimo, suspeitavam, o inimigo teria montado canhões transversais às brechas para disparar na rota de ataque. Eles esperavam sangue, dor e morte.

    — Nunca estive numa brecha — disse Garrard a Sharpe. Os dois estavam nas tendas de Syud Sevajee, e Sharpe dera ao seu velho amigo uma garrafa de araca.

    — Nem eu — retrucou Sharpe.

    — Dizem que é ruim.

    — Sim, dizem — concordou Sharpe, desolado. Esse supostamente era o maior tormento que um soldado poderia passar.

Garrard bebeu da garrafa de pedra, limpou o gargalo e passou-a para Sharpe. Admirou o uniforme novo de Sharpe à luz da pequena fogueira que haviam acendido.

— Roupa elegante essa sua, sr. Sharpe.

A casaca recebera adornos e mangas brancas novas, cortesia de Clare Wall, e Sharpe cuidara de deixá-la o mais amassada e suja possível, mas ainda parecia cara.

— É apenas uma casaca velha, Tom — disse, tentando fugir do assunto.

— Sabe o que é engraçado? O sr. Morris perdeu uma casaca.

— Ele perdeu? — perguntou Sharpe. — O sr. Morris devia ser mais cuidadoso. — Sharpe passou a garrafa para Garrard e se levantou. — Tenho uma coisa para resolver, Tom — Estendeu a mão. — Amanhã vou procurar por você.

— Amanhã, vou procurar por você, Dick.

Sharpe conduziu Ahmed através do acampamento. Alguns homens cantavam em torno de fogueiras, outros amolavam obsessivamente baionetas já afiadas como navalhas. Um soldado de cavalaria montara uma pedra de amolar e agora criados de oficiais faziam fila para dar um gume assassino a espadas e sabres. A pedra cuspia fagulhas. Os sapadores estavam cuidando de seu último trabalho, fazer escadas de bambu que seriam levadas até a fortaleza. O trabalho era supervisionado pelo major Stokes, cujos olhos arregalaram-se de alegria quando viu Sharpe aproximando-se entre as fogueiras.

— Richard! É você? Minha nossa, é sim! Nunca iria imaginar! Pensava que tinha sido trancafiado numa masmorra inimiga! Escapou?

Sharpe apertou calorosamente a mão de Stokes.

— Não fui levado para Gawilghur. Fui mantido prisioneiro por alguns soldados de cavalaria — mentiu. — Como não sabiam o que fazer comigo, eles simplesmente me deixaram partir.

— Estou encantado, encantado!

Sharpe virou-se e olhou para as escadas.

— Não sabia que iríamos tentar uma escalada amanhã.

— E não vamos — disse Stokes. — Mas você nunca sabe que tipos de obstáculos vai encontrar dentro de uma fortaleza. É sensato levar escadas. — Olhou para Ahmed, vestido com uma casaca de sipaio que lhe fora dada por Syud Sevajee. O menino envergava orgulhoso a casaca vermelha, ainda que fosse um trapo esfarrapado, desbotado e manchado de sangue. — Ora, ora. Você está parecendo um soldado de verdade — disse ao menino. Ahmed assumiu posição de sentido e levou o mosquete ao ombro e ensaiou um meia-volta volver. — Muito bem, rapaz. Mas temo que você tenha perdido todo o entusiasmo, Sharpe.

— Entusiasmo?

— O seu capitão Torrance morreu. Matou-se, aparentemente. Jeito horrível de partir. Sinto muita pena do pai dele. É um cônego, sabia? Pobre homem, pobre homem. Quer um pouco de chá, Richard? Ou precisa dormir?

— Tomaria um pouco de chá, senhor.

— Então vamos até a minha tenda — disse Stokes, mostrando o caminho. — A propósito, ainda estou com sua mochila. Pode levá-la.

— Eu preferiria que o senhor a guardasse para mim mais um dia. Estarei muito ocupado amanhã.

— Ocupado?

— Irei com as tropas de Kenny, senhor.

— Bom Deus! — exclamou Stokes. Ele parou e fitou Sharpe, muito preocupado. — Richard, não tenho dúvida de que passaremos pelas brechas, porque são brechas muito boas. Um pouco íngremes, talvez, mas devemos passar. Mas só Deus sabe o que nos espera do outro lado. E temo que o Forte Interno seja um obstáculo bem maior do que qualquer um de nós previu. — Ele balançou a cabeça. — Não estou sanguíneo, realmente não estou.

Sharpe não tinha a menor idéia do que sanguíneo significava, embora não tivesse dúvida de que Stokes não estar assim era um mau agouro para o ataque.

— Preciso entrar no forte, senhor. Preciso muito. Mas queria pedir ao senhor que cuidasse do Ahmed enquanto isso. — Segurou o ombro do menino e o empurrou para a frente. — Este pagãozinho vai insistir em vir comigo, mas se o senhor o mantiver longe de problemas ele poderá sobreviver mais um dia.

— Ele pode ser meu assistente — disse Stokes animadamente. — Mas, Richard, posso persuadi-lo a assumir o mesmo cargo? Recebeu ordens de acompanhar Kenny?

— Não recebi ordens, senhor, mas preciso ir. É um assunto pessoal.

— Vai ser um inferno lá — alertou Stokes. Caminhou até sua tenda e chamou por seu criado.

Sharpe empurrou Ahmed para a tenda de Stokes.

— Você vai ficar aqui, Ahmed. Ouviu? Vai ficar aqui!

— Vou com você — insistiu Ahmed.

— Você vai ficar — disse Sharpe. — Ajeitou a casaca vermelha de Ahmed. — Agora você é um soldado. Isso significa que recebe ordens, entendeu? E obedece. E estou ordenando que você fique aqui.

O menino fez cara feia, mas pareceu aceitar a ordem. Stokes mostrou a Ahmed um lugar onde ele poderia dormir. Depois os dois homens conversaram um pouco, ou pelo menos Sharpe ouviu Stokes falar sobre um quartzo de alta qualidade que descobrira nas rochas abertas pelos disparos da contrabateria inimiga. Finalmente o major começou a bocejar. Sharpe terminou seu chá, desejou boa noite ao major, e então, certificando-se de que Ahmed não o veria sair, mergulhou na noite.

Sabia que ainda não conseguiria dormir. Queria que Clare não o tivesse trocado por Eli Lockhart. Estava feliz pelos dois, mas a ausência de Clare fazia com que se sentisse solitário. Caminhou até a beira do penhasco e ficou olhando sobre o grande vale para a fortaleza. Algumas luzes piscavam em Gawilghur, e a intervalos de vinte minutos, o gigante de pedras se iluminava com a chama monstruosa do canhão de dezoito libras. Ao grande estrondo do choque de uma bala de canhão nas rochas, seguia-se um silêncio quase absoluto, quebrado apenas por cantorias, zumbido de insetos e o assovio do vento nos penhascos. Numa das vezes em que o grande canhão disparou, Sharpe viu claramente os três buracos irregulares nas duas muralhas. E por que, ele se perguntou, estava tão determinado a entrar naquela armadilha? Seria vingança? Apenas para encontrar Hakeswill e Dodd? Podia esperar que os atacantes fizessem seu trabalho e depois caminhar tranqüilamente até o forte. Mas Sharpe sabia que jamais escolheria o modo mais fácil. Ele iria se juntar aos homens de Kenny e abrir caminho para Gawilghur lutando por nenhum outro motivo além de orgulho. Ele estava fracassando como oficial. O 74º Regimento o havia rejeitado, e os fuzileiros ainda não o conheciam. Sharpe teria de levar uma reputação para a Inglaterra se quisesse obter alguma chance de sucesso.

Portanto, Sharpe deveria lutar amanhã. Ou então vender sua patente e sair do exército. Ele já cogitara isso, mas queria continuar de uniforme. Sharpe gostava do exército, e até suspeitava que era competente no serviço de lutar e matar inimigos do rei. Amanhã ele faria isso de novo e provaria que era merecedor da casaca vermelha e da espada.

E assim, pela manhã, quando os tambores rufassem e os canhões inimigos disparassem com fúria redobrada, Sharpe iria para Gawilghur.

CAPÍTULO IX

Ao amanhecer, uma névoa pairava em Deogaum, uma névoa que abraçava as árvores, cobria os vales e entrava nas tendas.
— Um toque de inverno, não acha? — comentou *sir* Arthur Wellesley com seu ajudante, Campbell.
— O termômetro está indicando vinte e cinco graus, senhor — respondeu secamente o jovem escocês.
— Apenas um toque de inverno, Campbell, apenas um toque — disse o general. Estava de pé em frente à sua tenda, xícara e pires em uma das mãos, admirando, através de novelos de névoa, o sol nascente deitar sua luz nos penhascos imponentes de Gawilghur. Três criados de Wellesley estavam a postos, um segurando sua casaca, chapéu e espada, o segundo contendo seu cavalo, e o terceiro esperando para pegar a xícara e o pires. O general perguntou a Campbell: — Como está Harness?
— Creio que agora ele está dormindo a maior parte do tempo, senhor — respondeu Campbell. O coronel Harness fora exonerado do comando de sua brigada. Ele fora encontrado delirando no acampamento, exigindo que seus Highlanders o seguissem para o sul para lutar contra dragões, papistas e membros do partido Whig.
— Dormindo? — perguntou o general. — O que os doutores estão fazendo? Derramando rum pela goela do infeliz?
— Acredito que seja tintura de ópio, mas provavelmente diluída em rum.

— Pobre Harness — resmungou Wellesley e então bebericou seu chá.

Acima dele ecoaram os disparos de um par de canhões de doze libras que tinham sido rebocados até o cume da colina cônica que ficava ao sul da fortaleza. Wellesley sabia que aqueles canhões não causariam danos, mas insistira teimosamente que deviam ser disparados contra o portão da fortaleza que dava para a planície vasta. Os artilheiros tinham alertado o general de que as armas seriam ineficazes, que elas dispariam de muito longe e alto demais, porém Wellesley queria que a fortaleza soubesse que o assalto viria do sul, bem como através do istmo ao norte; assim, ordenara aos sapadores que arrastassem as duas armas colina acima através da selva e montassem uma bateria no topo da colina. Os canhões, disparando em sua elevação máxima, eram capazes apenas de arremessar seus mísseis para a entrada sul de Gawilghur, mas ao alcançar o portão a bala já perdera toda a força e simplesmente descia quicando pela ladeira escarpada. Mas o objetivo não era aquele. O objetivo era manter parte da guarnição inimiga olhando para sul, de modo a evitar que cada homem pudesse ser empregado contra o assalto nas brechas.

Aquele assalto não começaria nas próximas cinco horas, porque antes do tenente-coronel Kenny liderar seus soldados contra as brechas, Wellesley queria que suas outras forças de ataque estivessem posicionadas. Elas eram duas colunas de casacas vermelhas que no momento percorriam duas estradas íngremes que serpeavam penhasco acima. O coronel Wallace — com seu próprio 74º e um batalhão de sipaios — abordaria o Portão Sul, enquanto o 78º e outro batalhão nativo subiria a estrada que levava até o vale entre os fortes. Era certo que ambas as colunas padeceriam sob o fogo pesado de artilharia, e nenhuma delas possuía chances de invadir a fortaleza, mas sua missão era apenas distrair os defensores enquanto os soldados de Kenny seguiam para as brechas.

Wellesley terminou de beber seu chá, fez cara feia para seu sabor amargo e estendeu a xícara e o pires para o criado.

— Hora de irmos, Campbell.

— Sim, senhor.

Wellesley considerara cavalgar até o platô e entrar na fortaleza atrás de Kenny, mas concluíra que sua presença apenas distrairia os soldados que já tinham problemas suficientes para enfrentar sem ter de se preocupar com a aprovação de seu comandante. Em vez disso, ele cavalgaria a íngreme estrada sul para se juntar a Wallace e o 74º. Tudo que aqueles homens poderiam esperar era que os outros atacantes entrassem no Forte Interno e abrissem o Portão Sul. Do contrário, teriam de marchar vergonhosamente colina abaixo até seu acampamento. Era tudo ou nada, pensou Wellesley. Vitória ou desgraça.

Ele montou, esperou que seus ajudantes se agrupassem e tocou os flancos do cavalo com as esporas. Deus ajude a todos nós, orou. Deus ajude a todos nós.

O tenente-coronel Kenny examinou as brechas pelas lentes de uma luneta que apoiara numa rocha perto de uma das baterias de canhões de arrebentamento. Os canhões estavam disparando, mas ele ignorou o ruído intenso enquanto olhava para as rampas de pedra que seus homens deveriam escalar.

— Homem, elas são muito íngremes! — resmungou. — Muito, muito íngremes.

— As muralhas são construídas numa ladeira, de modo que as brechas são naturalmente íngremes — observou o major Stokes.

— É muito difícil escalar essas brechas — insistiu Kenny.

— Difícil, mas possível — declarou Stokes. Ele sabia que as brechas eram íngremes, e era por causa disso que os canhões ainda estavam atirando. Não havia qualquer esperança de deixar as brechas menos escarpadas. A ladeira da colina impossibilitava isso, mas pelo menos o bombardeio contínuo concedia à infantaria atacante a impressão de que os artilheiros estavam tentando aliviar as dificuldades.

— Você fez os buracos nas muralhas mas eles não são buracos funcionais, Stokes — disse Kenny. — Eles são íngremes demais.

— São naturalmente íngremes — repetiu Stokes, paciente.

— Nós não somos macacos, sabia? — queixou-se Kenny.

— Acredito que vocês acharão as brechas adequadas, senhor — disse Stokes no tom mais calmo possível.

Stokes sabia, e Kenny sabia, que as brechas não poderiam ser melhoradas e que portanto eles deveriam tentar atravessá-las. As reclamações de Kenny, suspeitava Stokes, disfarçavam sua tensão, e não podia culpá-lo. Ele não queria ter de carregar uma espada ou mosquete por aquelas ruínas alcantiladas até as brechas e os horrores que o inimigo preparara do outro lado.

— Acho que elas terão de servir — resmungou Kenny, fechando a luneta. Ele estremeceu quando um dos canhões de dezoito libras rugiu e envolveu toda a bateria com fumaça. E então Kenny caminhou para a nuvem acre, chamando aos berros pelo major Plummer, o chefe do armamento.

Plummer, todo suado e coberto de pólvora, emergiu da fumaça.

— Senhor?

— Você vai manter suas peças atirando até estarmos nas brechas?

— Irei, senhor.

— Isso deve obrigar aqueles malditos a ficar de cabeça baixa — disse Kenny e então pescou um relógio em seu bolso. — No meu são nove horas e dez minutos.

— Nove e oito — disse Plummer.

— Nove em ponto — disse Stokes, batendo em seu relógio para ver se os ponteiros estavam presos.

— Usaremos meu relógio — decretou Kenny. — Avançaremos ao toque das dez. E lembrem-se, Plummer, continue atirando até estarmos lá! Não seja cauteloso, homem, não pare apenas porque estamos próximos ao cume. Maltrate aqueles malditos! Maltrate aqueles malditos!

Kenny subitamente notou Ahmed, que estava ao lado de Stokes. O menino usava a casaca vermelha que ficava folgada demais em seu corpo, Kenny pareceu a ponto de exigir uma explicação para a indumentária estranha do menino, mas deu de ombros e se retirou.

Seguiu até onde seus homens estavam acocorados na trilha que conduzia até o portão da fortaleza. Eles estavam protegidos dos defensores por uma elevação de terreno, mas no momento em que avançassem ao longo da pequena elevação rochosa, iriam se tornar alvos. Eles teriam então cerca de 300 metros de terreno aberto para cruzar, e enquanto se aproximassem das muralhas quebradas seriam espremidos para o espaço estreito entre o tanque e o precipício, onde poderiam esperar o fogo dos defensores em toda sua fúria. Depois disso teriam de escalar até as brechas e aos horrores invisíveis que os aguardavam.

Os homens sentavam-se debaixo de qualquer sombra que os arbustos ou rochas pudessem oferecer. Muitos estavam meio bêbados, porque seus oficiais tinham liberado rações extras de araca e rum. Nenhum deles carregava uma mochila; tudo que tinham eram seus mosquetes, munição e baionetas. Alguns, não muitos, rezavam. Um oficial da Brigada Escocesa estava ajoelhado de cabeça descoberta entre um grupo de seus soldados e Kenny, intrigado com a visão, desviou-se até os soldados ajoelhados para ouvi-los recitar baixinho o salmo 23. A maioria dos homens simplesmente ficava sentada, cabeças baixas, consumida por seus pensamentos. Os oficiais forçavam conversas.

Atrás dos mil homens de Kenny estava uma segunda força de assalto, também composta de sipaios e escoceses, que seguiriam Kenny até a brecha. Se Kenny fracassasse, o segundo grupo de ataque tentaria avançar mais. Contudo, se Kenny conseguisse, o segundo grupo ocuparia o Forte Externo enquanto seus soldados seguiriam para assaltar o Interno. Pequenos grupos de artilheiros estavam incluídos em ambos os grupos de assalto. Suas ordens eram encontrar qualquer canhão operacional que ainda existisse no Forte Externo e voltá-lo contra os defensores do outro lado do vale.

Um oficial usando os adornos brancos do 74º aproximou-se pela trilha entre os soldados que aguardavam. O homem usava um sabre indiano barato na cintura e, o que era incomum para um oficial, carregava um mosquete e uma caixa de cartuchos. Kenny saudou-o.

— Quem diabos é você?

— Sharpe, senhor.

Kenny teve a impressão de que já ouvira o nome em algum lugar.

— O homem de Wellesley?

— Nada sei sobre isso, senhor.

Não gostando da evasiva, Kenny fez cara feia para Sharpe e insistiu:

— Esteve em Assaye, não esteve?

— Sim, senhor — admitiu Sharpe.

A expressão de Kenny suavizou. Ele ouvira falar de Sharpe e admirava um homem de coragem.

— Por que cargas-d'água você está aqui, Sharpe? O seu regimento se encontra a quilômetros de distância! Eles saíram de Deogaum e estão subindo a estrada.

— Fiquei preso aqui, senhor — disse Sharpe, decidindo que não havia motivo para tentar oferecer uma explicação mais longa. — E não tive tempo de me juntar ao 74º, senhor. Assim, tencionava acompanhar a minha antiga companhia. Os soldados do capitão Morris, senhor. — Apontou com a cabeça para onde a 33ª Companhia Ligeira estava reunida em torno de algumas rochas.

— Com sua permissão, obviamente, senhor.

— Não duvido que Morris ficará tão satisfeito com sua ajuda, senhor, quanto eu — disse Kenny. — Ele estava impressionado com a aparência de Sharpe, porque o alferes era alto, evidentemente forte, e tinha uma expressão feroz. O coronel sabia que na brecha a vitória e a derrota freqüentemente dependiam da habilidade e da força de um homem, e Sharpe parecia saber usar suas armas. — Boa sorte para você, Sharpe.

— É o que desejo para o senhor — disse Sharpe, calorosamente.

Sharpe continuou andando, o mosquete emprestado pesando em seu ombro. Eli Lockhart e Syud Sevajee estavam aguardando com seus homens em meio ao terceiro grupo, os soldados que ocupariam o forte depois que as tropas de assalto tivessem feito seu serviço, se é que os dois mil homens da linha frente conseguiriam atravessar a muralha. Corria um boato de que as brechas eram tão escarpadas que ninguém conseguiria carregar uma arma e escalar as rampas ao mesmo tempo. Os homens acreditavam que precisariam usar as mãos para galgar as pilhas de pedra, o que faria deles alvos fáceis para qualquer defensor no topo das brechas. Os artilheiros, eles resmungavam, deviam ter aberto brechas maiores — ou melhor ainda, derrubado a muralha inteira — e a prova disso era que a artilharia continuava disparando. Por que os canhões continuariam erodindo a muralha se as brechas já eram suficientes? Eles poderiam ouvir as balas golpeando as pedras, ouvir um desmoronamento ocasional de cascalho, mas o que não podiam ouvir eram disparos da fortaleza. Os bastados estavam economizando seu fogo para o assalto.

Sharpe passou por sipaios que carregavam uma das escadas de bambu do major Stokes. Os rostos escuros sorriram para ele e um homem ofereceu um cantil que provou conter uma araca fortemente apimentada. Sharpe tomou um golinho e divertiu os sipaios fingindo estar estarrecido com a força da bebida.

— Isto aqui é coisa rara, rapazes — disse Sharpe e então seguiu em frente até seus velhos camaradas. Eles observaram sua aproximação com uma mistura de surpresa, boas-vindas e apreensão. Quando a 33ª Companhia Ligeira vira Sharpe pela última vez ele era um sargento, e não muito antes disso tinha sido um recruta amarrado ao tripé da punição; agora ele usava espada e cinta. Embora oficiais promovidos das fileiras não costumassem servir com suas antigas unidades, Sharpe tinha amigos entre os homens, e se estava disposto a escalar as ruínas escarpadas das brechas de Gawilghur, então ele preferia fazê-lo entre amigos.

O capitão Morris não era amigo, e observou a aproximação de Sharpe com preocupação. Sharpe caminhou direto até seu antigo comandante de companhia.

— É bom vê-lo, Charles — disse ele, sabendo que usar o nome de batismo de Morris iria irritá-lo. — Linda manhã, não acha?

Morris olhou para a esquerda e para a direita como se procurando por alguém que pudesse ajudá-lo a enfrentar aquele fantasma de seu passado. Morris jamais gostara de Sharpe; ele inclusive conspirara com Obadiah Hakeswill para fazer com que Sharpe fosse açoitado na esperança de que a punição terminasse em morte. Mas Sharpe sobrevivera e fora promovido. Agora o bastardo o estava tratando com intimidade, e não havia nada que Morris pudesse fazer quanto a isso.

— Sharpe — foi tudo que Morris conseguiu dizer.

— Pensei em me juntar a você, Charles — disse Sharpe cordialmente. — Fiquei preso aqui, e Kenny achou que eu poderia lhe ser útil.

— É claro — disse Morris, cônscio de que seus soldados estavam olhando. Ele gostaria de mandar Sharpe às favas, mas não podia ser tão rude assim com um colega oficial na frente de seus homens. — Nunca o congratulei — forçou-se a dizer.

— Não há momento melhor que o presente — disse Sharpe.

Morris enrubesceu.

— Congratulações.

— Muito obrigado, Charles — disse Sharpe e então virou-se e olhou para a companhia. A maioria dos soldados sorriu para ele, mas alguns homens desviaram o olhar.

— Sem o sargento Hakeswill? — perguntou Sharpe com a cara mais inocente do mundo.

— Ele foi capturado pelo inimigo — disse Morris. O capitão estava olhando para a casaca de Sharpe, que parecia um pouco apertada e estranhamente familiar.

Sharpe flagrou Morris olhando para a sua casaca.

— Gostou da minha casaca?

— O quê? — perguntou Morris, confuso com sua suspeita e com a intimidade com que Sharpe o tratava. O próprio Morris estava usando uma casaca desfigurada por remendos de pano marrom.

— Comprei esta casaca depois de Assaye — disse Sharpe. — Você não esteve lá, esteve?

— Não.

— Nem em Argaum?

— Não — disse Morris, remexendo-se incomodado. Estava ofendido com o fato de Sharpe ter sobrevivido àquelas batalhas e estar agora sugerindo, ainda que delicadamente, que a experiência dava-lhe uma vantagem sobre seu antigo capitão. Era a mais pura verdade, porém Morris não poderia admitir isso mais do que poderia admitir que sentia ciúmes da reputação de Sharpe.

— E então, quais são nossas ordens de hoje? — indagou Sharpe.

Não conseguindo acostumar-se àquele Sharpe confiante que o tratava como igual, Morris sentiu-se tentado a não responder. Contudo, a pergunta era razoável e Sharpe era, indubitavelmente, um oficial, ainda que apenas um alferes.

— Depois que tivermos passado pela primeira muralha — respondeu um infeliz capitão Morris —, Kenny vai atacar a brecha superior esquerda. Ele quer que selemos a brecha superior direita.

— Parece um trabalho matutino muito agradável! — exclamou Sharpe alegremente e então levantou uma das mãos para Garrard. — Como vai, Tom?

— É um prazer tê-lo aqui, senhor.

— Não poderia deixar vocês garotos entrarem numa brecha sem um pouco de ajuda — disse Sharpe e então estendeu a mão para o sargento Green. — É um prazer vê-lo, sargento.

— É maravilhoso vê-lo, senhor — disse Green, apertando calorosamente a mão de Sharpe. — Mal acreditei quando soube que o senhor tinha se tornado um oficial!

— Você sabe o que dizem sobre merda, sargento. Ela sempre sobe.

Alguns dos homens riram, especialmente quando Sharpe olhou para Morris que havia expressado essa mesma opinião não fazia muito tempo. Outros fizeram cara feia, porque havia muitos homens na companhia que sentiam ciúmes da boa sorte de Sharpe.

Um deles, um homem de rosto moreno chamado Crowley, cuspiu no chão.

— Você nasceu virado para a lua, Sharpezinho.

Sharpe pareceu ignorar o comentário enquanto passava pela companhia sentada e saudava mais alguns de seus velhos amigos, mas, quando estava atrás de Crowley, virou-se abruptamente e empurrou a coronha do mosquete que trazia pendurado ao ombro. A coronha pesada se chocou com a cabeça do recruta. Crowley deixou escapar um gritinho de dor e virou-se para ver que Sharpe estava de pé acima dele.

— A palavra, Crowley, é "senhor" — disse Sharpe, ameaçador.

Crowley olhou nos olhos de Sharpe, mas desistiu de desafiá-lo.

— Sim, senhor — disse, humilde.

— Sinto muito por ter sido descuidado com o mosquete, Crowley — disse Sharpe.

Houve mais uma explosão de gargalhadas, que fez Morris fechar a carranca, mas não tendo certeza de como lidar com Sharpe, não disse nada. Watson, um recruta galês que se juntara ao regimento para não enfrentar um julgamento, apontou com um dedão o forte.

— Sr. Sharpe, estão dizendo por aí que as brechas são íngremes demais.

— Não são nada demais para vocês, rapazes galeses, que escalam montanhas todos os dias — disse Sharpe. Um pouco antes do amanhecer, tomara emprestada a luneta do major Stokes e agora usou-a para olhar para as brechas. Sharpe não gostou muito do que viu, mas aquela não era a hora de dizer a verdade. — Vamos dar uma bela sova nesses pagãos, rapazes — preferiu dizer. — Já lutei com esses mahrattas duas vezes e eles não resistiram. Parecem terríveis, mas basta apertá-los um pouco que se viram e fogem como coelhos. Simplesmente continuem avançando, rapazes. Continuem lutando e os sodomitas vão ceder.

Esse foi o discurso que Morris deveria ter feito para eles, e Sharpe nem sabia que iria lhes dizer algo, mas de alguma maneira as palavras tinham saído naturalmente de sua boca. E ele ficou feliz por isso, porque os soldados pareceram aliviados com sua confiança. E então alguns deles pareceram nervosos novamente ao ver um sipaio aproximar-lhe pela trilha com uma bandeira britânica nas mãos. O coronel Kenny e seus ajudantes caminhavam atrás do homem, todos com espadas desembainhadas. O capitão Morris tomou um bom gole de seu cantil e o cheiro de rum chegou até Sharpe.

Os canhões dispararam, esmagando as laterais das brechas e enchendo o ar com fumaça e poeira enquanto tentavam nivelar o caminho. Os soldados, sentindo que a ordem de avançar estava prestes a ser emitida, levantaram-se e empunharam suas armas. Alguns tocaram pés de coelhos escondidos nos bolsos, ou qualquer outro amuleto que lhes dava coragem. Um homem vomitou, outro teve um acesso de tremedeira. Suor escorria pelos rostos de todos.

— Quatro fileiras — disse Morris.

— Em fileiras! Acelerado! — gritou o sargento Green.

Uma granada de obus arqueou sobre suas cabeças e arremeteu para o forte, deixando como rastro a fumaça de seu estopim. Sharpe ouviu a granada explodir e então viu mais uma. Um homem saiu correndo das fileiras até as rochas, abaixou as calças e esvaziou as entranhas. Os soldados fingiram não notar até o fedor alcançá-los, e eles vaiaram enquanto o embaraçado recruta retornava para sua posição.

— Já basta! — vociferou Green.

Um tamborileiro sipaio com uma barretina antiquada deu alguns golpes em seu tambor, enquanto um gaiteiro da Brigada Escocesa encheu seu fole e posicionou o instrumento debaixo do cotovelo. O coronel Kenny estava olhando o relógio. Os canhões dispararam, sua fumaça descendo para os homens que aguardavam. O sipaio com a bandeira estava na frente da coluna formada, e Sharpe presumiu que o inimigo deveria ser capaz de ver a ponta brilhante da bandeira sobre a elevação rochosa.

Sharpe tirou a baioneta de seu cinto e a introduziu nos aros do mosquete. Não estava usando o sabre que Ahmed roubara de Morris, porque sabia que a arma seria identificada; assim, usava a *tulwar* que Syud Sevajee lhe emprestara. Não confiava na arma. Vira muitas lâminas indianas quebrarem em combate. Além disso, estava acostumado a um mosquete e uma baioneta.

— Calar baionetas! — ordenou Morris, estimulado ao ver a lâmina de Sharpe.

— E agüentem seu fogo até estarem na brecha! — acrescentou Sharpe. — Vocês têm uma bala, rapazes; não a desperdicem. Não terão tempo de recarregar até terem passado por ambas muralhas.

Morris olhou de cara feia para Sharpe, irritado com aquele conselho não requisitado, mas os homens pareceram gratos por ele, tão gratos quanto por não estarem nas linhas frontais da força de Kenny. Essa honra seria da Companhia de Granadeiros do 94º, que portanto formava a Última Esperança. Em geral a Última Esperança — aquele grupo de homens que eram os primeiros a entrar numa brecha para acionar as armadilhas do inimigo e lutar com os defensores imediatos — era composta por voluntários, mas Kenny decidira passar sem uma Última Esperança tradicional. Ele queria encher as brechas rapidamente e assim sobrecarregar as defesas com soldados. Assim, logo atrás dos granadeiros da Brigada Escocesa vinham mais duas companhias de escoceses, depois os sipaios e então os soldados de Morris. Duro e rápido, disse-lhes Kenny, duro e rápido. Deixem os feridos para trás, ordenara. Simplesmente subam as malditas brechas e comecem a matança.

O coronel olhou seu relógio uma última vez, e então fechou a tampa e o colocou no bolso. Respirou fundo, levantou a espada e então bradou uma palavra:

— Agora!

E a bandeira saiu da proteção da elevação do terreno, e atrás dela uma onda de soldados correndo até as muralhas.

Durante alguns segundos a fortaleza ficou silenciosa, e então o primeiro foguete foi disparado. Ele rumou para os soldados que avançavam, deixando um rastro de fumaça espessa. Depois virou subitamente e subiu para o céu claro.

E então os canhões começaram a atirar.

O coronel William Dodd viu o foguete errante contorcer-se no céu espalhando fumaça e finalmente cair. Os canhões de Manu Bapu começaram a atirar e Dodd soube, embora não pudesse ver por cima do Forte Externo, que o ataque britânico estava começando. Chamou por seu subcomandante.

— Gopal!
— *Sahib?*
— Feche os portões.
— *Sahib?* — Gopal olhou intrigado para o coronel. Fora combinado com Manu Bapu que os quatro portões que barravam a entrada para o Forte Interno seriam deixados abertos para que os defensores do Forte Externo pudessem recuar rapidamente, caso fosse necessário. Dodd chegara mesmo a postar uma companhia para guardar o portão mais externo

para garantir que nenhum perseguidor britânico pudesse entrar atrás dos homens de Manu Bapu, mas agora estava sugerindo que os portões deveriam ser fechados?

— O senhor quer que eu feche os portões? — perguntou Gopal, perguntando-se se teria ouvido mal.

— Feche os portões, trave os portões, e depois esqueça os portões! — disse alegremente Dodd. — E traga o pelotão de volta para dentro do forte. Tenho outro trabalho para eles.

— Mas *sahib*, se...

— Você me ouviu, *jemadar*! Mexa-se!

Gopal correu para atender às ordens de Dodd, enquanto o próprio coronel caminhava ao longo da banqueta de tiro que margeava a entrada. Dodd queria certificar-se de que suas ordens seriam obedecidas. Ele observou, satisfeito, as tropas que guardavam o portão externo sendo trazidas de volta para a fortaleza. E então, um a um, os quatro grandes portões foram fechados. As barras imensas, cada uma grossa como a coxa de um homem, foram encaixadas em seus suportes de metal. O Forte Externo agora estava isolado. Se Manu Bapu repelisse os britânicos, seria muito simples abrir os portões novamente, mas se perdesse, e se fugisse, ele iria se descobrir encurralado entre os Cobras de Dodd e o exército britânico.

Dodd caminhou até o centro da banqueta de tiro e ali escalou para uma seteira de modo a poder falar com o maior número possível de soldados.

— Vocês verão que fechei os portões! — gritou. — E eles permanecerão fechados! Não serão abertos, exceto com minha permissão explícita! Nem se todos os marajás da Índia aparecerem lá fora e exigirem entrar! Os portões continuarão fechados. Vocês entenderam?

Os soldados de casacas brancas, ou pelo menos os poucos que falavam inglês, assentiram enquanto o restante traduzia as ordens de Dodd. Nenhum deles demonstrou muito interesse na decisão. Eles confiavam em seu coronel, e se ele quisesse manter os portões fechados, assim seria.

Dodd observou a fumaça engrossar no outro lado do Forte Externo. Uma luta selvagem estava sendo travada lá, mas ele não tinha nada a ver com ela. Só começaria a lutar quando os britânicos atacassem através do vale, mas seus ataques não lograriam qualquer êxito. A única forma de entrar no Forte Interno seria através dos portões, e isso era impossível. Os britânicos teriam de derrubar o primeiro portão com tiros de canhão, mas depois que atravessassem o arco descobririam que a passagem virava abruptamente para a esquerda. Assim, o canhão deles não poderia disparar através da passagem para derrubar as três outras portas. Eles teriam de abrir caminho lutando pela passagem estreitar, tentar destruir os portões sucessivos com machados, e durante o tempo todos seus homens estariam atirando neles dos muros laterais.

— *Sahib?* — disse Gopal.

Dodd virou-se para ver que o *jemadar* estava apontando para a trilha que conduzia ao palácio. Beny Singh aparecera na trilha, acompanhado de um servo que carregava um guarda-sol para proteger o *killadar* do calor inclemente.

— Mande ele subir, *jemadar*! — gritou Dodd em resposta.

Dodd sentiu-se exaltado com a precisão de suas táticas. Manu Bapu já fora isolado da segurança e agora apenas Beny Singh restava como rival à supremacia de Dodd. Ele sentiu-se tentado a matar o *killadar* naquele momento, mas o homicídio seria testemunhado por membros da guarnição que ainda eram leais a Beny Singh. Assim, Dodd teve de saudar o *killadar* com uma mesura respeitosa.

— O que está acontecendo? — inquiriu Beny Singh. Estava ofegante devido ao esforço de escalar até a banqueta de tiro, e então soltou um berro angustiado porque os canhões na muralha sul do Forte Externo, aqueles canhões que davam para o vale, tinham subitamente aberto fogo para perfurar a nuvem branco-acinzentada.

— *Sahib*, temo que o inimigo esteja tomando o forte — disse Dodd.

— Está fazendo o quê? — O *killadar*, que estava vestido para a batalha numa túnica rodeada por uma faixa vermelha da qual pendia uma bainha cravejada de jóias, fitou-o horrorizado. Vira a fumaça espalhar-se pelo vale e ficara intrigado porque não conseguia entender no que o canhões mais próximos estavam atirando.

— Mas o inimigo não pode entrar aqui!

— Outros soldados britânicos estão se aproximando, *sahib*. — Dodd apontou para a nuvem de fumaça que pairava no vale. Os canhões no lado mais próximo do Forte Externo — em sua maior parte canhões de três e cinco libras — apontavam suas peças para oeste, o que significava que os soldados britânicos deviam estar tentando percorrer a estrada íngreme que subia da planície. Aqueles soldados ainda estavam fora da visão de Dodd, mas a artilharia do Forte Externo era prova eloqüente de sua presença. — Deve haver casacas vermelhas vindo em direção ao vale — explicou Dodd. — E não previmos que os britânicos atacariam em mais de um local — mentiu de forma absolutamente convincente. — Não duvido que eles tenham homens subindo pela estrada sul também.

— Eles têm — confirmou o *killadar*.

Dodd estremeceu, como se a notícia enchesse seu coração com desespero.

— Faremos tudo que estiver ao nosso alcance — prometeu. — Mas não posso defender tudo ao mesmo tempo. Sinto dizer, mas prevejo que os britânicos terão a vitória hoje. — Curvou-se novamente para o *killadar*. — Sinto muito, *sahib*. Mas o senhor poderá obter uma reputação imortal juntando-se ao combate. Podemos perder a batalha hoje, mas por anos e anos o povo entoará canções sobre a coragem de Beny Singh. E que forma melhor existe para um soldado morrer, do que com uma espada na mão e inimigos mortos aos seus pés?

Beny Singh empalideceu ao pensar.

— Minhas filhas! — grasnou.

— Além disso, elas serão brinquedos para os soldados — disse Dodd com pesar. — Mas não deve se preocupar, *sahib*. Em minha experiência, as garotas mais bonitas costumam achar um soldado que as defenda. Ele geralmente é um homem grande, violento e cruel, mas impede que os outros estuprem sua mulher. Exceto seus amigos, é claro, a quem ele permitirá algumas liberdades. Posso garantir que suas esposas e filhas encontrarão homens dispostos a protegê-las.

Beny Singh fugiu das palavras tranqüilizadoras de Dodd, que sorriu enquanto o *killadar* corria. Depois caminhou até Hakeswill, que estava postado no bastião sobre o portão mais interno. O sargento recebera uma espada junto com sua cinta preta. Assumiu posição de sentido quando Dodd se aproximou.

— À vontade, sr. Hakeswill — disse Dodd.

Hakeswill relaxou um pouco. Gostava de ser chamado de "senhor", e isso de alguma forma parecia-lhe apropriado. Se aquele bastardo do Sharpe podia ser chamado de senhor e usar uma espada, ele também podia.

— Terei um trabalho para você dentro de alguns minutos, sr. Hakeswill — disse Dodd.

— Ficarei honrado, senhor — retrucou Hakeswill.

Dodd observou o *killadar* subir correndo a trilha em direção ao palácio.

— Nosso honrado comandante — disse com sarcasmo — está levando más notícias ao palácio. Precisamos dar tempo para que essas notícias finquem raízes lá.

— Notícias ruins, senhor?

— Ele pensa que vamos perder — explicou Dodd.

— Rezo para que não, senhor.

— Eu também, sr. Hakeswill. Eu também. Fervorosamente! Dodd virou-se para ver os artilheiros no Forte Externo e percebendo como seus canhões eram pequenos, calculou que esses disparos não conteriam os casacas vermelhas por muito tempo. Os britânicos estariam no vale em meia hora, talvez menos. — Em dez minutos, sr. Hakeswill, liderará sua companhia até o palácio e ordenará aos guardas árabes que venham defender as muralhas.

O tique nervoso de Hakeswill se manifestou.

— Não falo sua língua pagã, senhor.

— Não precisa falar a língua deles. Você tem um mosquete: use-o.

E se alguém questionar sua autoridade, sr. Hakeswill, tem minha permissão de atirar nessa pessoa.

— Atirar, senhor? Sim, senhor. Com prazer, senhor.

— Em qualquer um, sr. Hakeswill.

O rosto de Hakeswill estremeceu de novo.

— Aquele sodomitazinho gordo, senhor, aquele do bigode enrolado, o que acaba de sair daqui...

— O *killadar*? Se ele questionar sua autoridade...

— Atiro no sodomita, senhor.

— Exatamente. — Dodd sorriu. Ele vira a alma de Hakeswill e descobrira que ela era negra como breu, e perfeita para seus propósitos. — Faça isso por mim, sr. Hakeswill, e postarei o senhor como capitão nos Cobras. Seu *havildar* fala um pouco de inglês, não fala?

— Um tipo de inglês, senhor — disse Hakeswill.

— Faça com que ele o entenda. Os guardas do palácios devem ser despachados para as muralhas.

— Eles irão para as muralhas, senhor. E, se não forem, serão pagãos mortos.

— Excelente — disse Dodd. — Mas espere dez minutos.

— Esperarei, senhor. E bom dia para o senhor. — Hakeswill bateu continência, girou nos calcanhares e marchou para as muralhas.

Dodd virou-se para o Forte Externo. Foguetes subiam da nuvem de fumaça sobre a qual a bandeira de Manu Bapu ainda brandia. Muito baixinho, Dodd ouvia homens gritando, mas o som era abafado pelos rugidos dos canhões que assustavam os macacos verde-prateados no barranco. Os animais olhavam intrigados para os homens nas muralhas do Forte Interno como se quisessem descobrir uma resposta para o barulho e o fedor que estava consumindo o dia.

Um dia que, no entender de Dodd, estava sendo perfeito.

A 33ª Companhia Ligeira passou algum tempo esperando ao lado da trilha. O capitão Morris permaneceu ali deliberadamente, permitindo que quase toda a tropa de assalto de Kenny passasse antes de liderar seus homens para fora das rochas. Assim, Morris assegurou que ficaria na retaguarda do assalto, posição que oferecia a maior medida de segurança.

Depois que Morris moveu seus homens para a estrada de aproximação ao forte, ele se posicionou deliberadamente atrás do grupo de sipaios que carregavam as escadas para que seu progresso fosse retardado. Ele caminhava à frente de seus homens, mas passava o tempo todo olhando para trás.

— Mantenha as linhas, sargento! — gritou para Green mais de uma vez.

Sharpe caminhava ao lado da companhia, contendo suas passadas longas para não caminhar mais rápido que Morris. Levaram alguns momentos para alcançar a pequena crista na estrada, mas então a fortaleza entrou no seu campo de visão, e Sharpe ficou aparvalhado diante do poderio de fogo que parecia transbordar das muralhas mutiladas.

Os maiores canhões mahrattas tinham sido removidos, mas eles possuíam uma miríade de canhões menores, alguns um pouco maiores que bacamartes, e aquelas armas agora rugiam, tossiam e cuspiam suas chamas em direção aos soldados que avançavam, de modo que as muralhas negras tinham sido meio obscurecidas por trás das nuvens de fumaça exaladas de cada seteira. Os foguetes contribuíam para aumentar a confusão. Alguns subiam chiando para o céu, mas outros arremetiam contra os soldados britânicos para abrir passagens flamejantes através das fileiras.

A companhia frontal ainda não alcançara a brecha externa, mas estava apertando o passo para o corredor estreito entre o precipício a leste e o tanque a oeste. Eles se acotovelaram quando as fileiras se comprimiram e os canhões inimigos pareceram concentrar-se nesses homens. Sharpe teve a impressão de sentir cheiro de sangue no ar quando uma bala de canhão atingiu seu alvo a uma distância de meros duzentos passos. Havia grandes bastiões redondos em cada flanco da brecha, e seus cumes franjavam-se com chamas perenes enquanto os defensores revezavam-se em turnos para atirar na massa de atacantes. Os canhões britânicos ainda estavam disparando, seus tiros levantando nuvens de poeira e pedra da brecha, ou martelando as seteiras num esforço para aplacar o fogo inimigo.

Um ajudante aproximou-se correndo de volta pela trilha.

— Depressa! Venha depressa!

Morris não fez qualquer esforço de apressar seus soldados. Os escoceses que seguiam na frente passaram pelo tanque e começaram a escalar a ladeira suave para as muralhas, mas essa ladeira ficava mais íngreme à medida que se aproximavam da brecha. O homem com a bandeira estava na frente, e então foi engolfado pelos Highlanders que corriam para alcançar as pedras. Kenny liderou-os, espada na mão. Subitamente, mosquetes cuspiram labaredas do cume da brecha, obscurecendo-a com fumaça, e uma bala de dezoito libras penetrou a fumaça, despejando uma chuva de tijolos partidos sobre os atacantes. Sharpe apertou o passo. Sentiu uma espécie de fúria crescer dentro dele e se perguntou se seria medo, mas também era empolgação. Na verdade, se Sharpe tinha medo de alguma coisa era de não chegar a tempo para o combate.

Sharpe via o combate com absoluta clareza, porque a brecha estava muito acima da estrada de aproximação, e os escoceses, escalando com as mãos, estavam bem visíveis. Os artilheiros britânicos ainda estavam atirando, martelando balas poucos centímetros acima das cabeças dos escoceses para manter o cume da brecha livre de inimigos. E então, abruptamente, os canhões pararam e os casacas vermelhas subiram para a névoa que pairava acima das pedras estilhaçadas. Uma massa de árabes subiu a ladeira interna da brecha, indo opor-se aos escoceses, e cimitarras chocaram-se com baionetas. A poeira de pedra deixou as casacas vermelhas dos atacantes cor-de-rosa. O coronel Kenny estava na linha de frente, passando por cima de um pedaço de muro enquanto aparava uma cimitarra. Investiu, perfurando a garganta de um inimigo, e avançou para a frente e para baixo, sabendo que estava cruzando o cume e alheio aos mosquetes que flamejavam sobre ele na parte superior da muralha. Os artilheiros britânicos, armas recarregadas, começaram a disparar contra a parte superior da muralha, afugentando os defensores da banqueta de tiro. Os escoceses investiram com suas baionetas, chutaram os mortos para longe de suas lâminas, pisotearam cadáveres e desceram atrás de Kenny até o espaço entre as muralhas.

— Por aqui! — gritou Kenny. — Por aqui!

Kenny conduziu os homens para a esquerda, até onde a brecha interna levava, sua ladeira coleando enquanto as balas de canhão atingiam seus alvos. Alguns árabes, fugindo da fúria dos escoceses, morreram enquanto tentavam escalar a brecha interna e foram atingidos pelas balas de canhão. Sangue respingava na parede interna, manchava a rampa, e finalmente era esbranquiçado pela poeira.

Kenny olhou para trás para se certificar de que a coluna estava logo atrás dele.

— Faça com que continuem vindo! — gritou para um ajudante de pé no topo da primeira brecha. — Faça com que continuem vindo! — Kenny escarrou poeira e gritou para os escoceses começarem a ascender a segunda brecha.

— Depressa! Depressa! — Os ajudantes de Kenny que ainda estavam do outro lado das muralhas apressavam a coluna. As fileiras de ré do grupo de assalto do coronel estavam se dispersando, e o segundo grupo de ataque não estava muito atrás. — Cerrar fileira! — gritaram os ajudantes para os retardatários. — Cerrar fileira!

Morris relutantemente apertou o passo. Os sipaios carregando as escadas desceram correndo a ladeira suave que conduzia ao estreito espaço interno ao lado do tanque para onde os canhões inimigos apontavam. Ao longo de toda sua extensão as muralhas de Gawilghur tossiam fumaça, cuspiam chamas e vomitavam foguetes. Até flechas estavam sendo atiradas. Uma bateu numa rocha perto de Sharpe e desceu rodopiando para a grama.

Os escoceses agora escalavam a brecha interna, e uma torrente de soldados desaparecia sobre o cume rochoso da brecha externa. Nenhuma mina aguardava os atacantes, e nenhum canhão fora posicionado de través na brecha para atingi-los enquanto atravessavam a muralha. Sipaios galgavam penosamente as pedras.

— Rápido! — gritavam os ajudantes. — Rápido!

Sharpe desceu correndo a ladeira até o tanque. O cantil e o farnel batiam em sua cintura enquanto corria; suor descia por suas faces.

— Mais devagar! — gritou Morris para ele, mas Sharpe ignorou a ordem. A companhia estava se dispersando à medida que os homens mais afoitos apertavam o passo para alcançar Sharpe, enquanto outros faziam cera junto com Morris. — Mais devagar, maldito seja! — tornou a gritar Morris para Sharpe.

— Continuem avançando! — gritavam os ajudantes de Kenny.

Dois deles tinham sido postados atrás do tanque e gesticulavam para que os soldados prosseguissem. As balas esféricas das baterias de canhões de arrebentamento passavam acima de suas cabeças — com um som que lembrava o de barris enormes rolando em pisos de madeira — para explodirem na parte superior enfumaçada da muralha. Ali tremulava uma bandeira verde e vermelha. Sharpe viu um árabe mirar um mosquete, mas então a fumaça obscureceu sua visão. Uma pequena bala de canhão atingiu um sipaio, arremessando-o para trás e espalhando sangue e tripas pela estrada. Sharpe saltou o cadáver esparramado e viu que alcançara o reservatório. A água estava rasa e coberta por um lodo verde. Dois escoceses e um sipaio jaziam na lama assada pelo sol, seu sangue vazando para as rachaduras do solo. Uma bala de mosquete atingiu a lama. Em seguida, uma pequena bala de canhão acertou a retaguarda da companhia de Morris e detonou dois homens para o alto.

— Deixem eles! — esgoelou-se um ajudante. — Deixem eles onde estão!

Um foguete explodiu perto da cabeça de Sharpe, abraçando-o com fumaça e fagulhas. Um homem ferido engatinhava para trás ao lado da estrada, arrastando uma perna estraçalhada. Outro — sangue escorrendo da barriga — tombou na lama e escorregou para a água imunda.

Sharpe quase foi sufocado pela fumaça grossa enquanto escalava a ladeira. Uma bala de canhão grande e negra jazia ali, deixada pela canhonada que abrira a primeira brecha. Dois corpos de casacas vermelhas tinham sido arremessados para os lados e três outros estrebuchavam e gritavam por socorro, mas Kenny postara ali outro ajudante para manter as tropas em movimento. Poeira era levantada cada vez que uma bala de mosquete beijava o chão, e então Sharpe estava na brecha propriamente dita. Quase perdeu o equilíbrio enquanto escalava a rampa, mas alguém o amparou por trás. Homens subiam atabalhoadamente as pedras, puxando a si próprios com uma das mãos enquanto a outra agarrava o mosquete. Sharpe colocou a mão numa mancha de sangue. O cascalho empoeirado estava quase quente demais para ser tocado, e a rampa era bem mais comprida do que julgara. Homens emitiam gritos roucos enquanto subiam, e as balas continuavam descendo sobre eles. Uma flecha atingiu e estremeceu uma coronha de mosquete. Um foguete arremeteu sobre a onda de homens, separando-a momentaneamente enquanto sua carcaça de metal cuspia fumaça e labaredas de onde ficara encravado entre uma rocha e uma bala de canhão. Um soldado, sem a menor cerimônia, cobriu o foguete com um escocês morto e passou por cima do cadáver, sendo imitado por seus companheiros.

Uma vez no topo, os atacantes dobraram para a esquerda e desceram correndo o interior da brecha até a grama seca que separava as duas muralhas. Uma peleja estava sendo travada na brecha esquerda, e os soldados se agrupavam diante dela. Contudo, Sharpe viu que os escoceses avançavam gradualmente ladeira acima. Por Deus, pensou, eles estão quase dentro da brecha! Os canhões britânicos tinham cessado fogo por medo de acertar seus próprios homens.

Sharpe virou para a direita, seguindo para a segunda brecha interna que a companhia de Morris fora incumbida de selar. Bem alto acima dele, da banqueta de tiro da muralha interna, defensores debruçavam-se para disparar do espaço entre os baluartes. Sharpe teve a sensação de correr através de uma chuva de balas que magicamente não o tocavam. Através da fumaça, Sharpe viu as ruínas da brecha. Saltou para os destroços e começou a escalar as pedras.

— Estou com você, Dick! — gritou Tom Garrard às suas costas. Então um homem apareceu na fumaça acima de Sharpe e despejou uma tora de madeira.

A tora atingiu Sharpe no peito, empurrando-o para trás contra Garrard, que se agarrou a ele enquanto os dois caíam nas pedras. Sharpe praguejou quando uma saraivada de tiros de mosquetes desceu do cume da brecha. Com eles estavam um punhado de homens — talvez seis ou sete

— mas nenhum pareceu ter sido atingido. Os soldados se acocoraram atrás de Sharpe, aguardando ordens.

— Não avancem! — gritou Morris. — Não avancem!

— Quero mais que Morris se dane! — disse Sharpe e pegou seu mosquete.

Naquele instante, os canhões britânicos, vendo que a direita da brecha ainda estava ocupada por mahrattas, abriu fogo novamente e as balas atingiram as pedras apenas alguns metros acima da cabeça da cabeça de Sharpe. Um defensor foi atingido bem na barriga por uma bala de dezoito libras, e Sharpe teve a impressão de que o homem simplesmente se desintegrou numa golfada vermelha. Sharpe abaixou-se entre as pedras enquanto o sangue chovia sobre ele e Garrard.

— Deus do Céu! — exclamou Sharpe.

Outra bala de canhão atingiu a brecha, o som do golpe alto como um trovão. Fragmentos de pedra chicotearam Sharpe, que por um instante teve a impressão de não respirar nada além de poeira quente.

— Não avancem! — bradou Morris. — Aqui! A mim! Agrupem-se! Agrupem-se! — Morris estava acocorado debaixo da muralha interna, a salvo dos defensores na brecha, enquanto, muito acima dele, na banqueta de tiro não danificada, soldados árabes ainda debruçavam-se para disparar direto para baixo. — Sharpe! Venha aqui! — ordenou Morris.

— Em frente! — gritou Sharpe. Morris que se danasse. Morris e todos os outros oficiais que diziam que botar uma sela de corrida num cavalo de tração não faz o cavalo andar mais rápido. — Vamos em frente! — tornou a gritar enquanto escalava as pedras.

Subitamente, havia mais soldados à direita de Sharpe, mas eles eram escoceses. Sharpe viu que os homens que corriam na frente do segundo grupo de assalto tinham alcançado a fortaleza. Um tenente de cabelos ruivos os conduzia, espada *claymore* em punho.

O tenente estava escalando o centro da brecha enquanto Sharpe tentava subir o flanco mais escarpado. Os Highlanders passaram por Sharpe, gritando para o inimigo, e a visão de suas casacas vermelhas fez os artilheiros britânicos cessarem fogo. Imediatamente o cume da brecha encheu-se com homens portando espadas curvadas com lâminas grossas como machados. Espadas colidiram, mosquetes estrepitaram, e o tenente ruivo estremeceu como uma enguia arpoada quando uma cimitarra perfurou sua barriga. Ele se virou e caiu em direção a Sharpe, largando sua *claymore*. Uma linha de defensores agora estava atirando lá do alto para a brecha, enquanto um árabe imenso — que Sharpe julgou medir uns dois metros e dez — estava parado no centro, cimitarra avermelhada em punho, desafiando qualquer homem a enfrentá-lo. Dois o fizeram, e ambos foram arremessados para trás numa ducha de sangue.

— Companhia Ligeira! — gritou Sharpe. — Vamos encher esses bastardos com chumbo! Fogo!

Alguns mosquetes dispararam atrás dele e a linha de defensores pareceu cambalear para trás, mas em seguida os soldados inimigos se agruparam de novo ombro a ombro com o árabe da cimitarra ensangüentada. Sharpe estava com a mão esquerda na ombreira quebrada da muralha e a usou para se impulsionar para cima. Em seguida, rolou para o lado quando os árabes mais próximos se viraram e atiraram nele. As balas passavam zunindo por Sharpe, mas um chumaço de bucha em chamas bateu em sua bochecha. Ele largou a parede e caiu para trás enquanto um homem sorridente tentava estocá-lo com uma baioneta. Meu Deus, como essa brecha era íngreme! A bochecha de Sharpe estava queimada e sua casaca nova chamuscada. Os escoceses tentaram de novo, subindo até o centro da brecha para serem recebidos por uma linha de lâminas árabes. Mais árabes emergiram do interior da fortaleza e, lá de cima, desfecharam uma salva de tiros de mosquete pela face da rampa. Sharpe mirou seu mosquete contra o árabe alto e premiu o gatilho. A arma escoiceou seu ombro, mas quando a fumaça se dissipou, o homenzarrão ainda estava de pé e ainda lutando. Os árabes estavam vencendo ali, exercendo pressão contra a face da brecha e, enquanto matavam, entoavam um grito de guerra de gelar o sangue. Um homem arremeteu uma baioneta contra Sharpe, que aparou com a sua própria, mas então um inimigo agarrou o mosquete do alferes pelo cano e o empurrou para cima. Sharpe xingou, mas não largou o mosquete; mas ao ver uma cimitarra descendo em sua direção, soltou o mosquete e tornou a cair para trás.

— Filhos-da-puta! — xingou, e então viu a *claymore* do tenente escocês morto caída nas pedras. Pegou a espada e usou-a para desfechar um golpe contra os calcanhares dos árabes acima dele. A lâmina atingiu o alvo e derrubou o homem. Os escoceses agora estavam atacando novamente brecha acima, pisando em seus próprios mortos e gritando um brado de ódio tão sinistro quanto os gritos vitoriosos dos árabes.

Sharpe escalou de novo. Equilibrou-se na íngreme rampa de pedras e golpeou com a *claymore*, afastando o inimigo para trás. Subiu mais uns 60 centímetros, mergulhou numa fumaça fedorenta e alcançou o ponto onde poderia segurar-se na muralha na beira da brecha. Tudo que podia fazer agora era segurar-se à pedra com a mão esquerda e golpear com a espada na mão direita. Fez alguns homens recuarem, mas então o árabe grande o viu e se aproximou da brecha, gritando para seus camaradas deixarem a morte do casaca vermelha por conta de sua cimitarra. Ele levantou a espada bem alto acima da cabeça — como um carrasco fazendo mira — e Sharpe estava desequilibrado.

— Me empurra, Tom! — gritou Sharpe, e Garrard meteu uma das mãos no traseiro de Sharpe e empurrou para cima com força no instante em que a cimitarra começava a descer. Sharpe largou a muralha e esticou o braço para enganchar a mão esquerda no tornozelo do árabe enorme. Puxou com força e o árabe gritou alarmado quando seus pés escorregaram. O árabe tombou contra o flanco da brecha. — Agora matem o desgraçado! — berrou Sharpe, e meia dúzia de casacas vermelhas atacaram o inimigo caído com baionetas enquanto Sharpe golpeava os árabes que vinham em seu resgate. A *claymore* de Sharpe colidia com cimitarras, lâminas repicando como martelos de ferreiro em bigornas. O homenzarrão estrebuchou enquanto baionetas perfuravam sua túnica repetidas vezes. Os escoceses estavam de volta, abrindo caminho para o centro, e Sharpe forçou-se a dar mais um passo. Garrard agora estava ao lado dele, e os dois estavam a um passo do cume da brecha.

— Bastardos! Bastardos! — gritava Sharpe enquanto desferia machadadas e estocava, mas as túnicas dos árabes pareciam absorver os golpes. E então, subitamente, quase por milagre, eles recuaram. Um mosquete foi disparado de dentro da fortaleza e um dos árabes tombou na rampa interna da brecha, Sharpe compreendeu que os soldados que tinham aberto seu caminho lutando pela brecha esquerda deviam ter dado a volta e atacado esta brecha por dentro.

— Vamos embora! — rugiu Sharpe, e finalmente se viu no cume da brecha. Havia escoceses e soldados da Companhia Ligeira por toda parte em torno dele enquanto desciam para o Forte Externo, onde uma companhia da Brigada Escocesa aguardava para recebê-los. Os defensores estavam fugindo para o portão sul, que os levaria para o refúgio do Forte Interno.

— Meu Deus! — exclamou Tom Garrard, encostando-se na parede para recuperar o fôlego.

— Está ferido? — perguntou Sharpe.

Tom fez que não com a cabeça.

— Deus... — repetiu Tom.

Alguns artilheiros inimigos, que haviam ficado com suas armas até o último minuto, saltaram da banqueta de tiro, contornaram os casacas vermelhas exaustos espalhados dentro da muralha e fugiram para sul. A maioria dos escoceses e sipaios estavam cansados demais para perseguir os soldados inimigos e se contentaram em disparar algumas balas de mosquete. Um cão latiu como louco até que um sipaio silenciou o bicho com um chute.

Sharpe parou. De repente, estava tudo muito silencioso, porque os canhões grandes finalmente tinham cessado fogo e os únicos mosquetes disparando eram os dos mahrattas defendendo a entrada fortificada. Alguns canhões pequenos ribombavam em direção ao sul, mas Sharpe não podia vê-los, nem adivinhar qual era seu alvo. A parte mais alta do forte jazia à sua direita, e não havia nada no cume baixo além de gramados e algumas árvores espinhentas. Não havia defensores reunidos lá. À sua esquerda Sharpe via os homens de Kenny atacando a entrada fortificada. Galgavam os degraus até o parapeito onde um punhado de árabes formava uma resistência, embora não tivessem qualquer chance de resistir, porque mais de cem casacas vermelhas agora estavam reunidos à sombra da muralha, disparando para a banqueta de tiro lá em cima. As túnicas dos defensores tornaram-se de vermelhas. Agora estavam encurralados entre as balas de mosquete e as baionetas dos homens que subiam os degraus, e embora alguns tenham tentado render-se, todos estavam sendo mortos. Os outros mahrattas tinham fugido, transpondo o terreno elevado no centro do Forte Externo e seguindo na direção do vale e do forte mais adiante.

Numa das seteiras da muralha havia um tonel. Sharpe levantou-se até a seteira e descobriu, conforme esperara, que o barril continha água para os canhões abandonados. Eram canhões muito pequenos, em sua maioria montados em tripés de ferro, mas tinham infligido uma punição severa aos invasores. Os mortos e feridos haviam sido empurrados para o lado a fim de abrir caminho ao fluxo de homens que se aproximava das brechas. Entre eles estava o major Stokes, com Ahmed ao seu lado. Sharpe acenou para eles, embora não o tenham visto. Ele mergulhou as mãos na água, jogou-a no rosto e no cabelo, e então curvou-se para bebê-la. Era uma água suja, estagnada e amarga devido ao pó dos destroços, mas ele estava morto de sede.

Brados vitoriosos soaram quando os soldados do coronel Kenny içaram a bandeira britânica acima do capturado Portão Délhi. A bandeira de Manu Bapu estava sendo dobrada por um ajudante, para ser levada para a Grã-Bretanha. Um esquadrão de escoceses destrancou o grande portão interno e depois o externo, permitindo que mais casacas vermelhas entrassem no forte que caíra tão depressa. Soldados exaustos haviam se deitado à sombra da muralha, mas os oficiais de Kenny ordenavam que fossem encontrar suas unidades, carregar seus mosquetes e rumar para sul.

— Acho que nossas ordens são de guardar a brecha — sugeriu Morris enquanto Sharpe pulava da banqueta de tiro.

— Nós vamos seguir — disse Sharpe com selvageria.

— Nós...

— Nós vamos seguir, senhor — disse Sharpe, enfatizando o "senhor" com um escárnio feroz.

— Em frente, em frente! — gritou um major para Morris. — O trabalho ainda não acabou. Em frente! — Ele gesticulou para o sul.

— Sargento Green, reúna os homens — disse Morris, relutante.

Sharpe subiu a colina e rumou para o ponto mais elevado no forte; uma vez lá em cima, olhou para sul. Abaixo dele, o terreno descia, a princípio suavemente, e então escarpado até desaparecer num vale rochoso que afundava nas sombras. Mas o barranco do lado oposto estava iluminado pelo sol, e esse barranco era uma subida íngreme para uma muralha intacta. E na extremidade leste da muralha havia uma imensa entrada fortificada, bem maior que aquela que acabara de ser capturada. E essa entrada fortificada estava apinhada com soldados. Alguns usavam casacas brancas e Sharpe conhecia esses homens. Já os combatera antes.

— Maldição — disse baixinho.
— O que é?

Sharpe virou-se e viu que Garrard seguira-o.
— A coisa parece feia, Tom.

Garrard olhou para o Forte Interno. Dali podia ver o palácio, os jardins e as defesas, e subitamente essas defesas ficaram embaçadas por fumaça; os canhões do outro lado do vale tinham aberto fogo contra os casacas vermelhas que agora se espalhavam pelo Forte Externo. As balas passaram uivando por Sharpe e Garrard.

— Maldição! — exclamou Sharpe novamente. Acabara de abrir caminho por uma brecha para ajudar a capturar um forte, apenas para descobrir que o verdadeiro dia de trabalho mal havia começado.

Manu Bapu esperara defender as brechas concentrando seus melhores guerreiros, os Leões de Alá, em seus cumes. Porém, essa esperança fora derrubada pelos canhões britânicos que continuaram a disparar contra as brechas até que os casacas vermelhas estivessem praticamente no topo das rampas. Nenhum defensor poderia defender a brecha e esperar viver, não até que os canhões cessassem fogo, mas a essa altura os primeiros atacantes estavam praticamente no cume e assim os Leões de Alá tinham perdido a vantagem do terreno mais elevado.

Os atacantes e defensores tinham colidido em meio à poeira e fumaça no topo da brecha, e ali a maior altura e força física dos escoceses prevalecera. Manu Bapu lutara junto com seus homens na linha de frente e recebera um ferimento no ombro, mas seus árabes haviam recuado. Eles tinham retornado para a parte superior das brechas, e ali os casacas vermelhas, com a ajuda da inclemência de seus canhões, tinham prevalecido novamente. Bapu reconheceu que o Forte Externo estava perdido. Na verdade, não fora uma grande perda. Não havia nada precioso estocado no Forte Externo. Era meramente uma defesa com o intento de retardar um atacante enquanto ele se aproximasse do vale. Contudo, Bapu estava espantado com a rapidez da vitória britânica. Durante algum tempo, ele xingou os casacas vermelhas e tentou reunir seus homens para defender a entrada fortificada, mas os britânicos agora estavam fluindo para as brechas em grande número, os artilheiros nas muralhas abandonavam suas armas, e Bapu sabia que era hora de recuar para a proteção do Forte Interno.

— Recuar! — gritou. — Recuar! — Sua túnica branca estava empapada com seu próprio sangue, mas o ferimento era no ombro esquerdo, de modo que ainda podia manejar a *tulwar* com cabo de ouro que fora um presente de seu irmão. — Recuar!

Os defensores recuaram rapidamente e os atacantes pareceram cansados demais para persegui-los. Bapu esperou até o último deles, depois caminhou de costas, encarando o inimigo e desafiando-os a tentar avançar e matá-lo. Mas os britânicos simplesmente observaram-no ir. Manu Bapu sabia que num estalar de dedos os britânicos iriam se reorganizar e avançar para o vale, mas a essa altura ele e seus soldados estariam trancados em segurança dentro da fortaleza maior.

A última visão que Manu Bapu teve do Portão Délhi foi de uma bandeira inimiga sendo hasteada ao topo do mastro que ostentara sua própria bandeira. Em seguida desceu pela ladeira íngreme e seguiu para sul acompanhado por sua guarda pessoal. A trilha agora descia oblíqua pelo barranco escarpado do vale antes de virar abruptamente e subir até o Forte Interno. Os primeiros de seus soldados já estavam subindo a trilha mais distante. Os artilheiros na muralha sul, que tinham tentado deter os casacas vermelhas que vinham da planície pela estrada, agora abandonaram seus pequenos canhões e se juntaram à retirada. Bapu podia apenas acompanhá-los com lágrimas nos olhos. Não importava que a batalha não estivesse perdida, que o Forte Interno ainda resistisse e que provavelmente resistiria por toda a eternidade; o fato era que se sentia humilhado pela rapidez da derrota.

— Depressa, *sahib* — disse um de seus ajudantes.

— Os britânicos não estão nos seguindo — disse Bapu, exausto.

— Ainda não.

— Aqueles britânicos — disse o ajudante e apontou para oeste, onde a estrada da planície subia para o vale. E ali, na curva onde a estrada desaparecia no lado da ladeira íngreme, havia uma companhia de casacas vermelhas. Usavam *kilts*, e Bapu lembrou de tê-los visto em Argaum. Se aqueles homens apertassem o passo, poderiam cortar a retirada de Bapu. Assim, seguiu o conselho de seu auxiliar e se apressou.

Foi só quando alcançou o fundo do vale que Manu Bapu notou que alguma coisa estava errada. Os grupos de seus soldados mais avançados tinham alcançado o Forte Interno, mas em vez de fluir para o portão, estavam andando de um lado para o outro na ladeira à sombra do forte.

— O que está acontecendo? — perguntou Manu Bapu.

— Os portões estão fechados, *sahib* — disse seu ajudante, absolutamente pasmo.

— Serão abertos a qualquer minuto — disse Bapu e se virou quando uma bala de mosquete desceu assobiando da ladeira às suas costas. Os britânicos que haviam capturado o Forte Externo finalmente tinham avançado até o limite do vale e viram o exército em retirada abaixo deles; assim, tinham começado a atirar em seus inimigos.

— Depressa! — gritou Bapu, e seus soldados subiram a colina, mas os portões ainda não tinham sido abertos.

O fogo britânico ficara mais pesado. Casacas vermelhas agora alinhavam-se no topo da colina e derramavam fogo de mosquetes no vale. Balas ricochetearam das pedras contra a massa imprensada de indianos. Os homens de Bapu começaram a ser tomados pelo pânico. Bapu gritou para que se acalmassem e respondessem ao fogo, enquanto atravessava a turba para descobrir por que os portões estavam fechados.

— Dodd! — gritou enquanto se aproximava. — Dodd!

O rosto do coronel Dodd apareceu sobre a muralha. Parecia absolutamente calmo, mas não disse nada.

— Abra o portão! — gritou Bapu, furioso.

A resposta de Dodd foi levantar o fuzil ao seu ombro.

Bapu fitou a boca do fuzil. Ele sabia que deveria correr ou se abaixar, mas o horror do destino mantinha-o enraizado na trilha.

— Dodd? — disse, intrigado, e então o fuzil foi embaçado pela fumaça de sua descarga.

A bala atingiu o esterno de Bapu, estilhaçando-o e empurrando farpas ósseas para seu coração. O príncipe respirou com dificuldade duas vezes e morreu.

Os soldados de Bapu entoaram um grande lamento à medida que a notícia da morte de seu príncipe se espalhou por eles, e então, incapazes de suportar mais os disparos do Forte Externo, e de entrar no Interno, correram para oeste em direção à estrada que descia para a planície.

Mas a estrada estava bloqueada. Os Highlanders do 78º estavam se aproximando de seu cume e agora viram uma grande massa em pânico investindo contra eles. Os escoceses tinham suportado o fogo de artilharia do Forte Externo durante sua longa escalada, mas agora esses canhões haviam sido abandonados. À sua direita o penhasco subia até o Forte Interno, enquanto à esquerda havia um precipício sobre uma garganta vertiginosa.

Havia espaço para doze homens ficarem de pé lado a lado na estrada, mas o coronel Chalmers, que liderava o 78º, sabia que esse espaço era suficiente. Ele formou sua meia-companhia frontal em três fileiras, com a primeira ajoelhada.

— Vocês vão atirar em seqüência de fileiras — disse com calma.

Os defensores apavorados correram em direção aos Highlanders de *kilt*, que esperaram até que cada bala pudesse matar.

— Fileira de vante, fogo! — ordenou Chalmers.

Os mosquetes começaram a disparar e, uma a uma, as três linhas atiraram, e a saraivada de balas cobriu os fugitivos que se aproximavam. Alguns tentaram dar meia-volta e recuar, mas a pressão traseira era muito grande, e assim foram trespassados pelo fogo inclemente enquanto os casacas vermelhas desciam do Forte Externo atrás deles para atacar sua retaguarda.

Os primeiros homens saltaram do penhasco e seus gritos terríveis sumiam enquanto mergulhavam para as rochas no fundo do abismo. A estrada estava coberta com corpos e encharcada de sangue.

— Avançar vinte passos! — ordenou Chalmers.

Os Highlanders marcharam, pararam, se ajoelharam e recomeçaram a disparar. Os sobreviventes de Bapu, traídos por Dodd, estavam encurralados entre duas forças. Aprisionados num inferno acima do vazio, uma chacina nas colinas altas. Homens gritavam enquanto caíam para suas mortes nas profundezas, ou sucumbiam aos tiros de mosquete. Os disparos continuaram até que na estrada ensangüentada não restava nada além de homens acocorados em terror. Então os casacas vermelhas avançaram com suas baionetas.

O Forte Externo caíra e sua guarnição fora massacrada.

E William Dodd, renegado, era Senhor de Gawilghur.

CAPÍTULO X

O sargento Hakeswill não tinha certeza se era tenente aos olhos de William Dodd, mas sabia que era um senhor e compreendia difusamente que poderia ser muito mais. William Dodd iria vencer a guerra, e com essa vitória tornar-se regente de Gawilghur e tirano de toda a terra ampla que podia ser vista de suas ameias elevadas. O sr. Hakeswill — como o único oficial branco de Dodd — estava portanto bem posicionado para lucrar com a vitória, e enquanto aproximava-se do palácio no cume de Gawilghur, Hakeswill já estava imaginando um futuro limitado apenas pelos limites de sua fantasia. Ele poderia ser um rajá, decidiu.

— Eu devia ter um harém — disse em voz alta, o que lhe valeu um olhar preocupado de seu *havildar*. — Um harém todinho meu. *Bibbis* vestidas em seda, mas só quando estiver frio, é claro! No resto do tempo elas ficarão como vieram ao mundo! — Ele riu, coçou os chatos em sua virilha e investiu com sua espada contra a cauda de um dos pavões que decoravam os jardins do palácio. — Esses bichos dão má sorte — disse Hakeswill ao *havildar* enquanto o pássaro fugia num turbilhão de penas cortadas. — Eles têm mau olhado, têm sim. Sabe o que se deve fazer com um pavão? Assar o desgraçado. Assar e servir com batatas. Fica tão gostoso!

— Sim, *sahib* — disse, nervoso, o *havildar*. Não tinha certeza se gostava deste novo oficial branco cujo rosto estremecia num tique nervoso irritante, mas ele fora nomeado pelo coronel Dodd, e na experiência do *havildar*, o coronel não errava nunca.

— Nem sei há quanto tempo não como uma batata! — lamentou Hakeswill. — É comida cristã, sabe? É o que nos torna brancos.

— Sim, *sahib*.

— E eu não vou ser *sahib*. Vou ser Vossa Alteza, é isso que vou ser. Vossa Alteza Real com uma cama cheia de *bibbis* peladas! — O rosto do britânico tremeu quando uma idéia brilhante acendeu em sua cabeça. — Eu poderia ter o Sharpezinho como meu escravo! Primeiro eu cortaria os bagos dele, é claro. Vapt-vupt!

Hakeswill subiu alegremente uma escada de pedra, alheio aos estampidos dos canhões que ecoavam no vale ao norte do Forte Interno. Dois guardas árabes moveram-se para barrar sua passagem, mas Hakeswill gritou com eles.

— Já pra muralha, escória! Chega de vadiagem! Vocês não estão mais guardando o toalete real. A partir de agora são soldados. Vão andando!

O *havildar* ordenou que os dois homens se encaminhassem às muralhas e, embora tivessem relutado em abandonar seus postos, foram intimidados pelo número de baionetas que lhes foram apontadas. Assim, exatamente como os guardas que haviam estado no portão do jardim, eles correram.

— Agora vamos procurar o gordinho — disse Hakeswill. — E cortar aquele sodomita.

— Precisamos nos apressar, *sahib* — disse o *havildar*, olhando para trás para a muralha sobre o vale, onde os artilheiros tornaram-se subitamente ocupados.

— O trabalho de Deus não pode ser feito com pressa — respondeu Hakeswill, empurrando uma das portas de treliças que conduzia ao palácio. — Além disso, o coronel Dodd vai morrer de velhice naquela muralha. Não existe um só homem vivo que possa atravessar aquele portão, e certamente não um bando de escoceses. Merda de porta! — Levantou o pé direito e chutou a tranca com a bota.

Hakeswill esperara um palácio com estátuas de ouro, cortinas de seda e piso de mármore polido, mas Gawilghur era apenas um refúgio de verão, e Berar nunca fora tão rico quanto os outros estados. Assim, o soalho era de pedra comum, as paredes pintadas com cal, e as cortinas eram de algodão. No saguão havia alguma mobília fina de ébano incrustado com marfim, mas Hakeswill não tinha olhos para essas cadeiras, apenas para jóias, e não viu nenhuma. Duas jarras de bronze e uma escarradeira de ferro estavam encostadas nas paredes onde jaziam lagartos imóveis, e embora não houvesse nenhuma lareira ali, um atiçador, alicates e pá de bronze, forjados em Birmingham, ocupavam lugar de destaque num nicho. Não havia guardas no saguão. Na verdade, não havia nenhum guarda por perto e o palácio parecia silencioso, exceto por leves gemidos e sons de sufocamento que vinham de uma passagem cortinada no fundo do saguão. Os estampidos dos canhões estavam abafados. Hakeswill encostou sua espada na beira da cortina. Seus subalternos posicionaram-se atrás dele, baionetas preparadas, olhos atentos para cada sombra.

Hakeswill usou a espada para abrir a cortina e engoliu em seco.

O *killadar*, com uma *tulwar* pendurada da cintura e um pequeno escudo redondo atado no braço esquerdo, fitou Hakeswill sobre os corpos de suas esposas, concubinas e filhas. Dezoito mulheres jaziam no chão. A maioria estava imóvel, mas algumas contorciam-se enquanto a dor lerda do veneno operava seus horrores. O *killadar* derretia-se em lágrimas.

— Eu não poderia deixá-las para os ingleses.

— O que ele disse? — inquiriu Hakeswill.

— Ele preferiu que elas morressem a serem desonradas — traduziu o *havildar*.

— Mas que inferno! — comentou Hakeswill.

Ele desceu para o soalho afundado onde jaziam as mulheres. Babas esverdeadas escorriam das bocas das mortas, cujos olhos vítreos fitavam as flores de lótus pintadas no teto, enquanto as vivas se contorciam espasmodicamente. As xícaras das quais tinham tomado o veneno jaziam no soalho azulejado.

— Aqui tem algumas *bibbis* lindas — disse Hakeswill com pesar. — Que desperdício! Olhou para uma criança, com não mais do que seis ou sete anos. Havia uma jóia pendurada no pescoço da menina; Hakeswill curvou-se, segurou o pingente e o arrancou da corrente. — Maldito desperdício! — disse em desgosto e então usou a lâmina de sua espada para levantar o sári de uma moribunda. Levantou a seda até sua cintura, e então balançou a cabeça. — Olhe só para isso! — exclamou. — Olhe só para isso! Que desperdício!

O *killadar* rugiu de raiva, sacou sua *tulwar* e desceu os degraus para afastar Hakeswill de suas mulheres. Hakeswill, alarmado, recuou, e então lembrou que iria ser rajá e não podia demonstrar covardia na frente do *havildar* e seus homens. Assim, deu um passo à frente e golpeou a espada numa estocada desajeitada. A estocada pode ter sido desajeitada, mas também foi venturosa, porque o *killadar* tropeçara num cadáver e estava caindo para a frente, agitando sua *tulwar*, enquanto tentava recobrar o equilíbrio. Quando a ponta da lâmina de Hakeswill rasgou a garganta do *killadar*, um jorro de sangue pulsou sobre as mulheres mortas e agonizantes. O *killadar* arfou enquanto tombava. Suas pernas agitaram-se enquanto tentava erguer sua *tulwar* para golpear Hakeswill, mas suas forças estavam minguando e o inglês agora avultava-se sobre ele.

— Você é um *djinn*! — disse, rouco, o *killadar*.

A espada penetrou o pescoço de Beny Singh.

— Não sou bêbado, seu bastardo! — indignou-se Hakeswill. — Há três anos não provo uma gota de leite materno! — Contorceu a lâmina da espada, fascinado com a forma como o sangue pulsante tentava subir pelo aço. Ficou vendo aquilo até que o sangue finalmente morreu para um gotejar. Com um puxão, soltou a lâmina. — Lá se foi — decretou Hakeswill. — Mais um pagão desceu para o Inferno!

O *havildar* fitou horrorizado Beny Singh e os cadáveres banhados com seu sangue.

— Não fique parado aí que nem um palerma! — esbravejou Hakeswill. — Volte para as muralhas!

— Para as muralhas, *sahib*?

— E depressa! Está acontecendo uma guerra lá fora, ou você não notou? Vão agora! Vão embora todos vocês! Leve a companhia e relate ao coronel Dodd como este sodomita gordo morreu. Diga a ele que voltarei daqui a uns minutinhos. Vão agora! Depressa!

O *havildar* obedeceu, levando seus homens de volta através do saguão e para a luz do sol filtrada pela fumaça que se erguia do vale. Hakeswill, deixado sozinho no palácio, pisou em sua obra. Todas as mortas usavam jóias. Não eram grandes jóias, não como o rubi imenso que o sultão Tipu usara em seu turbante, mas havia ali pérolas e esmeraldas, safiras e diamantezinhos, todos revestidos em ouro; Hakeswill ocupou-se em revistar os sáris de seda em busca de pedacinhos de riqueza. Enfiou as pedras nos bolsos, onde se juntaram às gemas que tomara de Sharpe, e então, depois que os cadáveres tinham sido desnudados e revistados, perambulou pelo palácio, gritando com criados e ameaçando cozinheiras, enquanto saqueava os cômodos menores. O resto dos defensores podia lutar. O sr. Hakeswill estava ficando rico.

O combate no vale agora era um massacre impiedoso. A guarnição do Forte Externo estava encurralada entre os soldados que tinham ocupado as defesas e os Highlanders de *kilt* que subiam a estrada estreita. Não havia fuga exceto através do precipício, e aqueles que saltaram ou foram empurrados pela massa em pânico, desapareceram nas profundezas sombrias. Os homens do coronel Chalmers avançavam com baionetas, tocando os fugitivos para os soldados de Kenny, que os receberam com mais baionetas. O Forte Externo fora guarnecido por mil soldados indianos, e esses homens agora estavam mortos ou condenados, mas sete mil outros defensores esperavam no Forte Interno e o coronel Kenny estava ansioso para atacá-los. Tentou formar seus soldados em fileiras, tocando-os para longe da chacina e gritando ordens para os artilheiros. Eles deveriam achar um canhão inimigo que pudesse ser retirado dos baluartes capturados e rebocado para apontar para o imenso portão do Forte Interno. Contudo, os casacas vermelhas tinham um alvo mais fácil nos fugitivos aglomerados, e mataram entusiasticamente os inimigos indefesos. Enquanto isso, os canhões do Forte Interno continuavam disparando nos casacas vermelhas, e foguetes arremetiam sobre o vale para levantar uma neblina sufocante de fumaça de pólvora.

A chacina não poderia durar para sempre. Os defensores derrotados entregaram seus canhões e caíram de joelhos e, pouco a pouco, os oficiais britânicos suspenderam o massacre. Os Highlanders de Chalmers avançaram pela estrada que agora estava escorregadia de sangue, conduzindo os poucos prisioneiros à frente. Árabes feridos arrastavam-se ou capengavam. Os sobreviventes foram destituídos de suas últimas armas e enviados sob guarda sipaia de volta para o Forte Externo, e em cada passo do caminho sofreram com os disparos do Forte Interno. Finalmente, exaustos, foram conduzidos através do Portão Délhi, onde receberam instruções de aguardar ao lado do tanque. Os prisioneiros queimados atiraram-se na água lodosa e alguns, vendo que os guardas sipaios estavam em menor número, fugiram para norte. Foram sem armas, fugitivos sem mestre que não representavam ameaça ao acampamento britânico, que estava guardado por um meio batalhão de sipaios de Madras.

O barranco norte do vale, que levava ao Forte Interno, ainda não conquistado, estava agora apinhado com cerca de três mil casacas vermelhas, que em sua maioria não estavam fazendo nada além de ficar sentados à qualquer sombra que achassem, reclamando que os *puckalees* não tinham trazido água. De quando em quando, um inimigo disparava um mosquete através do vale, mas a distância era tão grande que as balas passavam longe. O fogo inimigo, que fora tão pesado durante o massacre na estrada oeste, diminuiu à medida que ambos os lados aguardavam que o verdadeiro conflito começasse.

Sharpe estava a meio caminho vale abaixo, sentado debaixo de uma árvore da qual pendiam os restos ressequidos de flores vermelhas. Uma tribo de macacos de cara preta e pêlo prateado fugira dos invasores do desfiladeiro, e essas criaturas agora se reuniam atrás de Sharpe emitindo guinchos estridentes. Tom Garrard e uma dúzia de soldados da 33ª Companhia Ligeira se haviam reunido em torno de Sharpe, enquanto o restante da companhia se acocorava no barranco entre algumas rochas.

— O que vai acontecer agora? — perguntou Garrard.

— Alguns pobres bastardos precisam atravessar aquele portão — respondeu Sharpe.

— Não vocês?

— Kenny irá nos chamar quando formos necessários — disse Sharpe, apontando com a cabeça para o coronel magro. Kenny finalmente organizara um grupo de assalto no fundo da trilha que subia inclinada até o portão. — E ele fará isso, pode ter certeza, Tom. Passar por aquele portão não vai ser fácil. — Sharpe tocou a marca de queimadura na bochecha. — Como dói!

— Passe manteiga nisso — aconselhou Garrard.

— E onde vou achar manteiga, Tom? — perguntou Sharpe. Cobriu as laterais dos olhos e fitou as muralhas complexas sobre o portão grande, tentando localizar Dodd ou Hakeswill. Mas, embora pudesse ver as casacas brancas dos Cobras, não conseguiu ver um único homem nas muralhas. — Vai ser uma luta longa e difícil, Tom.

Os artilheiros britânicos tinham conseguido trazer um canhão inimigo de cinco libras para o sopé do barranco. Ao avistar o canhão, a artilharia do Forte Interno abriu uma saraivada de tiros contra os britânicos, amortalhando sua entrada fortificada numa nuvem de fumaça, enquanto balas uivavam pelo vale para arremeter por toda parte ao redor do canhão em poder dos britânicos. Miraculosamente, o canhão sobreviveu. Os artilheiros carregaram, apontaram, e então dispararam uma bala que bateu logo abaixo do portão e ricocheteou para cima, e caiu de volta sem causar danos.

Os defensores continuaram atirando, mas a fumaça obscurecia sua mira. O pequeno canhão capturado fora posicionado atrás de uma enorme rocha baixa que servia como barricada provisória; os artilheiros elevaram um pouco o cano, e o disparo seguinte acertou perpendicularmente os portões, rompendo uma tábua. Cada disparo sucessivo estilhaçou mais madeira e foi recebido por um viva irônico dos casacas vermelhas que observavam ao longo do vale. O portão estava sendo demolido tábua por tábua, e finalmente uma bala de canhão penetrou a trava pesadíssima, e as madeiras meio estilhaçadas afundaram, ainda seguras pelas dobradiças.

O coronel Kenny estava reunindo sua tropa de assalto no sopé do barranco. Eram os mesmos homens que tinham sido os primeiros a penetrar as brechas do Forte Externo, e seus rostos estavam cobertos por queimaduras de pólvora, poeira e suor. Eles presenciaram a destruição do portão do Forte Interno e souberam que deveriam subir a trilha até o fogo inimigo assim que o canhão tivesse terminado seu trabalho. Kenny convocou um ajudante.

— Conhece Plummer? — perguntou ao homem.
— O chefe do armamento, senhor?
— Encontre-o — ordenou Kenny. — Ele ou qualquer outro oficial de artilharia. Diga a eles que devemos precisar de uma peça leve na passagem do portão. — Apontou uma espada ensangüentada para a entrada fortificada do Forte Interno. — A passagem não é reta — explicou ao ajudante. — Depois de passar pelo portão teremos de dobrar abruptamente para a esquerda. Se os nossos machadeiros não conseguirem cuidar dos portões exteriores, nós vamos precisar de um canhão para explodi-los.

O ajudante subiu de volta até o Forte Externo, procurando por um artilheiro. Kenny falou aos seus homens, explicando que depois que passassem pelo portão estilhaçado eles se veriam diante de outro, e que a infantaria deveria atirar nas banquetas de tiro laterais para proteger os machadeiros que tentariam derrubar os sucessivos obstáculos.

— Se atirarmos o suficiente, o inimigo buscará abrigo — disse Kenny. — Isso não vai demorar. — Ele olhou para seus machadeiros, todos sapadores altos e fortes, todos carregando machados enormes de gumes afiadíssimos.

Kenny virou-se e observou o efeito dos tiros do canhão de cinco libras. A trava tinha sido estraçalhada, mas o portão ainda resistia. Uma bala mal conteirada acertou a parede ao lado do portão, levantando poeira, e então uma correção para o canhão fez uma bala acertar a trava novamente. A madeira grossa se partiu, e o que restava do portão tombou para dentro.

— Avante! — gritou Kenny. — Avante!

Quatrocentos casacas vermelhas seguiram o coronel pela trilha estreita que conduzia até o Forte Interno. Não podiam correr durante o assalto, porque a colina era íngreme demais; podiam apenas arrastar-se para a fúria das armas de Dodd. Canhões, foguetes e mosquetes trovejaram colina abaixo para rasgar lacunas nas fileiras de Kenny.

— Atirem neles! — gritou um oficial ao norte do vale para os casacas vermelhas que observavam o ataque.

E os homens carregaram seus mosquetes e dispararam na entrada fortificada envolta em fumaça. Na pior das hipóteses, o fogo selvagem manteria os defensores de cabeças baixas. Outro canhão tinha sido arrastado do Forte Externo e agora somava suas pequenas balas à fúria que golpeava sonoramente as muralhas da entrada fortificada. Essas muralhas estavam cobertas pela fumaça de pólvora liberada pelos canhões e mosquetes dos defensores, e foi essa fumaça que protegeu os homens de Kenny enquanto subiam correndo os últimos metros até o portão quebrado.

— Protejam os sapadores! — berrou Kenny e então, espada em punho, ele pulou as madeiras quebradas e conduziu seus atacantes até a passagem da entrada.

De frente para Kenny havia um muro de pedras. Ele havia esperado isso, mas mesmo assim estava estarrecido com o quanto era estreita essa passagem que dobrava subitamente para a esquerda e então ascendia escarpada até o segundo portão, que estava ileso.

— Lá está ele! — gritou e conduziu um grupo pela estrada de paralelepípedos em direção ao portão de madeira revestida em ferro.

E de repente o lugar tornou-se um inferno na terra.

As banquetas de tiro sobre a passagem do portão estavam protegidas pelo baluarte da muralha externa, e os soldados de Dodd, embora pudessem ouvir as balas de mosquete batendo nas pedras, estavam a salvo do chumbo procedente do vale. Mas os casacas vermelhas abaixo deles, os homens que seguiam o coronel Kenny para a passagem, não gozavam de nenhuma proteção. Balas de mosquete, pedras e foguetes castigavam um espaço estreito com meros 25 passos de comprimento por oito passos de largura. Os machadeiros que iam na frente estiveram entre os primeiros a morrer, abatidos por balas. Seu sangue esguichou alto para as paredes. De algum modo, o coronel Kenny conseguiu sobreviver à salva inicial, mas foi atingido no ombro por uma lasca de pedra e derrubado ao chão. Um foguete passou perto de seu rosto, chamuscando sua face; mas Kenny se levantou e, espada na mão entorpecida, gritou para seus homens continuarem avançando. Não foi ouvido por ninguém. O corredor era um espaço estreito, repleto de ruído e fumaça, no qual homens morriam e foguetes flamejavam. Uma bala de mosquete pegou Kenny no quadril e ele se contorceu e quase tombou. Conseguiu manter-se de pé e, com sangue escorrendo pelas calças brancas, capengou adiante. Mas quando outra bala passou de raspão por suas costas, Kenny caiu de bruços. Começou a se arrastar pelas pedras empapadas em sangue, espada ainda na mão, e estremeceu quando uma terceira bala atingiu em cheio suas costas. Kenny ainda conseguiu alcançar o segundo portão e levantar o braço para golpear com a espada, mas uma última bala de mosquete rachou seu crânio e deixou-o morto na frente de seus homens. Mais balas perfuraram seu cadáver.

    Os soldados de Kenny que sobreviveram tentaram desafiar o fogo inimigo. Tentaram escalar a ladeira até o segundo portão, mas os disparos assassinos não cessavam, e os mortos compunham uma barreira para os vivos. Alguns homens tentaram atirar para cima, contra seus algozes nas banquetas de tiro, mas o sol agora estava alto, obrigando-os a mirar às cegas. Em breve os casacas vermelhas começaram a recuar pela passagem. Os tiros que vinham do alto não pararam. Acertavam os escoceses, ricocheteavam entre as muralhas, e atingiam mortos, moribundos e vivos, enquanto os foguetes, disparados para baixo, varavam como grandes cometas o espaço exíguo entre as paredes de pedra, enchendo-o com uma fumaça repugnante. Os mortos eram queimados pelas chamas dos foguetes que explodiam suas cartucheiras, fazendo jorrar sangue nas paredes negras. Em contrapartida, a fumaça ocultava os sobreviventes que, sob sua cobertura, capengavam de volta para a colina fora da fortaleza. Abandonaram uma passagem repleta de soldados mortos ou agonizantes, encharcada de sangue, fedendo a fumaça, e ecoando com os gemidos dos feridos.

    — Cessar fogo! — gritou o coronel Dodd. — Cessar fogo!

    A fumaça se dissipou lentamente. Dodd baixou os olhos para um poço de carnificina no qual alguns corpos ainda se contorciam.

— Eles vão voltar a qualquer momento — alertou Dodd aos seus Cobras. — Peguem algumas pedras, certifiquem-se de que estejam carregados. Mais foguetes!

Dodd congratulou seus soldados com tapinhas nos ombros. Eles sorriram para ele, satisfeitos com seu trabalho. Era como matar ratos num barril. Nenhum Cobra fora atingido, a primeira noite de ataque fora um fracasso, e as próximas, Dodd tinha certeza, terminariam exatamente da mesma forma. O Senhor de Gawilghur estava obtendo sua primeira vitória.

O major Stokes encontrara Sharpe um pouco antes de Kenny realizar seu assalto, e aos dois homens juntaram-se Syud Sevajee, seus seguidores e, em seguida, dúzias de cavaleiros que acompanhavam Eli Lockhart. Todos eles, Stokes, Sevajee e Lockhart, tinham entrado no Forte Externo depois que a luta pelas brechas acabara, e agora observavam o fracasso do assalto de Kenny. Os sobreviventes do ataque estavam acocorados a poucos metros da entrada quebrada e encoberta por fumaça. Sharpe percebeu que eles estavam reunindo coragem para atacar de novo.

— Pobres coitados — disse Sharpe.

— Eles não têm opção — comentou Stokes com pesar. — Não há outra forma de entrar.

— Aquela não é uma forma de entrar, senhor — disse Sharpe, amargo. — É um atalho para a sepultura.

— A única forma de fazer isso é sobrepujando o inimigo em número — avaliou Stokes.

— Mandar mais homens para serem mortos? — perguntou, zangado, Sharpe.

— Poderíamos colocar um canhão naquele lado e explodir os portões um atrás do outro. É a única forma de penetrar aquele lugar, Sharpe.

O fogo de cobertura oriundo do vale desvaneceu quando ficou óbvio que o primeiro ataque falhara, e a calmaria encorajou os defensores a vir para as seteiras externas e atirar contra os atacantes parados lá embaixo.

— Respondam ao fogo! — gritou do leito do vale um oficial. E mais uma vez mosquetes flamejaram através do desfiladeiro e balas salpicaram as muralhas.

O major Stokes havia nivelado sua luneta sobre o portão onde a fumaça espessa finalmente se dissipara.

— Não é nada bom — admitiu Stokes. — Ela abre para uma parede vazia.

— Ela faz o quê, senhor? — perguntou Eli Lockhart. O sargento de cavalaria olhava boquiaberto o horror que cobria o vale, talvez grato pelo fato de que a cavalaria jamais era ordenada a entrar nessas arapucas.

— A passagem faz uma curva — disse Stokes. — Não podemos atirar reto pela passagem. Eles terão de arrastar um canhão direto até a arcada.

— Eles jamais conseguirão — avaliou Sharpe. — Qualquer canhão posicionado no arco externo receberia a fúria total do fogo defensivo, e esses defensores estavam protegidos pela enorme muralha exterior. A única forma de entrar na fortaleza que Sharpe conseguia imaginar era demolindo completamente a entrada fortificada, e isso poderia demandar dias de fogo contínuo de artilharia.

— Os portões do Inferno — sussurrou Stokes, olhando pela luneta para os cadáveres abandonados dentro do arco.

— Pode me emprestar a luneta, senhor? — perguntou Sharpe.

— Mas é claro. — Stokes limpou o óculo na manga de sua casaca. — Mas fique avisado de que não é uma visão nada bonita.

Sharpe pegou a luneta e a apontou ao longo do vale. Olhou muito rapidamente a entrada fortificada, e então correu a lente pela muralha que conduzia para oeste a partir do portão sitiado. A muralha não era muito alta, medindo talvez quatro ou cinco metros. Era bem mais baixa que as muralhas imensas em torno da entrada fortificada, e suas seteiras não pareciam fortemente guarnecidas. Mas isso não era de surpreender, porque a muralha dava para um precipício. As defesas diretamente à frente não eram a muralha e seu punhado de defensores, mas o penhasco que descia vertiginosamente sobre o vale.

Stokes deduziu para onde Sharpe apontava a luneta.

— Não há como entrar por ali, Richard

Sharpe não disse nada. Estava olhando para um lugar onde mato e arbustos subiam pelo penhasco. Correu a luneta do sopé do barranco até a base da muralha, esquadrinhando cada centímetro, e concluiu que uma escalada era possível. Seria difícil, porque era perigosamente íngreme, mas se havia espaço para arbustos fincarem suas raízes, então havia espaço para um homem subir, e no topo do penhasco havia uma pequena área gramada entre o precipício e a muralha. Ele afastou o olho da luneta.

— Algum de vocês viu uma escada?

Foi Ahmed quem respondeu.

— Lá atrás.

— Onde, garoto?

— Lá atrás. — O menino árabe apontou para o Forte Externo. — No chão — disse ele.

Sharpe virou-se e olhou para Lockhart.

— Vocês podem me emprestar uma escada?

— O que você está tramando? — perguntou Lockhart.

— Uma forma de entrar — disse Sharpe. — Uma forma de entrar naquele maldito lugar. — Devolveu a luneta para Stokes e disse a Lockhart: — Consiga uma escada para mim, sargento, e darei um jeito naqueles sodomitas. Ahmed? Mostre ao sargento Lockhart onde você viu a escada.

— Eu vou com você — disse, teimoso, o menino.

— Não, você fica. — Sharpe fez um carinho na cabeça do garoto, perguntando-se o que Ahmed pensara da chacina que fora infligida aos seus compatriotas no vale, mas o garoto parecia não ter sido afetado. — Vá e ajude o sargento — disse a Ahmed.

Ahmed conduziu os cavaleiros colina acima.

— O que está querendo fazer, Richard? — perguntou Stokes.

— Nós podemos escalar até a muralha — disse Sharpe, apontando para onde a trilha de mato e arbustos subia pelo lado oposto do vale. — Não o senhor, mas uma companhia ligeira pode fazer isso. Subir o barranco, levar uma escada até lá em cima, e transpor a muralha.

Stokes apontou a luneta e durante um longo tempo fitou o penhasco oposto.

— Você pode até conseguir subir — disse Stokes sem convicção. — Mas e depois?

Sharpe sorriu.

— Atacamos a entrada fortificada por trás, senhor.

— Uma companhia?

— Onde uma companhia pode ir, senhor, outra pode seguir. Depois que estivermos lá em cima, outros homens irão. — Ele ainda empunhava a espada claymore que era grande demais para caber na bainha de sua espada emprestada, mas agora descartou essa bainha e enganchou a espada escocesa em seu cinto. Ele gostava da espada. Era pesada, tinha lâmina reta e era brutal. Não era uma arma para trabalhos delicados; era uma assassina. O tipo de coisa que enchia o espírito de um homem com confiança. — O senhor fica aqui e cuida de Ahmed para mim — disse a Stokes. — Esse pagãozinho adoraria se meter numa luta, mas ele não tem juízo e morreria fácil. Tom! — chamou por Garrard e lhe disse que ele e o restante da 33ª Companhia Ligeira deveria descer com ele até onde Morris estava abrigado entre as rochas. — Quando Eli chegar aqui com a escada, senhor, mande ele lá para baixo — acrescentou a Stokes.

Sharpe desceu correndo o barranco até a névoa fedorenta onde Morris estava sentado debaixo de uma árvore comendo pão, carne seca e qualquer que fosse a aguardente em seu cantil.

— Não tenho comida suficiente para você, Sharpe — disse Morris.

— Não estou com fome — mentiu Sharpe.

— Você está suando, homem — queixou-se Morris. — Por que não encontra um sombra para você? Não há nada que possamos fazer até os artilheiros demolirem aquela maldita entrada fortificada.

— Sim, há — disse Sharpe.

Morris fulminou Sharpe com um olhar cético.

— Não tenho ordens, alferes — disse ele.

— Quero o senhor e a Companhia Ligeira, senhor — disse Sharpe, respeitosamente. — Há uma forma de subir a lateral do barranco, senhor, e se pudermos levar uma escada até o topo, então poderemos transpor a muralha e pegar os bastardos por trás.

Morris virou o cantil para a boca, bebeu, limpou os lábios.

— Sharpe, se você, vinte homens como você, e o arcanjo Gabriel e todos os santos me pedissem para escalar o barranco, eu ainda diria não. Agora, pelo amor de Deus, homem, pare de tentar bancar o herói. Deixe isso para os pobres bastardos que estão sob ordens, e suma da minha frente.

— Senhor — rogou Sharpe. — Nós podemos conseguir! Já requisitei uma escada.

— Não! — interrompeu Morris com um grito que chamou a atenção do resto da companhia. — Não vou lhe dar a minha companhia, Sharpe. Pelo amor de Deus, você nem é um oficial de verdade! É apenas um sargento metido a besta! Um merda de alferes velho demais para seu posto e, se me permite lembrá-lo, sr. Sharpe, proibido pelo regulamento do exército a servir neste regimento. Agora saia das minhas vistas e me deixe em paz.

— Achei que você diria isso, Charles — disse Sharpe, melancólico.

— E pare de me chamar de Charles! — explodiu Morris. — Não somos amigos, você e eu. E por favor, faça a gentileza de obedecer a minha ordem de me deixar em paz, ou por acaso não notou que sou mais antigo que você?

— Eu notei. Desculpe, senhor — disse Sharpe humildemente e começou a se virar, mas de repente girou nos calcanhares e agarrou Morris pela casaca. Ele arrastou o capitão para as rochas, indo tão depressa que Morris momentaneamente viu-se incapaz de resistir. Uma vez entre as rochas, Sharpe soltou a casaca, golpeando Morris na barriga.

— Isso é por ter manipulado para que me açoitassem, seu bastardo — disse ele.

— Que diabos pensa que está fazendo, Sharpe? — perguntou Morris, sentando no chão.

Sharpe chutou Morris no peito, curvou-se, obrigou o capitão a se levantar e o socou no queixo. Morris gemeu de dor e então arfou quando Sharpe acertou sua face com as costas da mão. E desferiu-lhe outro soco. Um grupo de homens seguira os dois e agora assistiam à cena boquiabertos. Morris virou-se para apelar a eles, mas Sharpe socou-o mais uma vez e os olhos do capitão ficaram vidrados e ele cambaleou e caiu. Sharpe curvou-se sobre ele.

— Charlie, você pode ser mais antigo do que eu, mas é um merda e sempre foi. Agora eu posso assumir o comando da companhia?

— Não — disse Morris através do sangue em seus lábios.

— Obrigado, senhor — disse Sharpe e arremeteu sua bota contra a cabeça de Morris, empurrando-o para uma rocha.

Morris arfou, tossiu, e então ficou imóvel enquanto a respiração arranhava em sua garganta.

Sharpe chutou novamente a cabeça de Morris, apenas porque teve vontade. Então se virou, sorrindo.

— Onde está o sargento Green?

— Aqui, senhor. — Green, parecendo ansioso, abriu caminho entre os homens que assistiam ao espancamento. — Estou aqui, senhor — disse, olhando atônito para o imóvel capitão Morris.

— O capitão Morris comeu alguma coisa que lhe fez mal — disse Sharpe. — Mas antes de adoecer expressou sua vontade de que eu assuma temporariamente o comando da companhia.

O sargento Green olhou para o capitão espancado e ensangüentado, e então de volta para Sharpe.

— Alguma coisa que ele comeu, senhor?

— Por acaso você é médico, sargento? Usava uma pena preta no seu chapéu?

— Não, senhor.

— Então pare de questionar minhas declarações. Forme a companhia, mosquetes carregados, sem baionetas caladas. — Green hesitou. — Faça isso, sargento! — rugiu Sharpe, assustando os homens reunidos ali.

— Sim, senhor! — disse Green, que imediatamente se retirou.

Sharpe esperou até a companhia estar formada em quatro fileiras. Muitos dos soldados olhavam desconfiados para ele, mas eram incapazes de desafiar sua autoridade, não quando o sargento Green havia aceitado.

— Vocês são uma companhia ligeira, e isso significa que podem ir onde outros soldados não podem — disse Sharpe. — Isso faz de vocês uma elite. Vocês sabem o que isso significa? Significa que são os melhores homens nesta bosta de exército, e o que este exército mais precisa agora é de seu melhores homens. Ele precisa de vocês. E é por causa disso que dentro de um minuto vamos escalar até lá em cima — apontou o barranco —, transpor a muralha e levar o combate até o inimigo. Vai ser um trabalho árduo, mas não impossível para uma companhia ligeira decente.

Sharpe olhou para sua esquerda e viu Eli Lockhart descendo com seus homens pelo barranco com uma das escadas de bambu.

— Eu irei primeiro e o sargento Green irá por último — disse Sharpe à companhia. — Sargento, se algum homem se recusar a escalar, você deverá atirar no sodomita.

— Eu, senhor? — perguntou Green, nervoso.

— Na cabeça — instruiu Sharpe.

O major Stokes seguira Lockhart e agora alcançou Sharpe.

— Vou providenciar algum fogo de cobertura, Sharpe — garantiu Stokes.

— Isso ajudará, senhor. Não que esses homens precisem de muita ajuda. Eles são a 33ª Companhia Ligeira. A melhor do exército.

— Estou certo de que são — disse Stokes, sorrindo para os setenta homens que, vendo um major com Sharpe, supuseram que o alferes realmente tinha a autoridade de fazer o que estava propondo.

Lockhart, em sua casaca azul e amarela, esperava com a escada.

— Onde quer a escada, sr. Sharpe?

— Aqui — disse Sharpe. — Simplesmente passe ela para cima quando tivermos alcançado o topo. — Sargento Green! Mande os homens em fileiras! Fila frontal primeiro!

Sharpe caminhou até o sopé do barranco e levantou os olhos para a rota que escolhera. Olhando dali parecia ainda mais íngreme, e bem mais alta do que quando ele olhara pela luneta. Mas mesmo assim era escalável. Não conseguia ver a muralha do Forte Interno, mas isso era bom, porque os defensores também não conseguiriam vê-lo. Ainda assim, era terrivelmente íngreme; o bastante para intimidar um cabrito montês. Mas se falhasse agora Sharpe seria acusado de agredir um oficial mais antigo, de modo que não tinha outra escolha senão bancar o herói.

    Assim, Sharpe cuspiu em suas mãos feridas, olhou para cima uma última vez e começou a escalar.

O segundo assalto à entrada fortificada do Forte Interno não foi mais feliz que o primeiro. Uma massa selvagem de soldados investiu através do portão estilhaçado, pisando em mortos e moribundos enquanto dobrava a esquina da passagem. Mas então a chacina recomeçou. Uma chuva de mísseis, foguetes e balas de mosquetes transformou a passagem estreita e escarpada num abatedouro. Um machadeiro conseguiu alcançar o segundo portão e subiu no corpo queimado do coronel Kenny para desferir um golpe que fincou o gume na madeira. Contudo, foi prontamente atingido por três balas de mosquetes e caiu para trás, deixando o machado cravado na madeira escura. Ninguém mais se aproximou do portão e um major, apalermado com a chacina, ordenou aos seus homens que voltassem.

    — Da próxima vez designaremos pelotões de fuzileiros para nos dar cobertura! — gritou para eles. — Sargento! Quero duas dúzias de homens!

    — Precisamos de um canhão, senhor — respondeu o sargento com honestidade brutal.

    — Disseram que tem um vindo. — O ajudante que Kenny enviara para buscar um canhão retornara ao grupo de assalto. — Só que disseram que isso vai demorar um pouco — acrescentou, sem explicar que o oficial de artilharia declarara que seriam necessárias pelo menos duas horas para transportar um canhão e munição pelo vale.

    O major balançou a cabeça, resignado.

    — Vamos tentar sem o canhão.

    — Deus nos proteja — sussurrou o sargento.

    O coronel Dodd observara os atacantes fugirem capengando. Ele não conseguiu conter um sorriso. Tudo fora muito simples, exatamente como previra. Manu Bapu estava morto e o *havildar* retornara do palácio com as boas-novas do assassinato de Beny Singh, o que significava que Gawilghur tinha um novo comandante. Ele olhou para os casacas vermelhas mortos e moribundos que jaziam entre as pequenas chamas azuis dos foguetes gastos.

— Eles aprenderam sua lição, Gopal — disse Dodd ao seu *jemadar*.

— Da próxima vez tentarão nos manter quietos disparando salvas maiores contra as banquetas de tiro. Lance foguetes contra eles. Isso afetará a mira deles.

— Foguetes, *sahib*.

— Muitos, muitos foguetes — disse Dodd.

Dodd deu tapinhas nas costas de seus soldados. Seus rostos estavam escurecidos pelas explosões de pólvora nas caçoletas de seus mosquetes, sentiam sede e calor, mas estavam vencendo e sabiam disso. Eles eram os Cobras de Dodd, os soldados mais bem treinados da Índia, e seriam o coração do exército que Dodd liberaria de sua fortaleza para dominar as terras das quais os britânicos abririam mão quando seu exército sul fosse derrotado.

— Por que eles não desistem? — perguntou Gopal a Dodd. Uma sentinela na muralha relatara que os atacantes ensangüentados estavam formando para atacar novamente.

— Porque são homens corajosos, *jemadar*, mas também são estúpidos.

Os furiosos disparos de mosquetes tinham recomeçado do outro lado do vale, sinal de que em breve a passagem ensangüentada seria atacada mais uma vez. Dodd sacou sua pistola, verificou que estava carregada e retornou para observar o fracasso seguinte. Que eles venham, pensou, porque quantos mais morressem ali, menos restariam para atormentá-lo quando perseguisse os derrotados para o sul através da planície Deccan.

— Preparem-se! — gritou.

Pequenas fogueiras foram acesas nas banquetas de tiro e seus homens acocoraram ao lado delas segurando foguetes, esperando para acender os estopins e lançar aquelas armas terríveis no abatedouro.

Um grito desafiador soou, e os casacas vermelhas mais uma vez marcharam para sua chacina.

A face do penhasco era bem mais íngreme do que Sharpe previra. Contudo, não era rocha pura, mas uma série de rachaduras nas quais plantas tinham criado raízes, e Sharpe descobriu que podia se içar usando afloramentos rochosos e os caules grossos dos arbustos maiores. Para isso precisava de ambas as mãos. Tom Garrard vinha atrás dele, e mais de uma vez Sharpe pisou nas mãos do amigo.

— Desculpe, Tom.
— Apenas continue subindo — arfou Garrard.

Ficou mais fácil depois dos primeiros três metros, porque a face rochosa agora se inclinava e até havia espaço para dois ou três homens ficarem ombro a ombro numa saliência coberta por ervas. Sharpe requisitou a escada, que os soldados de cavalaria empurraram para cima. O bambu era leve. Sharpe enganchou o degrau superior no ombro direito e continuou escalando, seguindo uma sucessão irregular de rochas e arbustos que ofereciam lugares onde apoiar os pés. Uma linha de casacas vermelhas o seguia, mosquetes nos ombros. Havia mais arbustos à esquerda de Sharpe, protegendo-o dos baluartes. Mas depois que escalara seis metros, os arbustos acabaram e Sharpe rezou para que os defensores estivessem olhando para o cerco da entrada fortificada em vez de para o precipício abaixo. Usou toda a força de seus braços para se elevar pelos últimos metros, amaldiçoando a escada que parecia prender em cada protuberância. O sol castigava a pedra; Sharpe pingava de suor. Estava ofegante quando alcançou o topo, e agora não restava nada senão terreno escarpado e aberto entre ele e a base da muralha. Quinze metros de mato para cruzar e então estaria na muralha.

Sharpe acocorou-se na beira do penhasco, esperando que os homens o alcançassem. Ninguém ainda vira-o das muralhas. Tom Garrard nivelou-se com ele.

— Quando avançarmos, Tom, teremos de correr como se o diabo nos perseguisse — instruiu Sharpe. — Direto até a muralha. Escada acima, escalando como ratos, e então passaremos sobre o topo. Mande os rapazes pularem a muralha bem rápido. Os bastardos do outro lado vão tentar matar a gente antes que cheguem nossos reforços. Assim, vamos precisar de muitos mosquetes para afugentar os desgraçados.

Garrard contemplou as seteiras.

— Não tem ninguém lá.

— Há alguns lá — disse Sharpe. — Mas eles não vão ligar muito para a gente. Estão sonolentos — acrescentou e deu graças a Deus por isso, porque um punhado de defensores com mosquetes carregados podiam matá-lo facilmente. Ele ia morrer de qualquer modo por ter espancado Morris, a não ser que conseguisse transpor as muralhas e abrir os portões. Analisou as ameias acima enquanto mais homens chegavam à saliência do penhasco. Presumiu que a muralha estava levemente guarnecida por pouco mais de uma linha piquete, porque ninguém teria previsto que o penhasco poderia ser escalado; mas também presumiu que uma vez que os casacas vermelhas aparecessem, os defensores rapidamente reforçariam o local ameaçado.

Garrard sorriu para Sharpe.

— Você espancou Morris?

— O que mais eu podia fazer?

— Ele vai te mandar para a corte marcial.

— Não se vencermos aqui — respondeu Sharpe. — Se abrirmos aqueles portões, Tom, nós vamos ser heróis.

— E se não abrirmos?

— Vamos ser mortos — disse Sharpe sucintamente e então se virou para ver Eli Lockhart escalando para o mato. — Que diabos você está fazendo aqui? — inquiriu Sharpe.

— Eu me perdi — respondeu Lockhart e empunhou um mosquete que tomara de um soldado lá embaixo. — Se alguns dos seus rapazes não estiverem muito dispostos a ser heróis, então eu e os meus rapazes vamos compensar isso.

E não eram apenas os cavaleiros de Lockhart que estavam escalando, mas também alguns Highlanders de *kilt* e sipaios que, ao ver a Companhia Ligeira arrastando-se penhasco acima, tinham decidido juntar-se a eles. Melhor sobrar que faltar, decidiu Sharpe. Ele contou cabeças e viu que tinha trinta homens, e ainda mais estavam vindo. Era hora de agir, porque o inimigo não continuaria adormecido por muito tempo.

— Precisamos passar pela muralha muito depressa — disse Sharpe a todos eles. — Depois que tivermos passado, formaremos duas fileiras.

Sharpe empertigou-se e levantou a escada bem acima de sua cabeça, segurando-a com ambas mãos. Correu mato acima. Suas botas, que eram sobras do grupo de Syud Sevajee, tinham solas lisas e escorregaram na grama, mas ele continuou avançando, e até acelerou ainda mais quando escutou um grito assustador vindo de muito acima dele. Sharpe soube o que aconteceria em seguida e ainda estava a nove metros da muralha, um alvo fácil. Ouviu um estampido de mosquete e viu o mato à sua frente ser achatado pelos gases expelidos para baixo pelo cano da arma. Descobriu-se envolto em fumaça, mas a bala fora detida por um dos degraus superiores da escada, e então mais um mosquete disparou e ele viu um naco ser arrancado do solo à sua frente.

— Respondam ao fogo! — rugiu o major Stokes do fundo do vale. — Respondam ao fogo!

Uma centena de casacas vermelhas e sipaios atiraram para o alto das muralhas. Sharpe ouviu as balas de mosquete atingirem as pedras. De repente estava sob o baluarte. Deixou cair a ponta frontal da escada e empurrou-a para a grama e impulsionou a outra ponta para cima e para a frente. Uma maldita escalada, pensou. Uma brecha e uma escalada, tudo num só dia. Sacou do cinto a espada *claymore* e empurrou Garrard para longe da base da escada.

— Eu primeiro — grunhiu e começou a escalar.

Os degraus estavam flexíveis e lhe ocorreu o terrível pensamento de que talvez quebrassem depois que os primeiros homens tivessem usado a escada, e então haveria um punhado de soldados encurralados dentro da fortaleza, onde seriam massacrados pelos mahrattas. Mas não havia tempo para alimentar esse medo, apenas para continuar escalando. As balas de mosquete atingiram as pedras à sua esquerda e direita numa torrente de disparos que fez os defensores recuarem do parapeito, mas a qualquer segundo Sharpe estaria sozinho lá em cima. Bradou um grito de desafio, alcançou o topo da escada e esticou a mão livre para agarrar a pedra. Impulsionou-se para a seteira. Parou, tentando compreender o que havia do outro lado, mas Garrard empurrou-o e Sharpe não teve opção senão saltar através da seteira.

Não havia banquetes de tiro! Valha-me, Deus, disse aos seus botões e pulou. Não foi uma queda muito longa, talvez dois e meio, três metros, porque o terreno era mais alto no lado interno do muro. Estatelou-se na relva e uma bala de mosquete zuniu sobre suas costas, rolou, levantou-se, e viu que os defensores tinham plataformas de madeira baixas que usavam para olhar sobre o topo da muralha, esses defensores estavam correndo até ele agora, mas eram poucos, muito poucos, e Sharpe já contava com cinco casacas vermelhas no lado interno da muralha, e mais estavam vindo. Mas o inimigo também estava, alguns do oeste e mais do leste.

— Tom! Cuide desses homens. — Sharpe apontou para oeste e se virou para a outra direção, arrastando três homens para formar uma fileira improvisada. — Apresentar armas! — gritou. Mosquetes subiram aos ombros. — Mirem baixo, rapazes — instruiu. — Fogo!

Os mosquetes tossiram fumaça. Um mahratta escorregou na relva. Outros viraram-se e fugiram, assustados com a enxurrada de homens que agora transpunham a muralha. Era uma mistura curiosa de escaramuçadores ingleses, soldados de infantaria Highlanders, sipaios, cavalarianos e até alguns dos seguidores de Syud Sevajee em suas casacas vermelhas emprestadas.

— Duas fileiras! — esgoelou-se Sharpe. — Acelerado! Duas fileiras! Tom! O que está acontecendo atrás de mim?

— Os sodomitas foram embora, senhor.

— Duas fileiras! — tornou a gritar Sharpe.

De onde estava, não conseguia ver a entrada fortificada porque a colina dentro da muralha encobria sua visão dos grande baluartes. Mas o inimigo estava se formando duzentos passos a leste. Os defensores da muralha, em casacas marrons, juntavam-se a uma companhia de Cobras de casacas brancas que deviam ter estado de reserva, e esses homens teriam de ser derrotados antes que Sharpe pudesse avançar para a entrada fortificada. Levantou a cabeça para contemplar a colina e não viu nada além de um prédio parcialmente escondido por árvores em cujos galhos macacos brincavam. Não havia defensores ali, graças a Deus, de modo que Sharpe poderia ignorar seu lado direito.

Um sargento escocês tinha empurrado e puxado os homens para que formassem duas fileiras.

— Carregar! — ordenou Sharpe, embora a maioria dos soldados já tivessem carregado. — Sargento?

— Senhor?

— Avancem ao longo da muralha. Ninguém vai disparar até que eu dê a ordem. Sargento Green? — chamou Sharpe e esperou. — Sargento Green! — berrou novamente Sharpe.

— Por que você precisa dele? — gritou uma voz.

Era um capitão escocês. Meu Deus, há um oficial mais antigo que eu, pensou.

— Para avançar o próximo grupo!

— Eu farei isso — disse o escocês. — Vá agora!

— Avançar! — berrou Sharpe.

— Pelo centro — gritou o sargento. — Marche!

Foi um avanço irregular. Os soldados não tinham cerradores de fileiras e conseqüentemente se dispersavam. Mas Sharpe não se importou com isso. O importante era aproximar-se do inimigo. Esse sempre fora o conselho de McCandless. Aproxime-se e comece a matar, porque a longa distância você não consegue fazer merda nenhuma, embora o coronel escocês jamais teria usado essa expressão. Isto é por você, McCandless, pensou Sharpe, isto é por você, e então lhe ocorreu que era a primeira vez que ele conduzia soldados a uma batalha formal, linha contra linha, mosquetes contra mosquetes. Sharpe estava nervoso, e ainda mais nervoso devido ao fato de estar liderando uma companhia improvisada em plena vista dos milhares de casacas vermelhas no barranco norte do vale. Era como estar preso no palco de um teatro cheio; perca aqui, pensou, e todo o exército saberá. Ele observou o soldado inimigo, um homem alto de rosto moreno e bigode largo. Ele parecia calmo e seus homens marchavam em três fileiras concentradas. Bem treinados, pensou Sharpe, mas ninguém duvidaria que William Dodd seria capaz de disciplinar seus soldados na base do chicote.

Os Cobras pararam quando as duas unidades estavam a cem metros de distância uma da outra. Eles nivelaram seus mosquetes e Sharpe viu seus homens hesitarem.

— Continuem avançando! — ordenou. — Continuem avançando!

— Vocês ouviram o homem! — berrou o sargento escocês. — Continuem avançando!

Sharpe estava no flanco direito de sua fileira. Olhou para trás e viu mais homens correndo para alcançá-lo, seu equipamento pulando enquanto corriam pelo terreno acidentado. Deus, pensou Sharpe, estou dentro da fortaleza! Estamos dentro! E então os Cobras dispararam.

E Sharpe, alferes e condutor de bois, tinha uma batalha em suas mãos.

Os casacas vermelhas atacaram a entrada fortificada uma terceira vez, esta tentativa liderada por dois esquadrões que cercaram as muralhas de cada lado da passagem e então levantaram seus mosquetes para acertar os defensores na banqueta de tiro oposta. A tática pareceu funcionar, porque eles emitiram sua primeira salva e sob sua cobertura um terceiro esquadrão composto por machadeiros atropelou mortos e moribundos e escalou a alcantilada trilha de pedra até o segundo portão.

Foguetes começaram a cair do alto. Acertaram os corpos, cuspiram chamas e ricochetearam loucamente pelo espaço confinado. Vararam os dois esquadrões de mosqueteiros e espalharam chamas entre os machadeiros, sufocando-os com fumaça. Por fim, explodiram para contribuir com mais sangue e entranhas para a carnificina. Os machadeiros nem chegaram a alcançar o portão. Morreram sob o fogo de mosquetes que se seguiu aos foguetes, ou então, feridos, tentaram arrastar-se de volta através da fumaça espessa. Rochas despencavam das banquetas de tiro que os flanqueavam, esmagando os mortos e enchendo os vivos com horror. Os sobreviventes fugiram, derrotados novamente.

— Basta! — gritou o coronel Dodd para os seus homens. — Basta! — Ele olhou para a câmara de pedra. Parecia uma pintura do inferno, um lugar onde coisas quebradas contorciam-se em sangue debaixo de um tapete de fumaça fedorenta. As carcaças dos foguetes ainda ardiam. Os feridos gritavam por um socorro que não chegaria e Dodd sentiu uma euforia dominá-lo. Fora ainda mais fácil do que ele ousara esperar.

— *Sahib!* — chamou Gopal, urgência na voz. — *Sahib!*

— Que é?

— *Sahib*, veja! — Gopal apontava para oeste. Havia fumaça e sons de tiros. O ruído e a fumaça estavam vindo logo depois da curva da colina, de modo que Dodd que não podia ver o que estava acontecendo. Mas o som era suficiente para convencê-lo de que um combate considerável irrompera a 400 metros dali, e isso não teria importado, exceto pelo fato de que a fumaça e o ruído vinham de dentro da muralha.

— Meu Deus! — exclamou Dodd. — Descubra o que está acontecendo, Gopal. Depressa! — Ele não devia perder. Ele não podia perder. — Onde está o sr. Hakeswill? — gritou, querendo que o desertor assumisse as responsabilidades de Gopal na banqueta de tiro, mas o sargento com tique nervoso tinha desaparecido. Os tiros de mosquete continuavam, mas abaixo de Dodd havia apenas gemidos e fedor de carne queimada. Olhou para oeste. Se os malditos casacas vermelhas tinham transposto a muralha, ele precisaria de mais infantaria para espantá-los e lacrar qualquer lugar que eles tivessem achado para penetrar o Forte Interno. — *Havildar!* — Ele convocou o homem que acompanhara Hakeswill até o palácio. — Vá até o Portão Sul e mande que enviem um batalhão para cá. Rápido!

— *Sahib* — respondeu o homem e correu.

Dodd percebeu que tremia levemente. Era apenas um leve tremor na mão direita que conteve segurando o cabo de ouro em forma de elefante de sua espada. Não havia necessidade de pânico, disse a si mesmo. Tudo estava sob controle. Mas não conseguia livrar-se do pensamento de que não havia para onde fugir daquele lugar. Em todas as outras lutas desde sua deserção do serviço britânico, Dodd cuidara de ter uma rota pela qual pudesse recuar, mas desta fortaleza nas alturas não havia saída. Desta vez era vencer ou morrer. Observou a fumaça a oeste. Os disparos eram constantes, sugerindo que o inimigo estava em massa dentro do forte. Suas mãos tremeram, mas desta vez ele nem notou porque, pela primeira vez em semanas, o Senhor de Gawilghur começou a temer a derrota.

A salva da companhia de Cobras de casacas brancas martelou os soldados de Sharpe, mas como eles estavam muito mais espalhados que o normal, as balas se perderam nas lacunas entre as filas. Alguns homens caíram, e o resto instintivamente parou, mas Sharpe ordenou que continuassem marchando.

— Cerre a fileira, sargento! — gritou.

— Cerrar fileira! Cerrar fileira! — gritou o sargento escocês. Olhou para Sharpe, suspeitando que o alferes estava levando a companhia para perto demais do inimigo. O alcance já fora reduzido a 54 metros.

Sharpe podia ver apenas um dos indianos através da fumaça. O homem estava no flanco esquerdo da linha de frente, um homem pequeno, e ele mordera seu cartucho e estava derramando pólvora pela boca do mosquete. Sharpe viu a bala entrar e a vareta subir e ser preparada para afundar no cano.

— Alto! — gritou.

— Alto! — ecoou o sargento.

— Apresentar armas!

Os mosquetes subiram aos ombros dos soldados. Sharpe calculou que ele tinha cerca de sessenta homens nas duas fileiras, menos que as três linhas do inimigo, mas o suficiente. O tempo todo, mais homens subiam correndo pela escada.

— Mirem baixo — instruiu. — Fogo!

A salva assolou os Cobras, que ainda estavam carregando. Agora os soldados de Sharpe começaram a recarregar, trabalhando rápido, assustados com a próxima salva do inimigo.

Sharpe observou o inimigo levantar seus mosquetes. Seus homens estavam meio ocultos pela fumaça de seus próprios mosquetes.

— Ao chão! — gritou. Não sabia que iria dar essa ordem até ouvir a si próprio, mas de repente pareceu a única coisa sensata a fazer. — Agachados no chão! — berrou. — Depressa! — O próprio Sharpe se abaixou, embora apoiando-se apenas num joelho, e um segundo depois o inimigo disparou. A salva passou assobiando por cima da companhia prostrada. Sharpe retardara o processo de carregamento de seus homens, mas mantivera-os vivos e agora era hora de matar. — Carregar! — gritou e seus homens se levantaram. Desta vez Sharpe não observou os inimigos, porque não queria ser afetado pelo ritmo deles. Ele levantou a *claymore*, confortado por seu peso.

— Preparar para atacar! — gritou.

Os soldados de Sharpe introduziram as varetas de volta nos aros dos mosquetes. Sacaram as baionetas e as encaixaram nas bocas enegrecidas dos mosquetes. Os soldados de cavalaria de Eli Lockhart, alguns deles portando apenas pistolas, desembainharam seus sabres.

— Apresentar armas! — gritou Sharpe e os mosquetes subiram novamente aos ombros. Agora ele olhou para os soldados inimigos e viu que a maioria ainda estava socando a munição.

— Fogo! — Mosquetes deflagraram; nacos de buchas foram cuspidos depois das balas para acender pequenas fogueiras na grama. — Atacar! — gritou Sharpe e conduziu a investida do flanco direito, espada *claymore* em punho. — Atacar! — gritou novamente e sua pequena companhia, sentindo que tinham meros segundos antes que os mosquetes dos inimigos fossem recarregados, correu com ele.

Súbito, tiros soaram à direita, e Sharpe viu que o capitão escocês formara uma fileira de soldados no flanco e disparara uma salva que varou os Cobras imediatamente antes da chegada do ataque de Sharpe.

— Matem todos! — rugiu Sharpe.

Medo fervilhava dentro de Sharpe, medo de que houvesse calculado mal a ordem de ataque e que os inimigos preparassem a salva poucos metros antes de serem alcançados pelos casacas vermelhas, mas agora ele não podia recuar, e correu o mais rápido que pôde para atingir as fileiras dos casacas brancas antes que a salva chegasse.

O *havildar* ao comando da companhia Cobra ficara surpreso ao ver os casacas vermelhas investindo. Poderia ter disparado, mas em vez disso ordenou aos seus homens que calassem suas próprias baionetas; assim, o inimigo ainda estava encaixando lâminas em mosquetes quando os primeiros casacas vermelhas atravessaram a fumaça. Sharpe golpeou sua espada pesadíssima contra a linha da frente; ao senti-la morder e deslizar contra osso, empurrou-a mais fundo. Chutava sua vítima para desprender a espada quando viu que ao seu lado estavam Eli Lockhart — sabre cutilando com violência — e dois Highlanders estocando com baionetas. Empunhando a *claymore* com ambas as mãos, Sharpe golpeava numa fúria vermelha. Um sipaio encurralou o *havildar* dos Cobras, fintou com a baioneta, aparou o contragolpe da *tulwar*, e estocou a barriga do inimigo. Os casacas brancas agora estavam correndo, fugindo para a fumaça que se levantava da entrada fortificada atrás da colina. Tom Garrard, baioneta manchada de sangue até o cabo, chutou um ferido que tentava mirar seu mosquete. Outros soldados pararam para revistar os mortos e moribundos.

O capitão escocês chegou do flanco. Ostentava as dragonas aladas de uma companhia ligeira.

— Não sabia que a septuagésima quarta estava aqui em cima — disse em saudação a Sharpe. — Ou é a trigésima terceira? — Ele olhou a casaca de Sharpe, e Sharpe viu que os ornamentos recém-costurados por Clare tinham se rasgado durante a escalada, revelando o velho material vermelho por baixo.

— Sou uma ovelha perdida, senhor — disse Sharpe.

— Uma ovelha que se perdeu no lugar certo — disse o capitão, estendendo a mão. — Archibald Campbell, Brigada Escocesa. Trouxe minha companhia aqui para cima, para que eles não ficassem entediados.

— Richard Sharpe, septuagésimo quarto — disse Sharpe, apertando a mão de Campbell. — E muito feliz em vê-lo, senhor. — Sharpe subitamente sentiu vontade de rir. Sua força, que perfurara as defesas do

Forte Interno, era uma mistura louca de indianos, britânicos, soldados de cavalaria e infantaria. Havia Highlanders de *kilt* do 78º, alguns dos soldados de Campbell do 94º, talvez metade da 33ª Companhia Ligeira, e um bom número de sipaios.

Campbell escalara uma das plataformas baixas que permitira aos defensores espiar sobre a banqueta de tiro, e desse ponto vantajoso viu a entrada fortificada que jazia 400 metros a leste.

— Está pensando o mesmo que eu, sr. Sharpe? — perguntou Campbell.

— Estou pensando que deveríamos tomar a entrada fortificada e abrir os portões.

— Eu também. — Ele se moveu para abrir espaço para Sharpe na pequena plataforma. — Não tenho dúvida de que a qualquer momento vão tentar nos expulsar daqui. É melhor nos apressarmos.

Sharpe olhou para a entrada fortificada, onde uma grande mancha de fumaça pairava sobre os baluartes apinhados com Cobras de casacas brancas. Um curto lance de degraus de pedra conduzia do interior da fortaleza até a banqueta de tiro. Os portões só poderiam ser abertos depois que os inimigos fossem varridos da banqueta.

— Se eu tomar a banqueta de tiro, o senhor pode abrir os portões? — sugeriu Sharpe.

— Isso me parece uma divisão de trabalho muito justa — disse Campbell, pulando da plataforma. Perdera o chapéu e um tufo de cabelos negros e cacheados caiu sobre seu rosto estreito. Sorriu para Sharpe. — Vou pegar minha companhia e você pode ficar com o resto, certo?

Campbell subiu a passos largos a colina, gritando para sua Companhia Ligeira formar-se numa coluna de três fileiras.

Sharpe também desceu da plataforma e convocou os remanescentes para formar uma linha.

— O capitão Campbell vai abrir os portões por dentro — disse a eles. — E nós vamos possibilitar isso eliminando os bastardos do parapeito. Daqui até o portão é uma boa distância, mas precisamos chegar lá depressa. E quando chegarmos, a primeira coisa que faremos será disparar uma salva contra a banqueta de tiro. Assim, abateremos alguns daqueles sodomitas antes de subirmos até lá. Agora, carreguem seus mosquetes. Sargento Green!

Green, rosto ruborizado devido ao esforço de subir o vale e correr para juntar-se a Sharpe, deu um passo à frente.

— Estou aqui, senhor, e senhor...

— Destaque vinte homens, Green — ordenou Sharpe ao sargento arfante. — Ficará embaixo e proverá fogo de cobertura enquanto estivermos subindo os degraus, entendeu?

— Vinte homens, senhor? Sim, senhor, farei isso, senhor. O único problema é o sr. Morris, senhor. — Green soava embaraçado.

— O que tem ele? — perguntou Sharpe.

— Ele se recuperou, senhor. A barriga dele, senhor, melhorou... — Green conseguiu manter uma expressão séria enquanto dava a notícia. — Ele disse que mais ninguém deve escalar o penhasco, senhor. E me mandou para pegar os homens que subiram até aqui e descer com eles. É para isso que estou aqui, senhor.

— Não, não é — disse Sharpe. — Você está aqui para destacar vinte homens que fornecerão fogo de cobertura ao restante de nós.

Green hesitou, olhou o rosto de Sharpe, e então fez que sim com a cabeça.

— O senhor tem razão! Vinte homens, fogo de cobertura, senhor.

— Obrigado, sargento — disse Sharpe. Então Morris estava outra vez consciente e provavelmente já causando problemas, mas Sharpe não podia se preocupar com isso agora. Olhou para seus homens. Somavam 17 ou 18, e ainda mais escoceses e sipaios estavam subindo o penhasco e transpondo a muralha. Sharpe esperou até que houvessem carregado seus mosquetes e introduzido as varetas de volta em seus aros.

— Apenas me sigam, rapazes. E, quando chegarmos lá, mataremos os bastardos. Agora! — Ele se virou e olhou para o leste. — Vamos!

— Em acelerado! — ordenou Campbell para sua companhia. — Avante!

A raposa estava no galinheiro. Penas iam voar.

CAPÍTULO XI

O 74º, subindo a estrada que levava da planície até o Portão Sul de Gawilghur, podia ouvir os tiros distantes de mosquetes. Estalavam, subiam para um crescendo, e abaixavam de novo. De vez em quando pareciam morrer por completo, mas então, justo quando homens suados decidiam que a batalha acabara, voltavam a explodir, altos e furiosos. Não havia nada que o 74º pudesse fazer para ajudar. Ainda estavam noventa metros abaixo da fortaleza e de agora em diante ficariam ao alcance de tiro dos canhões montados nos baluartes de Gawilghur que davam para o sul. Esses canhões vinham atirando no 74º há mais de uma hora, mas o alcance fora longo e o ângulo muito aberto, de modo que nenhuma bala atingira o alvo. Se tivesse sua própria artilharia, o 74º poderia ter respondido ao fogo, mas a ladeira era escarpada demais para permitir que qualquer canhão atirasse com eficiência. Os artilheiros teriam precisado montar suas armas em ângulo com a ladeira, e cada disparo ameaçaria emborcar os canhões. O 74º não podia avançar mais, não sem receber baixas desnecessárias, e assim Wellesley ordenara-o a parar. Se os defensores na muralha sul parecessem poucos, Wellesley poderia considerar uma escalada, mas os sipaios que carregavam as escadas tinham ficado muito para trás das tropas avançadas, de modo que esse tipo de ataque estava fora de cogitação. Na verdade, o general também não esperava tentar esse tipo de assalto, porque a missão do 74º sempre fora manter parte dos defensores do forte em suas muralhas ao sul enquanto o ataque real viria do norte. Ao menos esse propósito estava sendo alcançado, porque as muralhas frontais à alcantilada ladeira sul pareciam apinhadas com defensores.

Sir Arthur Wellesley apeou de seu cavalo e subiu até um ponto elevado de onde pudesse observar a fortaleza. O coronel Wallace e um punhado de ajudantes o seguiram, e os oficiais acomodaram-se perto de algumas rochas, de onde tentaram compreender o que significava aquele barulho de batalha.

— Sem canhões — disse Wellesley, depois de inclinar a cabeça para o som distante.

— Sem canhões, senhor? — perguntou um ajudante.

— Não há sons de tiros de canhão — explicou o coronel Wallace. — O que certamente significa que o Forte Externo foi tomado.

— Mas não o Interno? — perguntou o auxiliar.

Sir Arthur nem se deu ao trabalho de responder. Claro que o Forte Interno não fora tomado. Se tivesse sido, os sons de batalha teriam parado completamente e fugitivos estariam fluindo do Portão Sul para os mosquetes do 74º. E de algum modo, a despeito de suas preocupações, Wellesley ousara torcer para que o assalto de Kenny varresse ambos os conjuntos de muralhas, e que quando o 74º alcançasse o cume da estrada, o grande Portão Sul já teria sido aberto para casacas vermelhas triunfantes. Em vez disso, uma bandeira verde e dourada adejava da torre da entrada fortificada, de onde soavam os mosquetes de seus defensores.

Wellesley agora se arrependia de não ter cavalgado até o platô e seguido os soldados de Kenny através das brechas. Que diabos estava acontecendo? Ele não tinha como alcançar o platô, exceto descendo a cavalo até a planície e depois subindo a estrada recém-aberta, uma distância de mais de 32 quilômetros. Tudo que podia fazer era esperar e torcer.

— Pode avançar seus escaramuçadores, coronel? — sugeriu a Wallace. Os escaramuçadores do 74º não podiam almejar conseguir muita coisa, mas pelo menos sua presença confirmaria a ameaça à ala sul das muralhas e assim manteria seus defensores ali. — Mas os espalhe bem — aconselhou Wellesley. Espalhando a Companhia Ligeira pela encosta da colina, o coronel ia protegê-los dos tiros de canhão.

Além das muralhas sul, muito além, um pilar de fumaça manchava o céu. O som de tiros aumentava e abaixava, abafado pelo ar quente que circundava as muralhas negras do forte. Wellesley rezou para que sua tática desse certo, que por algum milagre seus casacas vermelhas tivessem encontrado uma forma de entrar no forte que nunca fora invadido em todos seus séculos de existência.

— Atirem neles! — gritou o major Stokes para os homens no barranco norte do vale. — Atirem neles!

Outros oficiais repetiram as ordens; os soldados que estavam no vale, e que até agora tinham apenas observado o combate, carregaram seus mosquetes e começaram a polvilhar a entrada fortificada com chumbo.

Stokes escalara novamente o barranco norte para poder ver a muralha mais distante. Agora presenciou os dois pequenos grupos de casacas vermelhas subirem a encosta da colina em formações irregulares. O grupo no ponto mais distante estava formado em coluna e o mais próximo em linha. Ambos os grupos avançaram contra a entrada fortificada, cuja guarnição numerosa acabara de repelir outro ataque britânico através do portão quebrado. Esses defensores agora virariam seus mosquetes contra os novos atacantes, e assim Stokes ordenou aos homens que atirassem através do vale. O alcance era terrivelmente longo, mas qualquer distração ajudaria. Os artilheiros que haviam demolido o portão atiraram nos parapeitos da muralha, seus tiros arrancando lascas das pedras.

— Vá, homem, vá! — urgiu Stokes a Sharpe. — Vá!

E então o capitão Morris — a boca toda inchada e ensangüentada, uma contusão escurecendo um olho e outra desfigurando a fronte — apareceu, subindo cambaleante a ladeira.

— Major Stokes! — chamou, voz carregada de petulância. — Major Stokes!

Stokes virou-se para ele. Ao ver Morris, a primeira coisa que pensou foi que ele fora ferido enquanto tentava transpor a muralha e decidiu que julgara Morris erroneamente. Ele não era, afinal de contas, um covarde.

— Precisa de um médico, capitão?

— Aquele maldito Sharpe! Ele bateu em mim. Bateu em mim! Roubou minha companhia! Quero apresentar acusações!

— Bateu em você? — perguntou Stokes, contendo-se para não rir.

— E roubou minha companhia! — disse Morris, ultrajado. — Ordenei que ele fosse embora, e ele bateu em mim! Estou dizendo ao senhor porque é um oficial superior. Pode falar com alguns dos meus homens, senhor, e eles confirmarão o que digo. Alguns testemunharam a agressão, e devo buscar seu apoio, senhor, nos procedimentos.

Se pudesse, Stokes teria soltado uma gargalhada. Então fora assim que Sharpe encontrara os seus soldados.

— Acho que é melhor que desista de apresentar acusações contra o sr. Sharpe — disse o engenheiro.

— Desistir das acusações? — exclamou Morris. — Claro que não farei isso! Vou acabar com a raça do bastardo!

— Duvido — disse Morris.

— Ele bateu em mim! — protestou Morris. — Ele me agrediu!

— Está falando absurdos — disse Stokes rudemente. — Você caiu. Eu o vi cair. Tropeçou e caiu. E é precisamente isso que alegarei em qualquer corte marcial. Não que vá haver alguma. Você simplesmente caiu e agora está sofrendo de alucinações! Talvez o sol tenha feito mal à sua cabeça, capitão. Deve tomar cuidado para não acabar como o pobre Harness. Se acontecer isso, será enviado para casa e acabará seus dias em Bedlam com correntes nos tornozelos.

— Senhor! Eu protesto! — disse Morris.

— Você protesta demais, capitão — disse Stokes. — Você tropeçou, e é isso que testemunharei se cometer a estupidez de apresentar queixa. Até o meu criado viu você tropeçar. Não viu, Ahmed? — Stokes virou-se para obter a concordância de Ahmed, mas ele havia desaparecido. — Oh, Deus! — exclamou Stokes e começou a descer a ladeira para achar o garoto. Mas sentiu que já era tarde demais.

Os primeiros cem passos do avanço de Sharpe foram muito tranqüilos, porque o terreno cozido pelo sol estava aberto e seus homens ainda encontravam-se fora do alcance da visão da entrada fortificada. Os poucos defensores que antes guarneciam a muralha sobre o vale haviam fugido, mas assim que os casacas vermelhas galgaram a ladeira da colina para ver a entrada fortificada à frente, os disparos inimigos começaram.

— Não parem de correr! — gritou Sharpe, embora aquilo dificilmente pudesse ser considerado uma corrida. Eles cambaleavam e tropeçavam, bainhas e farnéis batendo contra seus corpos, o sol queimando-os implacavelmente e o solo jorrando baforadas de poeira sempre que era atingido por balas dos mosquetes inimigos. Sharpe estava vagamente cônscio da cacofonia de tiros de mosquete à sua esquerda, proveniente dos disparos dos mil casacas vermelhas no outro lado do vale, mas os defensores da entrada fortificada estavam abrigados pelo parapeito externo. Um grupo desses defensores estava redirecionando um canhão para enfrentar o novo ataque. — Apenas não parem de avançar! — gritou Sharpe, voz já rouca. Deus, como estava com sede! Com sede e fome, mas muito empolgado. A entrada fortificada foi anuviada por fumaça quando os defensores dispararam seus mosquetes contra o ataque inesperado que chegava do oeste.

À sua direita Sharpe podia ver mais defensores, porém eles não estavam atirando; inclusive, nem estavam formados em fileiras. Estavam simplesmente aglomerados ao lado de um muro baixo que parecia cercear alguns jardins, observando com indiferença o confronto. Atrás desse muro erguia-se um prédio, meio obscurecido por árvores. O lugar era uma imensidão! Telhado aparecia por trás de telhado dentro do vasto anel do Forte Interno de Gawilghur, e havia ainda mil lugares para o inimigo reunir uma força para atacar o flanco direito de Sharpe, mas ele não ousava pensar nessa possibilidade. Tudo que importava agora era alcançar a entrada fortificada, matar seus defensores e assim permitir que uma torrente de casacas vermelhas passasse pela entrada.

O canhão na entrada fortificada disparou. A bala acertou a terra seca 45 metros adiante de Sharpe e quicou por cima de sua cabeça. A fumaça do canhão espalhou-se pelo parapeito, prejudicando a mira dos defensores; Sharpe abençoou os artilheiros e rezou para que a fumaça continuasse pairando ali. Levara um ponto na lateral do tronco e suas costelas ainda doíam terrivelmente pelos chutes que Hakeswill dera nele, mas Sharpe sabia que surpreendera este inimigo, e um inimigo surpreso era um inimigo meio-derrotado.

A fumaça se dissipou. Os mosquetes voltaram a flamejar da muralha, gerando mais fumaça. Sharpe virou-se e gritou para seus homens.

— Vamos! Depressa!

Sharpe estava cruzando um trecho de terreno onde parte da guarnição erguera cabaninhas patéticas com galhos finos apoiados em árvores mortas e cobertos com panos. Havia pilhas de cinza onde fogueiras tinham ardido. Era uma lixeira. Havia uma carreta de canhão de ferro toda enferrujada, um arado de pedra que se partira em dois, e os restos de um antigo molinete de madeira que fora esbranquiçado pelo sol até ficar cor de osso. Uma pequena cobra marrom serpeava para longe de Sharpe. Uma mulher, magra como a cobra e com um bebê nos braços, saiu correndo de um dos abrigos. Um gato chiou para ele de outro abrigo. Sharpe esquivou-se entre as árvores pequenas, levantando poeira, respirando poeira. Uma bala de mosquete levantou uma baforada de cinza de fogueira, outra retiniu na carreta de ferro.

Piscou para afastar o suor que ardia seus olhos e viu que à parede interna da passagem da entrada fortificada havia uma fila de soldados de casacas brancas. A muralha estava a uma boa centena de passos de distância, e o acesso até sua banqueta de tiro era pela escada de pedra ao lado do portão interno. Campbell e seus homens estavam correndo até o portão e Sharpe agora estava lado a lado com eles. Teria de abrir caminho lutando escadaria acima, e sabia que isso seria impossível, que havia defensores demais, e estremeceu quando o canhão ribombou novamente, só que desta vez a peça de artilharia arrotou um barril inteiro de metralha que arremessou uma chuva de balas contra os homens na testa da companhia de Sharpe.

— Parem! — gritou. — Parem! Formar linha! — Ele estava perto da muralha, irritantemente perto, não mais que quarenta passos. — Apresentar armas! — gritou e seus homens levantaram os mosquetes para mirar contra o topo da muralha.

Fumaça ainda ocultava metade do baluarte, embora a outra metade estivesse desobstruída e os defensores atirassem com rapidez. Um escocês cambaleou para trás e um sipaio dobrou-se em dois silenciosamente, segurando a barriga ensanguentada. Um cachorrinho latiu para os soldados. Fumaça subia da boca do canhão.

— Vocês darão uma salva e investirão em seguida. Sargento Green? Não quero que seus homens atirem agora. Esperem até alcançarmos o topo da escadaria, e então nos dêem fogo de cobertura.

Sharpe sentiu vontade de chutar o maldito cachorro, mas se obrigou a se acalmar enquanto caminhava na vanguarda da linha.

— Mirem direito, rapazes, mirem direito! Quero aquela muralha limpa. — Posicionou-se entre dois soldados. — Disparar!

A única salva relampejou até o topo da muralha e Sharpe prontamente correu até a escadaria sem esperar para ver o efeito dos tiros. Campbell já estava no portão interno, levantando sua trava pesadíssima. Tinha uma dúzia de homens a postos para adentrar a passagem, enquanto o restante da companhia estava de frente para o interior do forte para combater qualquer guarnição que pudesse descer dos prédios na colina.

Sharpe galgou os degraus dois de cada vez. É loucura, pensou. Suicídio num lugar quente. Devia ter permanecido no vale. O sol castigava as pedras, dando-lhe a sensação de estar dentro de um forno. Havia homens com ele, embora não pudesse distingui-los, porque concentrava-se apenas no topo da escadaria e nos homens de branco que estavam se virando para ele com baionetas. A primeira salva de Green acertou esses homens, e um deles girou para o lado, expelindo sangue do escalpo; os outros instintivamente esquivaram-se da salva e Sharpe estava lá, descendo a espada *claymore* como se fosse um facão, num golpe que quicou do crânio do homem ferido para empurrar um segundo sobre a beirada desprotegida da muralha, fazendo-o cair na passagem.

Onde o portão interno estava abrindo, roçando em pedra e rangendo suas dobradiças imensas enquanto os homens de Campbell empurravam suas portas vastas.

Uma baioneta investiu contra Sharpe, rasgando sua casaca, e em resposta ele arremeteu o cabo da *claymore* contra a cabeça do homem. Lockhart estava ao seu lado, lutando com uma selvageria fria, sabre espalhando gotas de sangue a cada corte ou cutilada.

— Lá! — gritou Lockhart para seus homens, e meia dúzia de cavaleiros atravessaram correndo o topo da arcada para desafiar os defensores no arco externo.

Tom Garrard subiu até a direita de Sharpe e arremeteu sua baioneta para a frente em golpes curtos e disciplinados. Mais homens subiram correndo a escadaria e empurraram os da frente, de modo que Sharpe, Lockhart e Garrard foram empurrados para a frente contra o inimigo que não dispunha de espaço para usar suas baionetas. A pressão dos homens também protegeu Sharpe dos mosquetes inimigos. Ele desferiu golpes violentos com a espada pesada, usando sua altura para dominar os indianos que estavam emitindo um grito de guerra agudo. Uma baioneta acertou Sharpe no quadril e ele sentiu o aço triturar o osso. Sharpe reagiu descendo o cabo da *claymore* contra a cabeça do homem para amassar sua barretina, e então golpeou novamente para derrubar o homem ao chão. O homem ferido largou a baioneta e Sharpe pisoteou-o para atacar outro defensor. Sharpe sentiu um vento quente em sua bochecha queimada e compreendeu que uma bala de mosquete não o pegara por um triz. A barreira de homens era espessa, espessa demais para permitir que ele progredisse. Ainda assim, Sharpe atacava-os com a espada que empunhava com ambas mãos.

— Empurrem esses desgraçados lá para baixo! — gritou Lockhart.

O soldado alto de cavalaria desfechou um golpe largo com seu sabre, não pegando Sharpe por uma questão de centímetros, mas a lâmina fez os inimigos recuarem, e dois deles, encurralados na beira da banqueta de tiro, gritaram e caíram para onde foram martelados até a morte pelas coronhas dos mosquetes dos Highlanders de Campbell. O próprio Campbell estava correndo até o portão seguinte. Mais dois portões para abrir e o caminho estaria livre, porém os Cobras formavam uma barreira muito espessa nas muralhas e Dodd estava gritando para eles atirarem na multidão de soldados, atacantes e defensores e rechaçar o punhado de casacas vermelhas imprudentes que o pegara pela retaguarda.

Então os atacantes do lado de fora do forte — que tinham desistido de empreender outro ataque contra o beco esfumaçado e fedido a sangue onde tantos haviam morrido — ouviram o combate nas muralhas e voltaram, posicionando-se sob a sombra do arco, de onde miraram contra as banquetas de tiro. Os mosquetes soaram, mais soldados chegaram à sombra do arco e os Cobras viram-se atacados pela frente e por baixo.

— Foguetes! — gritou Dodd.

Alguns dos Cobras dispararam mísseis para a passagem abaixo, mas estavam muito nervosos com o ataque que se alastrava pelo topo da muralha. Os atacantes eram homens enormes, ensandecidos pela batalha, acutilando com espadas e baionetas através da muralha. Os soldados do sargento Green dispararam de baixo, atingindo defensores e forçando outros a se abaixarem.

— Disparem transversalmente! Disparem transversalmente! — O capitão Campbell, que estava na passagem, vira os defensores ajuntarem-se na frente dos soldados que atacavam ao longo do topo da muralha. Com as mãos em concha, pusera-se a gritar para os homens atrás das linhas frontais de atacantes. — Disparem transversalmente! — Ele apontou, mostrando aos soldados que deveriam angular seu fogo sobre a passagem para atingir os defensores na parede oposta.

Compreendendo a ordem de Campbell, os soldados carregaram seus mosquetes. Levou alguns segundos, mas finalmente o fogo cruzado começou e a pressão na frente de Sharpe cedeu. Desfechou uma espadada que quase decapitou um homem, torceu a lâmina, estocou-a numa barriga, torceu-a novamente e, de súbito, os Cobras estavam recuando, aterrorizados pelas espadas sanguinárias.

O segundo portão estava aberto. Campbell foi o primeiro a passar por ele e agora havia apenas mais um portão. O sargento de Campbell trouxera um pelotão para a passagem; esses escoceses começaram a disparar para cima, mirando nas muralhas. Os Cobras estavam sendo esmigalhados porque abaixo deles havia casacas vermelhas em ambos os lados, e outros abriam caminho ao longo do baluarte. Os defensores estavam enclausurados num espaço apertado sem lugar para onde fugir. As únicas escadarias até a banqueta de tiro da entrada fortificada estavam em poder dos casacas vermelhas, cabendo aos soldados de Dodd apenas duas escolhas: saltar ou se render. Um gaiteiro começara a tocar e o lamento insano da música incitou os atacantes a um novo ataque furibundo que espremeu os remanescentes dos Cobras de Dodd. Os casacas vermelhas emitiam um grito de guerra terrível que era um amálgama de ira, loucura e terror. Os adornos brancos ae Sharpe, que tinham se rasgado, agora estavam tão empapados de sangue que ele parecia usar a casaca adornada em vermelho do 33º Regimento. Sharpe estava com o braço cansado, sentindo o quadril como uma única área dolorida, e a muralha ainda não fora conquistada. Uma bala de mosquete varou sua manga, outra abanou sua cabeça nua, e Sharpe rosnou para um inimigo e desfechou mais uma espadada. Finalmente Campbell retirou a última trava de seus suportes e os soldados puseram-se a empurrar o portão. Os atacantes que tinham vindo de fora do forte estavam empurrando-o, enquanto para além do arco mais externo, na ladeira sobre o vale, um oficial convocava todas as tropas que esperavam ao norte.

Um grito vitorioso soou e uma enchente de casacas vermelhas desceu o vale e subiu a trilha até o Forte Interno. Eles farejavam espólios e mulheres. Os portões estavam abertos. A fortaleza no céu tinha caído.

Dodd era o último homem na muralha de Sharpe. Ele sabia que fora derrotado, mas não era covarde. Assim, avançou, espada na mão, e então reconheceu o homem ensangüentado que se opunha a ele.

— Sargento Sharpe — disse Dodd e levantou a espada com cabo de ouro numa saudação irônica.

Não fazia muito tempo, Dodd tentara persuadir Sharpe a juntar-se aos seus Cobras, e Sharpe ficara tentado. Mas o destino mantivera-o em sua casaca vermelha e o trouxera a este encontro derradeiro nos baluartes de Gawilghur.

— Agora sou sr. Sharpe, seu bastardo — disse Sharpe e fez sinal para que Lockhart e Garrard recuassem. Então saltou à frente, cortando com a *claymore*. Mas Dodd aparou o golpe com facilidade e investiu contra Sharpe, perfurando sua casaca e roçando a ponta da espada numa costela. Dodd recuou um passo, empurrou a *claymore* para o lado e avançou novamente. Desta vez, a lâmina cortou a bochecha esquerda de Sharpe bem ao lado do olho, abrindo-a até o osso.

— Marcado para toda a vida — disse Dodd. — Embora eu tema que não será uma vida longa, sr. Sharpe. — Dodd investiu de novo e Sharpe aparou desesperadamente, repelindo a lâmina mais por sorte que por habilidade. Sharpe compreendeu que era um homem morto, porque Dodd era um exímio espadachim. McCandless alertara-o sobre isso. Dodd podia ser um traidor, mas era um soldado, e dos bons.

Percebendo a cautela repentina de Sharpe, Dodd sorriu.

— Então eles o promoveram a oficial! Talvez o exército britânico não seja tão estúpido quanto pensei. — Avançou de novo, espada baixa, convidando Sharpe a atacar, mas de repente um casaca vermelha passou correndo por Sharpe, brandindo seu sabre contra Dodd. Este recuou depressa, surpreendido pelo ataque súbito, embora tenha aparado o golpe com habilidade instintiva. A força da defesa desequilibrou o agressor, e Dodd, ainda com um sorriso, investiu calmamente para espetar a garganta do casaca vermelha. Era Ahmed. Sharpe, reconhecendo o menino, rugiu de raiva e correu contra Dodd. O coronel recolheu sua lâmina, sangue escorrendo da ponta, e rechaçou o golpe selvagem da *claymore*; passou sua espada por baixo da *claymore*, e estava prestes a estocar a barriga de Sharpe quando um disparo de pistola ressoou. Dodd foi arremessado para trás, sangue aparecendo no ombro direito. Seu braço de esgrima, entorpecido pela bala da pistola, pendia baixo.

Sharpe caminhou até ele e viu o medo nos olhos de Dodd.

— Isto é por McCandless — disse ele e chutou a virilha do renegado. Dodd arfou e se dobrou. — E Isto é por Ahmed — disse Sharpe e levantou violentamente a lâmina pesada da *claymore* para penetrá-la na garganta de Dodd. Ainda segurando o punho duplo da espada, Sharpe puxou-a com força e o aço serrou tendões, músculos e esôfago, deixando a banqueta de tiro subitamente banhada em sangue. Dodd tombou. Eli Lockhart, sua comprida pistola de equitação ainda fumegando, empurrou Sharpe para o lado para certificar-se de que Dodd estava morto. Sharpe agachou-se ao lado de Ahmed. O menino estava morrendo. Sangue borbulhava em sua garganta a cada tentativa de respiração. Seus olhos levantaram-se para o rosto de Sharpe, mas não houve reconhecimento neles. O corpo pequeno estremeceu freneticamente, e de repente ficou imóvel. Ahmed partira para o seu paraíso.

— Seu bastardo estúpido — disse Sharpe, lágrimas escorrendo para diluir o sangue que vertia de sua bochecha. — Seu bastardinho estúpido.

Lockhart usou seu sabre para cortar as cordas que sustentavam a bandeira acima da entrada fortificada e um rugido triunfal ecoou pelo vale quando a bandeira caiu. Lockhart ajudou Sharpe a retirar a casaca vermelha de Ahmed e, carecendo de uma bandeira britânica para içar, eles levantaram a casaca esmaecida e manchada de sangue até o topo do mastro. Era a tomada de Gawilghur.

Sharpe enxugou lágrimas e sangue do rosto. Lockhart sorria para ele e Sharpe forçou um sorriso em resposta.

— Conseguimos, Eli.

— Conseguimos mesmo. — Lockhart estendeu a mão, e Sharpe apertou-a.

— Obrigado — disse Sharpe com fervor. E, soltando a mão do soldado de cavalaria, chutou o cadáver de Dodd. — Eli, cuide desse cadáver. Vale uma fortuna.

— É Dodd?

— É o bastardo. Esse defunto vale setecentos guinéus para você e Clare.

— Para você e para mim, senhor — corrigiu Lockhart. O sargento parecia tão esfarrapado e ensangüentado quanto Sharpe. Sua casaca azul estava rasgada e manchada em vermelho. — Vamos dividir a recompensa. Você e eu, senhor.

— Não — disse Sharpe. — Ele é todo seu. Eu queria apenas ver o desgraçado morto. Essa recompensa já é suficiente para mim. — Sangue vertia de sua bochecha para emporcalhar ainda mais a casaca. Virou-se para Garrard, que estava encostado no parapeito, arfando por ar. — Tom, cuide do menino para mim.

Garrard, vendo que Ahmed estava morto, olhou intrigado para Sharpe.

— Vou dar a ele um funeral decente — explicou Sharpe. Então virou-se e desceu pela muralha onde casacas vermelhas exaustos descansavam entre Cobras mortos e agonizantes, enquanto abaixo deles, na passagem que Campbell abrira, uma torrente de soldados desaguava sem resistência para o forte.

— Aonde está indo? — gritou Garrard para as costas de Sharpe.

Sharpe não respondeu. Apenas continuou andando. Tinha outro inimigo para caçar, e uma riqueza ainda maior para conquistar.

Os defensores foram caçados e mortos. Mesmo quando tentaram se render, foram mortos, porque sua fortaleza havia resistido e essa era a sina das guarnições que lançavam um desafio. Casacas vermelhas esfarrapados e ensangüentados, cheios de araca e rum, perambulavam pela fortaleza vasta com baionetas e cobiça bem afiadas. Havia pouco para saquear, mas muitas mulheres, e assim os gritos começaram.

Alguns defensores, conhecendo a geografia de Gawilghur, escapuliram para aquelas áreas do perímetro onde não havia nenhuma muralha voltada para fora e trilhas perigosamente estreitas que desciam os penhascos. Desceram pelo rochedo como uma fila de formigas, desaparecendo no limbo. Alguns se esconderam, sabendo que a fúria dos atacantes muito em breve estaria exaurida. Todos que não fugiram ou encontraram refúgio morreram.

Moscas empesteavam o palácio, onde os mortos já fediam ao calor. Oficiais vagavam pelos cômodos, pasmados com sua pobreza. Eles haviam esperado encontrar outra mansão como o palácio do sultão Tipu, uma arca do tesouro de jóias, ouro, marfim e seda, mas o rajá de Berar nunca fora rico. Alguns descobriram o porão e viram o grande arsenal, mas ficaram mais interessados nos barris de dinheiro, embora tenham cuspido de desgosto ao ver que todas as moedas eram de cobre. Uma companhia de sipaios encontrou algumas pratarias que dividiram entre si. Syud Sevajee encontrara seu inimigo, o assassino de seu pai, mas Beny Singh já estava morto e Sevajee não teve muito a fazer além de cuspir no cadáver.

Abaixo do palácio, casacas vermelhas saciavam sua sede no lago. Alguns descartaram suas casacas, pendurando-as nas árvores. Um homem esfarrapado, que saíra do palácio sem ser visto, roubou uma das casacas e vestiu-a antes de capengar em direção à entrada fortificada capturada. Era um homem branco e usava um par de calças compridas sujas e uma camisa rasgada, e carregava embolados debaixo do braço uma casaca branca e uma cinta preta. Seus cabelos estavam desgrenhados, sua pele suja, e o rosto se contorcia em espasmos enquanto seguia a trilha. Ninguém reparou nele, porque parecia com qualquer outro casaca vermelha que havia encontrado seu pequeno punhado de espólios, e assim Obadiah Hakeswill fugia sorrateiramente para norte com uma fortuna em jóias escondida em suas roupas esfarrapadas. Acreditava que precisava apenas passar pelo portão e atravessar o Forte Externo. Então poderia correr. Para onde? Não fazia a menor idéia. Apenas correr. Estava rico agora, mas mesmo assim teria de roubar um cavalo. Havia muitos cavalos de oficiais no acampamento, e se desse a sorte de achar o cavalo de um morto, a perda não seria notada durante dias. Então ele teria de cavalgar para sul. Para sul até Madras, e lá poderia vender as jóias, comprar roupas decentes e se tornar cavalheiro. Obadiah Hakeswill, o janota. Então ele iria para casa. Para casa na Inglaterra. Para ser um homem rico lá.

Ignorou os casacas vermelhas. Os malditos haviam vencido, e isso não era justo. Hakeswill poderia ter sido um rajá! Bem, pelo menos ele era rico como um rajá. Assim, parou de resmungar e continuou descendo a trilha de terra; a entrada fortificada não devia estar muito distante agora. Adiante estava um oficial com sua espada *claymore* desembainhada. Estava de pé, olhando para o fundo do poço de cobras, chocado com seus horrores. Então o oficial se virou e começou a caminhar na direção de Hakeswill. O oficial estava sem chapéu e com o rosto manchado de sangue. Obadiah saiu capengando da trilha, rezando para que o oficial não o houvesse notado. O oficial passou a uma distância segura; Hakeswill exalou um suspiro aliviado e retornou para a trilha. Agora havia apenas um fiapo de soldados passando pelo portão, a maioria concentrada demais na pilhagem para se importar com um homem solitário capengando na outra direção. Hakeswill sorriu, sabendo que conseguiria escapar. Obadiah Hakeswill iria se tornar um cavalheiro.

A ponta de uma espada espetou a espinha de Hakeswill. O sargento parou onde estava.

— Estou procurando você há dias, Hakeswill — disse uma voz colérica.

Hakeswill virou-se para fitar o rosto de Sharpe, mas o rosto estava meio oculto por sangue, motivo pelo qual Hakeswill não reconhecera o oficial de pé ao lado do poço de cobras.

— Eu era prisioneiro — choramingou Hakeswill. — Prisioneiro.

— Você era, e é, um mentiroso.

— Pelo amor de Deus, me ajude. — Obadiah fingiu não reconhecer Sharpe, fingiu ser louco. Contorceu-se e gemeu, deixou baba escorrer da boca e torceu as mãos em submissão. — Me prenderam. Os bastardos pagãos me prenderam. Não vejo a luz do sol há dias.

Sharpe inclinou-se à frente e tomou a casaca que estava embolada debaixo do braço de Hakeswill. Ele enrijeceu e Sharpe sorriu ao ver o lampejo de raiva nos olhos do sargento.

— Quer a casaca de volta, Obadiah? Então lute comigo por ela.

— Eu era um prisioneiro — insistiu Hakeswill, não mais gemendo como louco.

Sharpe balançou a casaca para abri-la.

— Então por que a casaca branca, Obadiah? Você é um mentiroso sujo. — Tateou os bolsos da casaca, sentiu os calombos duros e compreendeu que suas jóias estavam em segurança novamente. Os olhos de Hakeswill reluziram com uma fúria terrível e frustrada. — Vamos, Obadiah. Lute comigo.

— Eu era prisioneiro — disse Hakeswill e olhou para a direita, na esperança de conseguir fugir correndo, porque embora tivesse perdido as jóias na casaca, tinha outras nas calças. E Sharpe, ele agora percebeu, estava com um ferimento no quadril. Talvez Sharpe não pudesse correr. Então corra agora, disse a si mesmo. Mas a parte chata da lâmina da *claymore* chocou-se com força contra seu escalpo. Hakeswill soltou um grito de protesto, mas parou de se debater quando a ponta da espada espetou sua garganta.

— Você me vendeu a Jama, não foi? — disse Sharpe. — Mas isso foi um erro, Obadiah, porque massacrei os *jettis* dele, assim como vou massacrar você. Mas primeiro tire as roupas.

— Você não pode fazer isso comigo! — gritou Hakeswill, torcendo para chamar atenção. Seu rosto se contorcia. — Você não pode fazer isto! É contra as normas, é sim!

— Tire as roupas, Obadiah.

— Existem normas! Regulamentos! Está na Bíblia!

A ponta da *claymore* espetou a garganta de Hakeswill, tirando sangue da cicatriz que ficara quando haviam tentado enforcar o jovem Obadiah. A dor calou o sargento e Sharpe sorriu.

— Sargento, eu quase espanquei o capitão Morris até a morte. Acha mesmo que me preocupa que existam regras que digam que não posso tocar em você? Agora você tem uma escolha, pode ficar pelado ou pode me deixar tirar as roupas do seu cadáver. Para mim tanto faz. Não estou nem aí se me enforcarem por assassinato. Valeria a pena. Então cale a boca e tire as roupas.

Hakeswill olhou em torno, procurando por ajuda, mas não viu ninguém. Quando a ponta da espada contorceu-se em sua pele, apressou-se em dizer que já estava se despindo. Puxou o cinto de corda que prendia as calças, rasgou os botões da camisa.

— Não me mate! — berrou. — Não posso ser morto! Não posso morrer! — Tirou a camisa, chutou as botas para fora dos pés, baixou as calças.

— Agora os panos dos pés — instruiu Sharpe.

Hakeswill sentou-se e desenfaixou os panos fedorentos. Agora estava branco e nu sob o sol terrível. Sharpe usou a ponta da espada para ajuntar as roupas numa pilha. Ele iria revistá-las, extrair as gemas, e então abandoná-las.

— Agora de pé, Obadiah — disse ele, encorajando o homem nu com a ponta avermelhada da espada.

— Eu não posso morrer, Sharpezinho! — apelou Hakeswill, rosto abalado por uma sucessão de tremores furiosos. — Não posso! Você já tentou! Os tigres não me comeram e o elefante não me pisou. Sabe por quê? Por que não posso morrer! Eu tenho um anjo, tenho sim, o meu próprio anjo da guarda, e ele cuida de mim! — Gritou as palavras enquanto a ponta da espada obrigava-o a caminhar para trás. Hakeswill dançava no chão rochoso porque as pedras eram quentes demais e seus pés estavam descalços. — Você não pode me matar, Sharpe. O anjo zela por mim. É minha mãe, Sharpe, ela é o anjo. Minha mãe, toda branca e reluzente. Não, Sharpezinho, não! Eu não posso morrer! — E a espada espetou sua barriga, fazendo Hakeswill pular para trás. E pulou de novo e de novo, sempre que a ponta arranhava suas costelas. — Eles tentaram me enforcar, mas não conseguiram! — declamou. — Fiquei pendurado, dancei no cadafalso, mas a corda não me matou, e aqui estou eu! Não posso morrer! — E então ele gritou, porque a espada tinha estocado uma última vez e Hakeswill recuara para evitar o golpe, só que desta vez não havia chão atrás dele, apenas um vácuo, e ele gritou enquanto caía nas sombras do poço de cobras.

Hakeswill gritou de novo quando bateu dolorosamente no fundo do poço.

— Eu não posso morrer! — gritou triunfante e olhou para cima para fitar a silhueta escura de seu inimigo. — Não posso morrer! — gritou Hakeswill de novo, e então uma coisa sinuosa e sombria tremeluziu à sua esquerda. Hakeswill não teve tempo de preocupar-se com Sharpe. Soltou um berro, porque as cobras observavam-no com olhos frios. — Sharpezinho! — gritou. — Sharpezinho!

Mas Sharpe tinha se afastado para recolher a pilha de farrapos.

E Hakeswill estava sozinho com as serpentes.

Wellesley ouviu os brados vitoriosos distantes, mas não soube dizer se eram seus homens ou os inimigos que estavam celebrando. A nuvem de fumaça que tinha pairado grossa e constante em torno da fortaleza havia dissipado.

Ele esperou.

Os defensores no sul ainda estavam lutando. Disparavam seus canhões contra a linha de escaramuça do 74º que, estando bem espalhada e abrigada pelas rochas na ladeira escarpada, sobreviveu à canhonada esporádica. A fumaça dos canhões pairava diante das muralhas. Wellesley viu as horas em seu relógio. Quatro da tarde. Se o forte não havia caído, já era tarde demais. A noite chegaria logo e ele teria de fazer uma retirada vergonhosa para a planície abaixo. Os estampidos intermitentes de mosquetes do norte diziam-lhe que alguma coisa estava acontecendo, mas não tinha como saber se essa coisa eram homens saqueando ou o som de defensores disparando em atacantes derrotados.

Então os canhões no sul ficaram silenciosos. Durante algum tempo sua fumaça pairou no ar, mas então foi soprada pelo vento quente. Wellesley aguardou, esperando que o canhão disparasse de novo, mas ele permaneceu silencioso.

— Talvez tenham fugido — disse ele. A bandeira verde e dourada ainda tremulava sobre a torre de vigia, mas Wellesley não conseguia ver nenhum defensor nela.

— Se a fortaleza tivesse caído, senhor, eles não estariam fugindo por esse portão? — comentou Wallace.

— Não, não estariam. Porque sabem que estamos aqui — disse Wallace e pegou sua luneta. Por engano ele havia trazido seu novo aparelho, aquele que ele pretendera dar a Sharpe e que fora gravado com a data de Assaye. Wellesley levou o óculo ao olho e examinou a muralha sul. Os baluartes estavam vazios. Os canhões, com suas bocas enegrecidas, ainda estavam lá, mas nenhum homem os manejava. — Acho que devemos avançar, Wallace — disse Wellesley, fechando a lente da luneta.

— Pode ser uma armadilha, senhor.

— Avançaremos — disse Wellesley com firmeza.

O 74º marchou com bandeiras tremulando, tamborileiros e gaiteiros tocando seus instrumentos. Um batalhão de sipaios seguiu-o, e os dois regimentos compuseram uma visão impressionante enquanto subiam o último trecho da estrada escarpada. Contudo, o grande Portão Sul de Gawilghur ainda estava fechado diante deles. Wellesley esporeou sua montaria, quase esperando que os defensores da fortaleza saltassem de seus esconderijos e aparecessem nas muralhas. Em vez disso, um casaca vermelha apareceu na muralha e o coração de Wellesley saltou de alívio. Ele poderia voltar para a Inglaterra com mais uma vitória no bolso.

O casaca vermelha na muralha cortou a adriça e Wellesley viu a bandeira verde e dourada cair. Então, o casaca vermelha se virou e gritou para alguém dentro da fortaleza.

Wellesley esporeou novamente seu cavalo. No instante em que ele e seus ajudantes viram-se à sombra da entrada fortificada, os grandes portões começaram a abrir, puxados por casacas vermelhas imundos, com rostos sujos e sorrisos largos. Um oficial estava parado de pé do outro lado do arco. À medida que o general se aproximava, o oficial levantou sua espada em continência.

Wellesley retribuiu a saudação. O oficial estava encharcado em sangue, e o general torceu para que aquilo não fosse um reflexo das baixas de seu exército. Então reconheceu o homem.

— Sr. Sharpe? — Ele pareceu intrigado.

— Bem-vindo a Gawilghur, senhor — disse Sharpe.

— Pensei que tivesse sido capturado.

— Escapei, senhor. Consegui juntar-me ao ataque.

— Entendo. — Wellesley olhou para a frente. O forte pululava com casacas vermelhas jubilosos e ele calculou que não conseguiria restabelecer a ordem antes do anoitecer. — Você deveria procurar um cirurgião, sr. Sharpe. Temo que irá carregar uma cicatriz no rosto. — Lembrou-se da luneta, mas decidiu que iria dá-la a Sharpe mais tarde. E assim, com um breve aceno de cabeça, continuou em frente.

Sharpe ficou parado ali, observando a entrada do 74º. Eles não o queriam porque não era um cavalheiro. Mas, por Deus, era um soldado, e abrira o forte para eles. Seu olhar cruzou com o de Urquhart. Ele observou o sangue no rosto de Sharpe e as cascas de feridas ressequidas na espada do alferes, e desviou o olhar.

— Boa tarde, Urquhart — disse Sharpe bem alto.

Urquhart esporeou seu cavalo.

— Boa tarde, sargento Colquhoun — disse Sharpe.

Colquhoun continuou marchando, expressão impassível.

Sharpe sorriu. Conseguira seu intento. Mas o que exatamente quisera provar? Que era um soldado, mas sempre soubera disso. Sharpe era um soldado e continuaria um soldado, e se isso significava usar uma casaca verde em vez de uma vermelha, que fosse. Mas ele era um soldado, e provara isso no calor e no sangue de Gawilghur. Era o baluarte no céu, o castelo que não podia cair, e agora era a fortaleza de Sharpe.

NOTA HISTÓRICA

Prestei ao 94º Regimento do Rei, ocasionalmente conhecido como a Brigada Escocesa, e sua Companhia Ligeira, que foi liderada pelo capitão Campbell, um grande desserviço. Porque foram eles, e não Sharpe, que encontraram a rota até a lateral do vale, e de lá, através da muralha do Forte Interno em Gawilghur. Foram eles que assaltaram a entrada fortificada por dentro e, abrindo a sucessão de portões, permitiram ao restante da força de ataque entrar na fortaleza. Heróis ficcionais costumam roubar os louros de heróis reais, e acredito que os escoceses perdoarão Sharpe. O capitão Campbell, cuja iniciativa quebrou a defesa de Gawilghur, não foi o mesmo Campbell que era um dos ajudantes de Wellesley (e que fora o herói em Ahmednuggur).

A 33ª Companhia Ligeira não estava em Gawilghur. Na verdade, a única infantaria britânica ali eram os regimentos escoceses, os mesmos escoceses que enfrentaram o exército de Scindia em Assaye e sofreram a maior parte do ataque árabe em Argaum. A guerra de Wellesley contra os mahrattas, que terminou numa vitória completa em Gawilghur, foi portanto vencida por sipaios de Madras e Highlanders escoceses, e foi uma vitória extraordinária.

A batalha de Assaye, descrita em *O triunfo de Sharpe*, foi o conflito que destruiu a coesão da Confederação Mahratta. Scindia, o mais poderoso dos príncipes, ficou tão chocado com a derrota que rogou paz, enquanto as tropas do rajá de Berar, desertadas por seus aliados, continuaram lutando. Indubitavelmente, sua melhor estratégia teria sido uma retirada imediata para Gawilghur, mas Manu Bapu deve ter decidido que seria capaz de deter os britânicos e assim ergueu sua resistência em Argaum. A batalha aconteceu de forma muito semelhante à descrita no romance. Começou com uma vantagem aparente dos mahrattas quando os sipaios à direita da linha de Wellesley entraram em pânico, mas o general os acalmou, trouxe-os de volta, e então conduziu sua linha até a vitória. Os escoceses, exatamente como tinham sido em Assaye, foram sua tropa de choque e destruíram o regimento árabe que era o melhor da infantaria de Bapu. Não havia Cobras no exército de Bapu, e embora William Dodd tenha existido, e sido um fugitivo renegado do exército da Companhia das Índias Orientais, não existe qualquer registro de que tenha servido a Berar. Os sobreviventes de Argaum recuaram para norte até Gawilghur.

Gawilghur ainda é uma fortaleza impressionante, estendendo-se sobre seu promontório vasto, muito acima da planície Deccan. Hoje está abandonado e jamais foi usado novamente como fortaleza depois do ataque de 15 de dezembro de 1803. O forte foi devolvido aos mahrattas depois que fizeram a paz com os britânicos, e eles jamais repararam as brechas, que ainda estão lá e, apesar da vegetação que as cobrem, podem ser escaladas. Nenhuma brecha assim ainda existe na Europa, e foi instrutivo descobrir o quanto elas eram escarpadas, e o quanto devem ter sido difíceis de transpor, ainda mais com o fardo de um mosquete ou uma espada. O grande canhão de ferro que matava cinco atacantes com um único tiro ainda jaz em sua posição no Forte Interno, embora sua carreta tenha apodrecido há muito tempo, e o cano tenha sido desfigurado com pichações. A maioria dos prédios no Forte Interno desapareceram, ou foram tão cobertos por vegetação que não podem ser vistos. A propósito, não há nenhum poço de cobras ali. As grandes entradas fortificadas permanecem intactas, sem seus portões, e um visitante pode apenas assombrar-se com a bravura suicida dos homens que escalaram do vale para entrar na armadilha mortal do portão norte do Forte Interno. A derrota certamente teria sido sua recompensa se Campbell e sua Companhia Ligeira não tivessem achado uma forma de subir a lateral da ravina e, com a ajuda de uma escada, escalado a muralha, atacando os portões por dentro. A essa altura Beny Singh, o *killadar*, já havia envenenado suas esposas, amantes e filhas. Ele morreu, como Manu Bapu, com sua espada em punho. Manu Bapu certamente morreu nas brechas e não, como aparece no romance, no vale. Contudo, muitos de seus soldados morreram ali, aprisionados entre os atacantes que haviam capturado o Forte Externo e o 78º, que subiu a estrada vindo da planície. Eles devem ter encontrado refúgio dentro do Forte Interno e reforçado suas defesas, mas por motivos que jamais foram explicados, os portões do Forte Interno foram fechados para os sobreviventes da guarnição do Forte Externo.

Elizabeth Longford, em *Wellington, The Years of the Sword*, cita o falecido Jac Weller como tendo dito a respeito de Gawilghur: "Três tropas de escoteiros razoavelmente eficazes, armadas com pedras poderiam ter impedido a entrada de um número muito maior de soldados profissionais." É difícil discordar. Manu Bapu e Beny Singh não fizeram qualquer esforço para proteger as muralhas do Forte Externo com uma esplanada, que foi seu principal erro, mas sua verdadeira fortaleza foi o Forte Interno, e ela caiu depressa demais. A suposição é que os defensores ficaram completamente desmoralizados, e as poucas baixas britânicas (cerca de 150), em sua maior parte mortos ou feridos no ataque à entrada fortificada, são um testemunho da rapidez dessa vitória. Cento e cinqüenta parece uma "conta do açougueiro" bem pequena, e é mesmo, mas não deve esconder o horror do combate pela entrada fortificada do Forte Interno onde Kenny morreu. Essa luta ocorreu num espaço muito pequeno e, durante um breve instante, deve ter sido tão aterrorizante quanto, digamos, a luta pelas brechas de Badajoz nove anos depois. A escalada de Campbell precipício acima salvou um número enorme de vidas e encurtou uma batalha feroz. A vitória foi tão rápida, e obtida a um custo tão baixo, que uma biografia recente do duque de Wellington (em 1803, ele ainda era *sir* Arthur Wellesley) confere menos de três linhas ao cerco. Mas para o casaca vermelha que teve de suar para subir a ladeira até o platô e que era obrigado a carregar sua espingarda e baioneta pelo istmo rochoso até as brechas nas muralhas duplas, esse foi um lugar significativo e sua vitória notável.

A verdadeira importância de Gawilghur jaz no futuro. *Sir* Arthur Wellesley agora testemunhara o ataque à brecha de Seringapatam, escalara as muralhas de Ahmednuggur e varrera as grandes defesas de Gawilghur. Muitos historiadores afirmam que em Portugal e Espanha — confrontado por defesas ainda maiores impostas por soldados franceses determinados — *sir* Arthur subestimou as dificuldades do trabalho de sítio, tendo sido embalado à complacência pela facilidade de suas vitórias indianas. Pode haver alguma verdade nisso, e em Ciudad Rodrigo, Badajoz, Burgos e San Sebastian ele sofreu baixas terríveis. Minha suspeita pessoal é que *sir* Arthur não subestimou a capacidade das defesas de resistirem a ele, mas superestimou a capacidade dos soldados britânicos de atravessarem essas defesas porque até então eles satisfaziam suas expectativas. E foram os escoceses que brindaram-no com essas expectativas altas: os escoceses que usaram quatro escadas para capturar uma cidade em Ahmednuggur e uma escada para derrubar a grande fortaleza de Gawilghur. Sua bravura ajudou a disfarçar o fato de que cercos são uma missão terrível, tão terrível que os soldados, a despeito dos desejos de seus próprios comandantes, consideravam uma fortaleza capturada sua propriedade particular, para destruir e violar ao seu bel-prazer. Era sua vingança pelos horrores que os defensores infligiam neles, e decerto houve muita carnificina dentro de Gawilghur depois que a vitória foi obtida. Muitos dos defensores devem ter escapado descendo os penhascos escarpados, mas talvez metade dos sete ou oito mil morreram numa orgia de vingança.

E então o lugar foi esquecido. Os mahrattas foram derrotados, e mais da Índia caiu sob a regência ou influência britânica. Mas *sir* Arthur Wellesley estava farto da Índia, e era hora de navegar para casá e enfrentar um inimigo mais perigoso e mais próximo: a França. Ainda faltam quatro anos para que ele navegue da Inglaterra para Portugal e para a campanha que o ascenderá a um ducado. Sharpe também irá para casa, para vestir uma casaca verde em vez de uma vermelha, e também navegará para Portugal e marchará de lá para a França, mas ele terá uma ou duas pedras em seu caminho antes de alcançar a península. Portanto, Sharpe marchará de novo.

REFERÊNCIAS

ARACA — Bebida de graduação alcoólica de aproximadamente 40°, produzida no Oriente e em alguns países do Mediterrâneo. É uma aguardente obtida a partir de vinho de arroz, cana-de-açúcar, leite de coco e melaços. Pode ser conhecida como Araki, Raki, Rakiya, Arak ou Araka ou Batávia, dependendo do país em que é produzida.

ARTHUR WELLESLEY, Primeiro duque de Wellington (1760-1842) — O coronel Wellesley começou a conquistar um espaço de honra nos anais militares ao liderar a captura de Seringapatam, no sul da Índia, em 1799. Em 1803, Wellesley, agora general, obteve outra vitória notável na Batalha de Assaye. Ao retornar à Inglaterra, Wellesley flertou com a política antes de retornar ao serviço militar em 1807. Durante as Guerras Napoleônicas foi postado em Portugal, então ocupado pelos franceses, e logo começou a conquistar uma série de vitórias. Em 1809, assumiu o comando do exército britânico na península Ibérica. Após sua vitória em Talavera em 1809, foi sagrado visconde de Wellington e, depois de tomar Madri, em 1812, ascendeu a marquês. Depois de expulsar os franceses da península, pressionou a própria França até que Napoleão, espremido entre Wellington ao sul e uma aliança prussiana/russa/austríaca a norte e leste, foi forçado a abdicar em 1814. Em março de 1815, Napoleão escapou de seu exílio na ilha de Elba e mais uma vez ameaçou a Europa. O confronto entre Wellington e Napoleão em Waterloo foi um duelo de gigantes. Com Napoleão finalmente derrotado, Wellington retornou à política, campo no qual nunca se tornou popular. Mesmo assim manteve-se uma figura pública respeitada até sua morte em 1852.

BAGAGEM (ou equipagem) — Equipamento móvel do exército.

BRIGADA ESCOCESA (94º Regimento de Infantaria) — Famoso regimento escocês que surgiu no século XVI como um bando de mercenários lutando ao lado dos holandeses contra os senhores feudais espanhóis. Em 1799 a Brigada Escocesa, agora oficialmente o 94º Regimento de Infantaria, foi postada na Índia, onde ajudou a Grã-Bretanha a assegurar o controle do sul do país. A Brigada Escocesa permaneceu na Índia mesmo depois da tomada de Seringapatam, só retornando à Grã-Bretanha em 1807.

CLAYMORE — Espada de folha larga, grande e pesada, usada pelos habitantes da Alta Escócia.

COMPANHIA DAS ÍNDIAS OCIDENTAIS — O sucesso da Companhia das Índias Orientais estimulou a criação, em 1621, da Companhia das Índias Ocidentais, uma organização nos mesmos moldes que agia na costa oeste da África, em todo o continente americano e no Pacífico até o estreito de Aniã.

COMPANHIA DAS ÍNDIAS ORIENTAIS — Conhecida popularmente como "Companhia John", a Companhia das Índias Orientais surgiu em 31 de dezembro de 1600 sob o reinado da rainha Elizabeth I. Projetada como uma empresa de corso, a companhia foi fundada por um grupo de 125 acionistas que a batizaram originalmente como "Governo e Companhia de Mercadores do Comércio de Londres nas Índias Orientais". No decorrer dos 250 anos seguintes, tornou-se um poderoso monopólio e um dos maiores empreendimentos comerciais de todos os tempos. A companhia concentrava suas atividades na Índia, onde freqüentemente também exercia funções governamentais e militares. O enfoque britânico na Índia aumentou depois da independência dos Estados Unidos da América. A partir de meados do século XVIII a Companhia das Índias Orientais passou a enfrentar uma forte resistência da parte dos regentes indianos. A companhia perdeu seu monopólio comercial em 1813, e um ano depois do Motim Sipaio de 1858 cedeu suas funções administrativas para o governo britânico. Quando a companhia foi dissolvida em 1874, o *The Times* reportou: "A Companhia das Índias Orientais cumpriu uma obra comercial sem paralelos na História da Humanidade."

Fuzil (ou fulminante) — Na arma de fogo, a cápsula de metal que envolve a escorva e se choca com a pedra de pederneira para produzir lume.

Gargalheira — Colarinho alto, feito em couro, usado pelos soldados britânicos.

Havildar — No exército britânico indiano, um oficial honorário comissionado de soldados nativos, equivalente a sargento.

Índia — País do sul da Ásia. A Índia abrigou uma das mais antigas civilizações do mundo, concentrada no vale do rio Indo de 2500 a 1500 a.C. Partes do território indiano foram invadidas pelos arianos e mais tarde ocupadas ou controladas por poderes diversos. A Grã-Bretanha assumiu autoridade sobre a região em 1857, embora a rainha Vitória não tenha adotado o título de imperadora até 1876. Conhecida como "a jóia da Coroa" no auge do imperialismo britânico, apenas em 1947 a Índia conquistou sua independência.

Isqueiro — Pequeno estojo contendo pólvora.

Lascar — Soldado de infantaria ou marinheiro, nativo das Índias Orientais.

Ouvido — Nas antigas armas e peças de artilharia, o orifício por onde se comunica o fogo.

Parapeito — Parte superior de uma fortificação, destinada a resguardar os soldados e permitir que façam fogo por cima dela. Um tipo de baluarte.

Rei Cole — Lendário rei da Bretanha, que teria reinado no século III.

REGIMENTO HAVERCAKES — O 33º Regimento do rei obteve esse apelido devido ao método curioso empregado por seus oficiais para arregimentar voluntários: fazer os soldados marcharem pelas ruas das cidades com bolinhos de aveia (*havercakes*) espetados nas baionetas para simbolizar a fartura de comida que eles alegavam ser comum no exército.

SIPAIO — Soldado hindu a serviço da Companhia das Índias.